GENEVA LEE

SECRET
Sins

STÄRKER ALS DAS SCHICKSAL

Roman

Deutsch von Michelle Gyo

blanvalet

Die Originalausgabe erschien 2016 unter dem Titel »The Sins that Bind us«
bei Estate Books, Louisville.

Der Verlag weist ausdrücklich darauf hin, dass im Text
enthaltene externe Links vom Verlag nur bis zum Zeitpunkt
der Buchveröffentlichung eingesehen werden konnten.
Auf spätere Veränderungen hat der Verlag keinerlei Einfluss.
Eine Haftung des Verlags ist daher ausgeschlossen.

Verlagsgruppe Random House FSC® N001967

1. Auflage
Copyright der Originalausgabe © 2016 by Geneva Lee
Copyright der deutschsprachigen Ausgabe © 2017 by Blanvalet Verlag
in der Verlagsgruppe Random House GmbH,
Neumarkterstr. 28, 81673 München
Redaktion: Catherine Beck
Umschlaggestaltung: © Johannes Wiebel | punchdesign
Umschlagfoto: © Love N. Creations/Franggy Yanez; Cover-Model: Stu Reardon
WR · Herstellung: sam
Satz: Uhl + Massopust, Aalen
Druck und Bindung: CPI books GmbH, Leck
Printed in Germany
ISBN 978-3-7341-0477-0

www.blanvalet-verlag.de

Für alle, die dem Sturm getrotzt haben,
für alle, die ihm noch ausgesetzt sind,
und für alle, die wir an ihn verloren haben.

Vorbemerkung der Autorin

Zuerst möchte ich mich bei allen bedanken, die »Secret Sins – Stärker als das Schicksal« lesen. Die Geschichte, die hier erzählt wird, ist keine leichte.

Es ist das persönlichste Buch, das ich bisher geschrieben habe, und es taucht ein in Themen, die mein Leben stark beeinflusst haben. Seit meiner Geburt habe ich zusehen müssen, wie die Sucht mir Menschen geraubt hat, die ich liebe. Manche hat sie zu Monstern werden lassen, andere sind daran zerbrochen. Und an manchen Tagen hat es mich selbst zerbrochen, nur hilflos zusehen zu können.

Aber bitte verstehen Sie das nicht falsch, das hier ist immer noch ein Roman. Die Handlung basiert nicht auf realen Begebenheiten, und obwohl die Figuren Wesenszüge von Menschen haben, die ich kannte, basieren auch sie nicht auf lebenden Personen. Und doch ergründet dieses Buch Probleme, die wir nicht offen ansprechen, und die Last, die Drogensüchtige und ihre Freunde und Familien meist stumm ertragen. Man könnte sagen, dass ich dieses Buch schon mein ganzes Leben lang geschrieben habe, und tief in meinem Inneren wünschte ich, ich hätte es nie begonnen.

Falls Ihr Leben in irgendeiner Weise durch Drogen oder Alkohol beeinflusst worden ist oder wird, könnte dieses Buch Sie verstören, aber ich hoffe, Sie lesen es dennoch. Ich habe es für uns geschrieben. Sollten Sie beim Lesen das Gefühl bekommen, mit jemandem reden zu müssen, dann tun Sie es. Und wenn das Buch eine Botschaft hat, dann diese: Du bist niemals allein.

Von ganzem Herzen,
Geneva

I

Manchmal reicht ein einziger Augenblick, um das ganze Leben zu verändern. Und die Veränderung kommt so brutal und unerwartet, dass sie dir die Luft aus der Lunge presst. Doch noch viel häufiger ändert sich das Leben schleichend – durch eine Reihe von winzigen Erschütterungen, die man kaum spürt. Jemand entliebt sich nach und nach, so unbemerkt, wie man sich zu Anfang verliebt hat. Der perfekte Job oder die rosige Zukunft kommen einfach nie so richtig zustande. Der Zusammenbruch dieser Zukunft geschieht nicht plötzlich und ist auch nicht besonders schlimm. Er ist einfach nur unvermeidlich.

Und genau deshalb sitze ich hier, im Keller einer Kirche, ein Mal pro Woche.

Ich rühre beschissenes Milchpulver in den noch beschisseneren alten Kaffee. Den vorherrschenden Geschmack kann man nur verbrannt nennen. Vielleicht ist es aber auch niemandem wichtig, wie er schmeckt. Oder hier sind alle so an Bitterkeit gewöhnt, dass sie ihn genau so haben wollen. Ich habe den Becher aus Gewohnheit genommen. Er ist warm, und ich kann mich an ihm festhalten. Ich kann während der langen, ungemütlichen Pausen an ihm nippen, oder in einem der peinlichen Momente, wenn ein Fremder seine Geschichte erzählt. Er ist eine Requisite, aber ich klammere mich daran, als wäre es eine Kuscheldecke.

Mit dem Styroporbecher in der Hand drehe ich mich um und laufe gegen eine Wand. Nein, es ist keine Wand, es ist ein – *er*. Die dünne, heiße Flüssigkeit schwappt über den Becherrand, und er kann gerade noch ausweichen, bevor sie sein Shirt ruiniert. Er bewegt sich mit der Präzision eines Mannes, der weiß, wie man es vermeidet, verbrannt zu werden. Die Zeit scheint sich zu verlangsamen, während der Kaffee auf den Boden spritzt. Ich überlege bereits, wie ich die Sauerei aufwischen soll, aber als ich aufblicke, um mich zu entschuldigen, landet mein Blick auf dem muskulösen Oberkörper, den sein schwarzes T-Shirt nicht gerade versteckt. Tattoos bedecken seinen Bizeps, und ich stelle mir vor, dass sie sich bis zu seiner Schulter und zu der wie gemeißelt aussehenden Brust ziehen, die man durch die dünne Baumwolle erkennt. Ein abgetragenes braunes Lederarmband ist um sein Handgelenk gewickelt, und als ich ihm ins Gesicht blicke, erstarre ich.

Seine Augen passen nicht zum Rest – sanft und warm, die Farbe irgendwo zwischen Saphir und Himmelblau. Sie stehen in krassem Kontrast zu den kantigen Linien seines Körpers und dem Kiefer, den er unter einem wilden Bart versteckt, so dunkel wie sein zerzaustes schwarzes Haar. Als er mich jetzt anstarrt, verhärten sich seine Augen zu verächtlichen Edelsteinen.

»Sorry.« Ich mache einen Schritt zurück, damit er vorbeigehen kann, während ich mich nach einer Serviette umsehe.

»Es war ein Missgeschick.« Seine Stimme ist so kalt wie der Blick seiner Augen. »Das passiert.«

Aber nicht ihm. Das höre ich an seinen Worten. Vielleicht liegt es daran, dass ich immer genau das Gegenteil erfahren habe – mein Leben lang war ich diejenige, die mit Pech und schlechten Entscheidungen gesegnet war, aber sein Verhalten kratzt an meinen Nerven. Ich werde zornig, vergesse die Serviette und den verschütteten Kaffee. »Kein Grund, deshalb zum Arschloch zu werden.«

Seine Augenbraue hebt sich und verschwindet unter einer Haarsträhne, die ihm in die Stirn gefallen ist. »Ich dachte, ich sei ziemlich höflich gewesen, wenn man bedenkt, dass Sie fast einen Becher kochend heißen Kaffee über meine Hose geschüttet haben.« Er beugt sich vor, und ich nehme Seife und einen Hauch Nelke wahr. »Ein Mann muss seine Prioritäten kennen.«

Ah, er ist einer von *denen* – ein Kerl, der die Aufmerksamkeit ständig auf seinen Schwanz lenkt, als sei er ein Geschenk an die Menschheit. Arrogant. Eben ein *Mann*.

Ich konzentriere mich auf die Wut, die in meiner Brust brodelt, und ignoriere, dass mein Körper zu dem gleichen Schluss gekommen ist. Ich gebe vor, dass ich den sanften Sog seiner Anwesenheit nicht spüre. Ich verdränge auch den Sprung, den mein Herz macht, als mir ein Bild durchs Gehirn zuckt, wie ich meinen Körper gegen seinen presse.

Ohne ein weiteres Wort wende ich mich ab und lasse ihn und die Sauerei stehen. Er ist dafür genauso verantwortlich wie ich, und meiner Meinung nach kann er ein wenig Verantwortung übernehmen.

Es liegt nicht daran, dass ich mir selbst nicht traue.

Ich setze mich und spekuliere darauf, dass Stephanie, unsere übereifrige Gruppenleiterin, sich nicht neben mich setzt. Zwölf mal vier Metallstuhlbeine scharren über den Gießbetonboden, als sich die anderen anschließen. Stephanie setzt sich neben mich. Ein Becher Kaffee reicht nicht aus, um sich dahinter zu verstecken, aber heute sind ihre Augen auf den Neuen gerichtet: Mister Arrogant.

Ich kann es ihr nicht verübeln. Meine waren es auch, bis er den Mund aufgemacht hat. Ich kann nicht erkennen, ob er wieder weicher geworden ist oder ob unser Beinahezusammenstoß seine Laune nachhaltig beeinträchtigt hat. Das sollte mir egal sein. Es kotzt mich an, dass ich neugierig bin. Männer, die wegen verschüttetem Kaffee ausrasten, stehen ganz oben auf meiner Liste von Leuten, denen ich aus dem Weg gehen sollte.

Stephanie schafft es, sich wieder in den Griff zu bekommen, bevor sie anfangen kann zu sabbern. Dennoch flufft sie ihr wasserstoffblondes Haar auf, als sie aufsteht und uns durch das sinnfreie Mantra über Akzeptanz und Vergebung leitet.

Ich lenke meine Aufmerksamkeit auf die Worte. Ich habe sie bereits eine Million Mal gesagt. Ich habe sie in mein Kissen geschrien. Ich habe sie wie eine Beschwörung geflüstert. Sie sind nie wahr geworden. Lange Zeit habe ich ihnen geglaubt, dass die Wiederholung langsam, aber sicher an dem Felsen aus Schuldzuweisungen nagt, der auf meinen Schultern ruht. Heute weiß ich, dass ich stattdessen stark genug geworden bin, um sein Gewicht zu ertragen. Sünden, die nicht vergeben werden können, verschwinden niemals. Du kannst sie nicht mit gut gemeinten Worten wegzaubern, weil Vergebung gewährt wird, nicht genommen.

»Möchte jemand etwas mit uns teilen?«, regt Stephanie an. Ihr Anliegen trieft zuckersüß von ihren Lippen, und ich vermisse augenblicklich Ian, unseren früheren Leiter, der keine Zeit hatte für solchen Schwachsinn. Diese Philosophie hat er dann umfassend angewendet und sich zurückgezogen, um die Küste entlangzusegeln. Ich bin mit seinem Ersatz immer noch nicht warm geworden.

Ich schrumpfe in mich zusammen, damit sie mich nicht drannimmt. Das Teilen sollte freiwillig sein. Es gibt immer jemanden, der scharf darauf ist, seine Fehler auszuspucken oder seine Leistungen zu verkünden, aber wenn niemand da ist, dann wird jemand unter Zugzwang gebracht, bis das Treffen läuft. Es ist ja nicht so, dass ich hier sitzen *will*, um in die Gesichter bekannter Fremder zu starren. Ich will nicht als Erste dran sein. Nicht heute.

»Vielleicht…« Stephanie verstummt, aber ihr Blick hängt an Mister Arrogant fest. Ich schäme mich tatsächlich für sie mit. Es ist mehr als offensichtlich, dass sie ihn in ihrem Kopf vögelt. Es könnte nicht offensichtlicher sein, wenn sie aufstehen und eine pornografische Comiczeichnung auf die Tafel des Kirchenkellers malen würde.

»Jude«, beantwortet er die unausgesprochene Frage.

Großer Gott. *Jude.* Ich hoffe, er hat ein Motorrad, dann kann er offiziell unser neuer Stadtrebell sein. Sein Blick flackert kurz zu mir, als könne er hören, was ich denke. Er ist wieder weich, bleibt aber nicht bei mir hängen. Ein eiskalter Schauder rieselt mir über den Rücken und streckt seine eiskalten Ranken bis zu meinem Kopf hoch, während mir das Herz unregelmäßig gegen die Rippen pocht.

Ich hoffe, dass er etwas sagt. Ich möchte, dass er seine Geschichte erzählt, damit ich verstehen kann, warum er diese merkwürdige Wirkung auf mich hat. Selbst jetzt, da wir inmitten von zwölf Menschen sitzen, ist die Verbindung zwischen uns greifbar – ein fühlbarer Faden, der sich von ihm zu mir zieht. So habe ich mich nicht mehr gefühlt seit… noch nie. Nicht wegen einem Mann.

Und sicher nicht wegen einem Fremden.

Selbst als er sich jetzt abwendet und an die Gruppe richtet, ist er noch da, bindet uns aneinander.

Er steckt die Hände in die Taschen und grinst. »Wie gesagt, ich heiße Jude. Ähm, wollt ihr meinen Lebenslauf? Eine Liste mit meinen Übertretungen?«

Ein paar lachen leise. Jeder Neuankömmling fällt auf den Klassiker herein: »Ich bin Nancy. Ich bin abhängig« – so hört man es immer in Filmen. Die Wirklichkeit ist ein bisschen anders, abwechslungsreicher. Manche Leute tauchen auf und schütten ihr Herz aus, als würden wir anderen ein Geheimnis kennen, mit dem man alles in Ordnung bringen kann. Andere sitzen da und kochen vor Wut. Das sind die, die gekommen sind, weil ihre Frau oder ihr Mann oder das Gericht es verlangt haben. Am schlimmsten sind die, die bereits alle Antworten kennen. Denen kann man nicht helfen. Dann gibt es die, die zuhören, und die, die warten.

Ich habe keine Ahnung, welcher Typ Jude ist, aber ich weiß, welcher er nicht ist. Er ist kein Herzausschütter, und ich bezweifle stark, dass er zu Hause jemanden sitzen hat, der auf ihn wartet. Wenn ich wetten müsste, würde ich sagen, er ist auf richterliche Anweisung hier. Das würde sein Verhalten erklären. Und vielleicht ist da auch ein Teil von mir, der das Gesamtpaket will – Tattoos, Arroganz und Ärger mit dem Gesetz. Keine Frau gibt gern zu, dass sie nie aus der Bad-Boy-Phase herausgewachsen ist.

An meine kann ich mich nicht mal erinnern. Deshalb bin ich hier.

»Die brauchen wir nicht.« Stephanie klimpert mit den Wimpern, und ich begreife, dass ich nicht die Einzige bin, die aus der Phase nicht herausgewachsen ist. »Wenn du uns sagen möchtest, weshalb du hier bist, tu dir keinen Zwang an. Das hier ist ein sicherer Raum.«

Sie malt einen Kreis in die Luft, und ich presse die Lippen zusammen, um nicht loszulachen, und das gerade, als Jude sich auf die Lippen beißt.

Na, das haben wir gemeinsam. Wir erkennen beide die Absurdität der Situation, und doch sind wir beide hier.

Das ist wahrscheinlich unsere einzige Gemeinsamkeit, mahne ich mich selbst.

Er neigt den Kopf ein wenig. »Wenn es dir nichts ausmacht, höre ich erst einmal zu.«

Das hatte ich nicht erwartet. Der Faden, der mich mit ihm verbindet, spannt sich kurz, und ich blicke auf und sehe, dass er mich anstarrt. Diesmal schaut er nicht weg. Sein Blick bohrt sich in meinen, sieht hinter das sorgfältige Bild, das ich von mir selbst erschaffen habe. Diesmal wende ich mich ab, um des Überlebens willen.

Eine Frau fängt an zu sprechen – Anne, bemerke ich –, und er wendet seine Aufmerksamkeit ihr zu. Ihr Mann ist weg. Das musste ja so kommen. Sie ist nicht überrascht. Selbst als sie diese Neuigkeit ruhig vermeldet, wandern meine eigenen Gedanken nach innen. Ich war heute gekommen, um meinen eigenen Durchbruch mitzuteilen. Das möchte ich jetzt nicht mehr, weil die paar Momente mit Jude – einem vollkommen Fremden – das untergraben haben. Die Jahre, die ich mit

Büßen verbracht habe, die Opfer, die ich gebracht habe – sie alle sind zerbrochen, als er mich angesehen und die Wahrheit erkannt hat. Meine Welt ist so zerbrechlich wie Glas, schöne Lügen, die sorgfältig in eine Blase gepackt worden sind, um die Hässlichkeit meiner Vergangenheit zu verbergen. Die Hässlichkeit in mir.

Ich weiß jetzt, dass er der Teufel ist, und dass er gekommen ist, um mich für meine Sünden abzukassieren.

Wenig dringt für den Rest des Meetings zu mir durch. Jemand hat Mist gebaut. Es ist sein erstes Meeting, aber seine Ankunft wird von Mister Arrogant überschattet. Heute ist das Jubiläum von Charlies Heilung. Er hat es fünf Monate geschafft. Ich lächle und klatsche mit den anderen mit, aber ich bin mir bewusst, dass meine Nerven eine Grube in meinem Bauch graben.

Meine Gedanken bleiben bei Jude und dem Geheimnis, das er in diese eintönige Stunde meines Lebens gebracht hat. Ich gehe seit vier Jahren zu den Treffen der NA und habe Menschen kommen und gehen sehen. Am Anfang tat mein Herz bei jeder neuen Geschichte weh. Daran leide ich jetzt nicht mehr. Mein Blick ruht auf meinem eigenen Papier, damit ich mich darauf konzentrieren kann, mich im Griff zu behalten.

Nicht dass es in dieser verschlafenen kleinen Stadt viele Versuchungen gäbe. Genau deshalb bin ich hier in Port Townsend hängen geblieben. Es gibt Drogen und Alkohol wie überall sonst auch, aber hier habe ich das Meer und eine winzige, isolierte Welt, die ich mir selbst geschaffen habe. Diese Treffen haben mir genau das beigebracht, was ich zum Überleben brauchte: Je weniger Leute ich an mich heranlasse, desto weniger Möglichkeiten gibt es, dass ich wieder verletzt werde. Ich habe vor Jahren damit aufgehört, diese verletzten und wilden Kreaturen in meine Gedanken zu lassen. Das beschützt mich – was verlockt mich also so an ihm?

Was auch immer es ist – woraus auch immer diese Verbindung zwischen uns besteht –, ich muss es herausfinden und aus mir herausschneiden. Männer wie Jude sind gefährlich. Nicht wegen ihrer Tattoos oder ihrem selbstbewussten Auftreten, sondern weil sie Grenzen als optional ansehen. Und ich kann die Mauern, die ich hochgezogen habe, von niemandem durchbrechen lassen.

Ich kippe die Reste meines Kaffees in den Abfall. Ich habe kein einziges Mal daran genippt. Stattdessen habe ich ihn in meinen Händen kalt werden lassen.

»Was hältst du von Jude?« Sondra ist so alt wie ich, sieht aber aus, als könnte sie meine Mutter sein. Nach jahrelangem Missbrauch von verschreibungspflichtigen Medikamenten ist sie auf harte Sachen umgestiegen, sodass sie jetzt Falten so tief wie die Kokslines hat, die sie gezogen hat. Sie ist ein wandelndes Anti-Drogen-Poster.

Ich zucke mit den Schultern, aber ich muss mich nicht besonders bemühen, um sie davon zu überzeugen, dass ich desinteressiert bin. Sie ist zu beschäftigt damit, ihren Angriff zu planen. Ich bewundere ihre direkte Sexualität, obwohl ich nicht vorgebe, sie zu teilen.

Sie wickelt einen Kaugummi aus und steckt ihn in den Mund. »Vielleicht kann ich ihn auf einen Drink einladen. Er ist neu in der Stadt, mit Sicherheit. Ich würde mich daran erinnern, wenn ich ihn gesehen hätte.«

»Einen Drink?«, wiederhole ich spitz.

»Kaffee.« Sie wischt meine Besorgnis beiseite.

»Das wäre nett von dir.« Ich bin nicht bereit, mein eigenes Interesse zuzugeben, aber wenn Sondra ihn dazu bekommt, mit ihr auszugehen, wird sie jede Einzelheit zutage fördern. Ich mache mir eine geistige Notiz, sie nächste Woche nach ihm zu fragen.

»Ich muss gehen. Mein …«, fange ich an, aber meine Entschuldigung ist überflüssig, weil sie bereits weitergegangen ist, um Charlie übertrieben liebevoll zu umarmen. Die feierliche Geste bewirkt, dass sich seine Wangen bis zu den Ohren rosig verfärben.

Das ist nicht mein Ding. Ich umarme nicht oder gebe die Hand. Ich komme, setze mich und versuche, keinen Blickkontakt aufzunehmen, wenn ich diesen Leuten außerhalb dieser Wände hier begegne. Ich gebe eine Stunde meiner Zeit. Nicht mehr.

Da Sondra abgelenkt ist, ergreife ich die Gelegenheit und gehe schnell zum Wandschrank. Das Wetter ist unbeständig, da es auf den Frühling zugeht, aber ich kann eigentlich immer darauf zählen, dass die Brise vom Meer her noch etwas zu kühl ist. Als ich in den Flur trete, halte ich abrupt inne.

Anne schluchzt. Die gefasste Businessfrau, die gerade von ihrer Trennung erzählt hat, ist alles andere als teilnahmslos. Sie ist genauso kaputt wie der Rest von uns.

Schuld schwappt über mir zusammen. So möchte sie nicht gesehen werden. Deshalb kommen wir immerhin hierher – um die Lüge zu perfektionieren, dass wir in Ordnung sind. Solche Lügen müssen geübt werden, bevor sie der Welt glaubhaft vorgeführt werden können, und diese Gruppe ist das unfreiwillige Publikum. Sie will nicht, dass ich sie so sehe, so wie sie nicht will, dass ich – oder ein anderer – die Wahrheit kennt.

Ihre Scheidung war nicht unvermeidlich. Sie war nicht einvernehmlich.

Das ist ein weiteres Opfer in dem Kampf, den sie gegen sich selbst führt.

Ich ziehe mich mit dem Plan zurück, meinen Mantel am Sonntag nach dem Morgengottesdienst zu holen. Da tritt Jude aus den Schatten, seine hoch aufragende Gestalt ist bereits vertraut, und geht zu ihr.

Er ist nicht neu bei diesen Treffen. Er hat das durchexerziert wie der Rest von uns. Er hat die richtigen Sachen gesagt und in den richtigen Augenblicken mitfühlend genickt. Er hat sogar gewusst, dass er zuhören muss – eine Fähigkeit, die nur ein bewährter Veteran besitzt.

Und doch nähert er sich jetzt einer Frau, die ihre Maske hat fallen lassen, und bietet ihr Trost an. Ich dachte vorhin, er sei der Teufel, aber jetzt weiß ich, dass er das nicht sein kann. Der Teufel spendet keinen Trost, selbst wenn er lügt. Aber auf einen Engel zu hoffen, wäre zu viel, und außerdem habe ich vor Jahren aufgehört, an sie zu glauben.

Aber ein Mann – aus Fleisch und Blut und mit all den Komplikationen, die damit einhergehen – ist die gefährlichste Möglichkeit von allen.

Ich kann nicht hören, was er zu ihr sagt, als sie zittrig nickt. Seine Hand liegt auf ihrer Schulter, und ich kann das beruhigende Gewicht fast auf meiner eigenen spüren.

Die Einbildung holt mich ruckartig in die Gegenwart zurück, und ich gehe ohne meinen Mantel. Ohne ein weiteres Wort.

Ohne noch einmal zurückzublicken.

2

Den Rest der Woche reiße ich mich täglich zusammen, wenn ich an der Kirche ankomme. Es ist ein unvermeidliches Ritual, und obwohl ich weiß, dass sich die Narcotics Anonymous nur einmal pro Woche im Keller treffen, komme ich nicht dagegen an, mich jedes Mal bloßgestellt zu fühlen, wenn ich über die Schwelle trete. Ich möchte nicht dem mysteriösen Jude in die Arme laufen. Ich habe mir sogar andere Treffen in der Stadt angesehen, mich dann jedoch entschieden, dass das nur der letzte Ausweg ist. Diese Stadt ist meine Heimat. Diese Treffen sind mein sicherer Rückzugsort. Niemand, vor allem kein unhöflicher, arroganter Neuling, wird mich von dort vertreiben. Wahrscheinlich ist er sowieso nur ein Besucher, wie so viele Menschen, die ich täglich auf der Straße sehe. Die Touristen kommen, um sich in der Schickimicki-Hafenstadt auf ihrem Weg zu aufregenderen Orten zu vergnügen. Seattle. Eine Kreuzfahrt nach Alaska. Montreal. Dies hier ist eine Zwischenstation, und die Menschen reisen hindurch und lassen nichts zurück, so flüchtig wie Wellen im offenen Meer.

So ist es schon immer gewesen, und das ist einer der Gründe, aus dem ich diesen Ort ausgewählt habe, um mir hier ein Leben aufzubauen.

Ich überlasse die Stürme der See und finde Frieden auf festem Boden.

Ein Mantra, das ich vor so langer Zeit aufgeschrieben habe, dass ich mich nicht daran erinnern kann, ob es von mir ist oder von jemand anderem. Es ist meine Wahrheit geworden.

Warum hoffe ich also jeden Tag, dass ich diese Tür öffne und ihn wiedersehe? Jude ist ein Sturm – ein Tsunami –, auf den ich nicht vorbereitet bin. Wenn ich könnte, würde ich eine höhere Lage aufsuchen. Ich würde in die Olympic Mountains fahren und dort so lange klettern, bis meine Lungen brennen, statt Gefahr zu laufen, in seinem Fahrwasser zu landen. Doch ich kann mein Leben nicht evakuieren, deshalb öffne ich die Tür und lasse mich von dem bekannten Quietschen beruhigen, mit dem sie mich begrüßt. Ich gehe am Heiligtum vorbei und in den Flur.

Max begrüßt mich an der Tür mit einem breiten Grinsen im Gesicht. Ich schaffe keine zwei Schritte hinein, bevor er über mich herfällt. Seine dünnen Arme schlingen sich um meine Beine, aber ich löse ihn nicht von mir. Stattdessen packe ich ihn und hebe ihn hoch. Er macht es sich auf meiner Hüfte gemütlich, während sein Lehrer aus dem Zimmer stürzt und den anderen Kindern Anweisungen zuruft, aufzuräumen und ihre Sachen zu packen. Max sieht mir kein bisschen ähnlich, bis auf die blassen Sommersprossen auf seiner Nase. Er hat sein wuscheliges dunkles Haar nicht von mir. Meins ist fein und hell. Es fällt mir glatt über den Rücken. Seins ist der Inbegriff eines Pilzkopfs. Meine Augen sind haselnussbraun mit einem

Stich ins Grüne, und seine sind so leuchtend blau wie der Himmel. Und doch sehe ich in ihm mein perfektes Selbst.

»Er weiß immer, wann du hier bist.« Miss Marie fängt Max' Blick auf, während sie unterschreibt. »Er hat den Spinnensinn, nicht wahr?«

Max nickt fröhlich und tut so, als würde er Spinnweben aus seinen Handgelenken abfeuern. Ich spüre heiße Tränen in meinen Augen brennen. Schnell blinzle ich sie zurück, aber Marie streicht mir beruhigend über die Schulter.

»Er macht sich«, flüstert sie.

»Wegen dir.« Ich gebe meinem Sohn einen Kuss auf die Stirn und drücke ihn fest an mich. Miss Marie hat mit ihm in den letzten Monaten an der ergänzten Lautsprache gearbeitet, sie hat ihm geholfen, Lippenlesen zu lernen, zusammen mit der Gebärdensprache.

Marie schnaubt und schüttelt den Kopf. »Eines Tages wirst du akzeptieren müssen, wie wunderbar du bist, Faith.«

Ich lächle, weil sie nicht weiß, dass ich alles andere als wunderbar bin. Weil sie nicht weiß, dass ich verdreht und kaputt bin und dass dieser kleine Junge hier der einzige Grund ist, aus dem ich mich zusammenreiße. Ich lächle, weil ich sie niemals von der Wahrheit überzeugen könnte, und weil ich vor langer Zeit gelernt habe, dass ich die Dinge akzeptieren muss, die ich nicht ändern kann.

Rot. Das ist das erste Wort, das einem in den Sinn kommt, wenn ich meine beste Freundin ansehe. Sie hat sich heute leger gekleidet. Ihre wirren Haare sind zu zwei langen Zöpfen geflochten, die über ihre Schultern fließen. Ihre grauen Augen werden von dem Schirm ihrer Ballonmütze beschattet. Doch trotz ihres lockeren Ensembles wirkt Amie kein bisschen mädchenhaft.

Unser donnerstagnachmittäglicher Lebensmitteleinkauf ist eine wöchentliche Tradition, geboren aus der Not, als sich mein Sohn als Schreibaby erwiesen hatte. Gerade kommt sie herüber, um mit Max »Ich sehe was, was du nicht siehst« zu spielen, während ich die Preise von Tiefkühlgemüse vergleiche.

Ich habe Amie in ihrem winzigen Bistro am Hafen kennengelernt, als ich mich dort nach einem Job erkundigt hatte. Sie hatte einen Blick auf Max geworfen, der erst neun Monate alt war, und mich sofort eingestellt. Wir haben schnell herausgefunden – es gab ein paar peinliche Zwischenfälle mit Tabletts –, dass ich besser hinter den Kulissen arbeite. Jeder andere hätte meinen tollpatschigen Hintern längst gefeuert, aber sie hat mich an den Schreibtisch geschickt, um die Rechnungen zu machen und Vorräte zu bestellen. Das lief besser, als wir erwartet hatten, und so war sie die Erste, die mir dabei geholfen hat, Port Townsend zu meinem Zuhause zu machen. Sie gehörte zu meiner Familie.

Max deutet auf eine Packung Eiscreme, und seine Augen weiten sich zu seinem engelsgleichen Hab-Mitleid-mit-mir-Gesicht. Es würde mich erweichen, hätten wir nicht ein sehr begrenztes Budget. Ich verdiene mit meinem Job bei Amie genug, aber selbst mit dem winzigen Zuschuss, den ich jeden Monat vom Staat bekomme, ist Eiscreme definitiv ein Luxus.

Er versucht seinen Charme bei Amie auszuspielen. Sie wirft mir einen reumütigen Blick zu und öffnet die Tür des Gefrierschranks.

»Ich habe Nein gesagt«, wende ich leise ein. Nicht dass es nötig ist, ich habe ihm den Rücken zugewendet.

»Das ist für mich.« Sie zwinkert ihm durch die beschlagene Glastür zu und nimmt seine Lieblingssorte aus dem Fach: Schoko-Erdnussbutter. »Vielleicht teile ich.«

»Du verdirbst ihn.« Es hilft nicht. Tatsächlich gleicht sie ihren Wunsch, Max zu verwöhnen, mit einer anständigen Portion Realität aus. Wenn Tante Amie da ist, ist sein Bett gemacht und kein Spielzeug liegt auf dem Boden. Sie hat das Ruder fest in der Hand. Und sie kann ihm die kleinen Extras bieten, die ich mir nicht leisten kann.

»Es ist Eiscreme. Kein Pony.« Sie verdreht die Augen, und ich strecke die Hand aus, um ihr den Schirm ihrer Mütze auf die Nase zu ziehen.

Sie hat recht, aber es ist Eiscreme, die ich ihm nicht geben kann, ohne die extra Packung Milch wieder zurückstellen zu müssen. Eiscreme ist kein Frühstück oder ein schneller Magenfüller vorm Zubettgehen.

»Hör auf«, kommandiert sie und schiebt die Mütze wieder zurück.

»Hör auf womit?«

»Alles zu überdenken.« Sie beginnt, in Zeichensprache zu reden, damit Max sie auch versteht: *Können wir teilen?*

Sein breites Grinsen ist ansteckend. Kein Wunder, dass sie ihm seinen Willen nicht verwehren kann. Wenn ich könnte, würde ich ihm den Mond schenken. Nicht dass er jemals danach fragen würde. Max fragt eigentlich nicht nach viel, nur nach kleinen Sachen wie Eiscreme. Normaler Kram. Ich möchte glauben, dass er zu glücklich ist, um etwas anderes zu wollen, aber ein Teil von mir macht sich Sorgen, dass ich ihm das beigebracht habe. Ich kenne die Gefahr, die Wünschen innewohnt, und wie sie dich zu den verbotenen Früchten locken.

Ich drehe mich um, damit nur Amie mein Gesicht sehen kann. »Ich verstehe das. Ich will ihm nicht beibringen, dass wir arm sind.«

»Das bist du nicht.« Sie presst die Lippen zu einer schmalen Linie zusammen. Diese Miene kenne ich. Normalerweise sieht sie so aus, wenn sie einen Kellner zurechtweist. »Du bringst ihm bei, schlau zu sein. Sparsam. Der Junge hat ein warmes Bett und Essen und jede Menge Liebe. Liebe ist das Einzige, was du im Leben brauchst, um reich zu sein. Mehr ist nur der Zuckerguss.«

»Das klingt nach einem Motivationsplakat. Du machst mal wieder in Mantras, oder?« Ich wünschte, ich würde daran glauben können, dass ich all meine Probleme mit einer positiven Einstellung lösen könnte, so wie sie.

»Zur Hölle, ja.« Sie packt mich an den Schultern und dreht mich herum. »Weißt du, ich habe ein wunderbares neues Mantra, das dich für die Liebe öffnen kann.«

»Ich bin reich genug«, sage ich sofort. Ich bewundere meine beste Freundin, meistens, weil sie das genaue Gegenteil von mir ist. Wenn es um die Liebe geht, leben wir auf verschiedenen Planeten. Ich habe vor Jahren akzeptiert, dass es keine wahre Liebe oder bessere Hälften gibt. Aber das sage ich ihr nicht. Wenn jemand trotzdem eine bessere Hälfte anziehen kann, dann sie.

»Willst du keinen Mann kennenlernen?«, fragte sie mit gesenkter Stimme, damit die Frau, die gerade vorbeiläuft, uns nicht hört. »Sex haben?«

Meine Gedanken sind sofort wieder bei dem Mann von dem Treffen. Jude. Er hat einen Eindruck hinterlassen, und ich habe feststellen müssen, dass er diese Woche in mehr als einer meiner Fantasien die Hauptrolle gespielt hat. Ich hatte vorgehabt, ihn mir aus dem System zu massieren.

»Woah!« Amie packt den Griff des Einkaufswagens, als würde sie eine Notbremse bedienen. »Was war das denn?«

Ich blicke mich um, schaue überallhin, um nur ja nicht sie ansehen zu müssen. Tiefkühlpizza war noch nie so fesselnd. »Nichts.«

»Spuck's aus! Wo hast du ihn getroffen?« Sie zwitschert förmlich vor Begeisterung.

Ich ziehe mein Handy aus der Tasche und drücke es Max in die Hand. Er kommt besser damit klar als ich, und so vertieft er sich sofort in ein Spiel.

»Bei meinem NA-Treffen.« Ich brauche wirklich nicht mehr dazu zu sagen.

»Und?«

»Und?«, wiederhole ich. »Haben wir uns kennengelernt? Das ist keine Option.«

»Du hast weniger Optionen als bei einem gesetzten Menü. Früher oder später wirst du dem Menü ein paar Auswahlmöglichkeiten hinzufügen müssen – oder wenigstens ein paar leckere Beilagen.«

»Vielleicht«, gebe ich widerwillig zu. »Aber nicht dieser Kerl. Er hat Tattoos und eine miese Einstellung.«

Sie stützt das Kinn in die Hand. »Erzähl mir mehr.«

»Reicht das nicht?« Ich schwöre, manchmal vergisst sie, dass ich ein Kind habe.

»Du bist eine Mutter, aber du bist nicht tot. Hör auf, dich

so zu benehmen. Ich meine, du hast einen wahnsinnig tollen Babysitter an der Hand.«

»Er ist bei den NA.« Anscheinend hat sie diese Kleinigkeit verpasst.

»Das bist du auch. Sieh doch mal, das ist gut. Du lernst einen Typen auf der Straße oder in einer Bar kennen ...«

Ich starre sie böse an.

»Okay, keine Bar. Die Bibliothek.«

»Weil die, die ihre Nächte nicht mit West's Tennessee Whiskey verbringen, alle in der Bibliothek herumhängen.«

Sie ignoriert meinen Einwurf. »Du kennst diese Leute nicht. Das könnten Alkoholiker oder Drogenabhängige sein. Er ist zu einem Treffen gegangen. Du solltest ihm eine Chance geben.«

»Ich wünschte, das wäre so einfach, aber ...« Als sich ihr Mund öffnet, hebe ich die Hand. »Er ist umwerfend, und das weiß er.«

»Mehr«, drängt sie. Offensichtlich hat sie nach umwerfend aufgehört zuzuhören.

»Dunkle Haare. Blaue Augen.« Tattoos, die ich gern mit meiner Zunge nachfahren würde. Das behalte ich besser für mich.

»Ich sage nur«, Amie senkt verschwörerisch die Stimme, »dass du mal flachgelegt werden musst.«

Ich öffne die Tür der Kühltruhe, sodass das Glas zwischen uns beschlägt, und schnappe mir eine Tüte Tiefkühlerbsen.

»Ich muss nicht flachgelegt werden«, grummele ich, während ich sie in den Wagen werfe und dabei Max' Versuch, sie zu fangen, ignoriere.

»Niemand musste jemals so dringend flachgelegt werden wie du.« Ihre Stimme wird etwas lauter, was uns einen kurzen Blick von einer Frau am anderen Ende des Gangs einträgt. »Er ist der einzige Beweis, dass du jemals mit einem Mann im Bett warst.«

»Beweis genug, findest du nicht?« Ich gehe an ihr vorbei und auf die Reihe mit Frühstücksflocken zu, um die Cheerios zu holen, die ich vergessen hatte.

Amie schüttelt lachend den Kopf, während sie mir folgt. Max, der im Wagen sitzt, fragt mit seinen Händen: Was heißt *f-l-a-c-h-g-e-l-e-g-t?*

»Toll gemacht, Tante Amie.« Ich stöhne und werfe ihr einen bösen Blick zu.

»Er wird richtig gut im Lippenlesen.« Sie nimmt eine Packung mit dem zuckrigen Mist, den ich meinem Sohn niemals kaufe, und antwortet ihm in Zeichensprache.

Er nickt eifrig, zu leicht mit dem Versprechen von Marshmallows zum Frühstück bestochen, um sich noch an seine Frage zu erinnern.

»Mein Fehler«, flüstert sie und sieht sich die Packung genauer an.

»Keine große Sache. Ich vergesse es auch.« Das Lippenlesen ist neu, freundlicherweise von der neuen Sonderpädagogiklehrerin zur Verfügung gestellt, die dieses Jahr in der Schule angefangen hat. »Drei Monate, und sie hat bereits mehr Fortschritte gemacht als ich jemals.«

»Mit seiner Kommunikation«, fährt Amie fort. »Niemand kann dich ersetzen.«

Das sagt sie mir nicht zum ersten Mal. Ich bin mir ziemlich sicher, dass sie es sich zu ihrer persönlichen Aufgabe gemacht hat, mich jeden Tag zu loben.

»Danke«, sage ich leise.

»Für was?« Sie zuckt mit den Schultern, als hätte sie keine Ahnung, was ich meine.

»Dafür, dass du mir bei diesem neurotischen Single-Mom-Experiment beistehst, in dem ich seit Jahren stecke.«

»Danke, dass ich dir beistehen darf.«

Ihre Betonung fällt mir auf. »Ich kann nicht jeden hereinlassen.«

»Stimmt, und du hast bewundernswerte Arbeit geleistet, als du die faulen Eier aussortiert hast. Aber, Schätzchen, einen Schwanz zu haben bedeutet noch lange nicht automatisch, dass man sich für eine Freundschaft disqualifiziert.«

Ich starre sie an. »Ich kann es gar nicht abwarten, Max' neues und buntes Vokabular in der Vorschule zu erklären.«

»Was? Max hat nicht geguckt.« Sie hebt ergeben die Hände.

»Ich gehe nicht mit diesem Typen aus. Ich weiß nicht mal, warum ich dir von ihm erzählt habe.« Was auch immer mich da geritten hat, als ich ihr das mitgeteilt habe, ist jetzt verschwunden.

»Du hast dich von ihm angezogen gefühlt«, erklärt sie mir, »und du hast vergessen, wie das ist, deshalb warst du natürlich verwirrt.«

»Das war es nicht.«

Aber sie hört mir nicht zu, sondern schnappt sich eine Gurke und hält sie mit gehobener Augenbraue hoch. Sie steht wieder hinter dem Einkaufswagen, sodass Max sie nicht sehen kann. »Ich könnte dir eine kurze Einführung geben.«

Als sie ihre Finger verführerisch an der Gurke hinuntergleiten lässt, muss ich lachen. »Ich glaube, ich erinnere mich an das Wesentliche.«

»Bist du sicher?« Ihre Augen weiten sich schelmisch.

»Ich bin nicht sicher, ob der Marktleiter dem Missbrauch von Gemüse positiv gegenübersteht«, unterbricht uns in diesem Moment eine heisere Stimme.

Ich fahre herum und achte dabei darauf, eine Hand am Wagen zu lassen. Sämtliche schlagfertigen Antworten oder knappen Ablehnungen, die ich mir in den fünf Jahre als Single angeeignet habe, verpuffen, als ich ihn sehe.

Er muss Aktien bei einer Fabrik für eng anliegende Hemden haben. Wo arbeitet er, dass er so leger herumlaufen kann? Vielleicht ist sein Chef auch eine Frau, der die Show gefällt?

Amie taucht an meiner Seite auf und streckt die Gurke mit einer Geste der Kapitulation von sich.

»Ich bin nicht der Marktleiter«, beschwichtigt er sie und deutet auf seinen Einkaufswagen, in dem ein paar in braunes Papier gewickelte Päckchen von der Fleischtheke liegen und ein einsamer Kopf Brokkoli. »Ich wäre allerdings für eine Vorführung zu haben.«

»Nicht vor dem Kind«, sagt Amie entschuldigend und blickt zwischen uns beiden hin und her. Ohne Zweifel erinnert sie sich an die Beschreibung, die ich ihr von meinem mysteriösen Typen geliefert habe.

»Das ist eine Schande.« Er sieht sie nicht an, während er spricht. Seine Augen mustern mich, dann sieht er Max an, der seine Cerealienpackung umklammert.

Wenigstens muss ich mir keine Gedanken mehr darüber machen, meiner Neugier zu erliegen. Max' Existenz hat diesen Sarg für mich zugenagelt.

»Faith, richtig?« Judes Aufmerksamkeit ist immer noch auf Max gerichtet. »Und wer ist das?«

Max sieht nicht auf, und bevor ich es Jude erklären kann,

geht er auf ihn zu und beugt sich herunter, um meinem Sohn in die Augen zu sehen.

Ich möchte gern ignorieren, wie sehr diese Geste mein Herz berührt. Noch bevor ich ihm sagen kann, dass Max nicht spricht, streckt Max die Hand aus und berührt seine Lippen.

»O mein Gott, das tut mir leid!« Ich stürze zu Jude und schüttele den Kopf. »Wir berühren Fremde nicht, Baby«, sage ich zu Max.

Seine leuchtenden Augen sind auf meine Lippen gerichtet, während ich spreche, und er runzelt die Stirn, während er sie liest. Dann beginnt er zu gestikulieren.

Ich versuche, mir ein Lächeln zu verkneifen, aber es gelingt mir nicht ganz. Er hat bereits meine Attitüde.

»Ist okay«, schaltet sich Jude ein. »Er kann von den Lippen lesen?«

Ich bin dankbar, dass er nicht die offensichtliche Frage stellt. Max ist klein genug, dass Fremde manchmal einfach glauben, dass er schüchtern ist. Aber Jude, Mister Arrogant höchstpersönlich, hat die Genauigkeit bemerkt, mit der sich seine winzigen Finger bewegen. Ich muss ihm nicht sagen, dass mein Sohn taub ist, oder den Grund dafür erklären oder die etwas zu persönlichen Fragen beantworten, die sich die meisten Menschen nicht verkneifen können.

»Meistens.« Ich werfe Amie einen schiefen Blick zu. »Es scheint, er wird immer besser. Es tut mir leid, dass er …«

»Das ist wirklich kein Problem.« Jude verwuschelt Max die Haare, und statt der Panik, die eigentlich in mir aufsteigt, wenn ein Fremder meinen Sohn berührt, setzt mein Herz einen Schlag aus. Ich spüre, wie es stehen bleibt und dann seinen Rhythmus wieder aufnimmt. »Er wollte mir zeigen, dass er sie sehen muss.«

Und einfach so hat er es geschafft, dass ich Dankbarkeit ihm gegenüber empfinde. Jetzt stehe ich in seiner Schuld.

Ich trete einen Schritt vor und versuche beiläufig, den Wagen wegzuschieben. Jude macht einen Schritt zurück und schiebt die Hände in die Taschen. Es ist ein Zeichen der Kapitulation, aber mir entgeht nicht die Vene, die sich an seinem Hals anspannt.

Nicht so beiläufig, wie ich gehofft hatte.

»Ähm, darf ich dir meine Mitbewohnerin vorstellen?« *Und Amateursexualkundelehrerin*, füge ich im Geiste hinzu. Ich deute zu meiner Freundin, die angelegentlich ihren Zopf mustert. »Amie, das hier ist …«

Ich halte absichtlich inne. Er braucht nicht zu wissen, dass ich gerade über ihn gesprochen habe. Er braucht wirklich nicht die Genugtuung, dass sein Name und sein Gesicht und sein Körper in mein Gehirn eingebrannt sind.

»Jude Mercer«, sagt er.

Jude Mercer. Ich hasse mich dafür, dass ich seinen vollen Namen zur Kenntnis nehme.

Amie stürzt mit ausgestreckter Hand auf ihn zu. »Es ist *entzückend*, Sie kennenzulernen.«

Wir werden an ihrem Enthusiasmus arbeiten müssen. Vermutlich denkt er jetzt, dass ich seit Tagen über ihn rede, so wie Amie uns beide beäugt. Ich notiere mir im Geiste, niemals wieder einen anderen Mann ihr gegenüber zu erwähnen.

»Sie besuchen unsere kleine Touristenfalle von Stadt?«, fährt sie fort.

O mein Gott. Natürlich fängt sie ein Gespräch mit ihm an.

Jude schüttelt den Kopf, seine Aufmerksamkeit ist jedoch von dem Display gefesselt, das Max ihm zeigt.

»Ich mag das Spiel auch. Vielleicht können wir mal gemeinsam spielen.« Er spricht deutlich, formt die Worte sorgfältig mit den Lippen. Aber er spricht nicht lauter oder langsamer. Jude behandelt ihn nicht herablassend, so wie die meisten Menschen. Nichts davon gleicht das leere Versprechen aus, das er Max gerade gegeben hat, der vor Begeisterung über die Aufmerksamkeit strahlt.

»Werden Sie die Stadt bald verlassen?« Ich formuliere meine Frage nicht freundlich, so wie Amie, oder versuche, die Kälte zu verstecken, die meine Worte durchdringt.

»Nein.« Er richtet sich auf, als würde er meine Herausforderung spüren, und grinst süffisant. »Ich habe ein kleines Haus nah am Wasser gekauft.«

Ich kann nur ein einziges Wort denken: *Fuck.*

»Dann sind wir Nachbarn.« Amie nimmt die Anspannung gar nicht wahr. Sie legt einen Arm um meine Schulter. »Faith und ich betreiben ein kleines Bistro am Hafen. Das World's End. Sie sollten mal vorbeikommen. Ich mache Ihnen ein Spezial aufs Haus.«

»Vielleicht mache ich das.« Seine Antwort kribbelt auf meiner Haut. Er redet mit ihr, lässt mich dabei aber nicht aus den Augen.

»Dann sehen wir uns wohl«, sagte Jude vielsagend. Er klatscht Max ab und verschwindet. Amie schwärmt neben mir los, aber ich höre nichts davon.

Ein vertrautes Ziehen macht sich an dem Knoten in meinem Bauch zu schaffen: der Wunsch wegzulaufen. Ich war noch nie jemand, der geblieben ist, um zu kämpfen. Mein

Überlebensinstinkt zwingt mich immer dazu wegzulaufen, aber diesmal kann ich das nicht. Die letzten vier Jahre habe ich damit verbracht, Hürden zu errichten, damit ich nicht mehr wegrennen kann. Mit dem Meer im Rücken hatte ich geglaubt, dass ich eine Gefahr kommen sehen würde, bevor meine Barrikaden gestürmt werden könnten.

Jude habe ich nicht kommen sehen.

3

Vorher

Nana war um acht ins Bett gegangen. Als die Mädchen nach dem Unfall zuerst zu ihr gekommen waren, hatte keine von ihnen das infrage gestellt. Wenn sie verkündete, dass es Zeit zum Schlafen war, obwohl sie noch nicht müde waren, hatten sie Taschenlampen genommen, um im Dunkeln mit Puppen zu spielen oder zu lesen. Bis zu ihrem dreizehnten Geburtstag hatte sich Faith bis zu den Romanzen vorgearbeitet, während Grace gelernt hatte, aus dem Fenster zu steigen. Zuerst lag Faith wach und stellte sich vor, was passieren würde, wenn ihre Schwester nicht vor Tagesanbruch wiederkäme, aber dazu kam es nie. Es dauerte ein Jahr, bis sie den Mut aufbrachte und fragte, wohin sie ging, und ein weiteres Jahr, bis sie sich überlegt hatte, ob sie sich mit ihr hinausschleichen wollte. Mittlerweile sahen sie fast gleich aus, dunkelblondes Haar, das ihnen in Wellen über die Schultern fiel, die Nasenspitzen, die leicht nach oben zeigten. Grace' Augen waren mehr grün als haselnussbraun, obwohl Faith wusste, dass sie die Eifersüchtige war.

»Auf keinen Fall.« Grace dachte nicht einmal darüber nach, bevor sie Nein sagte. »Bleib zu Hause und lies deine Bücher.«

»Ich will mitkommen«, jammerte Faith und hob eines von Grace' achtlos fallen gelassenen Shirts auf, das sie sich vor den Körper hielt. Sie musterte sich im Spiegel und fragte sich, wie es wäre, es anzuziehen. Es war freizügig. Wenn Nana wüsste, das Grace solche Tops besaß … aber Nana wusste es nicht.

Grace sagte nichts, während sie eine weitere Schicht Mascara auftrug. Sie klimperte ein paar Mal mit den Wimpern, dann drehte sie sich zu ihrer Schwester um. »Sieh mal, das wird nicht deine Art Party sein. Wir flechten uns keine französischen Zöpfe oder spielen Flaschendrehen.«

»Ich weiß.« Faith hatte sich entschieden. Sie würde ihr zeigen, dass sie genau wusste, um was es hier ging. Sie riss sich ihr Tank Top über den Kopf und zog Grace' Shirt an. Es war so dünn, dass sie wohl besser einen BH anziehen sollte.

»Ich kann deine Nippel sehen«, sagte Grace auch schon.

»Und?« Faith zuckte mit den Schultern und hoffte, dass sie nicht rot wurde.

Ihre Schwester seufzte und warf ihr einen Push-up-BH zu. »Hier. Muss ja nicht jeder Kerl auf dem Pioneer Square gleich versuchen wollen, mal anzufassen.«

»Pioneer Square?« Faith' Mut sickerte langsam aus ihr heraus. Pioneer Square war bei Tag nicht unbedingt das netteste Viertel von Seattle. Vor ein paar Monaten hatte Faith einen Drogendeal an einer Straßenecke in der Nähe der Stadtbahn beobachtet.

»Hast du damit ein Problem?«

Sie wollte sie bloßstellen. Faith schüttelte den Kopf.

»Okay. Sieh nach, ob sie schon schläft.«

Sie bemühte sich, leise zu sein, während sie den Flur hinunterschlich, um einen Blick in Nanas Zimmer zu werfen. Sie würde auf eine Party gehen. So nah am Pioneer Square hieß, dass es keine mal eben zusammengewürfelte wilde Bierparty war, weil die Eltern von irgendwem verreist waren. Das hier war echt. Als sie jetzt am Zimmer ihrer Großmutter ankam, dachte sie über das nach, was sie trug. Falls sie nicht schon schlief, würde es schwer werden, ihr zu erklären, warum sie wie eine Stripperin gekleidet war. Wenn auch wie eine Stripperin mit Stil.

Nana schnarchte.

O mein Gott, das passierte jetzt wirklich. Faith' Magen schlingerte, sie fasste sich an den Bauch. Sie schloss die Augen und erinnerte sich daran, dass sie mit Grace dort sein würde. Ihre Schwester mochte wild sein, aber sie würde nicht ihr Leben aufs Spiel setzen. Zumindest hoffte sie das.

Sie fuhr mit den Fingern an der Wand entlang, während sie langsam zurück zu ihrem Schlafzimmer ging, wobei sie sorgfältig darauf achtete, keine knarzenden Dielenbretter zu erwischen. Es war dumm, gleichzeitig so voller Vorfreude und nervös zu sein. Es würde getrunken werden, Jungs würden da sein. Auf jeden Fall Jungs. Würde sie einer anfassen? Sie wünschte es sich, auch wenn sie das nicht zugeben würde, nicht einmal Grace gegenüber. Heute Nacht würde sie vielleicht erleben, wie es wirklich war, statt nur im Bett zu liegen und sich vorzustellen, wie ein Junge seine Finger zwischen ihre Beine schob, auf den hartnäckig schmerzenden Punkt, den sie selbst oft in der Dunkelheit berührte.

Sie würde keine Angst bekommen, nicht heute Nacht.

»Alles okay?«, fragte Grace, als sie wieder auftauchte.

Faith schluckte und nickte dann. Grace hielt sich nicht damit auf nachzufragen, sondern schob das Schlafzimmerfenster nach oben. Das war das Schöne an den winzigen alten Bungalows, aus denen der Großteil ihres Viertels bestand: Sie waren eingeschossig. Mühelos konnte sie auf das Fensterbrett steigen und ihren Körper nach unten fallen lassen. Fast fehlte ein bisschen die Aufregung, die sie erwartet hatte. Es war beinahe zu einfach, sich hinauszuschleichen.

»Du musst es ungefähr so weit schließen«, wies Grace sie an und ließ das Fenster einen Spalt offen. »Etwas höher, und es bleibt nicht offen. Etwas niedriger, und die Farbe auf dem Sims klebt es zu. Vertrau mir, du möchtest das nicht um vier Uhr morgens aufstemmen müssen.«

»Ich erinnere mich daran, wie du das gelernt hast«, sagte Faith trocken. Sie war diejenige gewesen, die einen alten Schraubenzieher suchen und das Fenster mit Gewalt hatte öffnen müssen, als Grace kleinlaut am Fenster geklopft hatte.

»Schadet nicht, sich daran zu erinnern.« Grace grinste und schlang sich den Riemen ihrer kleinen Tasche um die Schulter. Sah sie so aus, wenn sie lächelte? Katzenhaft und neckisch? Grace lächelte, als hätte sie Geheimnisse, und Faith hasste das. Sie selbst war so durchsichtig wie ein Einmachglas. An ihr war nichts interessant oder pikant. Ihre Eltern waren gestorben. Sie lebte bei ihrer Großmutter. Sie bekam Einsen in der Schule. Da gab es absolut nichts Skandalöses.

Die kleine Party war in ein heruntergekommenes Haus am Rande des Pioneer Squares gequetscht, aber etwas weiter Downtown, als Faith sich das vorgestellt hatte. Ein paar Mädchen in ihrem Alter musterten sie neugierig, während sie hineinging und sich nah bei Grace hielt. Es dauerte ein paar

Minuten, bis sie bemerkte, dass die Leute sie anstarrten, dass sie sie beide anstarrten. Sie sollte an diese Aufmerksamkeit gewöhnt sein. Als eineiige Zwillinge aufzuwachsen, hieß, dass einen jeder darauf ansprach. Das hier war allerdings anders. Die Blicke hatten etwas Berechnendes. Jahre später würde sie begreifen, dass sie auf den Reiz des Neuen reagiert hatten. Der Reiz des Neuen war in diesen Kreisen immer eine wertvolle Ware. Er öffnete Türen und Brieftaschen und Flaschen. Doch in diesem Moment behagte er ihr nicht.

Grace stolzierte zu der Couch und stemmte die Hände in die Hüften. Unter einem zerknitterten Poster von Kurt Cobain saß ein Kerl mit einem ungepflegten Ziegenbärtchen und Ohrringen. »Wo sind die guten Drinks?«

Ein süffisantes Lächeln schlich sich auf sein Gesicht. Als er Faith erblickte, wurde es zu einem breiten Grinsen. »Du hast deine Schwester mitgebracht«, bemerkte er und stand auf.

»Nur anschauen!«, warnte Grace ihn.

Er antwortete nicht, sondern deutete den Flur hinunter. Er zog einen Schlüssel aus der Tasche, schloss ein Zimmer auf und schaltete ein Schwarzlicht an. Faith folgte ihrer Schwester hinein. Merkwürdige Farbflecke glühten an den Wänden. Eine Matratze in der Ecke diente gleichzeitig als ungemachtes Bett. Das ganze Zimmer schien in eines dieser Videos zu gehören, die man zeigte, um die Kids im Gesundheitsunterricht zu erschrecken. Faith hatte diese Videos gesehen, und jetzt war sie hier.

Bevor sie sich noch entscheiden konnte, ob sie gehen wollte – ob diese Matratze ihr Angst machte oder sie anturnte –, drückte Grace ihr schon eine Flasche Wodka in die Hand. Es sah aus wie Wasser, aber als sie sie an die Lippen

39

führte, stach ihr der Geruch in der Nase. Sie beobachteten sie, warteten ab, was sie tun würde. Sie drückte den Flaschenhals an ihren Mund und legte den Kopf in den Nacken. Sie musste sich zwingen, nicht zu würgen. Das Brennen in ihrem Hals und das Feuer in ihrem Bauch hatten etwas Befriedigendes an sich. Nach ein paar weiteren Shots fühlte sie sich selbstsicher – furchtlos. So musste sich Grace die ganze Zeit über fühlen, stellte sie sich vor. Die schüchterne Faith war weg. Das brave Mädchen Faith war weg. Wenigstens für ein paar Stunden. Es war befreiend.

Drink für Drink befreite sie sich, während sie ihr Gefängnis um sich herum errichtete.

4

Anne geht es nicht gut. Es sollte mich nicht überraschen, nachdem ich die kleine Unterhaltung mit Jude beobachtet hatte. Und trotzdem bin ich es. Vielleicht, weil ich immer dachte, dass sie ihren Scheiß im Griff hat. Erfolgreiche Karriere. Gut gekleidet. Ich habe sie im Restaurant gesehen, zusammen mit ihrem genauso tollen Ehemann und ihren beiden statistisch optimalen zweieinhalb Kindern. Von außen betrachtet lebte sie den amerikanischen Traum, aber nach den Augenringen zu urteilen und den Knitterfalten in ihrem Kostüm, die sie nicht weggebügelt hat, lebt sie jetzt wieder den amerikanischen Albtraum, gemeinsam mit dem Rest von uns.

Nicht das Fixerleben. Das fürchten wir alle nicht so sehr. Nein, wir haben Angst vor uns selbst. Wir haben Angst, dass wir nichts taugen, dass unsere Schwächen tödliche Fehler sind und dass uns unsere Sucht zurücklockt mit Versprechungen von Vergessen oder uns erlaubt, uns in unserem Selbsthass zu wälzen, wie wir es uns so sehr wünschen. Weil das ein Geheimnis ist. Die Drogen und der Alkohol bewirken nicht, dass wir uns besser fühlen. Wenn du high bist, dann hasst du dich selbst ungehindert, und das ist in Ordnung, weil du in dem Moment nicht dafür verantwortlich bist. Es steht dir frei, dein schlimmster Feind zu sein – es steht dir frei, die Person zu sein, die sich tief in dir drin versteckt. Die Person, die *weniger als* ist. Weniger, als du zu sein vorhattest. Weniger, als du sein könntest. Ich glaube, jeder empfindet das, selbst die Menschen, die nicht abhängig sind. Wenigstens nicht abhängig nach der Definition einer Selbsthilfegruppe. Sport. Kaffee. Netflix. Menschen. Jeder ist süchtig. Wir alle haben unsere Droge. Es ist nur so, dass manche unserer Gifte kostspieliger sind als andere.

Anne schlägt die Beine übereinander, stellt sie wieder nebeneinander. Sie schüttelt den Kopf, als Stephanie sie bittet, sich mitzuteilen. Sie macht dicht, und keiner von uns kann das kleinste bisschen dagegen tun. Wenigstens ist sie hier. Nicht so wie andere Leute. Wie Jude. Er ist nicht da, und das beweist, dass ich recht hatte.

Nur Schwierigkeiten.

Nach unserem zufälligen Treffen im Laden hat mich Amie die letzten Tage über angebettelt, Jude wenigstens eine Chance zu geben. Ich weiß nicht, was sie damit gemeint hat. Er hat mir nicht die Tür eingerannt, um mich zu fragen, ob ich mich mit ihm treffen will, und er hat auch nicht angerufen. Ich bezweifle sehr, dass unser Aufeinandertreffen bei den Kühltruhen auf Hochzeitsglocken in der Zukunft schließen lässt. Amie sieht das anders. Laut. Vor dem Servicepersonal. Vor der Kundschaft. Per Text. Auf meinem AB. Bald wird sie wohl eine Plakatwand mieten.

Wie aufs Stichwort kommt er herein, als hätten meine Gedanken ihn auf die Bühne gerufen. Er sieht heute anders aus.

Kein T-Shirt. Stattdessen trägt er ein Hemd, das gebügelt wurde. Die Ärmel sind bis zu den Ellbogen aufgerollt, als wisse er nicht, was er mit dem Businessaufzug anfangen soll. Und doch kann ich ihn darin erkennen. Wie er mit Anzug und Krawatte ins Büro geht, um… Um was? Was macht dieser Mann, der sich in unserer verschlafenen kleinen Stadt niedergelassen hat? Er hat Amie erzählt, dass er hierhergezogen ist, aber ich habe ihn noch nicht in der Innenstadt gesehen. Da arbeiten die meisten von uns. Am Rand der Stadt gibt es nicht viel. Vielleicht hat er eines dieser Büros über einem Laden oder einem Restaurant gemietet, die immer angeboten werden. Ein Anwalt? Wirtschaftsprüfer? Nichts davon passt zu ihm. Ich bin so abgelenkt von diesem verdammten Jude Mercer, dass ich nicht mitbekomme, dass Stephanie beschließt, sich auf mich zu stürzen.

»Faith.« Stephanie bricht in meine Gedanken ein.

Aller Augen sind auf mich gerichtet, aber ich spüre, wie sein Blick durch meine Haut dringt. »Oh, tut mir leid. Hm, was?«

»Möchtest du etwas sagen?«, fordert sie mich auf. Diesmal bin ich diejenige, die frustriert ist.

»Nein«, schnappe ich. »Ich lass dich schon wissen, wann und ob ich etwas sagen will, Stephanie.«

Schweigen breitet sich aus. Niemand atmet oder bewegt sich. Und da räuspert er sich.

»Ich möchte.« Jude rettet mich. Verdammter Jude.

Ich möchte ihm sagen, dass er sich seine geduldige Ritter-auf-weißem-Ross-Nummer in den Hintern schieben kann. Das beeindruckt mich nicht. Es bringt mich nur dazu, dass ich losschreien möchte, weil perfekte Kerle nicht in einer Selbsthilfegruppe sitzen. Ich halte den Mund und verschränke die

Arme vor der Brust, als könnte ich so meine Worte tief in mir begraben. Zuhören ist eine Fähigkeit, die ich in der Gruppe gelernt habe, und gerade jetzt sollte ich sie anwenden.

»Nur zu.« Stephanies Miene ist hochmütig, obwohl sie mich nicht ansieht. Sie wertet seine Bereitschaft als Zeichen, dass sie etwas richtig macht. Ich sehe sie als das, was sie ist. Er hat mir den Arsch gerettet, bevor ich mich in Verlegenheit bringen konnte.

Jude mustert den Zementboden, und ich stelle fest, dass ich das Gleiche tue. In der polierten Oberfläche kann ich den Umriss meines Kopfs erkennen, aber sonst nichts. Keine Einzelheiten. Keine Miene. Nur die Andeutung eines Menschen, der dort reflektiert wird.

»Ich habe über die Menschen nachgedacht, die ich zurückgelassen habe«, gibt er leise zu. Alle sind ruhig, sein Tonfall zieht unsere Aufmerksamkeit auf sich.

»Die Menschen, die du verlassen hast, oder …« Stephanies nutzlose Aufforderung verliert sich.

»Zurückgelassen. Eine im Besonderen. Was passiert, wenn dich jemand aufgibt?«, fragt er.

Niemand antwortet. Nicht einmal Stephanie. Wir warten einfach darauf, dass er fortfährt.

»Ich habe sie aufgegeben, um mich selbst zu retten, und ich denke immer, dass ich irgendwann Frieden finde mit meiner Entscheidung.« Er fährt sich mit der Hand über das stopplige Kinn und hält inne. »Aber ich tue es nicht. Ich komme immer wieder und warte darauf, dass jemand einen magischen, alles verändernden Gedanken ausspricht.«

»Es gibt keine Formel«, unterbreche ich ihn, ohne nachzudenken. »Wenn du nach einer Antwort suchst, mit der du alles heilen, alles in Ordnung bringen kannst – so was gibt es nicht.«

»Warum kommst du dann wieder?«

Wir sind jetzt die einzigen beiden Menschen in diesem Raum. Jude und ich, die wir uns gegenseitig anstarren.

»*Gewohnheit.* Darin sind wir gut, oder nicht?«

Er nickt knapp, aber er findet nicht, dass ich schlau bin. Seine blauen Augen spiegeln nur eine tiefe Traurigkeit, als sie in meine blicken. Eine Ewigkeit vergeht, und keiner von uns spricht, während die Luft um uns herum immer dicker wird. Schließlich wirft Stephanie ein Mantra in die Runde, aber ich höre nicht zu. Sie hat es nicht verstanden. Menschen wie ich und Jude haben es nicht. Wir wissen, dass wir nach etwas suchen, das nicht existiert, aber wir wissen auch, dass wir auf hoher See verloren sind.

Im Auto drehe ich die Musik so laut auf, dass meine miesen Lautsprecher knistern. Ich muss meine Gedanken und Judes Stimme ertränken. Wie kann er immer noch so idealistisch sein? Wegen seines Benehmens beim letzten Treffen hatte ich angenommen, dass er das schon länger macht. Aber die hirnlose Popmusik aus meinen Lautsprechern kann den Blick in seinen Augen nicht verdrängen, egal, wie laut ich sie aufdrehe. Der Regen lässt die Windschutzscheibe beschlagen, als ich vom Kirchenparkplatz fahre und ihn sehe. Es stürmt nicht, also gibt es überhaupt keinen Grund dafür, dass mein Auto langsamer wird, um sich seinem Tempo anzupassen.

Jude beugt sich runter, und ich bedeute ihm, ins Auto zu

steigen. Ich werde mein Fenster auf keinen Fall runterlassen, sonst verbringe ich eine Stunde damit, es wieder hochzubekommen, aber er lässt sich Zeit, so als würde er über mein Angebot nachdenken. Wenn ich schlau wäre, würde ich aufs Gas treten und ihn stehen lassen, aber mein Auto ist nicht für ein Rennen gemacht. Bevor ich es tun kann, öffnet er die Tür und rutscht auf den Beifahrersitz meines verbeulten Honda Civic. Er gehört nicht in dieses Auto – oder in diese Welt. Jude ist zu lässig, die Art von Coolness, die man jahrelang trainiert.

»Sorry, ich kann das Fenster nicht runterlassen.« Warum zum Teufel entschuldige ich mich? Und wo wir schon dabei sind, warum nehme ich ihn mit?

Er streicht mit dem Finger über den Knopf. Sein Blick wird weich vor Sorge, und er schmilzt etwas in meinem Inneren, das ich für dauergefrostet gehalten habe. »Kaputt?«

Ich nicke, und mein Hals wird trocken. Dann haue ich mit der Handfläche aufs Steuer und schüttle das Gefühl ab. »Sie hat schon bessere Tage erlebt, aber solange sie jeden Morgen anspringt, ist mir das egal.«

»Ich könnte mir das ansehen.«

Das Angebot hängt in der Luft, und ich weiß nicht, wie ich Ja oder Nein sagen soll. Ich weiß nicht, wie ich überhaupt etwas zu Jude sagen soll, der mich ärgert und fasziniert – und der noch eine Menge anderer Dinge mit mir tut, die ich nicht in Worte fassen kann.

»Warum bist du so nett zu mir?«, stoße ich hervor und wünsche mir sofort, dass ich die Frage zurückholen und in das Loch werfen könnte, das sich in meinem Magen auftut.

»Wäre es dir lieber, ich wäre gemein zu dir?«

Ich kann ihn nicht ansehen. Nicht dass ich meine Scham so gut verstecke. Meine Wangen brennen förmlich. Kurz ziehe ich ernsthaft in Erwägung, das Auto gegen einen Baum zu fahren, um ihm nicht mehr in die Augen sehen zu müssen. »Ich meine nur, dass du nicht nett zu mir warst, als wir uns zum ersten Mal begegnet sind.«

»Wenn ich mich richtig erinnere, hast du mir fast einen Becher mit miesem Kaffee übergekippt.«

Und da ist er, der Grund, aus dem ich Jude nicht traue. Bei diesem ersten Treffen war so viel mehr gewesen. Selbst jetzt, während er es mit einem Lachen abtut, ist da diese Spannung. »Ich war nervös. Du hast mich überrascht.«

»Eine Beichte. Das sind schon zwei an einem Tag.« Ich beschließe, ihm zu glauben, weil er mir keine andere Wahl lässt.

»Etwas an dir bringt mich dazu, meine Sünden beichten zu wollen.« Seine Stimme ist leise und vibriert unbestreitbar bedeutungsvoll.

Diesmal muss ich mich bemühen, es mit einem Lachen abzutun. »Das liegt am Namen.«

»Faith – Glaube.« Er hat meinen Namen schon mal ausgesprochen, aber diesmal sagt er ihn mit einer Vertrautheit, die einen Knoten in meiner Brust entstehen lässt. »Sag schon. Wie soll ich Buße tun?«

»Da bist du an das falsche Mädchen geraten.« Ich tue mich schwer, einen lockeren Ton anzuschlagen, denn mich vereinnahmt das Gefühl, dass Jude Mercer sich an diesen Knoten in meiner Brust bindet und mich zu sich heranzieht.

»Nicht katholisch?«

»Nicht mal annähernd. Ich glaube, dass Gott sich nicht besonders für Menschen wie mich interessiert.«

47

»Ich glaube, genau darum geht es bei Gott. Er interessiert sich für jeden«, sinniert Jude.

Wir erreichen eine Straßengabelung, und ich halte an, warte darauf, dass er mir sagt, welchen Weg ich nehmen soll. Er reagiert nicht sofort. Stattdessen sitzen wir stumm da und blicken auf unsere Möglichkeiten. Endlich deutet er nach links. Ich nehme die scharfe Kurve, die weg von der Innenstadt und meinem Leben führt, und fahre auf die alten viktorianischen Häuser zu, die auf dem Steilufer stehen, das über dem Hafen aufragt. Sie sind alle baufällig. An der Ecke thront eine Bemalte Lady als das beherrschende Inn der Stadt. Alles an ihr, von ihrem bunten Äußeren bis zum gepflegten Rasen, ist makellos. Nur ein paar Häuser weiter fällt ein anderes praktisch auseinander, die eine Hälfte vom neuesten Besitzer eingerissen, dem das Geld ausgegangen ist, um die Renovierung abzuschließen.

»Ich liebe diese Häuser.«

Ich merke nicht einmal, dass ich es laut ausgesprochen habe, bis Jude fragt: »Warum?«

Es ist eine unschuldige Frage, aber so, wie er sie stellt, fühlt es sich intim an.

»Sie sind alle unterschiedlich. Einzigartig. Erker und Lebkuchen und Farbe. Ich bin in einem Viertel aufgewachsen, das nett war, aber alle Häuser waren wie Schubladen, strategisch entlang der Straße aufgereiht, sodass wir alle den gleichen Anteil Garten hatten.«

»Du wirkst nicht wie der Typ, der in eine Schublade passt«, bemerkt er nachdenklich.

»Tue ich nicht.«

»Deinetwegen wünsche ich mir jetzt, ich hätte eines von denen gekauft«, gibt er zu.

48

»Hast du nicht?« Ich bin ein wenig enttäuscht und bemühe mich nicht, das zu verstecken.

»Würdest du mich dann mögen?«

»Ich mag dich.« Aber meine Antwort kommt zu schnell. Das Ergebnis davon, dass man in meiner Erziehung immer Benehmen über Achtsamkeit gestellt hat.

»Du bist eine schreckliche Lügnerin, Faith.« Er sieht aus dem Fenster und zieht mit dem Finger die Spur eines Regentropfens nach, der sich an dem Glas entlangwindet.

»Ich habe mich noch nicht entschieden, was dich betrifft.« Jetzt bin ich die, die beichtet.

»Wir haben uns unter schwierigen Umständen kennengelernt. Es ist wohl klug, einem Mann zu misstrauen, den du bei einem Treffen der NA getroffen hast.« Er hat sich mir wieder zugewendet, und irgendwie durchschaut er mich. Oder vielleicht wusste er auch in dem Moment, in dem wir uns begegnet sind, woher meine Bedenken kommen.

»Es ist wahrscheinlich klug, einer Frau zu misstrauen, die du bei einem Treffen der NA kennengelernt hast«, gebe ich zurück, weil das das wahre Problem ist. Nicht nur, wie wir uns kennengelernt haben, sondern dass wir beide dort waren. Wir sind beide kaputt, und keine noch so große Fantasie kann unsere Einzelteile zu einem großen Ganzen zusammenfügen.

»Ist nicht einer der Grundsätze unserer Gruppe die Anonymität? Soweit es mich betrifft, haben wir uns in dem Gang mit den Tiefkühltruhen getroffen. Über dich weiß ich nur, dass du ein süßes Kind hast, eine ziemlich stürmische beste Freundin und dass du ein echter Sonnenschein bist«, erklärt er trocken.

»Stürmisch ist eine nette Formulierung.« Ich erlaube ihm, unsere Geschichte neu zu schreiben, weil ich es mir wünsche –

49

weil ich möchte, dass Jude der Mann ist, der meinen Sohn behandelt hat, als sei er der interessanteste Mensch auf der ganzen Welt. Ich möchte nicht, dass er der Mann ist mit der anmaßenden Antwort und den scharfen Augen, der in meiner Selbsthilfegruppe aufgetaucht ist. Und vielleicht möchte er nicht, dass ich die Frau bin, die so am Arsch ist, dass sie nach Jahren in nüchternem Zustand immer noch einmal pro Woche auf einem Klappstuhl im Keller einer Kirche herumhockt.

»Ich kenne dich überhaupt nicht, Faith. Wie ist dein Nachname? Wo kommst du her? Bist du verheiratet?«

Die Fragen sind rhetorisch gemeint, und ich stelle fest, dass ich ihm trotzdem antworte. »Kane. Und ich bin nicht verheiratet und habe dir gesagt, dass ich aus der Stadt bin.«

»Ich glaube, an deiner Geschichte ist mehr dran.« Aber er hakt nicht nach. Stattdessen dreht er die Musik lauter. »Was hört sich Faith Kane an?«

Ich zucke mit den Schultern, während die letzten eingängigen Noten von Taylor Swifts neuestem Song verklingen, danach folgt eine dunklere, schwermütigere Melodie. Ich kenne den Namen der Künstlerin nicht, aber ich kenne den Song. Vielleicht möchte ich ihn nicht kennen, weil die Worte, die sie singt, meine eigenen sind. Ohne nachzudenken, singe ich mit und vergesse kurz, dass ich mit Jude im Auto sitze.

»I lost myself the day that I met you.
Now I´m not sure where I´m heading to.
And you´ll break my heart like the time before;
Until I don´t believe in true love no more.
I´m in pieces… pieces…«

Judes Hand auf meiner Schulter erinnert mich daran, dass ich nicht allein bin, und ich zucke zusammen.

»Da oben«, sagt er leise und deutet auf eine Einfahrt.

»Tut mir leid.« Ich bremse scharf, damit ich nicht daran vorbeifahre.

»Kein Grund, sich zu entschuldigen. Ich höre dir gern beim Singen zu, auch wenn einige Wörter falsch waren.«

»Ich habe die Wörter falsch gesungen? Ich liebe diesen Song. Was bist du, ein Experte?« Ich beginne, mich wieder daran zu erinnern, warum ich ihm den Spitznamen Mister Arrogant verpasst habe. Sobald das Auto steht, wende ich mich ihm zu und starre ihn böse an. »Was habe ich falsch gesungen?«

Er zuckt mit den Schultern, aber er kann das anmaßende Grinsen nicht ganz von seinem Gesicht verbannen. »Ich glaube, sie singt *I lost my way*.«

»Erinner mich dran, dass ich das später google.« Offensichtlich hat er ein Händchen dafür, Dinge zu ruinieren, und ich hatte fast schon angefangen, ihn zu mögen. Zu schade, dass er so von sich überzeugt ist. Wer zur Hölle korrigiert jemanden, wenn er einen Song im Radio mitsingt?

»Möchtest du mit reinkommen?«, fragt er, als er die Tür öffnet.

Ich möchte Nein sagen, löse aber stattdessen meinen Gurt. *Tolle Art, Rückgrat zu zeigen, Mädchen.* Na gut, wenn er ein besserwisserischer Arsch sein kann, kann ich das auch. »Du weißt schon, dass das nicht unbedingt fußläufig erreichbar ist«, sage ich, als ich aussteige und die Tür hinter mir zuschlage.

»Drei Meilen? Ich dachte, du bist in der Stadt aufgewachsen.«

Mein nächster Rüffel erstirbt auf meinen Lippen, als ich

51

endlich sein Haus sehe. Wenn noch ein Hauch Zweifel daran bestanden hat, dass er und ich aus vollkommen anderen Welten kommen, dann beweist es das jetzt. Es ist keins der älteren Häuser, die ich so liebe, aber es verschlägt mir doch den Atem. Das Haus wurde an die Seite der Steilküste gebaut, es schmiegt sich an das steinige Terrain, sodass man von jeder Seite aus das Meer sehen kann. Ich gaffe immer noch, als Jude mich an der Hand nimmt und vorwärtszieht. Ich gehe mit, weil ich zu verblüfft bin, um sie ihm wegzuziehen, und weil ein Teil von mir wissen möchte, wie es ist, auf diese Weise in ein solches Haus zu gehen. Das liegt so fern meiner Realität, dass selbst meine Pleitegeierfantasie sich nicht ausmalen kann, wie es drinnen ist. Ich achte kaum darauf, als er meine Hand loslässt, um den Code für die Garage einzutippen. Als die Tür hochfährt, fällt mein Blick auf das Motorrad.

War ja klar.

Jude bemerkt meinen Blick und zuckt mit den Schultern. »Es gab mal eine Zeit in meinem Leben, als ich dachte, ich bräuchte das.«

»Und jetzt?«

»Dient es mehr der Show.« Er nickt zu der Stelle daneben. »Das ist meine wahre Liebe.«

Es ist ein kanariengelber Jeep, nicht annähernd das Gefährt, in dem ich ihn mir vorgestellt habe. Etwas an seinem Verhalten bei unserer ersten Begegnung hatte mich an Sportwagen denken lassen – die mit zwei Sitzen und keinem Platz für Gepäck.

»Max würde es lieben.« Als mir auffällt, dass ich wieder mein Kind erwähnt habe, zucke ich zusammen. Es ist schon schlimm genug, dass sie sich im Laden getroffen haben. Max ist meine ganze Welt, aber ich beschütze ihn auch vor manchen meiner eigenen Seiten. Jude gehört zu den dunklen Bereichen, über die er nichts zu wissen braucht.

»Ich nehme ihn mal mit.«

Ich sage nichts. Was hat Jude Mercer an sich, das mir die Sprache verschlägt?

»Ich sollte gehen«, zwinge ich mich endlich zu sagen. »Ich muss Max bis vier abholen.«

Jude hält sein Telefon hoch. »Sieht aus, als hättest du noch zwanzig Minuten totzuschlagen.«

Er scheint auf alles eine Antwort parat zu haben, im Gegensatz zu mir.

Ich gehe hinter ihm her, während er mich ins Haupthaus führt, und mir steht der Mund offen. Wenn das Äußere schon beeindruckend war, dann fehlen mir die Worte für das Innere. Blanke Holzbalken an der Decke, passendes, glänzendes Parkett. Die Möbel sind minimalistisch – moderne, eckige Linien und ein paar sorgfältig ausgesuchte Stücke stehen alle mit Blick auf die deckenhohen Fenster, die die Aussicht über die Bucht freigeben. Heute wirkt das Wasser ruhig, aber die Wellen sind dennoch da – winzige Erschütterungen, die wie ein Messer durch die spiegelglatte Oberfläche schneiden und so schnell verschwinden, wie sie gekommen sind.

Als er seine Hand auf meine Schulter legt, macht mein Herz einen Satz, und kurz zerspringt mein sorgfältig nach außen gespiegeltes Selbstbewusstsein wie das Wasser vor den Fenstern.

»Kann ich dir ein Wasser anbieten? Vielleicht habe ich auch Soda da, aber das ist fraglich.« In seiner Stimme schwingt ein Lächeln mit, und da seine Hand noch auf meiner Schulter ruht, spüre ich die Hitze, die sich in mir ausbreitet. Es ist ein warmes und angenehmes Gefühl, wie nach Hause kommen,

53

und ich habe es lange nicht mehr gespürt. Ich wende mich von ihm ab und damit auch von allem, was er mir anbietet, und erblicke eine Staffelei auf der anderen Seite des Raums. Eine halb fertige Leinwand steht darauf und spiegelt die fast unmerklichen Gezeiten, die vor dem Fenster zu sehen sind.

»Das ist wunderschön«, flüstere ich. Ich habe das Wasser draußen in den letzten vier Jahren jeden Tag gesehen, aber heute erkenne ich es zum ersten Mal. Er hat die Andeutung der Bewegung in einem Zusammenprall aus Blau und Grün eingefangen. »Ich wusste nicht, dass du Künstler bist.«

Es ist dumm, so etwas zu sagen, weil ich nichts über ihn weiß. Nicht richtig. Außer dass er geduldig ist, und dass er nicht wirklich Motorrad fährt, und dass er kein Gespür dafür hat, wann es regnen wird, und dass hinter seiner Fassade noch so viel mehr steckt, als er zeigt. Für mich ist er so unvollendet wie das Gemälde, das auf seine Wiederkehr wartet, und ich möchte einen Pinsel nehmen und ihn ausmalen, bis ich alles von ihm sehen kann.

»Ich glaube, du siehst es mit Mutteraugen.« Er lacht kurz auf, als er sich der Leinwand zuwendet und sie mustert.

»Mutteraugen?«, wiederhole ich. »Was zum Teufel soll das sein?«

»Oh, du weißt schon. Erinnerst du dich daran, als du noch ein Kind warst und deine Mom jedes Bild, das du aus der Schule mitgebracht hast, an den Kühlschrank gehängt hat?« Er wirft mir einen kurzen Blick zu, und das Grinsen rutscht ihm vom Gesicht.

»Ich bin bei meiner Großmutter aufgewachsen. Meine Schwester war die Künstlerin, also ...«

Ein Muskel in seinem Kiefer zuckt, als würde ihn meine

Lebensgeschichte mehr aufregen als mich. »Ich wette, du machst das für Max so.«

»Da hast du recht«, gebe ich zu. Ich mache das immer für Max – warum denke ich dann an meine Mom und das Leben, das ich vor so langer Zeit verloren habe? »Ich glaube, das Meer lässt mich an die Vergangenheit und nicht an die Gegenwart denken.«

»Wie das?«, fragt er mit sanfter Stimme, die mich danach sehnen lässt, es ihm zu erklären, obwohl ich nicht sicher bin, dass ich das könnte.

Ich konzentriere mich auf die blaugraue Weite, die sich ohne erkennbares Ende vor mir erstreckt. »Der Ozean ist so riesig – unermesslich – wie ein Mensch. Ich könnte dich seit Jahren kennen, und du würdest doch nie all die Augenblicke kennen, die mich zu der Frau gemacht haben, die ich heute bin. Die mich zu der machen, die ich morgen sein werde, oder in fünf Jahren. Niemand kann je einen anderen Menschen wirklich kennen. Wir sind alle Mysterien, so wie das Meer.«

»Glaubst du das wirklich?« Seine Worte werden von einer harschen Strömung unterspült. »Deine Schwester? Großmutter? Niemand kennt dich? Nicht einmal Max' Vater?«

»Der definitiv nicht.« Mein Lachen klingt hohl, als ich darüber nachdenke. »Sie haben mich vielleicht mal gekannt, aber sie sind zu lange weg, um mich jetzt zu kennen.«

»Und Max?«, fragt er schroff.

»Er kennt nur meine besten Seiten, hoffe ich.« Es tut weh, das jemandem zu sagen, der begreift, was ich damit meine. Ich hätte Jude meine Schwächen nicht gestehen müssen. Er kennt sie, seit wir uns getroffen haben, und so, wie seine Augen sich kurz schließen, versteht er es viel zu gut.

Als Jude die Augen wieder öffnet, wendet er sich nicht mir zu, sondern blickt nach draußen, als würde er hinter den Wellen seine eigene Vergangenheit sehen. »Es ist fast vier.«

Ich brauche keine weitere Erinnerung daran, dass ich woanders hingehöre. Dass ich überhaupt zu niemandem gehöre.

5

Ich helfe Max, sich in meinem Büro in der Ecke mit dem iPad einzurichten, bevor ich es wage, einen Blick auf die Rechnungen zu werfen, die auf dem Schreibtisch auf mich warten. Das Ende des Monats bringt immer alle Verbindlichkeiten mit sich, und nichts ist schlimmer, als wenn der am Tag des Gruppentreffens ist. Es scheint nicht fair, dass die Post nicht vor drei Uhr am Nachmittag geliefert wird. So habe ich den ganzen Morgen herumgesessen, ohne etwas zu tun zu haben, und jetzt habe ich zu viel – und außerdem noch mehr, was mir auf der Seele lastet.

»Ich habe beschlossen, nicht mehr zu kochen.« Amie taucht mit ihrem üblichen Fingerspitzengefühl für Drama auf. Sie lässt sich auf eine Ecke vom Schreibtisch fallen, zieht ihr Bandana aus und steckt es in die Tasche ihrer Kochjacke mit Paisleymuster. »Willst du gar nicht wissen, was mein Reserveplan ist?«

Soweit ich bisher mitgezählt habe, hatte sie bereits ein Dutzend Reservepläne, seit ich sie kennengelernt habe. Sie kocht immer noch jeden Tag.

»Klar.« Ich sichte die Umschläge und beginne, sie im Geiste nach ihrer Wichtigkeit zu sortieren.

»Ich werde eine Kochshow machen.«

»Food Network?«, frage ich.

»Travel Channel, oder vielleicht PBS für den Anfang.« Sie beginnt, ihre Zöpfe zu lösen, während sie fortfährt. »Ich schätze, wenn Food Network eine anständige Summe bietet …«

»Mh-hm.« Ich wette, Jude muss nie entscheiden, welche Rechnungen am Ende des Monats bezahlt werden. In der Zwischenzeit muss ich zocken, ob unser Gemüsemann uns so gern mag, dass er weiterhin liefert, auch wenn wir spät dran sind. Das ist eines der lästigeren Phänomene des Lebens: Wie wenige von uns doch im Mittelfeld stehen. Es gibt die Vielhaber und die Habenichtse, und dazwischen liegt ein ganzes Fußballfeld.

»Du hast nicht ein Wort von dem gehört, was ich gesagt habe.« Amies Beschuldigung unterbricht die bittere Hetzrede, die in meinem Kopf stattfindet.

»Doch, habe ich.« Ich wiederhole ihre Gedanken zum Food Network. Vielleicht liege ich falsch. Es gibt etwas dazwischen. Dort leben die Träumer, Menschen wie Amie. Niemand hat ihr je gesagt, dass sie nicht genau das erreichen kann, was sie will, und deshalb hat sie mit dreißig ein Restaurant. Und deshalb wird sie wahrscheinlich auch ihre eigene Kochshow an Land ziehen. Manche Menschen wissen einfach, wie man etwas angehen muss. Sie werden nicht von Ängsten heruntergezogen, so wie wir anderen.

»Du nutzt das Mom-Voodoo«, sagt sie, und ihre Worte treffen einen wunden Nerv.

Ich hole tief Luft und schüttle dann energisch den Kopf. »Das gibt's nicht.«

»Na, du hörst offensichtlich zu, aber denkst über etwas vollkommen anderes nach.« Ihre Augen verengen sich, und ich möchte sie daran erinnern, dass sie die gruselige Gabe hat, in die Köpfe der Menschen schauen zu können. »Oder an jemanden. Vielleicht an einen heißen, tätowierten Bad Boy mit einem Herzen aus Gold.«

Ich halte mich zurück, um nicht zu schreien, und lächle sie verkniffen an. »Wir haben Monatsende. Rechnungen und Pflegeheime sind alles, was mir durch den Kopf geht.«

»O Mist!« Ihre Haltung ändert sich sofort, und sie tätschelt mir sanft den Arm. »Brauchst du was? Ich kann hier übernehmen, wenn du wegmusst.«

»Nein.« Gerade brauche ich die Arbeit; ich möchte mich konzentrieren und darüber vergessen, was auch immer für eine Verrücktheit zwischen mir und dem, der nicht genannt werden soll, stattfindet. »Ich habe es im Griff. Ich besuche sie morgen. Es soll draußen sowieso eklig werden, da kann ich meinen Samstag auch im Auto verbringen.«

Es ist nicht so, als hätten wir die Wochenenden wirklich frei, aber ich weiß, dass sie versucht, mir samstags und sonntags so viel Zeit wie möglich mit Max zu geben. Aber selbst ich war diese Woche zu abgelenkt, um meinen monatlichen Ausflug zu Nana zu planen. Ich habe Amie nie erzählt, dass ich mich davor fürchte, weil ich das nicht brauche. Wer würde schon Spaß daran haben, jemanden zu besuchen, der sich nicht an einen erinnert?

»Ich mache das Wochenende«, sagt sie, als sei es keine große Sache, dass sie ihr Leben ständig für meines aufopfert.

»Ich kann Sonntag reinkommen.«

»Auf keinen Fall.« Sie winkt ab und springt vom Schreibtisch. »Ich brauche dich am Montag hier, weil ich ein heißes Date habe.«

Mit der Art von Neuigkeit kann ich sie ablenken, damit wir endlich das Thema wechseln können. »Erzähl.«

»Wem mache ich etwas vor?« Amie hält sich den Handrücken vor die Stirn und wischt die verschwitzten Locken weg, die dort kleben. Sie sieht aus wie eine Figur aus einem Stück von Tennessee Williams. Wie schon gesagt, sie hat das mit dem Drama voll drauf. »Mit dem Chiropraktiker.«

»Ich dachte, der Zug wäre abgefahren. Und zwar heftig, wenn ich mich erinnere.«

Sie seufzt und zieht die Schultern hoch, als würde sie es auch nicht verstehen. »Das dachte ich auch. Entweder bin ich nicht so heftig, wie ich gern glauben möchte, oder der langweilige Doktor hat mehr Arsch in der Hose als gedacht.«

Wir sehen uns beide nach Max um, aber er ist noch in sein Alphabetspiel vertieft und bekommt nichts von unserer Unterhaltung mit.

»Vielleicht sollte ich Nein sagen, damit du am Montag arbeiten musst«, ziehe ich sie auf.

»Ich schwöre, ich schraube meine Erwartungen nicht runter. Ich mache mir nur Sorgen, dass ich zu eingerostet bin, wenn endlich ein guter Mann daherkommt.« Sie streckt die Arme vor sich und krächzt: »Ölkännchen. Ölkännchen.«

Meine Augen weiten sich, und ich kauere mich auf dem Stuhl zusammen.

»Was? Das war der Tin Man!«

Mit einem Grinsen setze ich mich wieder auf. »Ich weiß. Ich

habe nur überlegt, ob ich das für dein zukünftiges Datingprofil aufnehmen sollte.«

»Jetzt arbeitest du wirklich am Montag.« Amie hält im Türrahmen noch einmal inne. »Denk doch nur daran, wie viele geeignete Verehrer ich haben werde, wenn ich meine eigene Kochshow hätte.«

»Oder wie viele Widerlinge«, korrigiere ich sie.

Sie droht mir mit dem Finger. »Hast du was dagegen? Cinderella hat ihre Glasschuhe getragen, und sie sind nicht zerbrochen. Ich brauche etwas mehr märchenmäßigen Optimismus.«

Ich verspreche ihr, dass ich noch immer an die wahre Liebe glaube, weil es nett ist, das zu sagen, und weil ein Teil von mir es wirklich tut. Ich liebe sie und meinen Sohn. Ich mag ein paar von unseren Stammgästen wirklich gern. Aber Romantik und Bis-ans-Ende-ihrer-Tage-Beziehungen? Deshalb werden sie Märchen genannt.

Es gab eine Million Gründe, aus denen ich meine Großmutter in ein Pflegeheim gebracht habe, in einer Stadt, die eine Stunde entfernt liegt, aber die meisten davon waren gelogen. Tatsache ist, dass ich eine Ausrede brauche, mich nicht jeden Sonntag wie ein Geist fühlen zu müssen. Ich blicke alle paar Minuten in den Spiegel und sehe, dass Max aus dem Fenster schaut und sich die Douglasien ansieht, die sich majestätisch auf den Olympics in der Ferne erheben. Der Meteorologe hat danebengelegen, denn der Himmel ist strahlend und die Luft frisch. Einer der wenigen solcher Tage, bevor sich der Sommer endgültig auf den Nordwesten stürzt. Als wir bei Nana ankommen, zappelt Max vor sich hin, während ich ihn aus der Gefangenschaft seines Kindersitzes befreie.

Ich muss ihn zweimal ermahnen, dass er auf dem Parkplatz meine Hand nehmen soll, während wir die Stufen zum Eingang erklimmen. Miss Maggie, die seit dem Tag, an dem Grace und ich Nana hergebracht haben, hier ist, lächelt breit, als sie uns sieht. Heute trägt sie einen grellpinken Kittel und passenden Lippenstift, der sich von ihrer mokkafarbenen Haut abhebt.

»Hallo Süßer!«, ruft sie, und Max läuft auf sie zu, um sie zu umarmen.

Ich kann nicht anders, als mich ein bisschen aufzuplustern, als ich ihre fröhliche Begrüßung und Max' Antwort höre. »Sie wird sich so freuen, dich zu sehen.«

»Ist heute ein guter Tag?« Ich versuche, die Hoffnung im Zaum zu halten.

Sie hebt eine Augenbraue über ihre türkise Lesebrille. »Jeder Tag ist gut, wenn du atmest, Schätzchen.«

Und genau deshalb versuche ich, mir keine großen Hoffnungen zu machen. Ich habe kein unerschöpfliches Becken, aus dem ich eine positive Einstellung schöpfe. Ich möchte die Welt in allen Regenbogenfarben sehen, habe aber gelernt, nur Grau zu erwarten. Max wird allerdings wie ein Held empfangen. Deshalb kommt er so gern her. Die ganze Gemeinschaft arbeitet mit einer örtlichen Vorschule zusammen, damit die Bewohner nicht den Mut verlieren. Sie sind daran gewöhnt, Kinder um sich zu haben, und sie haben genauso viel Spaß an Max wie er an ihnen. Er teilt Umarmungen aus und klatscht ab, als sei er der offizielle Sponsor von jedem hier.

»Sie fressen ihn praktisch auf«, sagt Maggie mit einem Kichern. »Das Kind ist ein echtes Licht.«

Ich beiße mir auf die Lippe und sehe zu, wie alle auf ihn reagieren. Als er an einem alten, abgesessenen Sessel in der Ecke ankommt, strahlt jeder hier. Aber er wendet sich zu uns um, und sein eigenes Lächeln rutscht ihm vom Gesicht. Er macht mir Zeichen.

»Ich weiß nicht, wo Frankie ist«, antworte ich, während ich darauf warte, dass Maggie mich aufklärt.

»Frankie ist heute unterwegs.« Darunter verbirgt sich eine Bedeutung, die nur für mich bestimmt ist.

Das ist schon mal passiert, aber mittlerweile ist Max alt genug, um sich daran zu erinnern. Das ist die Unvermeidlichkeit des Lebens. Jeden Monat kommt er für ein paar Stunden her und flößt jeder Seele, die er berührt, Lebensmut ein, aber er kann sie nicht am Sterben hindern. Für den Moment ist er von der Antwort beschwichtigt, aber ich werde später mit ihm darüber reden müssen. Nächsten Monat wird er wieder fragen, und ich habe mir selbst geschworen, dass ich ihm keine unnötigen Lügen erzählen werde.

Ich bedeute ihm, mit mir den Flur hinunterzugehen, bevor er mehr Fragen stellen kann. Ich möchte nicht, dass er seine Urgroßmutter anstarrt, als könne sie jeden Moment verschwinden.

Nana sitzt am Fenster, als wir ihr Zimmer betreten. Ihr feines weißes Haar ist zu einem strengen Knoten geschlungen, genau so, wie sie es jeden Tag in meiner Jugend getragen hat. Es erstaunt mich, dass sie sich daran erinnert. Sie kann sich selbst anziehen und ihr Bett machen und ein Buch lesen. Jeden Morgen bewegt sich ihr Körper aus Gewohnheit voran. Da ist keine Verantwortung mehr, die den Rest von uns aus dem Bett treibt, aber dennoch ist sie hier – angezogen, und sie wartet auf nichts und niemanden.

Früher habe ich mich deshalb schuldig gefühlt. Ich bin jedes Wochenende hier heraufgefahren, solange ich das Benzingeld zusammenkratzen konnte. Als Max geboren wurde, habe ich ihn mitgebracht, und sie hat ihm Schlaflieder vorgesungen, die sie nie vergessen hatte, während sie in ihrem Schaukelstuhl schaukelte. Ich wollte diejenige sein, auf die sie wartete – ich wollte der Grund sein, aus dem sie sich anzog. An einem Wochenende habe ich ein paar Windeln in ihrem Zimmer vergessen. Zu dieser Zeit waren sie ein wertvolles Gut, und ich konnte es mir nicht leisten, sie liegen zu lassen. Ich schnallte Max wieder ab, wickelte ihn ein und ging mit ihm gemeinsam hinein. Sie saß immer noch wartend am Fenster. Innerhalb von fünf Minuten hatte sie vergessen, dass ich da gewesen war. So schnell verschwanden wir für sie. Danach kam ich seltener, weil es zu sehr schmerzte, jedes Mal ausradiert zu werden.

Max macht es nichts aus, dass sie ihn vergisst. Heute rennt er los, setzt sich zu ihren Füßen hin und nimmt ihre papierdünne Hand in seine. Sie tätschelt ihm den Kopf und fragt nach seinem Namen. Er muss ihre Lippen nicht lesen, diesen Teil des monatlichen Rituals kennt er auswendig.

»Das ist Max, Nana«, rufe ich ihr zu. Sie sieht mich mit einem Stirnrunzeln und zusammengekniffenen Augen an. »Grace?«

Ein Kloß schiebt sich in meinen Hals, und ich zwinge mich, den Kopf zu schütteln und zu lächeln. »Faith, und ich habe dir Max mitgebracht.«

»O ja, Max.« Sie ist gut darin geworden, so zu tun, als könne sie allem folgen.

Wir setzen uns, und ich erzähle von der Arbeit und wie weit Max mit dem Lippenlesen gekommen ist. Ich erzähle ihr, dass die Versicherung sich immer noch weigert, für die Cochlea-Implantate zu zahlen, und dass ich wieder etwas Geld dafür zurückgelegt habe. Max malt ein Bild vom Meer für sie. Nicht die ruhige Bucht, die sie von ihrem Fenster aus sehen kann, sondern das kabbelige wilde Wasser, so wie es bei uns ist. Er schreibt einen Brief für sie, und ich gebe mein Bestes, ihn zu entziffern. Wir bieten ihr flüchtige Einblicke in unser Leben, während ich stumm dafür bete, dass sie sich einen davon merken kann. Meine Eltern sind vor langer Zeit gestorben, aber erst, als sie krank geworden ist, habe ich mich wie eine Waise gefühlt.

»Ich habe dich vermisst, Grace.«

Es ist ein überwältigender Moment der Klarheit, und so korrigiere ich sie nicht.

»Hast du was von deiner Schwester gehört? Ich glaube, sie sollte in der Schule bleiben.«

Sie ist wieder in die Vergangenheit gewandert, und ich merke, dass ich mit ihr gehe. »Ich habe lange nicht mehr mit ihr gesprochen.«

»Ich hoffe, es geht ihr gut. Ich mache mir Sorgen um sie.«

»Ich auch, Nana.« Ein weiteres kleines Stück in mir zerbricht.

Sie beugt sich zu mir vor und flüstert: »Und wer ist das?«

Ich mache mir nicht die Mühe, ihr zu erklären, dass das unnötig ist. Ich erinnere sie nicht daran, dass Max taub ist. Sie hat keine Erinnerungen mehr an die Zeit, nachdem wir neunzehn geworden sind, und wenn es etwas gibt, an das sie sich erinnern soll, dann daran.

»Mein Sohn.« Ich strubbele ihm durchs Haar, während er an seinem nächsten Meisterwerk arbeitet. »Das ist mein Sohn.«

6

Vorher

»Der schlimmste Tag überhaupt«, verkündete Grace, als sie ihre Messengertasche über den Stuhl in der winzigen Küche ihrer Großmutter warf. »Gibt's was zu essen?«

Da es nur noch ein paar Monate bis zum Abschluss waren, hatten ihre Lehrer beschlossen, Masochisten zu werden. Die Zusage von der University of Seattle, die stolz am Kühlschrank prangte, sollte wie eine Fahrkarte in die Freiheit sein – eine mit einem bestimmten Abfahrtsdatum. Aber da sie nicht genau wusste, wie sie für die Flucht bezahlen sollte, war es das nicht.

Ihr Spiegelbild sah mit gerunzelter Miene hinter der Tür des Kühlschranks hervor. Faith war ihr eineiiger Zwilling. Größtenteils. Wenn sich jemand wirklich die Mühe machte, genau hinzusehen, dann bemerkte er, dass Faith' haselnussbraune Augen mehr grün als blau waren. Aber ansonsten bestand der größte Unterschied zwischen ihnen im Verhalten. Faith war impulsiv. Grace plante alles. Faith verliebte sich einmal pro Woche. Grace hatte keine Zeit für Jungs.

»Es gibt das hier.« Faith hielt das schnurlose Telefon hoch. »Sonst nicht viel. Vielleicht liegt die Fernbedienung im Eisschrank?«

Keine von ihnen lachte über den Witz. Nana verhielt sich seit Monaten fahrig. Zuerst war es nichts gewesen, über das sie sich Gedanken hätten machen müssen. Sie konnte sich nicht an den Wochentag erinnern, oder sie vergaß, Milch zu kaufen. In den letzten Wochen hatte sie jedoch vergessen, überhaupt etwas einzukaufen.

»Heute Morgen dachte sie, ich sei du«, flüsterte Grace.

»Das ist nichts Neues.« Aber Faith machte sich nicht die Mühe, sie noch mehr zu überzeugen. Nana hatte sie immer auseinanderhalten können. Wahrscheinlich, weil sie bei ihr lebten, seit sie zwei Jahre alt waren. Eineiige Zwillinge waren für jede Frau in den Sechzigern ein bisschen viel, aber sie hatte es mit Leichtigkeit geschafft.

»Für sie schon.«

Faith sackte auf den Stuhl neben ihr und nahm ihre Hand. »Hey, lass es uns doch positiv sehen. Sie würde es wahrscheinlich nicht mitbekommen, wenn wir uns rausschleichen.«

»Dann lass uns das machen.« Grace hatte das Interesse am Partymachen verloren, kurz nachdem sie Faith eingeführt hatte. In den Nächten, in denen sie ausgehen wollte, hatte Faith Techtelmechtel, aber sie zwang Grace nie mitzukommen. Außerdem schnappte sich Grace eine Flasche aus Nanas Schnapsschrank, wenn Faith ausging. Sie musste sie nicht teilen, und sie musste sich auf ihrem Heimweg nicht in jeden zweiten Garten in Ballard übergeben. Das war eine echte Winwin-Situation. Heute Abend wollte sie mehr als ein paar hektische Schlucke Alkohol, die sie sowieso schon viel zu sehr verdünnt hatte, als dass sie das angenehme Brennen noch spüren konnte. Heute Nacht suchte sie Vergessen.

»Wirklich. Ich dachte, du hättest dem abgeschworen.« Faith war schon aufgestanden. »Kann ich dich schminken?«

»Warum nicht?« Grace zuckte mit den Schultern, ohne ein Lächeln aufbringen zu können. Wenn es bedeutete, dass sie hier herauskam, weg von dem Brief und ihrer Großmutter, dann war sie dabei. Der Gedanke daran, die ganze Nacht lang ihrer Zukunft zuzusehen, wie sie langsam um den Ausguss kreiste, war zu viel für sie. »Wo gehen wir hin?«

»Überlass das mir.« Faith zwinkerte ihr zu. »In ein paar Stunden wirst du so was von relaxt sein.«

Es war ein Versprechen, das wie eine Drohung klang.

⁓

»Was tun wir hier?« Grace packte Faith am Arm und schüttelte sie. Der Platz war ein totales Höllenloch. Von den blinkenden fluoreszierenden Lichtern in dem Raum, der als Küche durchgehen sollte, bis zu den Brandlöchern im Teppich. Normalerweise war da eine Party, wenn sie mit Faith mitging. So was wie eine Party mit *Menschen*. Aber das hier gruselte sie. Sie musste ganz klar öfter mitkommen, um aufzupassen.

»Mach dich locker.« Faith warf ihre Haare über die Schulter und zupfte an ihrem Shirt, um mehr Dekolleté zu zeigen. »Ich dachte, du wolltest ein bisschen relaxen.«

»Das will ich auch.« Grace zögerte und öffnete endlich den Klammergriff um den Arm ihrer Schwester. »Ich dachte, wir schleichen uns nur in eine Bar oder so was. Gibt's nicht eine Party in der Nähe?«

»Derrick kann uns später in eine Bar schleusen, aber ich wollte hier erst mal reinschauen.«

Grace fragte nicht, warum. Sie interessierte sich mehr für den mysteriösen Derrick.

»Hab keine Angst«, fuhr Faith mit beruhigender Stimme fort, dann zupfte sie das Zopfband aus dem Pferdeschwanz ihrer Schwester. Grace' Haare flossen um ihre Schultern, und sie sah sofort wie ihr Zwilling aus. »Derrick wird ausflippen. Lassen wir ihn raten, wer wer ist.«

Derricks massive Gestalt füllte den Türrahmen aus und versperrte den Blick in den Flur hinter ihm, als sei er von Faith' Worten hervorgezaubert worden. Er war älter, das war an den Fältchen auf seiner Stirn deutlich zu erkennen. Aber ansonsten war er gekleidet wie die Jungs aus ihrer Klasse, mit schlecht sitzenden Jeans und einem schlabberigen T-Shirt. Und doch konnte man nicht verleugnen, dass Derrick hinreißend war. Vielleicht strengte er sich deshalb nicht an – so gar nicht. Auch nicht mit seiner Kleidung oder Wohnung. Kristallblaue Augen musterten die Mädchen und froren sie auf der Stelle fest. Es konnte an seinem muskulösen Körper liegen oder an dem ungepflegten Dreitagebart. Und doch war es mehr als das alles. Es lag an der Art, wie er sich bewegte. Daran, wie sein Blick unverfroren über ihre Körper wanderte. Jungs hatten sie schon öfter so angesehen, aber das hatte nicht die gleiche Reaktion hervorgerufen. Derrick konnte ein Mädchen dazu bringen, ihn mit einer Hand in seinen welligen blonden Haaren zu reiten, bevor sie auch nur seinen Namen kannte.

Grace hielt sich instinktiv nah an Faith, und ihre Schwester legte den Arm um ihre Taille und zog sie dicht an sich. »Ich wette, du errätst nicht, welche von uns welche ist?«

»Sie wirkt ängstlich.« Derrick grinste selbstgefällig, als er auf Grace deutete. »Aber wenn ihr beiden versuchen wollt, mich von etwas anderem zu überzeugen, bin ich dabei.«

»Schön langsam, Baby.« Faith drohte ihm mit dem Finger. »Sie ist Jungfrau, und sie ist nicht für dich. Ich wollte nur beweisen, dass ich einen Zwilling habe, weil du mir verdammt noch mal nicht glauben wolltest.«

»Das ist eine Schande.« Diesmal lag keine Lässigkeit in seinem Blick, als er ihn über Grace wandern ließ. »Aber ich hab deinen hübschen kleinen Arsch ins Bett gekriegt. Wenn ihr beide eineiig seid, sollte sie keine große Herausforderung darstellen.«

Grace versteifte sich bei dieser Enthüllung, aber Faith lachte, während sie ihrer Schwester den Rücken tätschelte. »Das hatte ich ihr noch nicht erzählt, du Arsch. Ich wollte, dass sie dich erst kennenlernt, damit sie einen Eindruck bekommt. Jetzt hast du es versaut.«

Derrick zuckte mit den Schultern und ging hinüber in die Küche. Faith folgte ihm sofort, hielt sich ein paar Schritte hinter ihm, als er eine Flasche Jack Daniel's aus einem Schrank nahm. Er gab sie ihr, aber sie schüttelte den Kopf.

»Du weißt, was ich will«, schnurrte sie.

Grace hatte sie noch nie so gesehen, so in ihrer Sexualität zu Hause. Die Show, die sie da abzog, ließ Grace' Magen rebellieren. Sie hatte davon geträumt, wie Jungs sie berührten. Sie hatte sogar Matt von der Schülervertretung erlaubt, seine Hand in ihr Höschen zu stecken, als sie auf dem Rückweg von einer Exkursion waren, aber er hatte nicht gewusst, was er tun sollte. Wie konnte Faith das so leichtfallen?

»Dann weißt du, was du zu tun hast.« Er drehte die Flasche auf und nahm einen Schluck.

»Nicht jetzt.« Faith warf einen Blick über die Schulter und nickte zu ihrer Schwester hinüber.

»Dann *nicht jetzt*«, wiederholte Derrick. Er schob sich an ihr vorbei und hielt sich nicht damit auf, die Flasche zurückzulassen. Er setzte sich auf ein schokoladenbraunes Sofa und klopfte neben sich auf die Sitzfläche. Faith huschte zu ihm und ließ sich neben ihn fallen, dann nahm sie doch einen Schluck Jack. Sein Blick blieb währenddessen auf Grace gerichtet.

Sie hatte sich nicht bewegt, stand immer noch unbeholfen an der Tür.

»Komm zu uns.«

Aber Grace schüttelte den Kopf.

»Du kannst nicht die ganze Nacht lang da stehen bleiben.« Faith löste sich von ihrem Freund und setzte sich auf, um die Arme nach ihrer Schwester auszustrecken.

»Ich denke, wir sollten jetzt in die Bar gehen«, sagte Grace schwach.

»Schwesterchen, wir müssen Derrick erst überzeugen, uns reinzubringen.« Ihre Aufmerksamkeit richtete sich sofort auf die Aufgabe. Sie nestelte am Kragen seines T-Shirts herum.

»Ich hab dir gesagt, dass wir heute Nacht nicht weggehen.« Er stieß sie von sich. Dann beugte er sich vor und leckte sich über die Unterlippe. »Wir können hier Party machen – wir drei.«

»Weißt du, ich glaube, ich schreibe morgen einen Test«, sagte Grace. Es war eine schwache Lüge, und sie half nicht dabei, Derricks Interesse von ihr abzulenken.

»Ich helf dir beim Lernen«, bot er an.

»O mein Gott, ihr zwei verdient einander.« Faith sprang auf. »Ich bin im Bad.«

»Lass die Finger von meinen Medikamenten«, rief Derrick ihr hinterher. Er klopfte wieder auf das Sofa. »Ich beiße nicht.«

»Das bezweifle ich«, grummelte Grace kaum hörbar.

Derrick lachte. »Du bist witzig. Sieh mal, ich bin nur höflich. Mir ist es vollkommen egal, ob du dich hinsetzt.«

Er lehnte sich gemütlich gegen die Armlehne des Sofas. Grace beobachtete ihn kurz, und ihr Unbehagen verwandelte sich in Verlegenheit. Er war älter, aber das hieß nichts. Sie und Faith würden in zwei Wochen achtzehn. Technisch gesehen waren sie vor dem Gesetz bereits mit siebzehn Erwachsene. Es war Grace nur noch nicht aufgefallen, dass es außerhalb ihrer Oberstufenklasse romantische Möglichkeiten gab. Sie setzte sich ans andere Ende des Sofas, sodass die Kissen zwischen ihnen lagen.

»Willst du was?« Er hielt ihr die Flasche Jack Daniel's hin.

Sie holte tief Luft und nickte dann. Sie waren ausgegangen, um zu feiern. Ein kostenloser Drink hier bedeutete nicht, dass sich später ein schmieriger Kerl in der Bar über sie hermachte. Aber er hielt ihr die Flasche nicht in Reichweite. Stattdessen rutschte er jetzt neben sie und ließ sie nicht aus den Augen, als sie einen Schluck nahm. Als sie ihm die Flasche zurückgab, blieb er neben ihr sitzen.

»Diese Schlampe von einer Schwester hat ihre Finger bestimmt bereits in meinem Vicodin.« Unerwartete Schärfe durchdrang seine Worte, und Grace zuckte zurück. »Sie kann nicht anders. Sie braucht das einfach. Was ist mit dir? Brauchst du es genauso wie deine Schwester?«

»Leck mich am Arsch.« Grace knallte ihm die Hände vor die Brust und schubste ihn weg, während sie auf die Füße sprang. Derrick war schneller. Er streckte ein Bein vor, um sie zu Fall

73

zu bringen. Sie stürzte zu Boden, und er packte sie und ragte über ihr auf, bevor sie sich wieder gefangen hatte.

Sein ätzender Geruch brannte ihr in der Nase. Derrick packte ihr Haar und zog daran. Grace rutschte näher und kam auf die Knie, bevor er ihr noch die Haare mitsamt den Wurzeln ausreißen konnte. Sein rauer Daumen fuhr über ihre Unterlippe, und er zwang ihren Mund auf.

»Wenn du deinen Schlampenmund nicht halten kannst, muss ich wohl einen Weg finden, dich ruhigzustellen.«

Der Selbsterhaltungstrieb, der sie auf die Knie gezwungen hatte, schaltete um, und sie wehrte sich gegen seinen Griff, kratzte mit den Nägeln über jedes Stück Haut, das sie erreichen konnte. Arme. Hände. Wie sehr sie sich doch wünschte, sie käme höher und könne ihre Nägel in sein attraktives Gesicht graben. Er sollte als Monster markiert werden. Es war zu spät, sie oder Faith zu warnen, aber vielleicht war es noch nicht zu spät für jemand anderen.

»Was zur Hölle machst du da?« Faith ließ ihre Bierdose fallen und stürzte auf sie zu. Sie schubste ihn weg, und ihre Augen suchten Grace; in ihrem Blick stand eine Warnung. Es war der gleiche Blick, den sie ihr als Kind zugeworfen hatte, wenn Nana eine ihrer Launen hatte.

Sie würde das hier erledigen. Sie war die große Schwester, wenn auch nur um fünf Minuten. Das war ihr Job.

Derrick stolperte einen Schritt zurück, lange genug, damit sie ihr diesen Blick zuwerfen konnte. Dann fasste er sich wieder und deutete auf Grace hinunter. »Dieses Miststück hier braucht eine Lehre, wie man still bleibt.«

»Sie ist ein Kind«, gab Faith zurück und verschränkte die Arme so fest vor der Brust, dass sie praktisch sich selbst umarmte. Es war ein kleiner Beweis ihrer Schwäche, aber er reichte.

»Du bist auch ein verficktes Kind.« Derricks Hand schoss hervor und klatschte auf ihren Wangenknochen. Als sie stolperte, packte er sie am Arm und zog sie zu sich.

»Das stimmt.« Faith lächelte höhnisch, und Grace zuckte zurück, entsetzt, dass sie es gewagt hatte, ihn herauszufordern. »Ich bin deine Puppe, schon vergessen? So funktioniert die Vereinbarung.«

Galle stieg in Grace' Hals auf, und sie schaffte es nur gerade so, sie herunterzuschlucken. Es brannte wie der Alkohol, der sie hierhergelockt hatte.

»Dann lass uns spielen.« Im Bruchteil einer Sekunde knallte er Faith gegen die Wand. Er stieß sie herum, schob ihr den Rock über die Hüfte und riss ihr den Slip herunter. »Ich denke, sie hat ihre große Schnauze von dir, und ich finde, sie sollte lernen, was mit hübschen kleinen Mädchen passiert, die ihre Klappe nicht halten können.«

»Derrick!« Ihre Stimme klang beunruhigt, aber sie bemühte sich nicht, von ihm wegzukommen. »Nicht! Nicht jetzt.«

Nicht jetzt. Was zur Hölle? Grace machte sich daran aufzustehen, aber Derrick bemerkte es sofort.

»Beweg dich verfickt noch mal nicht, oder du kannst deiner Großmutter sagen, dass sie ins Krankenhaus kommen soll! Ihr beide braucht eine Lehre«, zischte er. Seine Hand drückte weiter zwischen Faith' Schulterblätter.

»Nein!«

Sie wusste nicht, welche von ihnen aufschrie, aber das war auch egal. Grace war auf den Beinen.

»Ich hab dir gesagt, du sollst dich verfickt noch mal nicht

rühren!« Er warf Faith zu Boden, aber bevor sie sie erreichen konnte, hatte er Grace am Hals gepackt. »Du möchtest für deine eigenen Sünden bezahlen?«

Tränen brannten in ihren Augen. Sie konnte nicht nicken oder Ja sagen, weil seine Finger ihr die Luft abschnitten, aber sie hörte auf, sich zu wehren, und das reichte. Er lockerte seinen Griff, ließ aber nicht los.

Faith bewegte sich nicht vom Fleck. Sie lag dort, wie ein Haufen Knochen, und da erkannte Grace, dass sie schon high war. Tränen fielen auf ihre Wangen, als der leere Blick ihrer Schwester ihren fand. Grace spürte das Schnappen des Gummibands an ihrem Hüftknochen, aber es war genauso weit weg wie der Blick ihrer Schwester. Derrick spuckte sich auf die Hand und schmierte die Spucke zwischen ihre Beine.

Sie sah auf und öffnete die Flut in sich selbst.

»Bitte, nein«, wimmerte Grace, und es waren nicht ihre Worte, aber ihre Stimme. Es waren ihre Tränen und ihre Wangen. »Nicht so.«

»Sei still«, zischte er, »sonst ficke ich sie auch.«

»Nein.« Faith hatte keine Ahnung, was da passierte. Vielleicht hatte sie mit ihm geschlafen, aber Grace konnte nicht einfach zulassen, dass er sie vergewaltigte. Stattdessen schüttelte sie den Kopf. »Fick mich, Derrick.«

Dann stieß er brutal zu. Grace schwebte hinauf, weg von sich selbst, und sah dabei zu, wie ihr eigener Körper sich bog, wie sich ihre eigenen Hände in die Wand krallten. Als er ihre Wange gegen die Wand knallte und sie dort festhielt, schnappte sie nach Luft. Schmerz verzog ihr Gesicht und brachte sie in den Moment zurück. Sie war diejenige, die er fickte. Es war ihr Körper, der im Innersten zerbarst, als er sie zerriss. Sie sah zu Boden, und Faith' Augen hielten ihren Blick fest. Sie waren so sehr wie ihre Augen, aber sie sahen, wie Grace zuckte und zitterte. Faith blickte an ihr vorbei, ihre Augen so leer, wie Grace sich fühlte. Das hatte ihre Schwester gemeint, als sie gesagt hatte, dass sie sein Spielzeug sei. In seinen Händen war sie nicht mehr als eine Puppe, begriff Grace, als sie wie ein weggeworfener Lumpen zu Boden fiel, nachdem er fertig war.

Als er gegangen war, kroch Grace zu Faith hinüber und nahm sie in die Arme. Sie blieben so – sprachen nicht, bewegten sich nicht –, bis er wiederkam und einen kleinen Beutel zu ihren Füßen warf.

»Bring sie nicht mehr mit hierher«, sagte er, als er in der Küche verschwand.

Faith hatte sich nicht bewegt, bis der Beutel vor ihren Füßen landete. In dieser Nacht gab sie Grace eine Koksline ab, damit sie etwas vergaß, an das sich Faith nicht erinnern konnte – und das Grace nie vergeben konnte.

7

Der Montagabend im Bistro verläuft erfolgreicher als Amies Date. Wir tischen gerade erst die letzten Bestellungen auf, als sie in einem Kleid auftaucht, das ganz offensichtlich zum Ausgehen bestimmt ist. Ihre High Heels hat sie bereits ausgezogen.

»Früh Schluss gemacht?«, frage ich und gebe einem der Kellner einen Teller, damit er ihn servieren kann.

»Das hier« – sie gestikuliert wild an ihrem Körper herunter – »ist völlig verschwendet an ihn. Verschwendet!«

»Ich finde, du siehst heiß aus«, sage ich. »Sieht unser Boss nicht scharf aus?«, rufe ich in die Küche. Schrille Pfiffe ertönen, aber sie verzieht die Nase. »Soll ich hier weitermachen?«

»Nicht in dem Teil.« Ich scheuche sie mit einem Handtuch weg. »Geh nach Hause, zieh was anderes an, erlöse den Babysitter und iss etwas Käsekuchen.«

Ich fühle mich nicht schlecht, dass ich sie zurück zu unserem Haus schicke, weil Max bereits seit mindestens einer Stunde schläft.

»Du hattest einen langen Tag.«

»Dann heb mir was von dem Käsekuchen auf«, ziehe ich sie auf.

Sie hebt einen Finger. »Ich bin keine Heilige, aber für dich werde ich mich bemühen.«

Eine Stunde später habe ich noch ein paar Stücke Käsekuchen zusammengepackt, die übrig geblieben sind. Ich kann mich nicht darauf verlassen, dass sie wirklich nicht alles aufgegessen hat, bis ich zu Hause ankomme. Eines der Privilegien, die man im Restaurantgewerbe genießt, ist ein stetiger Nachschub an Desserts. Sobald ich zu Hause ankomme, ziehe ich meinen Schlafanzug an und haue mich auf die Couch. Ich male mir gerade diese Nacht im Wohnzimmer aus, als ich ihn auf dem Bürgersteig entdecke: Jude, der schnurstracks auf das Crow's Nest zuläuft, eine der übleren Bars von Port Townsend. Ich schätze, ich lag doch richtig. Ich sollte einfach weiterfahren, aber ich kann nicht.

Selbst als ich jetzt das Lenkrad herumreiße und auf einen leeren Parkplatz rolle, verstehe ich meine Gefühle nicht. Dumpfer Schmerz pocht in meiner Brust. Das ist mir fremd, aber nicht unbekannt.

Verrat.

Habe ich wirklich vergessen, wie es ist, betrogen zu werden? Oder habe ich das Gefühl so tief in mir begraben, dass es mich nicht mehr erreichen konnte?

Aber Jude hat es wieder an die Oberfläche geholt. Ihn hier zu sehen, bestätigt alle Bedenken, die ich seinetwegen hatte. Ich habe schon gewusst, dass er nur Schwierigkeiten machen würde, als wir uns zum ersten Mal begegnet sind, und ich habe mich trotzdem nicht von ihm ferngehalten. Wie könnte ich auch, wo sich unsere Wege doch immer wieder kreuzen? Vielleicht war das jedoch kein Zufall. Vielleicht war er sogar noch schlimmer, als ich vermutet hatte.

Drogenabhängige sind Raubtiere. Sie spüren die Schwachen und Verletzten in einer Gruppe auf und schlagen zu. In der Natur hilft das der Herde, da es die beseitigt, die die anderen langsamer machen, und die damit einhergehende Gefahr. Vielleicht ist es mit Menschen genauso. Wir unterliegen alle den Gesetzen der Evolution. Aber mit Männern wie diesen, Männern, die jagen, ist es kein schneller Tod. Es ist ein langsamer. Sie ermorden dich nach und nach, entblößen jedes Stück von dir, bis dir nur noch die Luft zum Atmen bleibt. Und es ist kein Leben, dieses Leben in Angst und Schmerz.

Warum zur Hölle steige ich dann also aus dem Auto aus?

Jemand schreit in meinem Kopf, dass ich mich abwenden soll. Weil ich an ihn hatte glauben wollen, und weil ich angepisst bin, dass ich das nicht kann. Stattdessen gehe ich also durch die Wolke aus Zigarettenrauch zur Tür und ignoriere dabei die Blicke der Männer, die in der Kälte rauchen. Ich stolziere hinein, vollkommen auf mein Ziel fixiert. Er hat mir den Rücken zugedreht, während er die Bar mustert. Ich habe mir nicht überlegt, was ich zu ihm sagen will. Ich habe keinen Anspruch auf diesen Mann, und ich habe ganz gewiss keinen vernünftigen Grund, ihm in eine Bar zu folgen. Und doch laufe ich auf ihn zu. Hasserfüllte Gedanken toben in meinem Kopf, während ich überlege, wie ich anfangen soll.

»Was zum Teufel?« Mehr bringe ich nicht heraus. Vielleicht weil es das ist, was ich wirklich wissen will. Ich brauche ja keine Erklärung, warum er beschlossen hat herzukommen. Ich möchte viel eher verstehen, warum ich fühle, was ich fühle. In Wahrheit will ich wissen, warum ich hier bin.

Jude fährt herum und starrt mich mit verschwommenem Blick an. Ein Blick, den man hat, wenn man gerade an einem merkwürdigen Ort aufwacht. Aber seine Verwirrung kommt nicht vom Trinken, denn sie verwandelt sich schnell in Ärger. Sein Kiefer spannt sich an, als er mich ansieht. »Bist du mir gefolgt?«

»Nicht dass es dich etwas angeht« – das tut es –, »aber nein. Ich habe dich gesehen, als ich auf dem Weg nach Hause war.«

»Und dann bist du mir gefolgt?« Er kreuzt die Arme vor der Brust. Seine Tattoos spannen sich über seinen Bizeps.

»Ich ... ich ...«

»Genau, Sonnenschein.« Die Härte ist aus seiner Stimme verschwunden, aber seine Worte sind unbeugsam.

Der Frust schlägt in Wut um. »Ich schätze, ich habe mir Sorgen gemacht. Verklag mich. Und nenn mich nicht *Sonnenschein*.«

Ich fahre herum, aber ich schaffe keinen einzigen Schritt auf die Tür zu, da seine Hand mein Handgelenk packt.

»Es tut mir leid«, sagt er leise.

Seine Entschuldigung lässt mich innehalten. Ich sollte gehen. Wir wissen beide, dass ich kein Recht habe, hier zu sein.

Ich wende mich ihm wieder zu, ziehe aber mein Handgelenk nicht weg. »Wir sollten nicht hier sein.«

Diesmal habe ich recht. Die erste Regel beim Cleanbleiben ist es, clean zu bleiben, selbst Alkohol ist verboten. Jude weiß das, und obwohl seine Entschuldigung mich zum Stehenbleiben gebracht hat, kann ich die Unbesonnenheit nicht ignorieren.

»Ich muss hier sein, aber du nicht.«

Jetzt entziehe ich ihm mein Handgelenk und schüttle den Kopf. »Nenn mir einen guten Grund.«

Er legt eine Pause ein, als würde er sich überlegen, ob er darauf antworten will. Zwischen seinen Augen entsteht eine Falte, als er sich darauf konzentriert. Erfindet er gerade eine Geschichte? Etwas, das meine Neugier befriedigen soll? Die Wahrheit ist einfach genug. Sie ist lediglich eine Reihe von Tatsachen. Lügen erfordern mehr Anstrengung.

»Bemüh dich nicht«, blaffe ich. Ich kenne Jude noch nicht lange genug, um wissen zu können, was für ein Typ Mann er ist, aber ich weiß, was für einen Typ Mann ich mir gewünscht habe. Und wie gewöhnlich ist die Realität eine Enttäuschung.

»Faith, gib mir eine Chance …«

»Du glaubst, das habe ich nicht?« Er ist wahnhafter, als ich dachte. »Ich habe dir mehr Chancen gegeben als sonst jemandem.«

Männern zumindest. Hitze rast über meine Wangen. Ich kenne Jude Mercer nicht, und er kennt mich nicht. Ende der Geschichte.

»Warte!«, ruft er, bevor ich den Ausgang erreichen kann. »Du wolltest eine gute Erklärung?«

Ich nicke und mache mich bereit für die Entschuldigung, die er sich zurechtgelegt hat.

Aber statt etwas zu sagen, packt er mich an den Schultern und dreht mich zur Theke um. »Da ist deine Erklärung. Sie hat mich angerufen, und ich bin hergekommen, um sie zum Gehen zu überreden«, flüstern seine Lippen an meinem Ohr.

Ich hatte sie nicht gesehen, als ich reingekommen bin, aber jetzt kann ich den Blick nicht mehr von ihr abwenden. Anne. Aber nicht Anne. Das hier ist nicht die Frau, die sich bei unseren Treffen tapfer beherrscht. Ihre Haare, ihr Anzug, selbst ihre auffällige Louis-Vuitton-Tasche, die sie mit sich herumschleppt, sind gleich. Aber ich sehe eine Säuferin. Ein paar leere Gläser stehen vor ihr. Selbst aus dieser Entfernung erkenne ich, dass ihre Hand zittert, als sie das Glas an ihre Lippen hebt. Lippen, auf denen sich noch die Reste des Lippenstifts abzeichnen. Heute Morgen hat sie sich bemüht, so viel lässt ihre Erscheinung erkennen, aber seither ist ihr Tag zerfallen, und sie mit ihm. Ihr sorgfältig gestyltes Haar ist auf der einen Seite platt, auf der anderen kraust es sich. Falls ihr Outfit gebügelt gewesen ist, so sehe ich jetzt nichts mehr davon.

»Shit.« Mehr gibt es dazu nicht zu sagen.

»Ich habe ihr vor ein paar Wochen meine Nummer gegeben«, erklärt er.

Sonst höre ich nichts. Ich habe seine Nummer nicht, und selbst jetzt, als ich eine Frau ansehe, die ihr Leben in Echtzeit ruiniert, bin ich eifersüchtig. Ein weiterer Beweis dafür, dass ich ein schrecklicher Mensch bin.

»Sie hat dich also angerufen?«, frage ich langsam. Und er ist hergekommen.

»Ja.« Er seufzt, und es klingt erleichtert, weil ich es endlich begreife.

»Ich glaube nicht, dass wir in Bars rennen sollten, um Leute zu retten.« Der Satz verlässt meinen Mund, bevor ich ihn herunterschlucken kann.

Abscheu huscht über seine Miene. Jude spannt sich sichtlich an, seine Schultern gehen nach oben. Er sieht mich nicht an, als er endlich mit zusammengebissenen Zähnen spricht. »Das habe ich auch mal geglaubt. Also bin ich nicht hingerannt und habe sie nicht gerettet. Ich habe es seither jeden Tag bereut.«

»Jude, ich …«

»Geh«, befiehlt er mir, und seine Stimme ist rau. »Ich habe

dich nicht gebeten herzukommen, und ich habe dich mit Sicherheit nicht darum gebeten zu urteilen.«

Heute Nacht rettet er niemanden. Er jagt einem Geist hinterher. Vielleicht kommt Anne heil nach Hause, aber er kann sie nicht in Ordnung bringen. Er weiß das. Ich weiß das. Ich sollte gehen. Stattdessen mache ich einen Schritt auf die Theke zu und warte darauf, dass er mir folgt. Heute Nacht wird er sich seinen Dämonen nicht allein stellen. Als wir bei Anne ankommen, weiß ich nicht, was ich sagen soll. Ich schiebe die Erinnerungen weg, die an die Oberfläche steigen wollen – Erinnerungen an Bars und verlorene Zeit und Schlimmeres. So viel Schlimmeres.

Jude übernimmt die Führung. Sie sieht auf, als er ihr eine Hand auf die Schulter legt, aber seine tröstende Wirkung verfliegt, als sie mich erblickt.

»Du hast sie angerufen.« Sie spricht nicht wirklich, sondern formt Worte und Atem, aber es ist trotzdem klar, was sie meint.

»Ich kann gehen.«

»Nein.« In Judes Ton schwingt eine Bestimmtheit mit, die ich nicht infrage stellen kann. »Faith will sichergehen, dass du nach Hause kommst.«

»Nach Hause?« Anne krächzt und greift nach ihrem Drink. Ich überlege, ihn ihr wegzunehmen, fürchte aber, dass sie ihn mir an den Kopf werfen könnte. »Ich lebe in einem Motel. Hat er dir das erzählt? Hat er dir erzählt, dass mein Mann mich nicht verlassen hat? Er hat mich rausgeworfen. Meine eigenen Kinder dürfen mich nicht sehen.«

Ich stecke fest, mit dem Rücken zur Wand. Ich habe Anne unterschätzt. Vor allem, weil sich meine Wahrnehmung von

ihr und dem Menschen, der sie in diesem Moment ist, an ent-
gegengesetzten Enden der Charakterskala befinden. Ich spreche nicht mit Anne, erinnere ich mich selbst. Ich rede mit dem
Alk und der Hässlichkeit, die er in ihr entfacht hat.

»Er hat mir nichts erzählt.« Aber meine Bemühung, sie zu
beruhigen, kommt nicht an.

»Dann fickst du ihn?«, rät sie. »Pass auf. Hast du ein Kind?
Einen Mann? Damit hat meiner mich festgenagelt. Er hat
mich beim Fremdgehen erwischt, aber dabei konnte er es nicht
belassen. Er hat meinen Mädchen erzählt, dass ich rückfällig
geworden bin. Er ist nicht damit klargekommen, dass ich vielleicht einfach jemand anderen hatte ficken wollen.«

»Ich … schlafe nicht mit ihm, und ich bin nicht verheiratet.« Die Klarstellung sprudelt aus mir heraus.

Ihre Augen werden schmal, die Lider hängen schwer unter
der träge machenden Wirkung des Alkohols. »Wenn du nicht
verheiratet bist, warum fickst du ihn dann nicht?«

»Komm, wir bringen dich hier raus«, unterbricht Jude sie,
bevor sie ihr Kreuzverhör fortführen kann. Er wirft einen
Hundertdollarschein auf die Theke und nimmt ihr das leere
Glas aus der Hand. Nur gemeinsam können wir sie auf die
Füße bringen. Als wir beim Jeep ankommen, ist sie bereits zu-
sammengebrochen. Ich quetsche mich auf den Rücksitz und
schicke Amie rasch eine Entschuldigung für mein Zuspätkom-
men.

Amie: *Kein Problem. Der kleine Mann hat bereits fest geschlafen, als ich hier ankam.*

Ich danke ihr und verspreche, bald zu Hause zu sein, aber
Schuldgefühle nagen an mir. Ich war nicht da, um ihn zuzu-
decken oder ihm einen Gutenachtkuss zu geben. Stattdessen

bin ich hier, mit zwei Menschen, die ich kaum kenne. Ich mag falschgelegen haben mit meiner Vermutung, warum Jude hier war, aber ich kann nicht leugnen, dass der Mann meine Prioritäten ernsthaft durcheinanderbringt.

Das Motel liegt am Rand der Stadt, fern der süßen, touristenfreundlichen Innenstadt. Wie so vieles hier ist es heruntergekommen. Hier gibt es keine malerischen Backsteinstraßen, sondern Schlaglöcher und zerbröselten Asphalt. Der Highway führt direkt in die Innenstadt, damit die Besucher die Armut und den Kampf nicht sehen müssen. Ein Neonschild sirrt, während der Nebel die Fenster grau färbt, und das Licht reflektiert auf Judes dunklem Haar.

Anne könnte sich Sorgen machen, dass ich sie verurteile, falls sie sich morgen noch daran erinnert, aber wenn sie wüsste, wo ich schon gewesen bin oder auf welchen Böden ich bereits geschlafen habe, dann würde sie das nicht tun. Nachdem wir sie hineingebracht und die Tür verschlossen haben, lassen wir den Schlüssel beim Manager, der sich benimmt, als sei das ganz normal. Vielleicht ist es das hier.

Als wir wieder beim Jeep sind, stehen wir im Regen, und der Nebel hüllt uns ein. Jeder wartet darauf, dass der andere zuerst etwas sagt.

»Danke.« Es klingt, als meine er es ernst, aber ich weiß nicht, wofür er mir dankt.

Ich habe ihn beschuldigt, ausgefragt und mich im Prinzip vor seiner Nase darüber lustig gemacht, das ich mit ihm schlafen könnte. Mir ist nicht ganz klar, für welche dieser Dinge er sich bei mir bedanken könnte. Ich weiß nicht, was ich sagen soll, also zucke ich mit den Schultern. »Keine große Sache.«

Und irgendwie weiß ich, dass das nicht stimmt. Hier zu

sein, ist eine große Sache. Ich kann meinen rasenden Herzschlag nicht ignorieren oder dass ich selbst in dieser feuchten Nacht nicht friere.

»Und jetzt zu der wichtigen Frage.« Plötzlich ist er ernst, und ich halte die Luft an. »Brauche ich eine einstweilige Verfügung?«

»Willst du eine?«, platze ich heraus und bin sofort entsetzt über meine Antwort und dann noch entsetzter über die Andeutung in seiner Frage. »Nein. Nein! Wie schon gesagt, ich habe gesehen, wie du in die Bar gegangen bist, und ich weiß nicht, warum ich letzte Woche angehalten habe, aber es hat geregnet, und du hast ausgesehen, als würdest du frieren, also habe ich angehalten ...«

»Faith! Das war ein Scherz.« Er lächelt, um es zu bekräftigen. »Ich möchte definitiv keine richterliche Verfügung. Ich mag es vielleicht sogar, wenn *du* mich stalkst.«

»Ich stalke dich nicht!« Mittlerweile bin ich maximal verlegen.

»Mach dich locker«, rät er mir, aber er kann das Lachen nicht ganz unterdrücken. »Ich höre jetzt auf, dich aufzuziehen.«

»Entschuldige.« Ich streiche eine Haarsträhne hinter mein Ohr. »Ich habe nicht viel Erfahrung damit, aufgezogen zu werden.«

»Kein großer Bruder? Schwester?«

»Nicht wirklich.« Mein Mund wird trocken. Das ist größtenteils die Wahrheit, aber die weniger komplizierte Version. »Ich kann nicht fassen, dass das passiert ist.«

Es wird Zeit, von mir abzulenken. Jude versteht meinen Hinweis und wirft einen Blick zu dem Zimmer, in dem wir sie schlafen gelegt haben.

»Vielleicht hätte ich nachsehen sollen, ob Flaschen oder Drogen herumliegen«, überlegt er. »Vielleicht hätte ich bleiben sollen. Es kam mir einfach nicht richtig vor. Ich möchte sie nicht in noch mehr Schwierigkeiten mit ihrem Mann bringen.«

»Das hört sich nach einem ritterlichen Dilemma an: entweder ihre Tugend beschützen oder ihre Sicherheit gewährleisten«, sage ich, aber seine Dunkler-Ritter-Tour beeindruckt mich mehr, als ich vor mir selbst zugeben möchte.

Ein freches Grinsen zupft an seinen Mundwinkeln, aber er geht nicht auf meine Beschreibung ein. »Wie gut kennst du sie?«

»Anne und ich haben nie wirklich zum gleichen Wirkungskreis gehört. Unsere Welten haben sich bei den NAs überschnitten. Ich dachte, sie hat alles im Griff, aber es klingt, als hätte sie ziemlich übel Mist gebaut.« Ich meine das nicht als Kränkung. Vor langer Zeit habe ich beschlossen, die Dinge beim Namen zu nennen. Es hat noch niemandem geholfen vorzugeben, ein anderes Blatt auf der Hand zu haben.

»Versuchst du eigentlich bewusst, das Schlechteste in den Menschen zu sehen? Das ist kaputt, Faith.« Er spuckt mir meinen Namen praktisch vor die Füße, verdreht diesen Privatbesitz in eine Beleidigung.

Ich stemme die Hände in die Hüften und weigere mich nachzugeben. »Du hast recht. Ich sehe nicht das Gute in den Menschen. Ich glaube nicht daran, dass Menschen im Grunde gut sind.«

»Warum?«

Die Frage haut mich fast um. »Warum kümmert dich das?«

»Weil es so ist. Du bist nicht so kalt, wie du die Leute glauben machst. Du bist vorsichtig, aber du kümmerst dich.«

»Du weißt absolut gar nichts über mich.« Ich möchte, dass das stimmt. Der Nebel feuchtet mein Gesicht an. Winzige Tröpfchen sammeln sich auf meiner Haut und in meinen Wimpern, verbinden sich langsam zu dicken Tropfen, die über meine Wangen rollen.

Er macht einen Schritt auf mich zu, und ich kann nirgendwohin ausweichen als auf die dunkle, vom Regen nasse Straße. Also bleibe ich stehen, als er mir jetzt nah genug kommt, dass seine Brust meinen Busen streift. Ich spüre die Berührung durch meinen Pullover hindurch, durch meinen BH, durch meine Haut, während sie plötzlich Empfindungen weckt, die ich aus meinen Erinnerungen verbannt hatte.

»Ich weiß, dass du einen Fremden aufgesammelt hast, der zu dumm gewesen ist, eine Jacke mitzunehmen, und dass du ihn nach Hause gefahren hast. Ich weiß, dass du dir eine Schürze überstreifst und Bestellungen aufnimmst, obwohl du ungeschickt bist. Und ich weiß, dass dein Junge glaubt, dass du alles kannst, und Kinder kannst du nicht täuschen.« Seine Worte tanzen über mein Gesicht, und sein warmer Körper ist so nah an meinem, dass ich ihn spüren kann, aber das hat nichts mit der feuchten Hitze zwischen meinen Beinen zu tun.

»Kinder wissen es nicht besser«, flüstere ich. »Eines Tages, wenn Max erfährt, welche Fehler ich gemacht habe, wird er nicht mehr so große Stücke auf mich halten. Wenn er die Wahrheit erfährt, dann wird er mich so sehen, wie ich wirklich bin.«

»Kinder können besser sehen als jeder andere. Sie haben noch nicht gelernt, wie man sich selbst belügt. Das ist Geschenk und Fluch. Glaub mir, ich habe meinen Vater geliebt, aber ich habe gewusst, dass er ein Monster war.«

Mehr muss er nicht sagen. Er muss mir diese Geschichten nicht erzählen. Er trägt seine Erinnerungen wie Narben, und jetzt, da ich ihn wirklich gesehen habe, kann ich die Wahrheit nicht mehr ignorieren. Sie ist in seinen Augen – der Teil von ihm, den er nicht zurückhalten kann. In der Dunkelheit sind seine Augen mitternachtsblau und fern, gefangen an einem anderen Ort und in einer anderen Zeit. Aber ich möchte ihn hier bei mir haben – um mich herauszufordern, mir Angst zu machen, mich zu erregen –, und ich denke nicht nach. Ich handle einfach. Ich schlinge meine Arme um seine Schultern, neige den Kopf seinem Gesicht entgegen und stelle mich dem Sturm. Ich biete ihm meine Lippen an und mit ihnen eine Wahl: in der Vergangenheit festzustecken oder den Weg zu mir zu finden.

Ich warte eine Ewigkeit, und als sein Mund endlich auf meinem liegt, weiß ich, dass mein Leben nie mehr sein wird wie zuvor. Judes Lippen tasten, bis ich mich ihm öffne, und dann nimmt er mich – meine Zunge, meinen Körper. Seine starken Arme halten mich und tilgen so die letzte Kluft zwischen uns. Seine Umarmung ist besitzergreifend, aber ich versuche nicht, mich daraus zu lösen. Ich schmelze vielmehr in seinem Schutz, selbst als die widerstreitenden Gefühle in mir herumwirbeln. Dann stößt mein Rücken gegen den Jeep. Regen durchnässt meinen dünnen Pullover, und es ist mir egal, weil Jude mich küsst, und was macht schon ein bisschen Wasser, wenn du gerade ertrinkst. Seine Hände packen meine Hüften, als er sich von mir löst.

»Wie kann ich dich festhalten?«, fragt er schroff.

»Ich gehe nicht weg.«

»Doch, das tust du.« Er legt seine Stirn an meine, und ich

will mehr. Mehr Kontakt. Mehr Zeit. Mehr von ihm. »Eines Tages wirst du die Freude finden, zu der du fähig bist, und dann wirst du davonfliegen, Sonnenschein.«

Diesmal mag ich es, dass er mich Sonnenschein nennt, als könnte ich das helle Licht sein, das er in seinem Leben braucht.

»Ich behalte meine Füße am Boden«, erinnere ich ihn. Das hier – dass ich Jude erlaube, mich zu küssen – ist das Wildeste, was ich seit Jahren getan habe. »Ich träume nicht, und ich wünsche nichts. Das kann ich nicht riskieren, und ich kann *nicht* fliegen.«

»Dann baue ich dir Flügel.«

8

Ich gehe zwei Wochen lang nicht zu den Treffen und ignoriere die Anrufe von Sondra und Stephanie und ein paar anderen Leuten, bei denen ich mich nicht daran erinnere, ihnen
meine Nummer gegeben zu haben. Sie denken ohne Zweifel,
dass ich rückfällig geworden bin, und das bin ich auch, aber es
sind keine Drogen oder Alkohol im Spiel. Nein, diesmal ist es
die schlimmste Sucht von allen. Er. Und dabei hatte ich keine
weitere Kostprobe seit jener Nacht. Ich würde lügen, wenn
ich behaupte, dass ich nicht darauf hoffe, dass er im Restaurant auftaucht oder vor meiner Tür steht. Nur dass er das nicht
tut. Weil er nicht weiß, wo ich wohne. Er hat meine Nummer
nicht. Die beste Wahl wäre für ihn das Restaurant, aber vielleicht bereut er den Kuss so sehr wie ich. Oder vielleicht ist er
auch klüger als ich. Er hat mich an dem Tag in seinem Haus
weggeschickt, und ob es mir nun gefällt oder nicht, bin ich
diejenige, die ihn jedes Mal wieder aufstöbert.

Weil ich offensichtlich eine verrückte Stalkerin bin. Die
Wahrheit nervt.

»Geh raus«, befiehlt Amie mir am Telefon.

»Und was soll ich da?« Ich lasse mich auf die Couch fallen und sehe Max zu, der glücklich mit seinen Legosteinen auf dem Boden spielt.

»Es ist Samstag!«

»Und?«

Sie antwortet nicht, weil sie dann selbst Farbe bekennen müsste. Keine von uns weiß, was man an einem Samstag tun könnte. Sie arbeitet immer, und ich sitze zu Hause und mache Wäsche oder schaue irgendwas im Fernsehen. Aber die Wäsche ist fertig, und auf Netflix wartet gerade nichts auf mich, seit ich mir selbst gelobt habe, keusch zu sein. Ich bin kaum mal einkaufen gegangen. Die Welt da draußen fühlt sich an wie eine einzige Landmine. Ein falscher Schritt, und ich lande in Jude Mercers Armen.

»Ich höre auf, die Milch zu kaufen«, droht Amie. »Du musst rausgehen.«

»Ich bringe Max in die Vorschule.«

»Falsche Antwort! Ich werde zu drastischeren Mitteln greifen müssen.«

»Mach doch.« Ich lege auf, bevor sie noch mehr Drohungen loswerden kann. Eine Stunde später bin ich ganz unten angekommen und mache einen Film an, der fürs Fernsehen gedreht worden ist. Einer von diesen schrecklichen Schmachtfetzen, in dem sich eine Singlemutter in einen Hundefriseur verliebt oder irgend so ein Mist – und ich kann nicht wegsehen.

Amie könnte recht haben damit, dass ich das Haus verlassen sollte. Ich raffe meinen Mut zusammen, gehe ins Bad und stelle mich vor den Spiegel. Ich sehe blass aus, aber das ist normal für diese Jahreszeit. Selbst wenn ich nicht freiwillig zum Einsiedler geworden wäre, wäre das so.

»Hör auf, so ein Feigling zu sein«, befehle ich meinem Spiegelbild. Ein paar Minuten später bin ich gekämmt, habe Deo benutzt und bin wieder als menschlich zu bezeichnen. Kein wirklich aufregendes Paket, aber so muss ich mich nicht schämen, wenn ich mich in der Öffentlichkeit sehen lasse. Gerade als ich in eine frische Jeans schlüpfen will, hüpft Max ins Zimmer und packt meine Hand. Ich kann ihn nicht aufhalten, damit er mir erzählt, was los ist, also lasse ich mich von ihm ins Wohnzimmer ziehen. Die Vordertür steht weit offen, und ich lasse mich auf die Knie fallen und beginne, schnell mit ihm zu sprechen.

Ich will nicht, dass du die Haustür öffnest, Baby.

Jemand hat geklopft, und du bist nicht gekommen.

Das tut mir leid. Ich mach mir nicht mal die Mühe nachzusehen, ob sie noch da sind. *Aber Mami sagt trotzdem, dass du die Tür nicht öffnen sollst.*

»Ich hätte nicht zugelassen, dass er mich hereinlässt.« Die Fliegengittertür dämpft Judes Stimme, aber die Erregung, die bei dem Klang durch mich hindurchrast, wird davon nicht gedämpft. Meine Freude ist nicht von langer Dauer, als ich aufstehe und feststelle, dass ich es noch nicht geschafft hatte, meine Hose zuzuknöpfen. Mit einer hektischen Bewegung fahre ich herum, schließe den Reißverschluss und den Knopf und zähle dann bis drei.

Jude steht immer noch da, als ich mich ihm wieder zuwende.

»Äh, tut mir leid.« Ich stürze zur Tür und versuche, sie zu öffnen. »Sie klebt fest.«

»Noch etwas, das in Ordnung gebracht werden muss.« Er

lehnt sich gegen den Türrahmen, seine graue Segeltuchjacke steht so weit offen, dass ich das dünne weiße T-Shirt sehen kann, das er trägt. »Kann ich reinkommen?«

»Natürlich.« Ich gehe einen Schritt zurück und winke ihn hinein. »Pass auf die Legosteine auf, und ich kann dir nicht versprechen, dass keine Kekse auf dem Boden liegen.«

Ich versuche mich daran zu erinnern, was eine Frau normalerweise tut, wenn ein Mann vorbeikommt, aber unglücklicherweise habe ich das letzte Mal, als ich einen Mann mit nach Hause gebracht habe... Tja, das kann ich wohl kaum machen, während Max zu Hause ist, selbst wenn ich wollte, und *das* will ich sicher nicht mit Jude. Oder vielleicht sollte ich es nicht wollen.

Jude muss letzten Monat im Laden wirklich großen Eindruck auf Max gemacht haben, denn er erkennt ihn sofort und nutzt meinen vorläufigen Schock aus, um ihn in sein Zimmer zu ziehen. *Das direkt neben meinem Zimmer ist.* Diese Erkenntnis lässt mich loslaufen. Ich fliege förmlich den Flur hinunter und werfe meine Schlafzimmertür zu, bevor er die schmutzige Unterwäsche sehen kann, die auf dem Boden verteilt liegt. Aber Jude nimmt die Führung viel zu ernst, um meine schmutzigen Höschen zu bemerken. Als Max ihm endlich jedes Spielzeug gezeigt hat, atme ich wieder normal und bin mir halbwegs sicher, dass mein Gesicht nicht mehr die Farbe einer Tomate hat.

Bevor Max weitermachen kann, beugt sich Jude zu ihm hinunter. »Ich muss deiner Mom mit was helfen. Bist du einverstanden, wenn ich an eurem Auto arbeite?«

Max' Augen beobachten seine Lippen, und er streckt die Brust raus, als er Jude zunickt. Es scheint, der Mann des Hauses hat mich weitergereicht.

95

Ich verschränke die Arme vor der Brust und warte ab. Ich kann mit allem fertigwerden, wegen dem Jude Mercer vor meiner Tür aufgetaucht ist. Ich hatte nur zuerst meine Hose zuknöpfen müssen.

»Ich habe mir Gedanken gemacht wegen deines Autos«, sagt er, während er an mir vorbeigeht und seine Jacke auf die Couch legt. »Ich dachte, ich könnte mir das mal ansehen. Vielleicht kann ich es reparieren.«

»Oh.« Ich überlege, wie ich ihm höflich mitteilen kann, dass er sich verpissen soll, weil ich es nicht schaffe, ihn noch fünf Minuten länger in seinem eng anliegenden Shirt und dem dämlichen Tattoo, das sich unter seinem Ärmel abzeichnet, anzusehen. Nicht ohne über ihn herzufallen. »Das ist nicht nötig. Ich kenne einen Typen ...«

»Genau, *mich*«, unterbricht er mich. »Ich habe mein Werkzeug dabei, siehst du.«

Das *Werkzeug* sehe ich nur zu gut.

»Ich brauche keine Hilfe«, stoße ich hervor.

»Das hast du ziemlich deutlich gemacht.« Aber er geht trotzdem in Richtung Garage. »Max und ich haben eine Abmachung.«

»Aber was ist mit ...«

Er grinst mir zu, und ich vergesse augenblicklich meine Einwände. »Das musst du mit Max ausdiskutieren.«

Ich diskutiere nichts mit Max aus. Stattdessen laufe ich eine Weile hin und her. Dann versuche ich, den Film weiterzusehen, beschließe aber, dass es den falschen Eindruck erwecken könnte, wenn Jude reinkommt und mich dabei ertappt, wie ich bei einem Film heule. Ich fange ein Dutzend Sachen an und höre wieder auf, bis es Zeit für das Abendessen ist. Das Wasser kocht gerade auf dem Herd, als Amie die Haustür aufschließt.

»Was ist das?« Ich beäuge das Päckchen, das aus ihrer Tasche herausschaut, aber sie schnappt mir die Tasche vor der Nase weg, bevor ich es mir näher ansehen kann.

»Ich habe dir was mitgebracht.« Übermut glitzert in ihren Augen, als sie es mir wegzieht. »Aber zuerst erzählst du mir, was das für ein teuflischer Krach in unserer Garage ist.«

Ich suche nach einer Erklärung, die nicht damit endet, dass sie rausrennt, um Jude bei der Arbeit zu begaffen. »Schädlingsbekämpfung.«

»Die Schädlingsbekämpfung fährt einen gelben Jeep, hm? Ich wusste gar nicht, dass wir damit ein Problem haben.« Sie sieht kurz zur Haustür hinüber. »Wenn es sich so schlimm anhört, sollten wir vielleicht abhauen.«

»Nicht nötig.« Es hat keinen Sinn, sie anzulügen. Aber Amie ist und war schon immer leicht abzulenken. »Komm schon, ich mache Käsemakkaroni für Max, und du hast ein Geschenk für mich.«

Sie folgt mir und rümpft die Nase, als ich Nudeln aus einer blauen Packung in den Topf mit kochendem Wasser kippe. Industriell verarbeitete Lebensmittel hält sie für eine Abscheulichkeit. Als Mutter eines Vierjährigen sind mir solche Vorurteile fremd. Früher habe ich selbst über kleine Joghurtbecher und Saft in Tüten gespottet. Jetzt verstehe ich es. Ich versuche aber auch nicht, sie aufzuhalten, als sie ein Stück reifen Cheddar nimmt und ihn raspelt. Kurz darauf beginnt sie mit einer Mehlschwitze für die hausgemachte Käsesauce. Wenigstens ist Max an die Gourmetvariante von Vorschulkinderessen gewöhnt. Als sie den Käse hinzufügt, fixiert sie mich mit ihrem Blick.

»Also, diese Plage in der Garage ...« Sie hält inne, damit ich den Satz beenden kann.

»Ist wirklich groß«, sage ich mit gespielter Ernsthaftigkeit. »Das musste dringend behandelt werden.«

Sie wedelt mit dem Schneebesen in meine Richtung und spritzt dabei den halb geschmolzenen Käse durch die Küche.

»Hey, wir haben hier keine Küchenmannschaft, die das aufwischt.« Ich nehme ihr den Schneebesen weg und lasse ihn in den Topf fallen.

»Spuck's schon aus«, verlangt sie. »Sonst werfe ich Brokkoli hier rein.«

»Warum willst du Max bestrafen?« Ich gehe um sie herum, um Apfelsaft aus dem Kühlschrank zu holen.

»Weil ich weiß, dass du auch etwas isst, und du hasst Brokkoli. Was lächerlich ist. Du bist eine erwachsene Frau.« Sie hält mitten in ihrem Vortrag inne und wendet sich wieder der Soße zu.

»Das ist es also?« Ich lehne mich gegen die Arbeitsplatte und versuche, ihren Blick aufzufangen. »Du willst mich mit Gemüse bestrafen?«

»Ich muss etwas tun. Diese ganze Situation ist ernster, als ich gedacht habe«, sagt sie leise, ohne von der Soße aufzublicken, die zugegebenermaßen an einem entscheidenden Punkt angelangt ist.

»Was zur Hölle soll das heißen?«

»Nimm die Tasche.«

Ich runzle die Stirn, aber ihr rätselhaftes Verhalten und das mysteriöse Paket sind zu verlockend, um sie zu ignorieren. Ich hebe die Tasche auf und werfe einen Blick hinein. Darin steckt eine quadratische schwarze Schachtel. »Hast du mir wieder mal Küchenutensilien gekauft? Der Kram, den ich aus dem Laden habe, ist prima.«

»Das ist nicht wahr. Das Zeug ist auseinandergefallen. Das habe ich schon vor Monaten gegen Sachen von LeCreuset ausgetauscht. Nein, das hier ist etwas, das du sogar noch dringender brauchst, vor allem, da du jetzt ein *Schädlingsproblem* hast.«

Mir entgeht nicht, wie suggestiv sie das Schädlingsproblem betont. Sie weiß, dass in der Garage kein Kammerjäger ist. Aber ein Geschenk ist ein Geschenk, also hebe ich den Deckel von der Schachtel und kreische los. Worte kreisen durch mein Gehirn, während ich es anstarre. Groß. Lila. Lang. Dick.

Aber vor allem: *Dildo.*

»Willst du mich verarschen?« Ich lasse die Schachtel auf den Tisch fallen und weiche zurück, als sei eine Schlange darin. »Ich brauche keinen ... keinen ...«

»Vibrator«, wirft sie ein. »Akzeptanz ist der erste Schritt, Baby. Du musst akzeptieren, dass deine Vagina schon so lange außer Betrieb ist, dass Archäologen bereits eine Grabung planen.«

»Das ist nicht mal annähernd wahr.« Ich halte es nicht in der Hand, aber ich kann nicht aufhören, es anzustarren. Ist die wirklichkeitsgetreue Form wirklich nötig? Und warum ist das Ding lila?

»Wann hattest du zum letzten Mal Sex?«, drängt sie. »Mit dem Vater von Max?«

Ich zögere. Das Thema schneiden wir sonst nicht an. Nicht

den Sex. Über Sex reden wir ständig. Das passiert, wenn deine Mitbewohnerin die Libido eines sechzehnjährigen Jungen hat. Aber was den Vater von Max angeht: Wir reden nicht über ihn. Als er das erste Mal aufkam, habe ich das Gespräch abgebrochen, und seither hat sie nicht mehr darüber geredet. »Ja, wahrscheinlich.«

Mehr bin ich nicht bereit, ihr mitzuteilen.

»Wahrscheinlich?« Anscheinend war das doch noch zu viel. »Wenn du dich nicht mehr daran erinnern kannst, dann ist es schlimmer, als ich dachte. Das ist ein Notfall.« Sie überlässt die Soße sich selbst, nimmt den Vibrator aus der Schachtel und versucht, ihn mir in die Hand zu drücken.

Nachdem sie mich eine Weile damit durch die Küche gejagt und versucht hat, mir die verschiedenen Einstellungen zu zeigen, gebe ich auf. »Hörst du wohl auf? Ich ziehe das echte Ding vor.«

»Bist du asexuell? Liegt es daran?« Sie beäugt mich, als könne sie so herausfinden, was mit mir los ist.

»Nein, ich bin müde und eine Mom, und ich habe keine Zeit für Sex. Wenn ich wollte, dann könnte ich sicher …«

»Ja, ich wette, der Rentokil-Mann in der Garage würde dir gern helfen«, sagt sie trocken.

»Rentokil-Mann?« Judes tiefer Bariton unterbricht uns.

Ich zucke zusammen, und Amie gerät richtiggehend in Panik und wirft mir den Dildo zu. Da ich noch nie besonders sportlich war, fange ich ihn nicht auf. Er landet in all seiner majestätischen, lila Pracht vor meinen Füßen und rollt dann in die Mitte der Küche. Jude sieht uns zu und schafft es irgendwie dennoch, ernst zu bleiben.

»Ich habe den Motor ausgetauscht. Du kannst jetzt das

Fenster wieder ohne Angst runterlassen. Keine größeren Reparaturen«, teilt er mir mit, als würde da kein knallbunter Plastikpenis auf dem Boden liegen.

»Ich schulde dir wirklich was.« Ich gebe Amie einen Schubs und gehe dann um sie herum, während sie sich bückt und das abtrünnige Sexspielzeug einsammelt.

»Also, deine Schulden …«

Ich setze ein Grinsen auf, als mein Herz anfängt, gegen meine Rippen zu pochen.

»Wie wäre es mit Abendessen?«

»Du hast Glück. Amie hat ihre berühmten Käsemakkaroni gemacht.« Ich beiße mir auf die Lippe und hoffe, dass das hier nicht noch weiter geht. Und gleichzeitig hoffe ich es.

»Eigentlich möchte ich dich ausführen.«

»Du hast die Arbeit gemacht.«

»Also sollte ich das Abendessen aussuchen dürfen, und ich hätte Lust auf Chinesisch.«

»Okay! Chinesisches Essen, kein Sex!«, platze ich heraus.

Er hebt eine Augenbraue. »Deal. Ich behandle chinesisches Essen und Sex sowieso gern getrennt.«

Ich bete, dass sich ein Loch zu meinen Füßen auftut, um mich zu verschlucken. Stattdessen kommt Max in die Küche geflitzt und rennt gegen Jude. Aber bevor ich mich noch entschuldigen oder Max wegziehen kann, schlingt er die Arme fest um Judes Beine. Max lächelt zu ihm auf. Und sosehr Jude sich in den letzten Minuten im Griff hatte, kann er jetzt nicht anders, als meinen Sohn anzugrinsen. Der Knoten, den ich normalerweise in der Nähe dieses Mannes tief in meinem Bauch fühle, wickelt sich um mein Herz und zieht sich dort zusammen.

Ich hatte sein erstes Angebot, meinen Civic zu reparieren, aus einem bestimmten Grund abgelehnt. Daran erinnere ich mich jetzt, während ich beobachte, welch gefährliche Szene sich vor mir abspielt. Ich habe es vorgezogen zu glauben, dass ich ausreiche, um die Abwesenheit von Max' Vater auszugleichen. In diesem Moment erkenne ich, dass ich versagt habe.

»Abendessen.« Meine Stimme klingt angespannt, und Amie stürzt sofort los.

»Ich mach schon. Max und ich hängen heute Abend zusammen ab.« Sie hebt Max hoch und geht zum Schrank. »Geht ihr zwei nur«, ruft sie dabei über die Schulter.

Mache ich das hier wirklich? Mir ist nicht ganz klar, was Max denken wird, wenn ich jetzt mit Jude gehe.

Aber Jude lässt mir keine Gelegenheit, einen Rückzieher zu machen. Er geht auf mich zu und legt eine Hand auf meinen Rücken. Die leichte Berührung lässt mich wieder an die Nacht im Regen und den verbotenen Kuss denken. »Ich bringe sie früh zurück. Nimm deine Tasche.«

Selbst während mein Gehirn noch alle Gründe durchgeht, weshalb das hier wirklich keine gute Idee ist, begibt sich mein Körper auf Autopilot und macht genau das, was er mir sagt. Ein Kribbeln breitet sich von meinen Fingerspitzen über meine Arme und bis in meinen Nacken aus. *Erregung.* Ich kann die Vorfreude, die sich in mir ausbreitet, nicht leugnen, während mein Hirn versucht, Einwände gegen mein Handeln aufzuführen. Aber ich komme nicht gegen meine Gefühle an, während er mich berührt, selbst wenn die Berührung so harmlos ist. Die Geste bewirkt, dass ich mich beschützt fühle, sicher, und ich kann den Drang, mit ihm mitzugehen, nicht bestreiten.

Sorry, Liebes, diesen Kampf verlierst du.

»Macht es dir was aus, wenn wir mein Auto nehmen?«, fragt er, während er mich zur Haustür führt.

»Willst du in meinem nicht gesehen werden?« Wobei das nicht ganz fair ist, es mag sich vielleicht nicht mehr anhören, als würde es Metall fressen, aber höchstwahrscheinlich liegen alte Pommes und Reklamesendungen darin verstreut. Ich erinnere mich nicht mal mehr daran, wann ich mir das letzte Mal die Mühe gemacht habe, es auszusagen.

Er öffnet die Tür mit einem Schulterzucken. »Ich bin schon darin gesehen worden. Ich dachte nur, dass es dir vielleicht gefällt, wenn du einmal herumgefahren wirst.«

So ein einfaches Angebot, aber es ist so aufmerksam. Ich bin immer die, die die Kontrolle hat, die, die die Verantwortung trägt. Obwohl Amie und ich uns die häuslichen Pflichten teilen, müssen wir uns immer noch bemühen, um Zeit für etwas zu finden. Sie hat das Restaurant. Ich das Kind. Wir helfen einander beim Überleben, nicht um es bequemer zu haben. Ich kann mich nicht daran erinnern, wann ich einem anderen Menschen das letzte Mal die Kontrolle über meine Zeit überlassen habe.

»Das wäre nett«, sage ich langsam.

Der Anblick seines gelben Jeeps bringt noch mehr überwältigende Gefühle in mir an die Oberfläche. Wenn er mich jetzt dagegendrücken würde, würde ich mich wieder küssen lassen? Und bedeutet dieser Gedanke, dass ich es mir wünsche? Er öffnet die Beifahrertür für mich, und bevor ich ihn davon abhalten kann, hebt er mich auf den Sitz.

Ich schreie kurz auf, obwohl mein Herz hüpft, und erinnere mich an das letzte Mal, als er meine Hüften gepackt hat. »So klein bin ich nicht!«

»Da bin ich anderer Meinung.« Sein Mund formt ein Lächeln, das direkt in meinen Unterleib wandert. In was habe ich mich da nur reingeritten?

Ich verschränke die Arme vor der Brust, als ob ich mein Herz so beschützen könnte, und schüttele den Kopf. »Ich bin hier ganz prima allein reingekommen letzte Nacht.«

»Du bist raufgeklettert wie an einer Felswand.« Er schließt die Tür und lehnt sich an das offene Fenster. »Das hier ist ein Date, Faith. Ob es dir gefällt oder nicht.«

Der Monsterdildo könnte ihm den falschen Eindruck von meinen Erwartungen für den Abend vermittelt haben. »Das ist kein Date!«, rufe ich, aber er geht schon um das Auto herum. Falls er mich gehört hat, antwortet er nicht.

Er steigt ein und legt den Gang ein, dann lächelt er mich durchtrieben an. »Schätzchen, das ist ein Date.«

9

Es ist nicht weit bis zu dem Restaurant, was gut ist, weil Jude
wie ein Irrer fährt. Entweder war er in der Nacht, in der wir
Anne aus der Bar geholt haben, besonders vorsichtig, oder ich
war zu beschäftigt, um es zu bemerken. Heute Nacht wünsche
ich mir tatsächlich, dass ich ein Testament hätte. Ich könnte es
vielleicht eher früher als später gebrauchen.

Glücklicherweise waren die Designer seiner Todesschleuder
aufmerksam genug, um das Innere wie einen riesigen Käfig zu
gestalten, an den man sich krallen kann, während er die Kurven schneidet. Als er auf den Parkplatz fährt, stoße ich ein
stummes Dankgebet aus. Trotzdem klebe ich noch immer auf
meinem Sitz fest, als er zu mir kommt, um mir runterzuhel-
fen.

»Bin ich zu schnell gefahren?«, fragt er, als ich vom Beifahrersitz torkele.

»Nein.« Ich werfe ihm einen bösen Blick zu und mache
einen Schritt von ihm weg. »Aber warte, ich habe mir geschworen, dass ich den Boden küsse, falls ich hier heil ankomme.«

»So viel dazu, dich mitzunehmen. Nächstes Mal lasse ich dich fahren.«

Ich bin zu beschäftigt mit dem Gedanken an ein nächstes Mal, als dass ich antworten könnte, also beeile ich mich, um ihn herum und auf die Eingangstür zuzulaufen. Er überholt mich, aber nicht ohne Anstrengung. Ich muss zugeben, dass ich den Mann gern rennen sehe. In Bewegung sieht er gut aus. Natürlich sieht er immer gut aus.

»Ich habe festgestellt, dass der Lucky Dragon die beste chinesische Garküche in der Stadt ist.« Jude öffnet die Tür und wartet, bis ich vor ihm eintrete.

»Das ist außerdem der einzige Chinese in der Stadt.« Die meisten Mädchen würden das hier für ein eindrucksvolles erstes Date halten, aber ich bin aus der Übung. Ein paar veraltete Kalenderstreifen hängen an der Wand, und trotz der alten Fast-Food-Kette-Sitzgruppen, die schon hier waren, haben die Besitzer ein paar hübsche Papierlaternen an die Decke gehängt. Auf seine Weise besitzt der Laden einen ganz eigenen verschrobenen Charme, der von dem Duft nach Sojasoße und Frittierfett, der uns jetzt umweht, vervollständigt wird.

Das hier ist längst nicht so einschüchternd wie ein Restaurant mit Michelinstern oder eine Dinnerparty bei den Eltern – warum wird mir dann trotzdem so heiß?

Ein Chinarestaurant hat bestimmt noch nie jemanden nervös werden lassen. Unauffällig wische ich mir die Handflächen an der Jeans ab, weil ich Angst habe, dass er meine Hand nehmen und dabei feststellen könnte, dass ich schwitze. Jude geht auf einen Tisch zu, und ich gerate in Panik. Ich murmle eine Entschuldigung von wegen ich müsste mal für kleine Mädchen, dann flitze ich zur Toilette. Die Aufschrift »Damen« verspricht mir eine willkommene Quarantänezone. Hier kann Jude nicht rein. Als ich die Tür hinter mir schließe, begreife ich allerdings, dass ich irgendwann wieder hinausgehen muss.

Ich krame mein Handy aus der Tasche und rufe meinen Notfallkontakt an, weil ich definitiv in einer Krise stecke. Amie geht beim ersten Klingeln ran.

»Ein Date wird dich nicht umbringen.«

Ich habe nie behauptet, sie sei in einer Krise gut zu gebrauchen. Aber in diesem Moment ignoriere ich das und plappere drauflos. »Er ist auf den Tisch zugegangen, und ich wusste nicht, ob ich auf ihn warten soll oder mich selbst hinsetzen. Ich bin offensichtlich eine Frau, die voll und ganz in der Lage ist, ihren eigenen Stuhl zu nehmen, aber ist es unhöflich, ihn das nicht machen zu lassen? Was ist, wenn er es nicht einmal versucht, und ich dann da herumstehe wie eine Ziege?«

»Faith, wirklich niemand in der ganzen Geschichte der Menschheit hat sich jemals über ein Date derart viele Gedanken gemacht.« Ich kann förmlich spüren, wie sie am anderen Ende der Leitung seufzt. Es vibriert sogar durch den Hörer.

»Das war ja hilfreich.«

»Schwing deinen Hintern aus der Toilette und geh zurück zu Jude, bevor ich vorbeikomme und ihn mir schnappe«, befiehlt sie.

»Du bist heute der Babysitter«, erinnere ich sie.

»Wo ein Wille ist«, droht sie. »Ernsthaft, der Kapitän verlangt, dass du zu deinem Platz zurückkehrst. Hör auf, dich so armselig zu benehmen, und verlass das Klo.«

Ich lege einfach auf, damit sie weiß, dass ich sie kein bisschen lustig finde. Eines Tages, wenn wir alt und grau sind, wird sie noch Witze machen, während ich einen Herzinfarkt

habe. Ich sollte vielleicht mal mit ihr über angemessene Krisen-
intervention reden.

Ich bleibe kurz vor dem Spiegel stehen, was mich nur daran
erinnert, dass ich heute noch keinen Strich Make-up aufgelegt
habe. Nicht gerade ein Schub für mein Selbstvertrauen. Ich
hole tief Luft und zwinge mich dazu, die Tür zu öffnen.

Jude wartet in einer Sitzgruppe, und ich rutsche so schnell
auf die Bank, dass ich auf der anderen Seite fast wieder hin-
ausfalle. Wenigstens hat sich so das Problem mit dem Stuhl er-
ledigt.

»Was hat Amie gesagt?«, fragt er und drückt mir eine Speisekarte aus Papier in die Hand.

Ich widme meine ganze Aufmerksamkeit den Spezialitäten
des Hauses. »Keine Ahnung, wovon du da redest.«

»Du bist so lange verschwunden, dass ich in der Zeit die
Bibel hätte lesen können. Ich habe mir schon Sorgen gemacht,
dass du aus dem Fenster geklettert bist.«

Ich werfe die Speisekarte zurück auf den Tisch. Es ist wahrscheinlich keine gute Idee, etwas zu essen, während sich mein
Magen so verknotet anfühlt. Ich spiele mit dem Strohhalm
und zucke mit den Schultern. »Warum sollte ich das tun?«

»Weil ich dich praktisch gekidnappt habe.«

»Nein, hast du nicht.« Ich kann immer noch cool sein.
Irgendwo in mir steckt das drin.

»Sonnenschein, hätte ich dir eine Pistole vor die Nase gehalten, hätte ich es leichter gehabt.«

Die Kellnerin unterbricht unser Geplänkel, und ich bestelle
mein Standardgericht: Sesamhuhn. Jude bestellt praktisch für
eine Armee. Als sie aufhört, die Bestellung aufzuschreiben,
gaffe ich ihn groß an.

»Ich liebe Chinesisch«, gibt er zu. »Es ist hier in der Gegend schwer zu kriegen. Dutzende Läden mit Teriyaki, aber kein Hühnchen Kung Pao. Ich nehme die Reste mit und habe für den Rest der Woche Essen.«

In meinem Kopf taucht sofort ein Bild auf, wie ich mit ihm auf der Couch kuschle und kaltes Lo Mein esse. Die Vision windet sich in meinem Inneren. Könnte es je so gemütlich mit ihm sein? Nicht bis ich die unermüdlichen Schmetterlinge weggesperrt habe, die in mir herumflattern, seit wir uns getroffen haben.

»Was liebst du, Faith?«, fragt er.

Ich muss ja eine verdammt tolle Gesprächspartnerin sein, wenn er mir bei jeder Gelegenheit Suggestivfragen stellen muss. Er hat mich heute Abend vor die Tür geschleppt, und ich kann jetzt nicht ändern, dass ich hier bin. »Musik«, fange ich an, und dann fließen die Antworten nur so aus mir heraus, als hätte ich seit Jahren darauf gewartet, dass er daherkommt und diese Frage stellt. »Und Regen, vor allem, wenn es neblig ist. Kaffee am Morgen, aber abends Tee. Gelb. In allen Schattierungen. Katzen.«

»Katzen?«, hakt er nach. »Keine Hunde?«

»Ich mag Welpen, aber ich liebe Katzen. Sie sind so wunderbar egoistisch. Sie liegen herum und schlafen, und dann verlangen sie, dass du dich um sie kümmerst.«

Jude lacht, und ich kann nur noch daran denken, wie ich ihn wieder zum Lachen bringen kann. »Du klingst eifersüchtig.«

»Ich bin eifersüchtig«, gebe ich zu. »Wer möchte keine Hauskatze sein?«

»Keine Straßenkatze?«

»Hatte ich schon.« Ich winke ab. »Vom Abfall leben und Almosen annehmen. Jap, brauche ich nicht mehr.«

»Vielleicht haben es nicht mal die Katzen geschafft.« Seine Handfläche liegt auf dem Tisch, und ich frage mich, ob er sie zu mir hinüberschieben wird. Seit der zehnten Klasse war ich mir der Hand eines Mannes nicht mehr so bewusst.

»Ich schätze, nein.« Dann nippe ich an meinem Wasser und nehme undeutlich die Musik wahr, die aus einem alten Radio in der Küche dringt. Das Restaurant ist nicht gerade voll. Jeder, der nach uns hereingekommen ist, hat sich das Essen geholt und ist wieder gegangen.

»Das ist dein Song«, sagt Jude in dem Moment, in dem mir klar wird, dass ich summe.

»Übrigens hattest du recht wegen der Worte. Ich habe nachgesehen.«

»Ich weiß.«

»Wirklich?« Ich schnipse das zusammengeknüllte Papier vom Strohhalm nach ihm und versuche nicht darauf zu achten, wie es von seinem Brustkorb abprallt. »Es fällt mir nicht leicht zuzugeben, wenn ich mit etwas falschliege.«

»Was hätte ich deiner Meinung nach sagen sollen?« Er wirft das Papier zurück zu mir, und es landet in meinem Dekolleté. Jude wirft die Arme in die Luft, als hätte er gerade ein Tor geschossen.

Ich zupfe es wieder heraus und lege es sorgfältig vor mir auf den Tisch. »Ich weiß es nicht. Vielleicht, dass du dir das gedacht hast, oder dass du es vermutet hast. Dann wäre es für mich jetzt nicht so schwer gewesen, die Kröte zu schlucken.«

»Ich hätte das so sagen können, aber ich wusste, dass du falschgelegen hast.« Er kann das Lachen jetzt kaum noch zurückhalten, und diesmal möchte ich es nicht hören. Mister Arrogant hier ist in all seiner Pracht zurück.

»Du bist ein eingebildeter Mistkerl«, teile ich ihm in ganz freundlichem Ton mit.

Er lacht weiter, während er sein Handy hervorholt und etwas darauf tippt. Dann hält er es mir hin. Ich überfliege den Liedtext und entdecke genau das, was ich ihm gesagt habe.

»Du bist ein schrecklicher Gewinner.« Ich gebe ihm das Handy zurück, aber er schüttelt den Kopf.

»Lies weiter.«

Ich scrolle bis ganz nach unten und sehe die Credits: *Song written by Jude Mercer.*

»Du hast deinen Sieg verwirkt«, verkünde ich.

»Ich hatte gar kein Pferd im Rennen, Sonnenschein.«

Ich verenge die Augen in der Hoffnung, verärgert und nicht gedemütigt auszusehen, und beuge mich über den Tisch. »Du hättest sagen können, woher du es weißt.«

»Dann hätte ich damit angegeben«, sagt er spitz. »Und ich wollte nicht arrogant rüberkommen.«

»Wie wolltest du denn rüberkommen?«

Er lächelt durchtrieben. »Ich kann mir einiges vorstellen.«

»Schamlos und arrogant«, murmle ich, aber ich bin sehr froh, dass er nicht neben mir sitzt. Der Blick, den er mir gerade zugeworfen hat, hat eine ganz bestimmte Region meines Körpers erwischt. Ich kann nur hoffen, dass man es mir beim Aufstehen nicht anmerkt.

»Ich verspreche dir, dass ich dich niemals mehr korrigieren werde.« Er wedelt mit einer Papierserviette durch die Luft.

Das gefällt mir so gar nicht. »Nein! Du sagst mir besser, wenn ich mich zum Idioten mache.«

»Kann ich dir wirklich sagen, dass du dich zum Idioten machst?«, fragt er.

»Ich würde die Worte sorgfältig wählen«, rate ich ihm. Ohne darüber nachzudenken, strecke ich die Hand aus und fahre die Pfeile nach, die auf das Metallplättchen graviert sind, das an seinem verschlissenen Lederarmband befestigt ist. »Das hier bedeutet dir etwas.«

»Woher weißt du das?«

»Nur so eine Vermutung«, gebe ich zu. »Es sieht aus, als würdest du es oft tragen.«

»Das habe ich von einem Freund bekommen, als ich mich verloren hatte.«

»Zeigt es dir den Weg?«, frage ich sanft.

»Nein, es erinnert mich daran, dass ich meinen eigenen Weg wähle.«

»Warum sind es dann zwei Pfeile?« Die einfachen Formen überschneiden sich und zeigen in entgegengesetzte Richtungen.

»Weil du immer die Wahl hast, welchen Weg du nimmst.«

Ich verstehe die Wichtigkeit des Gefühls, auch wenn ich ihm nicht vollständig zustimme. Manche können sich den Luxus der Wahl nicht leisten. Den Gedanken behalte ich jedoch für mich.

Als das Essen kommt, habe ich mich an die Situation gewöhnt. Hauptsächlich, weil ich Judes Seite auf Wikipedia gefunden habe, auf der eine Liste mit jedem Song steht, den er je komponiert hat. Das sind einige, und ich kenne sie alle in- und auswendig. Wenigstens glaube ich das. Es sollte mir peinlich sein, dass ich ein Date damit verbringe, die Worte dieses Mannes vor ihm zu wiederholen, aber stattdessen hilft es mir, mich zu entspannen. Das Wissen, dass diese Songs von ihm sind, gibt uns endlich eine Gemeinsamkeit, mit der ich umgehen kann.

»Oh!«, quietsche ich und vergesse, dass ich gerade in eine Frühlingsrolle beiße. Ich schlucke schnell. »Du hast Rainy Day Girl geschrieben?«

»Du kennst wirklich all meine Songs.« Er lässt eine Teigtasche auf meinen Teller fallen. Ich mache mir nicht die Mühe, wegen der frittierten Opfergabe zu protestieren. Wenn wir schon den ganzen Tisch voller Essen stehen haben, kann ich auch reinhauen.

»Ich bin ziemlich sicher, dass ich das tue.« Ich zerbreche das Wan-Tan und picke die knusprigen Stücke ab.

»Das ist der beste Teil«, wendet er ein, nimmt sie von meinem Teller und steckt sie sich in den Mund.

Sein Mund. Ich erinnere mich an den Kuss und frage mich, was er mit diesen Lippen noch anstellen kann. Ich bemerke zu spät, dass ich ihn anstarre.

»Singst du?« Ich stelle ihm die erste Frage, die mir durch den Kopf schießt.

»Ich muss, aber es klingt nicht schön«, warnt er mich.

»Ich wette, das stimmt nicht.«

»Es gibt einen Grund dafür, dass jemand anders dafür bezahlt wird, die Aufnahmen zu machen, Sonnenschein.«

»Dieser Spitzname«, sage ich. »Ich weiß immer nicht, ob du dich über mich lustig machst.«

»Als ich dich das erste Mal so genannt habe, ja, jetzt nicht mehr«, gibt er zu.

»Ja?«

»Ja. Ich freue mich die ganze Woche darauf, dich zu sehen.

Ich habe dich in den zwei letzten verregneten Wochen vermisst wie die Sonne, weil du zu meinem Licht geworden bist. Ich habe versucht, dir Luft zum Atmen zu lassen, aber als du die Treffen zwei Wochen hintereinander verpasst hast, konnte ich mich nicht mehr zurückhalten.« Sein Geständnis hängt in der Luft und ködert mich zuzugeben, dass ich ihn gemieden habe. Dann bietet er mir einen Ausweg an. »Du warst vermutlich krank.«

»War ich nicht. Es ist lange her, dass ich Zeit mit einem Mann verbracht habe.« Ich kann genauso gut ebenfalls zu meinen Gefühlen stehen. Ich erwähne nicht, dass es verdammt lange her ist.

»Max' Vater?«, rät er.

Ich zögere, weil ich diese schmutzige Wäsche nicht gleich beim ersten Date waschen will.

Jude spürt meine Besorgnis und wechselt das Thema. Er möchte wahrscheinlich genauso wenig beim ersten Date über meine Vergangenheit reden. »Du hast also nach Cochlear-Implantaten für Max gesehen?«

»Das ist kompliziert«, sage ich langsam. Er will mit Sicherheit nicht alles wissen, was ich in den vier Jahren darüber herausgefunden habe, also halte ich es kurz. »Die Versicherung sagt, es sei unnötig, und ich habe das Geld nicht.«

»Wünschst du dir, dass er hören könnte?« Sein Interesse – seine Ernsthaftigkeit – strahlt von ihm aus, und zum ersten Mal seit langer Zeit weiß ich, dass er nur fragt. Jude möchte zuhören und nicht belehren. Das ist ein Luxus, den mir nicht viele Menschen bieten.

»Ich schätze schon.« Ich muss über meine Antwort kurz nachdenken. Niemand hat mich das jemals so gefragt. »Ich glaube, wir alle wollen, dass unsere Kinder perfekt sind. Du weißt, was ich meine. Nicht perfekt. Nur gesund, und wir haben eine Vorstellung davon, was das bedeutet. Es hat eine Weile gedauert, bis ich begriffen habe, dass er gesund *ist*, und dass er in eine tolle Schule geht, in der sie mit ihm arbeiten, Zeichensprache und Lippenlesen unterrichten. Also nehme ich an, dass ich seine Stimme gern hören würde oder ihm etwas vorsingen können möchte, aber das bin nur ich, die egoistisch ist.«

»Ich finde nicht, dass das egoistisch ist.« Er nimmt meine Hand und verschränkt unsere Finger ineinander. »Ich vermute, du bist die am wenigsten selbstsüchtige Person, die ich jemals getroffen habe.«

Ich will die Augen verdrehen, aber er drückt meine Hand.

»Unterschätz dich nicht.«

»Das ist die Macht der Gewohnheit«, flüstere ich.

»Dann sollten wir diese Gewohnheit brechen.« So wie er das sagt, klingt es so einfach. Warum erscheint mir die Welt so viel einfacher, wenn er bei mir ist? Ich möchte glauben, dass er recht hat und mir keine schönen Lügen verkauft, aber die Erfahrung hat mich etwas anderes gelehrt.

»Ich denke nicht, dass es so einfach ist, wie sich das Knabbern an den Fingernägeln abzugewöhnen.«

»Das ist schwerer, als es klingt.« Sein Daumen reibt kleine Kreise über meinen Handrücken, und ich kann seinen Worten kaum folgen. »Ich werde dich folgendermaßen davon abbringen, dich selbst zu unterschätzen. Erstens werde ich jeden Tag dafür sorgen, dass du siehst, wie wundervoll du bist. Dann werde ich dich jedes Mal zur Ordnung rufen, wenn du dich selbst fertigmachst, weil niemand so mit dir reden darf. Nicht einmal du selbst, Sonnenschein.«

»Das ist ein ziemlich ernstes Unterfangen.« Sein Plan verschlägt mir den Atem. Ich habe keine Ahnung, wo dieser komplizierte Mann hergekommen ist, der so tief ist wie der Ozean, aber er zieht mich mit seinen Versprechungen mit in die Tiefe.

»Ich meine das ernst. Der Junge hat Glück, dass er dich hat, und ich weiß, dass er dich verehrt. Das kann jeder sehen, aber vielleicht ist es an der Zeit, dass sich jemand mal um dich kümmert.«

Die Luft knistert von der Energie seines Angebots, und ich möchte sie am liebsten in tiefen Zügen einatmen, bis sie meine Bedenken verbrennt. »Ich habe keine gute Erfolgsgeschichte mit Pflegern.«

»Die habe ich auch nicht.« Die Traurigkeit in seinen unergründlichen Augen ist wieder da, und der Drang, meinen Körper vor seinen zu werfen, um den Schmerz von ihm abzuhalten, ist überwältigend. »Wir müssen uns nicht unsere traurigen Geschichten erzählen. Wir können uns den Teil schon denken. Aber genau deshalb können wir uns umeinander kümmern – weil wir sehen, was fehlt.«

Ich beiße mir auf die Lippe, will gleichzeitig nicken und meine Hand wegziehen. Jude trifft die Entscheidung für mich. Er lässt meine Hand los und greift nach den Glückskeksen, die am Rand des Tisches liegen.

»Vielleicht denken wir zu viel nach«, sagt er und wirft mir einen Keks zu.

»Steckt in denen hier der Sinn des Lebens?« Ich reiße das Zellophanpapier auf, aber bevor ich den Keks entzweibrechen kann, nimmt Jude meine Hand.

»Es gibt eine Technik«, erklärt er. »Brich ihn auf.«

Ich breche ihn auf und warte auf den nächsten Schritt.

»Jetzt ziehst du die erste Hälfte ab und isst sie, während du den Spruch liest.«

Ich starre ihn an, als hätte er den Verstand verloren. »Ich denke, nicht mal den Keks zu backen, hat so viel Technik erfordert.«

»Willst du, dass sich deine Prophezeiung bewahrheitet?«, fordert er mich heraus.

»Das kommt ganz darauf an. Ich hatte schon ein paar ganz miese.«

Sein Mundwinkel wandert leicht nach oben, aber er fährt fort. »Dann isst du die andere Hälfte und gibst mir deinen Zettel zu lesen.«

»Sonst noch was? Gibt es auch noch Beinarbeit?«, ziehe ich ihn auf.

Jude antwortet nicht. Stattdessen zerbricht er seinen Keks und beginnt mit dem bizarren Ritual. Und ich stelle fest, dass ich mich beeile, es ihm gleichzutun. Während ich kaue, drehe ich den Zettel herum.

Wir schreiben unsere eigene Geschichte.

Das ist mehr Motivationsposter als Glücksversprechen, aber nicht schlecht. Ich stecke mir die andere Hälfte in den Mund und blicke Jude in die Augen. Das Problem mit diesen Keksen ist, dass es ewig dauert, bis man den trockenen Styroporkeks heruntergeschluckt hat, sodass ich fast ersticke, als ich anfange zu kichern. Dieser Moment ist vollkommen lächerlich und gleichzeitig süß.

Er ist perfekt.

Wir tauschen die kleinen Zettelchen aus, und ich lese seinen. »*Der Spatz in der Hand ist besser als die Taube auf dem Dach.*«

Ich lache auf.

»Der schlimmste Spruch überhaupt, oder?« Er lacht ebenfalls los. »Deiner ist nett.«

»Oh, bitte, der ist kitschig.«

»Nur, wenn du es zulässt.«

Er lässt nicht zu, dass ich mich an der Rechnung beteilige, aber er stimmt zu, dass ich unser nächstes Dinner bezahlen darf. Während ich ihm dabei zusehe, wie er die Reste zusammenpackt, lasse ich den Gedanken an ein nächstes Mal sacken, und ich kann nicht verleugnen, dass ich mir ein nächstes Mal wünsche. Das sollte ich nicht. Es ist chaotisch, vor allem, wenn man unsere Vergangenheiten bedenkt, über die wir beide nicht hatten sprechen wollen. Können zwei Menschen wirklich ihre Fehler hinter sich lassen? Ich weiß nicht, ob ich das möchte – nicht wenn die Erinnerung daran mich davon abhält, die gleichen Fehler wieder zu machen. Jude zwingt mich nicht zu einer Unterhaltung, während er mich nach Hause fährt. Diesmal fährt er vorsichtig, erlaubt mir, mich auf meine Gedanken zu konzentrieren. Als wir mein Haus erreichen, bringt er mich zur Tür.

Das ist eine altmodische Geste, aber sie bringt mein Herz zum Rasen.

»Du bist der erste Kerl, der mich jemals zur Tür gebracht hat«, sage ich.

»Das ist eine Tragödie.« Er schiebt eine Haarsträhne hinter mein Ohr. Seine Finger streichen über meine Wange und über meinen Kiefer.

Meine Lippen öffnen sich instinktiv.

Jude beugt sich zu mir, seine Lippen berühren mein Ohr. »Ich werde dich erst küssen, wenn du mich darum bittest.«

Wie kann er so schnell zwischen total süß und mich in den Wahnsinn treiben hin- und herschalten? »Dann wirst du verdammt lange warten müssen.«

Dabei ignoriere ich geflissentlich, dass auch ich dann ziemlich lange warten muss. Meine Hände suchen hinter mir nach dem Türgriff, ich packe ihn und hoffe, dass er zuerst nachgibt.

»Vielleicht bringe ich dich dazu, mich zu küssen, Sonnenschein.« Sein Atem kitzelt meinen Nacken, und sein Mund ist so nah, dass ich genau spüre, was ich verpasse.

»Dann wirst du nur umso länger warten müssen.« Ich öffne die Tür und gehe ins Haus. Wenn er denkt, dass ich es ihm so leichtmache, dann wird er noch merken, was er davon hat. Ich möchte all seine zuckersüßen Versprechungen glauben, aber es ist besser, er merkt gleich, dass ich eine bittere Pille bin.

10

Die Gruppe empfängt mich mit besorgten Mienen und Umarmungen, weshalb ich mich komisch fühle. Es gibt keinen Weg, alle davon zu überzeugen, dass es mir gut geht. Ich nehme an, das ist in dieser Situation normal. Ein Mensch verschwindet, und du vermutest das Schlimmste, aber zum ersten Mal seit Jahren fühle ich mich nicht, als würde ich mich am Rockzipfel des Lebens festkrallen. Ich werde nicht mitgeschleift. Ich bin die, die das Sagen hat. Ich brauche nicht einmal meinen Becher Kaffee.

Stephanie hält mich auf, bevor ich mich hinsetzen kann. »Falls du reden willst ...«

»Mir geht's gut.«

Aber ich könnte genauso gut Latein sprechen. »Es ist wichtig, dass wir uns selbst vergeben und unsere Fehler loslassen.«

»Ist zur Kenntnis genommen.« Ich gehe an ihr vorbei und setze mich so weit von Jude weg wie nur möglich. Nicht weil ich ihn meide, sondern weil ich mich konzentrieren möchte. Er fängt meinen Blick auf und zwinkert. Wir haben unser eigenes kleines Geheimnis. Die Scham und die Angst, die mich verfolgt hatten, als wir uns kennenlernten, machen Platz für die flatternde Vorfreude einer neuen Liebe. Niemand weiß das hier über uns, was sich ein wenig schmutzig anfühlt – und verdammt wunderbar.

»Sie wollten schon das FBI anrufen«, erzählt mir Sondra, als sie sich auf den Platz neben mir fallen lässt. »Sie haben im Restaurant nachgesehen und sind an deinem Haus vorbeigefahren.«

»So viel zur Anonymität. Ich war beschäftigt.«

Sie öffnet eine Tube glitzernden Lipgloss und tupft ihn auf ihre Lippen. »Ich hoffe, mit beschäftigt meinst du, dass du den da nagelst.«

Ihr Blick huscht zu Jude hinüber, der in ein Gespräch mit Bob vertieft ist. Ich zwinge mich zu einem Schulterzucken, als hätte ich keine Ahnung, was sie da andeuten will.

»Das hatte ich mir gedacht.« Sie nickt mir lächelnd zu und zeigt dabei jede Menge Zahnfleisch.

Als Anne aufsteht und sich räuspert, wird die Gruppe still. Ich frage mich, wie viele gehört haben, dass sie rückfällig geworden ist. Ich vertraue Jude, dass er nicht tratscht, aber in der Bar waren in der Nacht eine Menge Leute. »Ich möchte euch mitteilen, dass ich seit einer Woche nüchtern bin.«

Kurz ist es still, dann brechen alle in Applaus aus. Ihr Kopf sinkt nach vorn, und sie kann das traurige Lächeln nicht ganz verstecken, dann hebt sie die Hand.

»Ich weiß, dass das eine Leistung sein sollte, aber es fühlt sich nicht wirklich so an, weil ich fünf Jahre Nüchternsein weggeworfen habe.«

»Es ist eine Leistung«, springt Sondra ihr bei. »Liebes, so

weit waren wir alle schon. Wir sind alle Menschen. Ein Tag nach dem anderen.«

Das Problem ist, dass es am Anfang einfach ist, einen Tag nach dem anderen zu bewältigen. Es ist ein gutes Gefühl, vierundzwanzig Stunden durchzuhalten, aber nach und nach bekommst du einen Überblick über diese Tage. Du errichtest eine Sammlung, die eigentlich ein Kartenhaus ist. Es braucht nicht viel, um diese Tage in Vergessenheit geraten zu lassen. Ja, so weit waren wir alle schon. Das ist nicht beruhigend, wenn es deine Welt ist, die sich um dich herum auflöst.

»Das sage ich mir selbst immer wieder, und ich fange am Anfang an. Offensichtlich habe ich es nicht so gut im Griff, wie ich gedacht hatte«, gibt sie zu. Anne ringt die Hände und sieht hinüber zu Jude. »Ich habe dich auch in eine schreckliche Situation gebracht, und das tut mir leid. Danke, dass du mich da rausgeholt hast.«

Jude nickt und nimmt ihre Entschuldigung an. »Es muss dir nicht leidtun.«

»Doch, das muss es«, korrigiert sie ihn. »Vielleicht bist du stärker als ich. Ich bin mir sogar ziemlich sicher. Aber dich dazu zu zwingen, in eine Bar gehen zu müssen, war schrecklich. Das richtet Schaden an, ob du es nun merkst oder nicht. Es tut mir leid, dass ich dir mit meinen Taten wehgetan habe.«

Das ist einer der Schritte. Sie fängt wirklich wieder von vorn an, aber als sie sich mir zuwendet, schrecke ich auf. »Das Gleiche gilt für dich, Faith. Ich weiß, dass eine Menge Leute hier denken ...«

Das erklärt es. Anne war nicht die Einzige, die in der Bar gesehen worden ist in dieser Nacht. Allem Anschein nach ist meine Anwesenheit, im Gegensatz zu Judes, nicht mit der Rettung in Verbindung gebracht worden.

»Du musst das verstehen, Liebes«, sagt Sondra leise. »Du bist nicht mehr zum Treffen gekommen. Jude war der Einzige hier, und seine Lippen waren versiegelt.«

Weil er über dem kleinlichen Tratsch der Kleinstadt steht. Trotz der besten Absichten dieser Versammlung gebrochener Seelen reden die Leute.

»Mir ist es egal, was die Leute denken«, melde ich mich als Antwort auf Annes Entschuldigung zu Wort. »Ich bin einfach froh, dass es dir besser geht, und ich bin stolz auf dich.«

Wenn man bedenkt, dass sie mich bei unserem letzten Zusammentreffen beschuldigt hat, Jude zu vögeln, bin ich jetzt wohl moralisch im Recht. Vor allem, weil ihre Entschuldigung mich zusammen mit ihm in Szene setzt. So viel zu unserem kleinen Geheimnis.

Das restliche Treffen verläuft nach der gewohnten Routine. Ein paar melden sich zu Wort, und Stephanie fordert andere auf, etwas zu sagen. Als ich damals hier ankam, habe ich jede Geschichte mit Spannung verfolgt, habe immer auf die Worte gehofft, die mir Heilung bringen würden. Jetzt weiß ich, dass wir herkommen, weil wir uns an unsere Sünden erinnern müssen. Was lehren sie dich über Geschichte? Vergessen wir die Vergangenheit, dann sind wir dazu verdammt, sie zu wiederholen. Das hier ist keine Selbsthilfegruppe, das ist unsere wöchentliche Buße. Wir bezahlen für den Rest unseres Lebens. Wahrscheinlich finden die Treffen deshalb in der Kirche statt. Manche von uns kommen auf der Suche nach der Bestätigung, dass wir uns ändern können, und der Absolution für die anderen sechs Tage der Woche. Andere brauchen es, sich in ihrer Schuld zu suhlen, um ihren Fanatismus zu füttern. Wir entkommen unserer Sucht nicht, sie wird stattdessen zu unserer Religion.

»Kann ich mit euch reden?«, fragt Stephanie kurz angebunden.

Ich ziehe meine Jacke an, während ich ihr in den dunklen Flur folge. Jude wirft mir einen verwirrten Blick zu und lächelt kurz.

»Werden wir zum Rektor zitiert?«, frage ich.

Nur einer lacht.

»Das hier ist kein Witz. Ich glaube nicht, dass ich euch erzählen muss, wie gefährlich es ist, Leute aus einer Bar zu holen.« Ihr ganzer Körper strahlt Wut aus.

Sie hat recht, was einer der anderen Gründe ist, aus denen ich mir wünsche, dass Anne nichts gesagt hätte. Es ist eine Sache, einen Anruf entgegenzunehmen, und eine ganz andere, selbst mitten in die Hölle zu marschieren.

»Seit wann ist es in Ordnung, Menschen, die uns brauchen, den Rücken zuzuwenden?«, fällt Jude ihr ins Wort.

»Es gibt Grenzen«, fängt Stephanie an.

»Zur Hölle mit deinen Grenzen.« Er wartet ihre Reaktion nicht ab. Und obwohl ich weiß, dass sie recht hat, kann ich nicht anders, als es zu genießen, wie sie jetzt nach einer Antwort sucht.

Ich laufe ihm hinterher und hole ihn ein, als er gerade seinen Jeep aufschließt.

»Jetzt würde dein Motorrad dem Ganzen hier wirklich mehr Drama verleihen«, sage ich.

Aber er ist gerade nicht in der Stimmung zu lachen. »Findest du, dass sie recht hat?«

Ich wähle meine Worte vorsichtig. »Du kannst nicht jeden retten.«

»Also sollten wir es erst gar nicht versuchen?«, brüllt er.

So viel zu meiner Vorsicht. »Das ist es nicht. Die Menschen müssen die Hilfe wollen. Wir können sie nicht zwingen, sich helfen zu lassen.«

»Anne wollte Hilfe«, unterbricht er mich. »Und es gefällt dir sicher zu hören, dass ich schon lange nicht mehr im Retter-Geschäft tätig bin. Himmel, ich habe gedacht, *du* würdest das verstehen.«

»Was zum Teufel soll das denn heißen?«, schnappe ich.

»Vergiss es.« Er steigt ein und rast davon, während ich zurückbleibe und jedes seiner Worte analysiere. Ich stehe auf dem zerbrochenen Asphalt und starre zu dem grauen Schimmer am Horizont. Ich finde keinen Frieden, während ich mein Mantra im Kopf drehe und wende. Ich kann keinen festen Boden finden, und Jude ist ein Sturm, den ich überstehen muss.

||

Vorher

Das Wort Süchtige hatte sich viel früher in Grace' Kopf geschlichen, als es über ihre Lippen gekommen war. Sie hatte nie vorgehabt, Faith zu überwachen, aber es wurde unmöglich, ihr Verhalten zu ignorieren. Die Verstöße waren zu Anfang noch leicht. Faith kam erst weit nach Sonnenaufgang wieder in ihr Zimmer gekrochen, oder sie vergaß zu erwähnen, dass sie sich einen Zwanziger aus Grace' Portemonnaie genommen hatte. Es war leicht, diese Kleinigkeiten zu verzeihen. Als Nana eine Hypothekenzahlung nicht leisten konnte, weil ihr Konto überzogen war, hatte sie keinen Verdacht, dass es Faith gewesen sein könnte. Grace vermutete es, und als Faith eine Woche lang nicht nach Hause kam, sah sie das als Bestätigung an. Sie riefen die Polizei. Ein Bericht wurde geschrieben. Es war der Anfang einer langen und aussichtslosen Beziehung mit den höheren Mächten. Sie hatten kein Problem damit, Faith als Süchtige zu bezeichnen.

Die Abschlussfeier kam und ging, genau wie Faith. Sie machte sich nicht die Mühe teilzunehmen – nicht dass sie überhaupt ein Abschlusszeugnis zu erwarten gehabt hätte. Als Grace von der Party zurückkam, fand sie ihre Schwester auf der Veranda vor dem Haus liegend vor, ihre Wange war doppelt so dick und hatte die Farbe von Grace' Abschlusskleid.

Im Wartezimmer der Notaufnahme nahm Nana Grace' Hand in ihre, und sie saßen schweigend da, während ein Doktor ihnen die Verletzungen ihrer Schwester und die diversen Drogen in ihrem Blutkreislauf aufzählte.

»Was sollen wir tun?«, fragte Nana, und in ihrer Stimme schwang Entschlossenheit mit. Sie hatte es geschafft, die Töchter ihrer Tochter großzuziehen, und Grace wusste, dass nichts sie davon abhalten würde, das bis zum Ende durchzuziehen.

»Sie muss in ein Krankenhaus gehen.« Der Arzt sagte das ohne Mitgefühl. Faith war einfach nur ein weiterer Junkie, der den Platz belegte, den ein kranker Mensch benötigte.

Es dauerte ein paar Sekunden, bis sie verstanden, dass er eine Reha meinte. Zum ersten Mal schämte sich Grace dafür, sich das Gesicht mit ihrer Schwester zu teilen.

Nana zögerte nicht einmal. »Wenn es nötig ist.«

»Ihre Versicherung wird das nicht decken«, fuhr er fort, während er durch seinen Block blätterte. »Aber ich kann ihr einen Platz besorgen. Sie muss heute Nacht noch eingewiesen werden.«

Keine von ihnen fragte, wie sie das bezahlen sollten. Grace hatte das niemals mit Nana besprochen. Es war eine Tatsache. Die Familie kam zuerst. Sie kam vor dem Schulgeld.

Als Faith später mit rosigen Wangen in ihrem Krankenhauszimmer saß und fragte, woher sie das Geld hätten, logen sie. Die Versicherung, sagten sie, und sie glaubte ihnen. Lügen waren immer einfacher zu schlucken.

Ein Jahr später war die winzige Erbschaft, die ihre Eltern ihnen hinterlassen hatten, aufgebraucht. Diesmal nahm Nana eine Hypothek auf das Haus auf, und sie ließ Grace als Hauseigentümerin in die Papiere eintragen.

»Falls mir etwas passiert«, sagte sie ihrer Enkelin. »In dem Haus steckt immer noch genug Kapital.«

Stück für Stück verschlang Faith' Problem sie, bis Sucht kein schmutziges Wort mehr war, sondern normal.

Faith war weg. Eines Samstagmorgens kam sie nicht zurück. Nana drehte durch, sie rief auf der Polizeiwache an. Die hörten zuerst zu, nahmen die Informationen auf und ein Bild. Grace fragte sich, ob sie es überall in Seattle aufhängen würden. Ob es bis nach Ballard durchdringen würde, sodass die Leute bei der Polizei anrufen würden, wenn sie Grace sahen, in der falschen Annahme, dass sie eine gute Tat vollbracht hätten. Sie würden ewig zwischen der Sorge und dem Beten hin und her schwanken.

Aber als sich die Polizei eingehender mit dem Fall beschäftigte, machten sie einen Rückzieher. Zuerst versprachen sie, die Suche fortzusetzen, selbst als sie Faith' Strafregister vorlegten. Doch Grace wusste es besser. Sie suchten ihre Schwester nicht. Sie würden davon ausgehen, dass Faith sie fand. Das sagten sie ihr hinter dem Rücken ihrer Großmutter.

»Sieh mal, wir sammeln sie vielleicht am Pioneer Square oder unten am Wasser auf.« Der weibliche Detective war freundlich, aber sie bemühte sich nicht, ein Blatt vor den Mund zu nehmen. »Weißt du, ob sie rückfällig geworden ist?«

»Ich glaube schon«, gab Grace leise zu.

»Das ist nicht deine Schuld. Sie muss sich die Hilfe selbst suchen. Du kannst sie nicht zwingen, clean zu werden.« Und damit verschwand sie. Das war das letzte Mal gewesen, dass die Polizei wegen ihrer Schwester vorbeigekommen war. Die Leute sagen gern, dass keine Nachrichten gute Nachrichten sind, aber das sind auch diejenigen, die nicht zugeben können, dass keine Nachrichten dir den Magen verknoten, bis du anfängst, Schatten zu sehen. Grace' eigenes Spiegelbild ließ sie zusammenzucken. Sie war eine nicht allzu subtile Erinnerung für sich selbst und für Nana, dass Faith weg war.

Vielleicht ging Nanas Geist deshalb auf Wanderschaft. Sie verlor sich selbst auf der Suche nach jemand anderem. Wie viele andere Mütter hatten das gleiche Schicksal durchlitten?

Zuerst war es nur schleichend. Sie vergaß kleine Sachen. Sie ließ ihre Schlüssel stecken oder vergaß, dass sie ihre Brille nicht trug. Sie ging in den Laden, um Milch zu holen, und kam mit Brot zurück. Grace versuchte zuerst, es zu ignorieren. Dann kamen die großen Sachen.

Ein Geburtstag. Wo sie wohnte. Ihr Name. Sie schwand wie der Sand mit der Flut – winzige Fragmente, eins nach dem anderen –, bis ihr Geist ganz glatt und neu war. Kleine Teile kamen mit den Wellen zurück, Fragmente des Lebens, das sie zuvor geführt hatte. An diesen Tagen schrie sie nicht und drohte, die Polizei zu rufen, wenn Grace nach Hause kam. An diesen Tagen erinnerte sie sich daran, dass sie ihre Enkelin war. Und sie erinnerte sich an Faith. Es hielt nie lange an. Bis zum Morgen nahm die Krankheit sie wieder mit. Oder vielleicht war es der Schmerz, den sie spürte, jedes Mal, wenn sie wieder in ihrer eigenen Haut steckte. An diesen Tagen weinte sie leise in ihrem Zimmer. Sie fragte Grace, was während der Woche passiert war, und Grace sagte *nicht viel*, sie sagte ihr nicht, dass es ein Monat gewesen war.

Und dann war Grace wieder allein und kümmerte sich um eine Frau, die sie meistens mit paranoidem Blick anstarrte. Am Ende gab sie auf und steckte sie in ein Heim draußen auf der Kitsap Peninsula. Ein Platz, den sie sich leisten konnte und der nicht viel weiter als eine Schiffsfahrt entfernt war. Am Anfang besuchte sie sie jedes Wochenende. Nana starrte sie an und lächelte dann endlich.

»Faith, du besuchst mich. Setz dich, liebes Mädchen, und erzähl mir, wie es in der Schule läuft.«

Und Grace korrigierte sie nicht. Wenn sie sie schon vergessen hatte, erinnerte sie sich wenigstens an Faith. Sie hatte den Herzschmerz vergessen, was mehr war, als Grace jemals auszurichten gehofft hatte.

12

Du kannst an niemanden herankommen, der nicht erreicht werden will. Judes Reaktion in der Gruppe erinnerte mich daran, denn es ist eine der ersten Wahrheiten, die dich die Selbsthilfegruppe lehrt.

Krebsselbsthilfegruppe? Ein Patient schafft es nicht, wenn er es nicht versucht.

Spielsucht? Du kannst ihn nicht vom Casino fernhalten, wenn er dort sein will. Manchmal kannst du das nicht einmal, wenn er es nicht will.

Al-Anon? Die Gruppe für Freunde und Familie von Süchtigen? Hört auf, es zu versuchen! Diese Tatsache hauen sie dir immer wieder um die Ohren.

Jemanden zurechtzubiegen, ist ein sicherer Weg, sich selbst gegen die Wand zu fahren. Nein, der wahre Kunstgriff liegt darin, stark zu bleiben, bis der Mensch erkennt, dass es an ihm selbst liegt. Das möchtest du nicht glauben, wenn du an einem Süchtigen hängst. Wenn du jemanden liebst, willst du ihm helfen, dich um ihn kümmern, ihn unterstützen. Deshalb ist Co-

Abhängigkeit so gefährlich. Ich habe das selbst erlebt, weshalb ich mich nicht blind an Judes Seite stellen kann.

Ich verstehe den Drang, jemanden zu Hilfe zu holen. Oder von der Flasche wegzuzerren. Oder von der Nadel. Oder welche Form der Zerstörung auch immer sie gewählt haben.

Ich weiß auch, dass es nichts ändert.

Aber meine Zweifel machen es nicht einfacher, mich von Jude fernzuhalten. Ich sage mir, dass ich es nicht riskieren kann, mich auf einen Mann einzulassen, der die Realität in Bezug auf die Sucht nicht im Griff hat, weil das bedeuten könnte, dass er seine eigene Sucht nicht im Griff hat. »Vielleicht brauchen wir etwas Abstand. Es ging alles etwas schnell.«

»Du bist ein Mal mit ihm ausgegangen.« Amie sieht nicht mal von den Karotten auf, die sie für den abendlichen Dinnerandrang schnippelt. »In dem Tempo bist du für das zweite mit fünfzig bereit.«

»Denkst du, ich will ihn ignorieren?« In den letzten paar Tagen bin ich nicht rangegangen, wenn er angerufen hat. Er hat sogar im World's End angerufen und Essen zum Mitnehmen bestellt, sodass ich hier auch nicht mehr ans Telefon gehen kann. »Ich bin nicht sicher, ob ich mit Jude fertigwerde, aber ich fühle mich eingesperrt, wenn ich nicht bei ihm bin. Ich fühle mich wie ein Gefängnisinsasse.«

»Darf ich dann vorschlagen, dass du für einen ehelichen Besuch ausbrichst?«

Mittlerweile hören einige der Köche zu.

Ich senke die Stimme, aber das hilft in der vollen Küche wenig. »Hast du nicht gerade selbst gesagt, dass wir bisher erst ein Mal miteinander ausgegangen sind?«

»Du hast mir auch erzählt, dass du wie ein Stück Butter zerflossen bist, als er dich geküsst hat«, erinnert sie mich und wedelt dabei mit ihrem Messer herum. »Das klingt, als sei er das Risiko wert.«

Ich mache einen Schritt zurück, bevor ich noch das Opfer einer fahrlässigen Tötung werde. »Es war nicht nur der Kuss. Bei Jude fühle ich so viel wie schon seit Jahren nicht mehr. Wut. Trauer. Leichtsinn.«

»Du hast dich selbst von allem abgeschirmt, das dich durcheinanderbringen könnte.« Da ist die weise Amie wieder. »Du musst dich der Liebe öffnen.«

»Ich bin mit Sicherheit offen für ihn.« Ich sinke gegen die Wand der Küche. »Das ist ja das Problem.«

»Das ist doch ein vielversprechender Anfang.« Sie zwinkert mir zu. Dann wischt sie die Hände an ihrer Schürze ab, überlässt das Gemüse ihrem Souschef und nickt zum Büro hinüber.

Ich folge ihr, und sie schenkt sich ein Glas Wein ein, während ich eine Tasse Kaffee bekomme. Dann setzen wir uns an den Schreibtisch.

»Willst du Sex mit ihm haben?«

Ich habe gerade einen Schluck Kaffee im Mund, als sie mir das um die Ohren haut.

Ich verschlucke mich und spucke den Kaffee über den Tisch, als wäre ich in einer dieser vollkommen übertriebenen Sitcoms.

Amie runzelt die Stirn und deckt ihr Glas ab. »Das ist eine einfache Frage. Stirb nicht gleich dran.«

»Du hast ihn gesehen.« Ich tupfe den verschütteten Kaffee von meinem Oberteil, dankbar dafür, dass ich heute schwarz trage. »Natürlich will ich mit ihm schlafen. Welche Frau würde keinen Sex mit ihm haben wollen?«

»Lesben. Blinde Frauen. Hoffentlich verheiratete Frauen.« Sie zählt die Möglichkeiten an ihren Fingern ab.

»Die Minderheit«, beende ich es für sie. Man kann nicht leugnen, dass Jude jede Frau haben kann, die er will. Es ist Zeitverschwendung, mich zu fragen, was er in mir sieht. Anziehungskraft ist etwas Seltsames, und obwohl ich eine Mom bin, denke ich gern, dass ich ziemlich gut aussehe – falls ich mich daran erinnere, mir die Haare zu kämmen. Das wahre Problem ist, dass *mein Körper* ihn schon wollte. Es ist doch traurig, wenn eine erwachsene Frau wegen einem tätowierten Kerl mit verwuscheltem Haar und seelenvollen Augen die Kontrolle über ihren Körper verliert. Obwohl ein großer Teil dieser Anziehungskraft von seinem engen T-Shirt ausgelöst wurde. Seit diesem Moment wollte ich ihn. Seit ich ihn kennengelernt habe, begehre ich ihn. Ich muss wissen, wie sich dieser Körper an meinem anfühlt.

»Also gehst du mit ihm ins Bett?«

Ich stammele eine Antwort, bei der ich mich hoffentlich nicht wie ein spitzer Teenager anhöre. »Hm, wahrscheinlich … irgendwann.«

»Gesegnet sei der Herr!« Sie schnappt ihr Handy, das auf dem Tisch gelegen hat, und beginnt hektisch zu tippen.

»Was machst du da?« Ich versuche, einen Blick auf ihr Handy zu erhaschen.

»Hochzeitsmagazine abonnieren.« Sie beginnt, den Hochzeitsmarsch zu summen.

»O mein Gott!« Ich nehme ihr das Handy weg.

»Was? Ich bin eine Planerin.«

»Dann plan das hier.« Ich lenke ihre Aufmerksamkeit wieder auf den Grund, aus dem ich mich ihr überhaupt anvertraut habe. »Wir reden nicht einmal miteinander.«

»Hör zu.« Amie legt ihr Handy hin und packt mich bei den Schultern. »Du bist eine starke, selbstbewusste, wundervolle Frau, die es verdient hat, von einem so heißen Typen rangenommen zu werden. Du marschierst da jetzt gefälligst rüber und zerrst ihn ins Bett.«

»Ich habe ein Kind«, erinnere ich sie. »Und *Stolz*.«

»Und genau deshalb gehst du. Keine Frau, die etwas auf sich hält, würde diese Gelegenheit ungenutzt verstreichen lassen.«

»Und was, wenn er nicht will?« Ich suche hektisch nach Ausreden.

»Jetzt machst du mit Absicht auf begriffsstutzig.« Sie steht auf und hält mir ihre Hände hin. »Du hast den Vibrator benutzt, richtig?«

»Darauf antworte ich nicht.« Ich erlaube ihr aber, mich auf die Füße zu ziehen. Ich werde nicht zugeben, dass er mich in Panik versetzt. »Ich muss Max in einer Stunde abholen. Das gibt mir nicht gerade viel Zeit.«

»Dein Ehrgeiz macht mich so stolz.« Sie umarmt mich kurz. »Ich übernehme Max. Bitte, komm nicht nach Hause, ohne dass einer von euch beiden medizinische Hilfe benötigt.«

Dazu wird es so was von nicht kommen. »Ich bin heute Abend zu Hause.«

»Komm morgen früh.«

Ich tue nicht mal so, als hätte ich das gehört. Amie schiebt mich aus der Tür und wünscht mir *den einen oder anderen schönen Höhepunkt*, und zwar so laut, dass sich das ganze Restau-

135

rant nach mir umdreht. Es geht doch nichts über das Gefühl, dass du eine ganze Stadt im Rücken hast, und noch viel wichtiger: vor dir.

Als ich bei Jude ankomme, bin ich vollkommen am Ende. Ich sitze in meinem Auto, starre sein Haus an und damit den Beweis, wie unterschiedlich wir sind. Es ist erstaunlich, wie all die kleinen Entscheidungen, die wir treffen, sich zu so unterschiedlichen Leben zusammenfügen. Jude und ich teilen die gleichen tragischen Makel: Sucht, übermäßige Abhängigkeit. Und doch lebt er auf dem Berg und ich unten am Fuß.

Unsere Welten waren nie dazu bestimmt aufeinanderzuprallen.

Das Geld, Max; nichts davon sollte mich davon abhalten, zu dieser Tür zu gehen, warum sitze ich also noch hier?

Ein leises Klopfen am Beifahrerfenster lässt mich erschreckt zusammenfahren. Ich drehe mich langsam um, die Hand immer noch an die Brust gepresst, und sehe mich Jude gegenüber. Er kommt gerade vom Laufen zurück. Schweiß glitzert in seinem dunklen Haar, und sein Shirt klebt an seiner Brust und dem flachen Bauch. Er bedeutet mir, dass ich das Fenster herunterfahren soll. Als ich den Kopf schüttele, öffnet er die Tür.

»Ich habe es repariert, schon vergessen?«, fragt er.

Das ist nicht der Grund, weshalb ich das Fenster nicht geöffnet habe, aber es erinnert mich daran, warum ich es hätte tun sollen. Jude gibt. Er gibt selbstlos seine Zeit und seine Aufmerksamkeit. Er hat nicht davor zurückgeschreckt, mir zu helfen, so wie er Anne in der Bar nicht hat sitzen lassen. Die Erkenntnis zementiert meinen Wunsch, über ihn herzufallen, nur noch mehr.

»Also redest du jetzt wieder mit mir?«, fragt er.

»Scheint so.« Wenn er nur wüsste, warum ich überhaupt hergekommen bin. Ich umklammere fest das Lenkrad und frage mich, ob ich die knallharte Frau in mir finden kann, die ich einmal gewesen bin.

»Komm rein.« Er wartet nicht ab, ob ich ihm folge. Jude läuft auf das Haus zu und streckt dabei seine verlockenden Arme über den Kopf und nach hinten.

Das ist die Gelegenheit abzuhauen. Stattdessen stelle ich den Motor ab und folge ihm zur Haustür.

Als ich das Haus zum ersten Mal betreten habe, war ich vor Ehrfurcht erstarrt. Heute stelle ich fest, dass ich sprachlos bin, aber nur, weil ich nach einer Erklärung für meinen Besuch suche, der nicht jedwede Würde zerstört, die ich besitze. Ich kann Amie fast hören, wie sie mir eine Ansprache hält.

Jude schlendert in die Küche und zieht eine Wasserflasche aus dem Unter-null-Kühlschrank. Er hält mir eine hin, aber ich schüttele den Kopf. Ich streife mit den Fingern über die glatte Arbeitsplatte aus Granit, während er die Flasche leert. Er sieht aus wie eine Statue, wie er da steht, den Kopf zurückgelegt und den Körper wirkungsvoll in Szene gesetzt. Der einzige Beweis, dass er kein in Stein gehauenes Kunstwerk ist, ist die rasche Bewegung seiner Kehle, während er schluckt.

Als er fertig ist, wirft er die Flasche in den Recyclingmüll und wendet sich mir zu. »Reden wir wirklich wieder miteinander? Du bist ziemlich still, Sonnenschein.«

»Ja«, stoße ich zu schnell hervor. Ich meine, das tun wir oder werden es tun.

»Du nimmst meine Anrufe nicht entgegen.« Er sagt es locker, aber an seinem Blick sehe ich, dass er verletzt ist.

Meine Distanz hat ihn verletzt, aber er muss verstehen, warum das manchmal nötig ist. »Ich bin nicht hergekommen, um das zu besprechen, aber wir kommen nicht weiter, wenn ich etwas anderes behaupte. Ich glaube, für manche von uns ist es schwer, Optimismus zu akzeptieren. Wir mussten uns selbst beibringen, Realisten zu sein.«

»… oder Zyniker«, wirft er ein.

»Vielleicht«, gebe ich zu. Das hier läuft nicht so, wie ich es mir vorgestellt habe. »Aber ich persönlich habe auf die harte Tour gelernt, dass zu viel Hoffnung blind machen kann für die Tatsachen.«

Er kommt auf mich zu. »Zu wenig kann einsam sein.«

Reden wir über Anne oder uns? Ich habe nicht den Mut, ihn das zu fragen. »Manchmal glaube ich, dass ich keinen Glauben mehr haben kann.«

»Doch, das kannst du.« Er schließt die Lücke zwischen uns. »Du bist Glaube, Faith.«

Aber das bin ich nicht. War ich nie. Mein Name ist eine Lüge. Ich bin genauso wenig in der Lage, an meine Zukunft zu glauben, wie ich meine Vergangenheit vergessen kann. »Das bin ich nicht«, sage ich. »Ich wünschte, ich könnte es sein.«

»Lass mich dir helfen.« Seine Hände umschließen meine Wangen, und ich schmiege mich in seine warme Handfläche. »Ich glaube an dich, bis du es selbst auch wieder kannst.«

Mir wurde beigebracht, dass niemand dich heilen kann, und ich habe mich selbst davor beschützt, es irgendjemanden versuchen zu lassen, aber ich kann nicht leugnen, dass ich Jude will, und alles, was er mir anbietet. Ich möchte, dass er an mich glaubt, damit ich die Kraft haben kann, an uns zu glauben.

»Kannst du mich an dich heranlassen?«

Ich antworte mit meinen Lippen, presse meinen Mund auf seinen. Es ist nicht der brennende, hungrige Kuss, den ich mir auf meiner Fahrt hierher vorgestellt habe. Es ist besser. Judes Hand gleitet von meinem Gesicht in mein Haar, und er drückt mich fest an sich. Wir bemühen uns nicht mit Absicht, einander näherzukommen, vielmehr bewegen sich unsere Körper wie von selbst, als der Kuss heißer wird, bis ich an ihn geschmiegt dastehe. Ich passe genau dahin, meine Kurven erweichen seine Härte. Wir sind wie füreinander gemacht. Dieser flüchtige Gedanke kann mich in diesem Moment nicht erschrecken, weil ich hier, mit ihm, keinen Zweifel daran habe, dass es stimmt.

Jude lässt mich los, und wir ringen beide nach Atem. »Bist du dir sicher?«

Ich antworte mit einem weiteren Kuss und murmele Ja gegen seinen Mund. Er braucht keine weiteren Anreize, er hebt mich hoch und trägt mich durch das Haus. Ich weiß nicht, wohin wir gehen, aber es ist mir auch egal.

Als Jude mich auf das Bett legt, begreife ich, dass wir in seinem Zimmer sein müssen. Licht dringt durch die Fenster, aber ich sehe es nicht, weil ich nur Augen für ihn habe.

»Ich habe darauf gewartet, dass du mich wieder küsst, Sonnenschein«, sagt er, während er anfängt, sich auszuziehen. Er zieht sich das feuchte T-Shirt über den Kopf. Befangenheit überkommt mich, aber ich wende mich nicht ab. Ich würde es nicht wollen.

Das hier ist nicht neu. Es ist nicht das erste Mal, dass ich einem Mann dabei zusehe, wie er sich auszieht, aber mit Jude fühlt sich alles wie das erste Mal an. Er ist sogar noch perfekter, als ich es mir vorgestellt hatte. Das Tattoo, das unter seinem Ärmel hervorgesehen hat, windet sich über seine Schulter und vorn über seine Brust. Ich möchte ihn fragen, was es bedeutet. Ich möchte ihn alles über sich fragen, aber ich beiße mir auf die Lippe. Mein Blick verfängt sich in seinem, als er seine Hose auf den Boden wirft. Jude lässt sich auf das Bett fallen und kommt zu mir herüber.

»Du hast mich in einer ungünstigen Lage erwischt«, sagt er rau. Seine Lippen bewegen sich zu meinem Nacken, während er den Saum meines Shirts packt und es langsam hochzieht. Er zieht sich von mir zurück, aber nur, um es mir über den Kopf ziehen zu können. Seine Hände sind jetzt hinter meinem Rücken und öffnen meinen BH, sodass meine Brüste frei sind. Kurz darauf bin ich so nackt wie er, aber ich schäme mich nicht und bin auch nicht nervös.

Die Funken an den Stellen, an denen wir uns berühren, werden zu Flammen. Mein Magen beginnt langsam zu brennen, bis das Feuer über meine Haut wandert. Ich möchte, dass seine Haut mich überall berührt. Ich möchte lebendig verbrennen.

Jude scheint es genauso zu gehen wie mir. Die Hand an meinem Rücken hebt mich gegen ihn, und mein Körper spannt sich ihm entgegen.

»Ich habe mir diesen Moment ausgemalt, seit wir uns begegnet sind«, sagt er leise, und ich weiß jetzt, dass er mich jederzeit hätte haben können. Die Tatsache, dass er gewartet hat, dass er mich gejagt hat, turnt mich an wie nichts jemals zuvor, weil ich weiß, dass das hier kein einfacher Flirt ist. Es geht nicht nur um Sex. Das ist echt, und davor kann ich mich bei ihm nicht fürchten.

Sein Mund wandert zu meinen Brüsten. »Ich will dich schmecken.«

Oh Gott, das will ich auch.

Mein Hunger verdreifacht sich, als er seinen Weg über meinen Bauchnabel und bis zu meinen Schenkeln fortsetzt. Er bewegt sich zwischen meine Beine, und seine Lippen senken sich auf mich. Die Hitze seines Atems fährt über meine sensible Haut.

Ich erinnere mich nicht daran, wann ich das letzte Mal so mit einem Mann zusammen war. Ich erinnere mich nicht daran, wann ich das letzte Mal einen Mann so sehr wollte.

Mein Kopf sinkt zurück, und ich kralle mich in die Laken, als er loslegt. Seine Zunge versinkt zwischen meinen Beinen. Ich weiß jetzt, dass ich das hier jeden Tag will. Ich werde ihn jeden Tag wollen. Das ist wohl das Problem mit Suchttypen.

Ich taste nach seinem Hinterkopf und packe sein Haar fest, klammere mich daran, während er mir die Befreiung entlockt, die ich mir bis jetzt selbst verwehrt habe. Wie hatte ich nur jemals denken können, dass ich ohne das hier leben könnte?

Ich lebe.

Die Franzosen nennen den Orgasmus den kleinen Tod, aber dem kann ich nicht zustimmen. Er ist Leben. Er haucht mir Leben ein und gibt mir seine Essenz. Als ich in tausend Einzelteile zerfalle, bin ich gleichzeitig so von seiner Seele erfüllt, dass ich bebe und zittere.

Ich zittere immer noch, als er sich wieder neben mich legt und seine Arme um meine Taille schlingt.

»Immer noch sicher, Sonnenschein?«, murmelt er.

Diesmal kann ich nur nicken. Mein Körper bebt immer noch von den Nachwehen seines sachkundig ausgelösten Orgasmus. Er streckt die Hand nach dem Nachttisch aus, und ich höre, wie er Folie zerreißt.

»Ich nehme die Pille«, flüstere ich. »Und ich habe nicht… nicht seit Max…«

Ich erlaube ihm, sich den Rest zusammenzureimen. Hitze kriecht über meine Wangen, aber Jude küsst meine Verlegenheit weg.

»Ich bin clean«, versichert er mir.

Ich beiße mir auf die Lippe, als er das Kondom überzieht. Als er sich vorhin ausgezogen hat, war ich zu beschäftigt mit seinen Augen und zu verlegen, um hinzusehen, aber als ich jetzt spüre, wie er an meinen Eingang pocht, spanne ich mich an. Jude hält inne und erlaubt mir, mich auf ihn einzustellen, während er langsam in mich eindringt.

Ich dehne mich, und er füllt mich aus. Ich nehme, und er gibt. Ein weiterer kleiner Orgasmus rollt durch mich hindurch, als er tief in mir ist. Es ist ein kleines Nachbeben von dem, was er mir gerade geschenkt hat, und ein Vorgeschmack auf das, was noch kommen wird.

»So ist es gut, Sonnenschein«, schmeichelt er, als er seinen Körper gegen meinen bewegt. »Ich werde dir geben, was du brauchst. Ich werde dich beschützen. Erlaube mir, dass ich mich um dich kümmere.«

Mein Körper wird schlaff, überwältigt von den Empfindungen und Gefühlen, die mein Innerstes erfüllen, aber er hält mich fest.

»Oh Gott! Ja, Jude!« Der erstickte Schrei kommt über meine

Lippen, von einem Ort tief in mir, den ich fest verschlossen hatte.

Hier, mit ihm, finde ich mich selbst und die Teile meiner selbst, die ich vermisst habe. Er macht mich ganz, und als er sanft in mich hineinstößt, weiß ich, dass nach heute Nacht nichts mehr sein wird wie vorher. Nichts wird mehr sein wie vor Jude Mercer, und mit dieser Erkenntnis zerfalle ich und erneuere mich selbst um ihn herum.

13

Jude schleicht sich in meine Träume, und ich wache auf, in die Laken verknotet und feucht vom Schweiß. Meine Lider öffnen sich, und ich sehe den sanften Schein der Morgensonne durch das Fenster leuchten. Ich drehe mich um und vergrabe den Kopf im Kissen, versuche zu sortieren, was echt war und was ich geträumt habe. Ich erinnere mich an seine Lippen, seine Hände auf meiner Haut. Mein Magen zieht sich vor Verlangen zusammen, und ich kralle mich in das Kissen. *Es ist Morgen.* Ich schrecke auf und suche nach einer Uhr.

Mein Handy liegt auf dem Nachttisch, und ich greife es mir. Amie geht nach zweimaligem Klingeln ran.

»Ich bin so verdammt stolz auf dich«, sagt sie sofort. »Details! Ich brauche Einzelheiten! War er fantastisch? Ist er riesig? Ist er auf dich gestiegen wie auf das Motorrad, das er statt dieses Jeeps haben sollte?«

Ich mache mir nicht die Mühe, ihr zu sagen, dass er ein Motorrad besitzt. Es gibt Wichtigeres, über das ich mir Gedanken machen muss.

»Es tut mir so leid«, sage ich und gehe gar nicht auf ihre Worte ein. »Ich bin auf dem Weg nach Hause.«

»Warte, ich habe dir gesagt, dass du die ganze Nacht wegbleiben sollst«, sagt Amie.

»Ja, aber ich habe dir gesagt, dass ich das nicht mache. Ist Max verärgert?«

»Max ist in der Vorschule. Ich habe ihm heute Morgen Pfannkuchen gemacht und ihm gesagt, dass Mami heute mal ausschläft.«

Ich kann mich nicht daran erinnern, auch nur ein Mal in den letzten fünf Jahren ausgeschlafen zu haben. »Und das hat er dir abgekauft?«

»Ja, er hat sogar gesagt, dass er findet, dass Mami öfter mal ausschlafen sollte, aber das kann auch an den Chocolate-Chip-Pfannkuchen gelegen haben.«

»Du verziehst ihn«, sage ich, aber gleichzeitig überkommt mich Erleichterung. Max geht es gut, die Welt ist nicht untergegangen, und ich hatte gerade die beste Nacht meines Lebens.

»Na, irgendjemand muss ihn ja verziehen. Dieses Flittchen von seiner Mutter war die ganze Nacht unterwegs«, zieht Amie mich auf.

»So viel dazu, dass du stolz auf mich bist. Ich tu mal so, als hättest du das nie gesagt. Ich muss Schluss machen. Und herausfinden, wo Jude steckt.«

»Er liegt nicht nackt neben dir?« Ich kann praktisch hören, wie sie schmollt. »Du ruinierst das Bild in meinem Kopf.«

»Ich bin nackt«, gestehe ich.

»Dich habe ich schon nackt gesehen«, sagt sie mit einem Seufzer. »Und es scheint, Jude ist jetzt vom Markt.«

»Das könnte sein.« Es fühlt sich gut an, das zu sagen. »Er hat mich ausschlafen lassen.«

»Ich denke, du bist die Verzogene«, sagt Amie. »Erst will Max dich ausschlafen lassen und jetzt Jude. Diese ganzen Männer, die sich um dich sorgen. Da solltest du wirklich etwas abgeben.«

Es gibt nichts, was ich mir auf der Welt mehr wünsche, als dass Amie den Richtigen findet. Schuld nagt ein kleines bisschen an mir.

»Hm, mh«, sagt sie, als könne sie meine Gedanken lesen. »Ich sollte es wirklich besser wissen, als jetzt Witze zu machen. Dir ist es heute nicht erlaubt, dich schlecht zu fühlen. Such Jude und komm nicht zur Arbeit, bis du wenigstens drei weitere Orgasmen hattest.«

»Das könnte als sexuelle Belästigung durchgehen, Chef.«

»Ich setze die Personalabteilung drauf an. Jetzt los, geh schon! Aber denk dran, ich erwarte, dass du mir heute Abend alle Einzelheiten erzählst. Falls du ein Maßband findest, komm gern mit genauen Angaben zurück.«

Ich lege auf, bevor sie vorschlagen kann, dass ich ein paar heimliche Selfies mit ihm mache.

Ohne Jude, der mich ablenkt, kann ich den Luxus seines Schlafzimmers genießen. Ich habe letzte Nacht mitbekommen, dass wir in einem Doppel-Boxspring-Bett liegen, aber nur, weil wir viel Platz hatten und jeden Zentimeter davon ausgenutzt haben.

Es kostet mich ziemlich viel Überwindung, unter den luxuriösen Laken hervorzukriechen. Meine Knie sind immer noch ein wenig zittrig, stelle ich fest, als ich endlich stehe. Ich tapse zum Fenster und nehme die spektakuläre Aussicht in mich auf.

Auf der einen Seite drängt sich der Wald. Hohe Douglasien ragen bis über die Fenster auf. Es wirkt, als befinde man sich in einem Fünf-Sterne-Baumhaus. Aus dem anderen Fenster sehe ich das Meer. Es ist die gleiche Aussicht wie von seinem Wohnzimmerfenster aus, aber es wirkt intimer, so als hätte er den Idealzustand in eine Flasche abgefüllt. Alles in allem fühle ich mich dadurch, als wäre ich im Paradies gelandet. Die Welt außerhalb dieses Hauses hört auf zu existieren, und ich kann nur an den Mann und die Erinnerungen denken, die er mir letzte Nacht geschenkt hat.

Meine Klamotten liegen auf dem Boden verstreut, aber ich bin noch nicht bereit, mich anzuziehen, nicht jetzt, wo ich einen halben Tag frei bekommen habe. Nicht dass Jude so lange brauchen könnte, um Amies Forderung zu erfüllen. Ich ziehe das Laken vom Bett und wickle es um mich.

Vor seinem Schlafzimmer ist ein schmaler Flur. Ich kann mich nicht mal daran erinnern, hier gestern Abend durchgekommen zu sein, aber ich war auch ziemlich beschäftigt. Ich sehe kurz durch die anderen Türen und erkenne Gästezimmer und Bäder, bis sich der Flur endlich in das luftige Wohnzimmer und die Küche öffnet.

Jude steht an der Staffelei – das ist alles, was seine Nacktheit vor den deckenhohen Fenstern abschirmt. Ich halte inne und genieße die Aussicht auf seinen durchtrainierten Rücken und die wohlgeformten Waden. Ich kann nicht erkennen, was er malt, aber ich bewundere seine Technik und die stramme Kurve seines Hinterns. Seine Muskeln spannen sich an, während der Pinsel über die Leinwand huscht. Ab und an erhasche ich einen Blick auf eine Farbe. Er weiß genau, was er da tut. Er zögert nicht, während er arbeitet. Aber sein Körper, der von Sonnenlicht umrahmt wird wie von einem Heiligenschein, ist das wahre Kunststück hier.

»Ich habe frisches Obst und Kaffee auf den Tresen gestellt«, ruft er, ohne sich umzudrehen. »Ich dachte, dass dein Blutzucker vielleicht ein bisschen zu niedrig sein könnte. Wir hatten immerhin kein Abendessen.«

Aber Dessert, das hatten wir!

An der Kücheninsel setze ich mich auf einen Barhocker und entdecke eine Schüssel mit Ananas, Weintrauben und Erdbeeren, die er ganz offensichtlich selbst geschnitten hat. Der Kaffee ist in einem Edelstahlthermobecher. Als ich ihn öffne, entweicht Dampf wie Rauch. Anscheinend denkt Jude an alles. Nach letzter Nacht sollte ich das bereits wissen.

Ich pike eine Erdbeere mit einer Gabel auf. »Wie viel Uhr ist es?«

Ich hatte nicht auf meinem Handy nachgesehen. Nachdem ich Amie panisch angerufen hatte, sind mir andere Sachen durch den Kopf gegangen.

»Etwa halb zehn.«

»Oh, mein Gott. Ich glaube, so lange habe ich das letzte Mal als Teenager geschlafen.«

»Genau genommen hast du den größten Teil der Nacht nicht mit Schlafen verbracht.«

»Höre ich da eine gewisse Einbildung heraus, Mister Mercer?« Ich stochere in der Schüssel herum, während mein Appetit sich in Schmetterlinge verwandelt, die durch meinen Bauch flattern.

»Ich muss zugeben, ich bin ziemlich zufrieden mit mir.«

Ich bin auch ziemlich zufrieden mit ihm.

Mittlerweile kann ich die Leinwand sehen. Heute ist sie

überzogen von harschen blauen und grauen Pinselstrichen, mit einem Klecks Gelb vermischt.

»Malst du immer das Meer?«, frage ich.

»Mir ist es noch nicht langweilig geworden. Ich glaube nicht, dass es das jemals wird.«

Ich weiß genau, was er meint. So geht es mir auch. Er malt weiter, während ich frühstücke und mich darüber wundere, dass ich mich hier so schnell zu Hause fühle. Andererseits hat Jude keine Mühen gescheut, damit es mir so geht. Und ich kann das heftige Herzklopfen, das ich in meiner Brust spüre, wenn ich ihn ansehe, nicht verleugnen.

Als ich fertig bin, stelle ich mein Geschirr in die Spüle und gehe auf die Schiebetüren zu, die auf den Balkon führen. Ich halte inne und warte darauf, dass Jude mir zu verstehen gibt, dass er meine Nähe bemerkt hat. Ich möchte nicht, dass er aufhört zu malen, aber Gott, ich will, dass er mich berührt. Sein Blick wendet sich von der Leinwand ab, und er saugt meinen Anblick in sich auf.

»Plötzlich finde ich die Aussicht viel inspirierender.«

Eine längst vergessene Dreistigkeit überkommt mich, und ich lasse das Laken fallen.

Sein Adamsapfel hüpft, während er schluckt. »Jetzt ist sie *sehr* inspirierend.«

Ich fahre mit der Zunge über meine Unterlippe und denke daran, wie er schmeckt, dann wende ich meine Aufmerksamkeit wieder dem Wasser zu. Der Ozean verhüllt seine Stärke heute nicht. Schaumig weiße Kronen wogen mit der Strömung herein, und das Wasser bricht sich am Ufer. Das Meer hört nie auf, mich zu beruhigen, aber heute scheint es zu verstehen, dass ich nicht beruhigt werden will. Ich will verschlungen werden. Das Meer ist so rau und mächtig und hungrig, wie ich mich fühle.

Ohne nachzudenken, schiebe ich die Tür auf und gehe hinaus auf den Balkon. Die frische Luft des Frühlingsmorgens greift nach meinem Körper, aber das ist mir egal. Ich bin frei. Das Tosen des Wassers erfüllt mein Blut, belebt mich, und ich breite die Arme aus. Der Wind trifft meine Haut, und ich atme den Geruch nach Salz ein. Das hier ist besser als jedes High-Sein, das ich je erlebt habe.

Jude tritt hinter mich. Seine Nähe beschert mir einen berauschenden Ansturm von Adrenalin. Er legt seine Arme um meine Taille und zieht mich gegen sich. Farbe ziert meinen nackten Bauch. Ich möchte seine Leinwand sein.

»Ist dir nicht kalt?«, fragt er.

»Nicht mit dir in der Nähe.«

Meine Worte sind eine Einladung, und er nimmt sie an. Er dreht mich langsam herum, und unsere Lippen treffen sich. Obwohl ich ihn will, ist dieser Kuss mehr als genug. Und doch kann ich die Wirkung, die er auf meinen Körper hat, nicht verleugnen, und bald mache ich einen Schritt zurück. Ich drehe mich wieder um, lehne mich an die Brüstung des Balkons und werfe einen Blick über die Schulter. In diesem Moment kann mich nichts berühren, nur er. Er scheint das zu spüren, denn er kommt näher und packt mich an den Hüften.

»Du bist das Wunderbarste, was ich je gesehen habe.« Seine Worte fahren durch mich hindurch, während er seine Hand zwischen meine Beine schiebt. Ich bin schon bereit und spreize sie unwillkürlich ein wenig. »Willst du mich, Faith?«

»Ja.« Ich flüstere die Wahrheit in den Wind, aber er versteht mich. Seine Fingerspitze beginnt zu kreisen, während er seine

Spitze sanft zwischen meinen geschwollenen Spalt drängt. Ich erblühe und heiße ihn willkommen. Es ist ein herrliches Gefühl, so von einem Mann ausgefüllt zu werden. Er könnte mich in diesem Moment um alles bitten, und ich würde es ihm geben.

»Ich will dich hören, Sonnenschein.«

Das ist ein Wunsch, den ich ihm nur zu gern erfülle. Ich packe die Brüstung und kralle mich daran fest, während er sich in mir bewegt. Strich für Strich erschafft er die Szene. Das Meer vor mir wird stürmisch. Am fernen Horizont kündigen graue Streifen Regen an. Die ganze Welt ist in Aufruhr, genau wie das Gefühlswirrwarr, das mein Herz überwältigt. Jude steht hinter mir, Stürme zeichnen sich in meiner Zukunft ab, und ich bringe es nicht über mich, irgendwas davon zu fürchten. Er zieht mich hinunter, und ich will unbedingt ertrinken.

Seine Finger zwicken und kneten, während er weiter tief in mich eindringt. An der Oberfläche habe ich die Kontrolle. Ich halte durch, aber darunter bin ich erregt. Lust baut sich in mir auf, rollt langsam heran, als ich meine Kraft sammle und dann den Gipfel erklimme. Meine Schreie verlassen meine Lippen wie das Brüllen des Meeres unter uns. Jude beugt sich zu mir herab und küsst meinen Nacken, während er zu stöhnen beginnt. »Du fühlst dich so gut an.«

Ich lasse die Brüstung mit einer Hand los und packe seine Hand zwischen meinen Beinen, ziehe sie zu meinem Bauch und verschränke unsere Finger fest ineinander, als er kommt. Als es vorbei ist, stehen wir lange so da, zwei Seelen, die in die Natur verwoben sind: Mann und Frau, primitiv und zeitlos.

»Du fängst an zu zittern«, sagt er. »Komm rein. Wir wärmen dich auf.«

Mir ist nicht kalt, aber ich folge ihm trotzdem. Ich kann mich seinem Wunsch, sich um mich zu kümmern, nicht verweigern. Es ist so lange her, seit jemand das versucht hat. Jude holt eine Decke, und ich gehe zu der Leinwand, um sie zu betrachten. Er hat etwas hinzugefügt: Linien, eine Brüstung, und die weiche, abstrakte Gestalt einer Frau. Ich weiß, dass ich das bin.

»Ich bin noch nicht so weit, die Einzelheiten zu malen«, sagt er und legt mir die Decke um die Schultern. »Ich will es genau richtig hinbekommen, und ich vermute, das wird ein ganzes Leben lang dauern.«

Ich hole tief Luft und halte sie dann an, bis meine Lunge vor Anstrengung brennt.

»Ich weiß, dass du glaubst, du kannst nie jemanden wirklich kennen«, sagt er, als ich schweige, »aber ich gebe nicht auf.«

»Ich möchte, dass du mich kennst, aber das ist unmöglich. Du magst mich vielleicht nicht, wenn du mich kennenlernst«, sage ich leise.

Er nimmt mich in die Arme, und wir sehen die Frau auf der Leinwand an – anonym, und doch hat sie gleichzeitig einen Namen. Sie ist ein Widerspruch, wie ich.

»Vielleicht mag ich dich dann nicht«, stimmt er zu. »Es könnte sein, dass ich mich stattdessen in dich verliebe.«

14

Manchmal fliegt das Leben an dir vorüber, und du kannst dich nur an jeden wertvollen Moment klammern. Bei der Geburt deines Kindes und wenn sie dich zum ersten Mal anlächeln oder sich auf den Bauch rollen oder anfangen zu laufen. Es geht so schnell. Als Max ein Baby war, habe ich mich jeden Tag mehr in ihn verliebt. Ich hatte nie geglaubt, dass mir so etwas wieder passieren könnte.

Ich bin noch nicht bereit zuzugeben, dass es so ist.

Jude sitzt auf dem Boden im Wohnzimmer mit Max und übt mit ihm Gebärdensprache. Er macht das seit fast einem Monat, kurz nachdem ich endlich eingeknickt bin und ihn wieder geküsst habe. Die Nacht, in der ich in seinem Bett gelandet bin. Die Zeit fliegt dahin, und in solchen Momenten, wenn ich ihn jetzt mit meinem Sohn sehe, habe ich das Gefühl, keine Luft zu bekommen. Ich möchte ihm sagen, dass das alles zu schnell geht, aber es ist aufregend.

Trotzdem gibt es Regeln.

Er bleibt nie über Nacht. Wir küssen uns nicht vor Max.

Manchmal hält Jude heimlich meine Hand, aber er ist nicht mein Freund, und ich bin nicht seine Freundin, obwohl wir beide genau wissen, dass wir zusammen sind.

Ich kann nicht riskieren, dass Max sich noch mehr an ihn bindet, als er es schon getan hat. Wen will ich hier eigentlich verarschen? Wir haben uns beide gebunden. Ich sehe immer wieder zu ihnen rüber. Max hat so viel Spaß daran, Lehrer zu sein. Er ist ein Naturtalent. Und natürlich hat er einen sehr lernwilligen Schüler. Ich beobachte sie gerade, als Amie heimkommt.

»Wie läuft es?«, frage ich. Der Frühling ist endlich in Port Townsend angekommen, mit seinem dunstigen Nebel und einem immer stetiger werdenden Zustrom an Touristen. Das heißt auch, dass in der Vorschule Frühjahrsferien sind und ich nicht im Restaurant bin.

»Uns geht es gut.« Sie wischt meine Besorgnis beiseite, aber dunkle Ringe umrahmen ihre Augen.

Sie ist häufiger da als sonst. Ich erledige von zu Hause aus, was ich kann, gebe Bestellungen auf und bezahle Rechnungen, aber ehrlich, sie braucht mich dort, wenn auch nur, damit sie nicht durchdreht. Irgendwer muss in der Lage sein, den Chef aus der Küche zu schaffen, wenn sie ausflippt.

»Es sind nur ein paar Tage«, beruhige ich sie. »Dann wirst du mich nicht mehr los.«

»Was dauert nur ein paar Tage?«, fragt Jude, der in die Küche kommt.

»Max hat den Rest der Woche keine Schule«, sage ich, aber das weiß er bereits. Wir bemühen uns, beide so zu tun, als würde er nicht die Vaterrolle spielen.

»Sodass ich ohne meine rechte Hand dastehe«, fügt Amie hinzu und legt einen Arm um meine Schulter. »Erinner mich daran, dass ich dir eine Gehaltserhöhung gebe, wenn du wiederkommst.«

»Das mache ich«, verspreche ich.

»Weißt du, wenn du sie so dringend brauchst…« Jude zögert. »Ich könnte mich die paar Tage um Max kümmern, wenigstens für ein paar Stunden.«

Amie und ich sehen uns an. Das ist ein heikles Thema. Die meisten Babysitter habe ich derart durchleuchtet, dass selbst das FBI erstaunt gewesen wäre. Hätte ich vorher jemals einen Freund gehabt, dann hätte ich Max sicher nicht bei ihm gelassen.

»Das wäre toll«, wirft Amie ein.

Ich starre sie an, und meine Lippen formen das Wort *Verräter*. Jude bemerkt es und lächelt mich beruhigend an, eins seiner Lächeln, die meinen Magen zum Flattern bringen.

»Wenn dir das nicht recht ist, ist das vollkommen in Ordnung. Du musst nur Nein sagen.«

Aber ich bin so daran gewöhnt, Ja zu Jude zu sagen.

»Okay«, sage ich schließlich. Ein überraschter Ausdruck huscht über die Mienen der beiden, aber sie sind schlau genug, nichts zu sagen.

»Okay, dann hole ich ihn morgen ab.« Jude kann seine Begeisterung kaum zügeln. Seit Wochen taucht immer mehr Jungskram in unserem Haus auf. Eine neue PlayStation, Spielzeugdinosaurier, eine Spiderman-Maske. Er ist ein genauso großes Kind wie meins. Ich kann mir nur annähernd ausmalen, wie sehr er Max in dieser Woche verwöhnen wird.

»Ich sollte nach Hause fahren«, sagt Jude. »Ich muss ein paar Takte an diesem neuen Song fertigmachen, damit ich mich mit dem kleinen Mann beschäftigen kann.«

»Warum bist du überhaupt hier?«, fragt Amie mit gespielter Unschuld.

»Ich finde immer was Neues, das repariert werden muss.« Er streckt den Kopf ins Wohnzimmer.

Max sieht fern, und Jude nutzt die Gelegenheit, mir einen Kuss zu geben. »Ich sehe dich morgen früh, Sonnenschein.«

Ich lächle noch, als ich die Haustür hinter ihm schließe.

»Ich habe den Verdacht, dass er Sachen kaputt macht, damit er immer wieder vorbeikommen kann, um sie zu reparieren«, sagt Amie.

Mein Lächeln verschwindet. Jetzt, da Jude weg ist, muss ich das Offensichtliche ansprechen. »Ist alles gut zwischen uns? Ich weiß, dass er oft hier ist.«

»Als würde mich das stören. Glaubst du, ich könnte ihn dazu bringen, mein Schlafzimmer zu streichen? Er wäre so viel billiger, als einen Maler anzuheuern. Du musst ihn nur mit verdammt heißem Sex bezahlen.«

Das Letzte ignoriere ich geflissentlich. »Du sagst mir Bescheid, wenn es zu viel wird, ja?«

»Ja, ich verspreche es«, sagt sie dramatisch. »Aber, weißt du, du kannst manchmal auch über Nacht bei ihm bleiben. Ich bin voll und ganz dazu in der Lage, mich um dein Kind zu kümmern. Das habe ich schon gemacht.«

Ich weiß, dass sie das kann, aber es geht um mehr.

»Ich will nur nicht, dass Max denkt, dass ich ihn für Jude verlassen habe«, sage ich.

»Das würde er nie denken«, antwortet sie.

»Es ändert sich nur alles so rasend schnell. Ich möchte nicht, dass er so mitgerissen wird. Ich möchte nicht, dass er verletzt wird.«

»Du kannst ihn nicht unter Glas stellen, Liebes.«

»Ich wünschte, das könnte ich«, gebe ich zu.

»Ich weiß.«

»Bin ich verrückt geworden, weil ich es zulasse, dass Jude ihn die Woche über nimmt?«, frage ich.

»Nein, und außerdem garantiert es, dass ich nicht durchdrehe. Du warst nicht da, um mich zu beruhigen, und ich habe einen der Köche gefeuert.«

»Was?« Diese Enthüllung lenkt mich kurz von meinem Dilemma mit Jude ab.

Sie streckt mir die Hand entgegen. »Ich sage dir, mir ist nicht zu vertrauen, wenn du länger nicht da bist.«

Vertrauen. Genau darum mache ich mir Sorgen.

»Ich meine«, fahre ich fort und verliere dabei ihr Problem mit den Köchen wieder aus den Augen, »ich glaube, dass ich mir Sorgen machen sollte, wenn ich Max mit ihm allein lasse. Was ist, wenn er mit ihm abhaut? Oder ihn als Kindersklaven verkauft? Was ist, wenn das alles nur …«

»Halt!«, unterbricht mich Amie. »Du musst aufhören, die ganzen Geschichten auf Facebook zu lesen.«

»Ich bin Mutter. Mein Job ist es, mir Sorgen zu machen.«

»Du machst einen verdammt guten Job, aber du darfst dich auch nicht selbst verrückt machen. Im Prinzip müssen wir dafür sorgen, dass alle um uns herum nicht durchdrehen.« Sie packt mich an den Schultern und sieht mir in die Augen. »Schau mal, jeder kann sehen, dass Jude dieses Kind liebt.«

Ich werde sehr rot bei ihren Worten – dass Jude nicht nur dieses Kind liebt. Um dieses Thema schleichen wir bereits seit Wochen herum. Amie reitet jedoch nicht weiter darauf herum.

»Geht es hier darum, wie ihr beide euch kennengelernt habt?«, fragt sie.

Ich schüttle den Kopf. »Das sollte es. Ich sollte beunruhigt sein. Warum bin ich nicht beunruhigt?«

»Du bist eine Ein-Frau-Nebenshow.«

»Du hast es angesprochen«, sage ich spitz.

»Ich habe nur gefragt«, antwortet sie mit einem Stöhnen.

»Dann nein. Jude verpasst kein Treffen. Er zeigt keine Anzeichen für einen Rückfall. Ich mache mir mehr Sorgen, ob ich auf dem richtigen Pfad bleibe, als dass ich das von ihm denke.«

»Das ist beeindruckend.« Amie hebt eine Augenbraue. »Weil ich mir noch nie Gedanken gemacht habe, dass du einen Rückfall haben könntest.«

»Dein Glaube an mich ist verblüffend.«

»Und wohlbegründet«, macht sie weiter, während sie das Essen auspackt, das sie für uns mitgebracht hat.

Ich hole Teller und grinse dabei breit.

»Wir brauchen nur drei«, sagt sie.

Ich schaue hinunter und sehe, dass ich auch für Jude einen Teller herausgenommen habe.

»Weißt du, wenn ihr zwei, hm, wie sage ich das jetzt? Wenn ihr in wilder Ehe leben wollt? Dann bin ich nicht beleidigt. Ich kann mir jederzeit eine Wohnung suchen«, erklärt sie beiläufig.

Amie hat Judes Haus noch nicht gesehen, vor allem weil ich darauf bestehe, dass wir die meiste Zeit hier verbringen.

»Wir könnten alle zusammen in Judes Haus einziehen, wenn ich das wollte.«

»Ich glaube, du verstehst nicht, was ich da sage. Ich habe so das Gefühl, dass es für euch an der Zeit wäre, allein zu sein.«

Ich deute mit dem Daumen Richtung Wohnzimmer und zu

dem kleinen Jungen, der dort Spiderman schaut. »Wir werden nie allein sein.«

»Du weißt, was ich meine. Wenn du bereit bist, mach dir keine Sorgen, wie du es mir sagen sollst.«

»Ich bin nicht bereit«, sage ich leise. »Ich habe mit keinem Mann zusammengelebt seit meinem Dad, und an ihn erinnere ich mich nicht einmal.«

»Ich möchte nur, dass du deine Familie hast«, sagt Amie.

»Du bist meine Familie.« Ich bin beleidigt, weil sie es sein müsste.

»Ja. Aber das kann sich ändern. Und das ist in Ordnung.«

Ich falte ein paar Blätter Küchenrolle zu Servietten und denke darüber nach. »Als ich das Haus meiner Nana verkauft habe, habe ich geglaubt, ich könnte mich nie wieder zu Hause fühlen, vor allem, als meine Schwester weg war, aber du hast deine Türen für mich geöffnet. Das hier ist mein Zuhause.«

»Das wird es immer sein, Liebes«, verspricht Amie. »Aber verwechsel nicht Verbindlichkeiten mit Gefühlen. Männer wie Jude begegnen dir nur einmal im Leben.«

Tief in mir drin weiß ich das. »Es ist zu früh, um darüber überhaupt zu sprechen«, sage ich endlich. »Wir kennen uns erst seit ein paar Monaten.«

»Das macht nichts. Wenn du es weißt, dann weißt du es, zumindest hat man mir das mal gesagt.«

Ich möchte so gern an die wahre Liebe glauben wie Amie selbst. Ich bin bereit, dafür zu arbeiten, und ich möchte glauben, dass sie mich gefunden hat, aber das Einzige, was mich je gefunden hat, sind Schwierigkeiten.

Ein paar Tage später hat Jude meinen Sohn weder umgebracht noch gekidnappt oder an den Zirkus verkauft. Stattdessen ist er mit ihm ins Aquarium gegangen. Die beiden haben zusammen im Wohnzimmer ein Meisterwerk aus Legosteinen gebaut. Heute bringt er ihn ins World's End. Max sitzt bei den Stammgästen, während Jude sich verführerisch über den Empfangstresen beugt.

»Ich dachte, ich könnte den kleinen Mann mit nach Seattle nehmen. Ich glaube, ihm würde das Pacific Science Center sehr gut gefallen.«

»Nein!«, blaffe ich ihn an und komme mir sofort dumm vor. Es ist nicht seine Schuld, dass er nicht jeden schmerzhaften Moment aus meiner Vergangenheit und in dieser Stadt kennt. »Ich meine, es wäre mir lieber, wenn du nicht so weit mit ihm wegfährst.«

Jude besteht nicht darauf. Er weist mich nicht darauf hin, dass Seattle nur knapp zwei Stunden weit weg ist, und er hinterfragt auch meine Gründe nicht. »Das ist cool, aber das heißt, dass ich mehr Legosteine kaufen muss«, sagt er stattdessen.

Ich reiße die Augen in gespieltem Entsetzen auf. »Bald müssen wir in einem Haus aus Legosteinen wohnen.«

»So sieht mein Plan aus, Sonnenschein. Freust du dich nicht?«

»Hey, ich muss dich was fragen.« Ich zögere und versuche, meinen Mut zusammenzukratzen, um das Thema anzusprechen. »Glaubst du, und du kannst Nein sagen, dass du vielleicht mit uns zusammen meine Nana am Wochenende besuchen wollen würdest? Wir versuchen, sie einmal im Monat zu sehen, aber ich habe es letztes Wochenende ausfallen lassen und fühle mich schrecklich deswegen.«

Ich lasse aus, dass ich so mit Jude beschäftigt gewesen bin, dass ich es vergessen habe.

»Das würde ich gern. Das könnte ein Roadtrip zum Üben werden. Vielleicht kann ich dich davon überzeugen, dass die Welt außerhalb von Port Townsend nicht so furchteinflößend ist, wie du glaubst.«

Ich schlucke gegen den Kloß in meinem Hals an. Seattle macht mir keine Angst, aber die Erinnerungen, die dort hinter jeder Ecke auf mich lauern, tun es.

Jude scheint meine Sorge nicht zu bemerken. »Wir gehen dir nicht länger auf die Nerven.«

Bevor ich noch etwas machen kann, küsst er mich vor den Augen des gesamten Restaurants auf den Mund. Max sieht uns und lächelt breit. Ich scheuche sie beide raus, zu nervös von dieser öffentlichen Zurschaustellung seiner Zuneigung, um ihn zu tadeln.

»Er wird forsch«, ruft Amie aus der Küche. »Verstößt das nicht gegen Regel Nummer zwei?«

Ich weiß genau, was sie von meinen Regeln hält. »Ja, tut es«, grummele ich.

»Hey, Kopf hoch, Sonnenschein«, ruft sie. »Das heißt nur, dass du willst, dass er die Regeln bricht.«

Ich verschwinde im Büro, um mit meinen Gedanken allein zu sein. Ich weiß, dass die Regeln einen Sinn haben.

⌒

»Oh, Schätzchen, wir haben dich vermisst!«, ruft Maggie, als wir am Samstag im Pflegeheim ankommen. Sie zieht Max in eine bärenhafte Umarmung.

»Ich weiß, ich bin schrecklich. Wir waren beschäftigt, und ich habe es letzten Monat nicht hierher geschafft.« Die Schuld, die sich in den letzten Wochen in mir aufgestaut hat, fließt über.

»Mach dir keine Vorwürfe«, sagt Maggie. »Jetzt bist du hier, und das ist das Einzige, was zählt.«

Die Tür öffnet sich hinter mir, und Maggies Augen weiten sich anerkennend, als Jude hereinkommt. Er nimmt seine Sonnenbrille ab und befestigt sie am Kragen seines blauen Shirts.

»Maggie, das ist Jude.« Ich bin immer noch ein bisschen eingerostet, wenn es ums Vorstellen geht, aber ich lasse die Einzelheiten weg. Welchen Schluss sie auch immer daraus zieht, dass ich einen Mann mit hierherbringe, es ist vermutlich der richtige.

»Ich freue mich, Sie kennenzulernen.« Er streckt ihr die Hand hin.

»Es freut mich ganz außerordentlich, Sie kennenzulernen.« Maggie beachtet seine ausgestreckte Hand nicht und umarmt ihn stattdessen. »Ich habe immer dafür gebetet, dass Miss Faith einen Mann mitbringt.«

Max rettet mich davor, mir anhören zu müssen, wie *lange* sie schon dafür betet, indem er mich an der Hand nimmt und dann Jude. Er zieht uns mit und gibt dabei bei jedem im Gemeinschaftsraum mit Jude an. Mehrere der alten Ladys wedeln sich bedeutsam Luft zu.

»Ich hatte nicht damit gerechnet, so in Verlegenheit zu geraten«, murmle ich Jude zu. »Ich kann mir kaum vorstellen, was sie sich denken.«

Da zwinkert einer der älteren Männer.

»Ich glaube, sie verstehen das schon richtig mit uns«, antwortet Jude, und ich haue ihm spielerisch eine runter.

Heute sieht Nana aus dem Fenster, als wir hereinkommen.

»Hi Nana«, rufe ich. »Ich habe Max mitgebracht, und einen
Freund.«

Sie wendet sich langsam um, und ihre Augen werden schmal.
»Wer bist du?«

Maggie betritt hinter uns das Zimmer, grimmige Entschlossenheit liegt in ihrer Miene. »Marilyn. Das ist Ihre Enkelin,
Faith, und Ihr Urenkel, Max, und sie haben einen Freund dabei.«

»Ich kenne sie nicht«, erklärt Nana.

»Ich bin's, Nana.« Ich beuge mich zu ihr hinab und versuche, ihre Hand zu nehmen, aber sie zieht sie weg.

»Grace?«, fragt sie dann.

Ich hole tief Luft, um mich zu beruhigen. »Faith«, verbes-
sere ich sie.

»Wo ist Grace?«, fragt sie und sieht sich im Zimmer nach
ihr um.

»Es tut mir leid, sie ist nicht hier.« Ich richte mich auf, vollkommen verwirrt. Die Wände kommen auf mich zu, und ich
spiele mit dem Knopf an meiner Jacke. »Vielleicht sollten wir
gehen.«

Aber Jude setzt sich gegenüber von Nana in den Sessel.

»Wer sind Sie?« Sie beäugt ihn misstrauisch.

»Ich heiße Jude, Ma'am.«

»Hier werden Sie kein Geld für Drogen finden«, sagt sie
ihm. »Ich habe alles versteckt. Ich kann meinen Mädchen
nicht vertrauen.«

»Sie können ihr vertrauen«, sagt Jude sanft. »Und Sie können mir immer vertrauen.«

163

»Hmm.« Nana sinkt in ihren Sessel zurück und beginnt, vor und zurück zu schaukeln. »Das sagt sie jedes Mal. Das sagt Faith jedes Mal, und dann verschwindet der Fernseher.«

»Maggie, würdest du Max mit in den Gemeinschaftsraum nehmen?«

Sie nickt und legt ihm die Hände auf die Schultern. Er ist zu jung, um wirklich zu begreifen, was mit Nana los ist, und wahrscheinlich ist unsere Unterhaltung für ihn verwirrend. Wenigstens hoffe ich, dass das alles ist, was er davon versteht.

»Der Fernseher ist unten im Gemeinschaftsraum. Niemand hat ihn gestohlen«, sage ich zu Nana.

»Komm mir nicht frech, Mädchen, du kommst mir immer so frech.«

Es sollte eine Verbesserung sein, dass sie mich erkennt, aber das ist es nicht.

»Faith hat mir erzählt, dass Sie in Seattle gewohnt haben«, versucht Jude, ein Gespräch anzufangen, aber Nana geht nicht darauf ein.

»Sie werden mich nicht ablenken. Ich hab euch beide im Blick.«

Nach weiteren Minuten mit Beschuldigungen gehe ich raus. Jude ist direkt hinter mir.

»Es tut mir so so leid …«

»Es gibt nichts, was dir leidtun müsste. Sie ist krank, Sonnenschein. Es tut mir nur leid, weil ich weiß, dass es dir wehtut, sie so zu sehen.«

»Sie malt nicht gerade ein hübsches Bild von mir, oder?« Ich kann es nicht lassen. Jude kann vielleicht darüber hinwegsehen, aber ich nicht. Sie wird mir nie verzeihen oder mich verstehen. Sie hat mich nie wirklich als etwas anderes als die Drogenabhängige gekannt, die ich gewesen bin.

Er nimmt meine Hand. »Wir können im Auto darüber reden, aber lass uns jetzt nach Hause fahren.«

Nach Hause? Was ist das? Das sollte genauso mein Zuhause sein wie irgendwo anders. Ich gehöre nirgendwohin. Meine Großmutter sollte in meinem Zuhause leben, aber es gibt nichts, was mich in dieser Erde verankert, außer Max. Eine Mutter sollte immer eine Zuflucht für ihren Sohn bieten und nicht die Überbleibsel ihrer Fehler.

Maggie hat Max mit jeder Menge Süßigkeiten abgelenkt, und ich muss ihn aufhalten, bevor er sie aus Versehen den Patienten mit Diabetes gibt.

»Es tut mir leid, dass wir den ganzen Weg für nichts hier herausgefahren sind«, sage ich, nachdem wir Max ins Auto gebracht haben.

»Himmel, Faith. Hör auf, dich zu entschuldigen«, schnappt Jude. Seine Miene wird sofort wieder weich. »Das tut mir leid.«

Als ich auf den Beifahrersitz steige, kann ich die Tränen kaum noch zurückhalten. Mein Hals ist eng von meiner Bemühung, sie dennoch zurückzuzwingen. Wir fahren eine Weile schweigend, verlassen die kleine Küstenstadt und fahren zurück über die kurvigen Straßen, die nach Port Townsend führen. Normalerweise beruhigt mich dieser Abschnitt des Wegs, aber nicht heute.

»Mein Dad hat mich geschlagen«, sagt Jude plötzlich. »Es ist jetzt nicht mehr wichtig. Ich habe vor langer Zeit meinen Frieden damit geschlossen. Ich erzähle dir das wohl nur, weil ich weiß, wie sehr es wehtut, wenn Menschen, die dich lieben sollten, es nicht tun. Wenigstens hat deine Nana eine Entschuldigung.«

»Jude…« Ich flüstere seinen Namen, unsicher, was ich sonst sagen soll.

»Ich möchte dein Mitleid nicht, Sonnenschein. Ich möchte, dass du weißt, dass du mit mir reden kannst. Ich weiß, dass du verletzt bist.«

Ich wünschte, wir wären nicht im Auto, damit ich ihn in die Arme nehmen könnte, aber gerade jetzt haben wir nur Worte. Ich umklammere seine Hand und öffne eine Tür, die ich vor ihm verschlossen gehalten habe.

»Sie war nicht immer so schlimm«, sage ich mit zitternder Stimme. »Sie hat es versucht, aber es war schwer. Meine Schwester und ich, wir sind in eine Menge Schwierigkeiten geraten.«

Wir schweigen lange. Jude wirft mir einen Blick zu, und ich sehe den Sturm in seinen blauen Augen. »Du redest nie über deine Schwester.«

»Du redest nie über deinen Vater«, sage ich spitz.

»So schlimm?«, fragt er.

»Menschen müssen dich nicht immer schlagen, um dich zu verletzen. Ich habe sie so sehr geliebt. Sie war meine beste Freundin, und ihr dabei zuzusehen, wie sie sich selbst zerstört, hat mich zerstört.«

»Wo ist sie heute?« Seine Hand packt meine fester.

»Ich weiß es nicht. Es ist wahr. Irgendwann habe ich mich entschieden, dass sie mich nicht mehr verletzen kann, und dafür musste ich sie loslassen, ganz. Sie wüsste nicht, wo sie mich suchen sollte, selbst wenn sie es wollte.« Es klingt hart, wie ich es so sage. »Das ist eine Wahrheit, die ich schon viel zu lange für mich behalte, aber glaub mir, sie will mich nicht finden.«

»Warum glaubst du das?«

»Weil sie es dann schon längst versucht hätte. Wenn sie mich lieben würde, so wie ich sie liebe, wenn sie einen von uns so lieben würde wie wir sie, dann würde sie mich suchen.«

»Weiß sie von Max?«

»Ja«, sage ich mit hohler Stimme. »Sie weiß von ihm.«

»Faith«, beginnt er, dann hält er lange inne. »Du weißt, dass du mir alles erzählen kannst, ja?«

»Ja.« Ich sehe aus dem Fenster und konzentriere mich auf die Wolken, die rasch an der Sonne vorüberziehen. Ich wünschte, es wäre wahr.

15

Vorher

Als sich die Tür in einer Mittwochnacht weit nach Mitternacht öffnete, hätte Grace sich den Baseballschläger nehmen oder die Polizei rufen sollen. Stattdessen ging sie langsam zur Haustür. Lange starrten sie sich an, ohne zu sprechen. Drei Jahre, und ihr Gesicht hatte sich nicht verändert. Oder vielleicht hatte es das. Vielleicht hatte es sich so unmerklich verändert wie ihres. Es gab Unterschiede, aber die waren gering: eine silbrige Narbe nah an Faith' Haaransatz, ein Körper, der sich nicht ganz ausgefüllt hatte. Sie trug ein fließendes Top, das die durch ihre Haut hervorstechenden Knochen nicht verbergen konnte. Keine von ihnen unterbrach den Blickkontakt. Bemerkte Faith, dass Grace die Haare kürzer trug? Oder dass sie aufgehört hatte, lila Lidschatten zu tragen? Sah sie gerade sich selbst? Grace stürzte vor und schlang ihre Arme fest um Faith.

»Wo bist du gewesen?« Die Frage strömte aus ihr heraus, bevor sie sie überhaupt hatte stellen wollen. Faith war zerbrechlich, und Gott allein wusste, was ihr in ihrer Abwesenheit zugestoßen war. Grace hatte lange genug mit den falschen Leuten angebandelt, um es sich vorstellen zu können. Faith hatte jetzt etwas von einem Rehkitz an sich. Ihre Knie waren knubbelig, und ihre Beine wirkten unsicher. Es fühlte sich an, als würde sie jeden Moment davonhuschen wollen, um sich zu verstecken. Das würde Grace nicht zulassen. »Du musst es mir nicht erzählen.«

»Das werde ich«, versprach Faith. »Aber erst mal muss ich schlafen. Kann ich hierbleiben?«

Als ob Grace sie gehen lassen würde. »Ja. Du kannst mein Bett haben.«

»Können wir es uns teilen? Wie damals, als wir klein waren?«

Grace lächelte, obwohl sich ein Kloß in ihrer Kehle bildete. Eine einzige Träne rann über Faith' Wange.

»Ich habe dich vermisst.«

In dieser Nacht beobachtete Grace ihre Schwester beim Schlafen, sie hatte Angst, die Augen zu schließen. Es war ein wunderschöner Albtraum, sie wiederzuhaben. Aber sosehr sie auch von diesem Tag geträumt hatte, ihre Gedanken wanderten zu der Frage, was Faith erlebt hatte. Irgendetwas hatte sie letztendlich zurück nach Hause getrieben.

Am nächsten Morgen saßen sie einander unbeholfen an Nanas Küchentisch gegenüber. Faith aß löffelweise Cheerios, während Grace ihr zusah.

»Ich habe dieses Haus vermisst.« Faith ließ ihren Löffel in die leere Schale fallen. Dann lehnte sie sich zurück, als wollte sie alles um sich herum aufnehmen.

»Ich verkaufe es«, sagte Grace leise. »Nanas Pflege ist zu teuer. Ich kann mit dem Gewinn für ein paar Jahre ihren Aufenthalt im Heim bezahlen.«

»Und danach?« Falls diese Enthüllung sie aufregte, so ließ sie sich nichts anmerken.

Grace hatte ihre Schwester nicht mehr so gesehen, seit sie ein Teenager gewesen war. Sie war die praktisch Veranlagte gewesen – die Vernünftige –, und Grace hatte das alles verbockt, indem sie sie zu einer Party mitgeschleppt hatte. Wegen dieses Fehlers hasste sie sich selbst. Aus diesem Grund verbesserte sie Nana nie, wenn sie dachte, dass sie Faith sei, weil Faith diejenige hätte sein sollen, die da war. Faith hätte die sein sollen, auf die sie sich verlassen konnte, und sie wäre es auch gewesen, hätte sie niemals einen Drink in die Finger bekommen.

»Ich suche mir einen besseren Job. Ich habe ein paar Fächer am Community College belegt. Ich habe meine Kumpel.« Das war nichts, womit man angeben konnte, fand Grace. Sie hatte gehofft, an die University of Seattle wechseln zu können, aber da hatte Nana schon die Vollzeitpflege gebraucht. Ein Job war ihre einzige Wahl gewesen. Es hatte sich herausgestellt, dass sie drei Jobs brauchte: Teilzeit in einem Buchladen, an ein paar Abenden pro Woche kellnern, und am Wochenende arbeitete sie im Pacific Science Center. Und doch konnte sie damit kaum die Rechnungen bezahlen. Das Haus zu verkaufen, war die beste Lösung und gleichzeitig die schwerste.

Faith nahm ihre Hand. »Ich suche mir auch einen Job. Wir bekommen das schon hin.«

Sie könnten es hinbekommen, sagte sich Grace. Welche Wahl hatten sie schon sonst noch? Und Faith war zu Hause. Grace würde dafür sorgen, dass sie es hinbekamen, und wenn es das Letzte war, was sie tat. Ihre Schwester verdiente eine echte zweite Chance, und gemeinsam konnten sie daran arbeiten, das zu schaffen. Vielleicht könnten sie nach ein paar ordentlichen Monaten beide wieder zur Schule gehen. Wenn sie sich die Kosten teilten, wäre das eine echte Möglichkeit. Und selbst wenn Grace es nicht mehr zurück in die Schule schaffte, hätte sie jetzt etwas, das wichtiger war.

Sie hatte ihre Schwester zurück.

Zuerst dachte sie, Faith hätte Entzugserscheinungen. Trotz ihres Versprechens, sich einen Job zu suchen, schlief sie zu sonderbaren Zeiten. Mehrmals am Tag hörte Grace sie durch die Badezimmertür. Nach ein paar Wochen, als es schlimmer wurde statt besser, klopfte sie an die Tür und ging dann hinein. Grace hielt die Haare ihrer Schwester im Nacken zusammen und wartete, bis sie fertig war.

Faith ließ sich auf die Fersen zurückfallen und wischte sich über den Mund. Nach einer Weile schlug sie ihre zittrigen Beine unter. »Tut mir leid.«

»Ich bin nur froh, dass ich es nicht bin.« Grace kramte im Wandschrank herum, bis sie ein Haarband fand, und gab es ihr. Dann setzte sie sich auf die gesprungenen blauen Fliesen. »Für den Fall, dass ich nicht hier bin.«

»Ich weiß, dass ich scheiße bin. Ich denke immer, dass ich damit aufhöre und meinen Scheiß auf die Reihe kriege.«

»Das ist nur der Entzug«, sagte Grace beruhigend. »Das haben wir schon einmal durchgemacht.«

Und diesmal bleibt es dabei, dachte sie grimmig. Sie traute sich nicht, es laut auszusprechen. Faith zurückzuhaben, fühlte sich immer noch wacklig an, als würde der kleinste Druck sie vergraulen. Sie würde sie hier durchbringen, weil sie jetzt wusste, womit sie es zu tun hatte.

»Nicht das hier«, flüsterte Faith.

»Nein«, gab Grace zu. »Weil ich es beim letzten Mal versaut habe. Ich habe es nicht verstanden. Wir haben es nicht verstanden. Ich wusste nicht, dass du ...«

Sie brachte es nicht über sich, *abhängig* zu sagen. Das klang zu krass.

»Abhängig bin?«, sagte Faith für sie. »Total verkorkst? Ein Loser?«

»Sag das nicht!« Es tat ihr mehr weh, sie das sagen zu hören, als damals, als Grace das vor Jahren vor sich selbst zugegeben hatte.

»Es ist die Wahrheit, du Weichei. Und es ist in Ordnung. Vertrau mir. Man hat mich schon viel Schlimmeres genannt.« Doch trotz dieser Behauptungen brach Faith' Stimme.

Es war nicht okay für sie, wer sie gewesen war, und Grace konnte ihr das nicht übel nehmen. Das war etwas, womit sie beide eines Tages klarkommen mussten, aber das störte Grace nicht. »Wer hat dich so genannt? Du kannst ihm nichts über mich erzählt haben.«

»Ihm, hm?« Faith hob eine Augenbraue und lächelte schwach, bevor sie eine Grimasse zog und sich an den Bauch fasste.

»Du hast dir nicht gerade immer die Gewinner ausgesucht.« Grace sagte das ohne jede Betonung, aus Angst, sich zu verraten. Ihre Schwester hatte niemals über die Nacht mit Derrick geredet. Soweit Grace das sagen konnte, erinnerte sie sich nicht einmal an das, was passiert war. Grace hoffte, dass es so war.

»Das kannst du laut sagen. Damit bin ich allerdings fertig.«

Diesmal hob Grace ihre Augenbraue.

»Es ist kaum zu glauben, dass ich tatsächlich mal einen netten Kerl gedatet habe«, sagte Faith verteidigend.

Wenn er so nett war, warum hat er sie dann weiter Drogen nehmen lassen? Den Gedanken behielt sie jedoch für sich. Diese Kerle waren Faith' Vergangenheit. Grace musste nur dafür sorgen, dass sie keinen weiteren Auftritt bekamen.

»Natürlich habe ich es verbockt«, sprach Faith weiter, als Grace schwieg. »Er wusste nichts von den Drogen, und als er es herausgefunden hat…«

»Du musst es mir nicht erzählen.«

»Es war nicht schlimm. Er hat versucht, mir zu helfen, aber ich war nicht bereit. Ich habe mich nicht einmal verabschiedet. Ich habe nur einen alten Freund angerufen.« Faith schluckte schwer und presste sich eine Hand an den Mund. Kurz darauf hing sie wieder über der Toilette.

Grace strich ihr über den Rücken, während sie sich übergab. Es hatte keinen Sinn, das alles jetzt auszupacken, während ihr Körper so viel Stress aushalten musste. »Vielleicht sollten wir zu einem Arzt gehen. Sie könnten uns vielleicht sagen, wie lange es dauert, bis dein Inneres sich gereinigt hat.«

»Ein Arzt könnte eine gute Idee sein.« Faith löste ihren Griff immer noch nicht von der Toilette. »Aber ich weiß, wie lange es dauern wird. Ungefähr noch sieben Monate.«

»Sieben?«, wiederholte Grace ungläubig. »Ich glaube nicht, dass das so lange dauert.«

»Grace.« Faith sagte ihren Namen leise, und die Erkenntnis traf sie langsam und qualvoll.

Irgendwie schien ihr *schwanger* ein noch schmutzigeres Wort zu sein als *abhängig*.

»Mach dir keine Sorgen. Ich habe über meine Möglichkeiten nachgedacht. Ich finde, ich sollte es behalten«, stieß sie hastig hervor. Ihre Worte purzelten so schnell aus ihr heraus, wie die Fragen in Grace' Kopf schossen.

»Wer ist der Vater?«, fragte Grace.

Faith schnaubte, als sei das eine lächerliche Frage. »Ich habe keine Ahnung, und glaub mir, das ist wahrscheinlich gut so. Dieses Kind wird niemals ein Teil dieser Welt werden. Das verspreche ich hoch und heilig.«

Grace schluckte die restlichen Fragen herunter. Faith hatte recht. Es war egal, wie es passiert war oder wie sie das schaffen sollten. Dieses Kind würde kein Teil dieser Welt werden. Dieses Baby würde ihre Erlösung sein.

16

Sonntags essen wir Chinesisch.

Das war unser Ritual geworden, bevor ich es überhaupt bewusst bemerkt hatte. Jude kommt mit Tüten vom Lucky Dragon für uns vier herüber, und wir sitzen da wie eine große, glückliche Familie.

»Vielleicht sollte ich etwas sagen.« Ich nehme einen Stapel Teller aus dem Schrank und reiche sie Amie.

»Er füttert dich, analysier das nicht zu Tode. Das ist kein Teil einer Verschwörung.« Sie nimmt die Teller und verschwindet im Wohnzimmer.

Es fühlt sich aber an wie eine Verschwörung. Vielleicht, weil es unmöglich wird, seiner Anziehungskraft zu widerstehen. Jude wird zu einer Konstante. Tage ohne seine Anwesenheit sind mittlerweile unnormal. Irgendwie setzen wir uns zum Abendessen als Familie an den Tisch. Er hat sich in mein Herz geschlichen, und jetzt macht er es sich da bequem.

Als ich um die Ecke ins Wohnzimmer komme, öffnet er gerade die Boxen. Er sieht auf, und sein Mund verzieht sich zu einem breiten Lächeln. Mein Herz taumelt. Ich möchte sein Zuhause sein.

Wir essen Moo Shu Pork und Frühlingsrollen und reichen einander die Boxen, während Amie Witze erzählt. Sie sitzt neben Max auf dem Boden, wobei Jude und ich das Sofa für uns beansprucht haben.

»Wir haben einen Esstisch.« Ich deute mit meinen Essstäbchen darauf.

»Chinesisches Essen, Pizza, das sind keine förmlichen Essen.« Jude pikt ein Stück Sesamhuhn auf und hält es mir an die Lippen. Ich verenge die Augen, während ich den Bissen annehme.

»Ich ziehe ein Kind groß, schon vergessen? Er hinterlässt bereits überall Krümel.«

»Er weiß, dass Sonntage etwas Besonderes sind«, beruhigt Amie mich, dann beugt sie sich zu Max hinüber und gibt ihm einen Kuss auf den Kopf. Mein Herz ist voll, trotz meiner früheren Befürchtungen. Hier zu sein mit diesen drei Menschen füllt es mit mehr Liebe, bis ich mich randvoll fühle vor Freude und Zuneigung. Jude beugt sich zu mir und flüstert mir ins Ohr. »Danke.« Ich wende mich ihm zu, und der Blick in seinen kornblumenblauen Augen brennt diesen Augenblick in mich ein.

Jude wendet seine Aufmerksamkeit wieder dem Festmahl zu, aber ich verschmelze mit dem Hintergrund. Die Zeit verlangsamt sich, während ich winzige Details in meinem Gedächtnis speichere. Amies mitreißendes Lachen, das in ihren grauen Augen glänzt, Max, wie er mit den Essstäbchen herumtastet, die Wärme des Mannes neben mir, sein Körper, sein Lächeln, seine Seele. Ich verdiene sie nicht, aber ich werde sie nie gehen lassen.

»So.« Jude lehnt sich über den Couchtisch und holt mich

damit zurück in die Gegenwart. Er berichtigt Max' Griff um die Essstäbchen, aber sie spreizen sich in seinen Fingern sofort nach außen.

»Warte mal, kleiner Mann.« Jude packt mein Handgelenk und zieht das Haarband herunter. Seine Daumen verharren für einen Sekundenbruchteil, als müsse er mich einfach berühren. Es ist eine unschuldige Geste, die Max nicht bemerkt, aber Amie hebt die Augenbrauen. Eine von uns ist definitiv verliebt in die bloße Idee von Jude Mercer.

Er wickelt das Band um den oberen Teil der Essstäbchen, dann faltet er die Wachstüte der Frühlingsrollen zusammen und klemmt sie oben fest.

»Eine Federung«, verkündet er, während er Max seine Erfindung zeigt.

Max strahlt, aber es liegt nicht an den Essstäbchen. Falls Jude morgen geht, wird dieser kleine Junge nie wieder derselbe sein. Keiner von uns wäre das.

Ich verdränge den Gedanken und konzentriere mich auf den Augenblick. Max verstreut mit seinen neuen Essstäbchen nur die Hälfte vom Reis auf dem Boden.

»Ziehen wir Strohhalme, wer nachher sauber macht?« Ich zeige auf den Reis, der über den Teppich verstreut liegt.

»Das Leben ist chaotisch, Sonnenschein. Manches Chaos ist hässlich, aber das hier ist ein wunderschönes«, erklärt Jude mit dieser weichen Stimme.

Er verteilt Glückskekse, während ich mich räuspere, um die Gefühle aus meinem Hals zu vertreiben. Mittlerweile sind wir alle sehr versiert in der Zeremonie. Selbst Max wartet, bis wir alle unsere Kekse gegessen haben, bevor er seinen Zettel an Jude reicht.

»*Ein Traum wird wahr werden*«, liest Jude vor. »Das ist ein guter, kleiner Mann.«

Max sieht mit einem schelmischen Lächeln von Jude zu mir. *Oh-oh.*

Ich tausche meinen Zettel mit Amie und lese ihren schnell vor. »*Du hast viele Talente.*«

»Im Bett«, ergänzt sie. »Sag mir was, das ich noch nicht weiß.« Sie wirft mir eine Kusshand zu, und ich werfe ihr das Zettelchen zurück.

»Ich behalte meins«, sagt Jude da, aber ich schnappe es aus seiner Hand.

»*Du wirst eine zweite Chance bekommen.*«

»Im Bett?« Amie legt noch einen drauf und heuchelt Erschütterung.

Ich strecke ihr die Zunge heraus.

»*Wenn das Glück anklopft, öffne die Tür.*« Jude liest meine Prophezeiung vor und ignoriert uns beide.

Es von ihm vorgelesen zu hören, lässt mein Herz gegen meine Rippen schlagen.

»*Warum reden Tante Amies Glückskekse immer davon, im Bett zu sein?*«, fragt Max.

»Wo wir gerade vom Bett reden«, ruft Amie und formt dabei lautlos mit den Lippen eine Entschuldigung über Max' Kopf hinweg. »Warum machen wir uns nicht fürs Bett fertig, kleiner Mann?«

Max drückt sich gegen Judes Bein. Zugegeben, ich habe festgestellt, dass ich am liebsten das Gleiche machen würde: mich an Jude festhalten und nicht mehr loslassen, vor allem, wenn es Zeit fürs Bett ist. Aber meine mütterliche Seite wird munter und schüttelt den Kopf, um mich daran zu erinnern,

dass das hier die klassische Bindung ist. Je mehr ich solches Benehmen erlaube, desto mehr wird es uns beide verletzen, wenn
Jude geht.

Doch bevor ich noch den kleinen Jungen von seinem Gott
lösen kann, nimmt Jude ihn hoch. »Ich mach schon. Ihr beide
ruht euch aus.«

Sein Lächeln erreicht seine Augen, sodass sich Falten an den
Augenwinkeln bilden, und es packt mein Inneres und zieht an
meinem verstimmten Herzen. Ich ignoriere die Alarmglocken
in meinem Kopf zugunsten des herrlichen Gefühls. Dabei zuzusehen, wie Jude Max ins Bett trägt, ist, als würde ich das Teil
eines Puzzles sehen, das bisher gefehlt hat. Es passt einfach.

Neben mir seufzt Amie tief und lehnt den Kopf an meine
Schulter. »Denkst du, er schwängert dich vor der Hochzeit?
Wir könnten weiße Umstandskleider suchen.«

Und der Moment ist vorbei.

»Oh – mein – Gott.« Ich beuge mich zum Tisch vor und
verwende meine volle Aufmerksamkeit darauf, die leeren Kar-
tons und Essstäbchen aufzuräumen. Ich lasse die Zettel mit
den Sprüchen liegen, weil ich sie nicht wirklich wegwerfen
möchte. »Ich werde kein Kind mit ihm bekommen oder ihn
heiraten.«

Amie verschränkt die Arme vor der Brust und kräuselt die
Lippen. »Bist du sicher? Ich glaube, ich bin nur vom Zusehen
schwanger geworden. Wie hältst du dich davon ab, ihn die
ganze Zeit zu vögeln?«

Obwohl ich mich wirklich sehr bemühe, platzt das Lachen
aus mir heraus. Ich werfe den Müll in den Eimer und lehne
mich dann gegen die Arbeitsplatte, wobei ich meinen Bauch
umklammere, weil er von der Anstrengung schmerzt. Amie

stellt sich zu mir, und ich weiß, dass sie diese ganze fixe Idee von einer Heirat nicht fallen lassen wird.

»Ich bin … nicht … sicher, warum das so lustig ist«, gelingt es mir, zwischen den Lachanfällen hervorzustoßen.

»Weil es wahr ist«, sagt sie atemlos. »Versuch nicht, mir zu sagen, dass du da gerade nicht spontan einen Eisprung hattest.«

Ich werfe ihr ein Geschirrhandtuch an den Kopf und lasse sie dann stehen, um den Rest aufzuräumen. Dann gehe ich auf Zehenspitzen durch den Flur bis zu Max' Zimmer und werfe einen Blick hinein.

»Der Elefant hatte zu große Angst, um Hallo zu sagen.« Judes Lippen formen die Worte sorgfältig, und obwohl Max ihn nicht hören kann, ist sein Tonfall rhythmisch. Es ist ein beruhigender Klang: ihm dabei zuzuhören, wie er eine Gutenachtgeschichte vorliest.

Aber in mir brodelt es, und ich kann nicht leugnen, dass ich das will, was ich da vor mir sehe. Für meinen Sohn. Ich will Jude. Ich will dieses unmögliche Leben mit ihm.

Ich lehne mich gegen die Wand und versuche, mich zu sammeln. Der Frieden, den ich suche, kann nicht gefunden werden. Stattdessen ist da dieses rasende Bedürfnis, das ich noch nie zuvor gespürt habe. Die fehlenden Teile, die Jude mir zeigt, sind kein Teil eines Bilds, sie sind ein Teil meiner selbst.

Ich sehne mich nach ihm, und es ist seltsam, dass dieses unglaubliche Gefühl des Trosts – der Zugehörigkeit –, das er mir gegeben hat, einen so rasenden Hunger entfacht. Er baut sich in mir auf, und Judes Stimme ist der Sauerstoff, der den Brand noch verstärkt, bis ich denke, dass ich tatsächlich in Flammen aufgehen werde.

Ich bewege mich nicht, als Amie an mir vorbeiläuft. Sie bleibt nicht stehen, bis sie ihre Schlafzimmertür erreicht. »Ich leg mich hin. Ich vermute, ihr beide wollt ein bisschen Zeit allein.«

Diesmal heiße ich die nicht allzu subtile Andeutung in ihren Worten willkommen. Ihre Tür schließt sich mit einem Klicken, und ich mache die Augen zu. Ich lausche, bis ich weiß, dass er fast am Ende der Geschichte angekommen ist, dann zwinge ich mich dazu wegzugehen. Sie hat die Reste eingesammelt und sie auf die Anrichte gestellt. Packe ich sie ein, oder stelle ich sie in den Kühlschrank? Ich weiß nicht mal, was drin ist, aber das ist egal, weil Jude alles mag. Ich hebe sie auf und beschließe, dass ich die Reste möchte.

Weil ich möchte, dass Jude sie hier isst. Weil ich morgen anrufen will, um ihm anzubieten, sie warm zu machen.

Weil ich ihn morgen sehen will.

»Du lässt mich nichts davon mit nach Hause nehmen.« Er lehnt sich gegen die Arbeitsplatte, und seine starken Hände umfassen die Kante. Es sollte vollkommen unschuldig aussehen, aber die Geste lässt seine Muskeln hervortreten, bis jede Sehne zu erkennen ist.

Das hätte ich wirklich nicht zu sehen brauchen. Ich reiße mich von seinem Anblick los, dann halte ich kurz inne und reiche ihm die Reste.

»Ich habe einen Scherz gemacht, Sonnenschein.« Er nimmt mir die Schachteln ab und stellt sie wieder hin. Neutrales Territorium.

»Möchtest du sie nicht?«, bekomme ich gerade so heraus.

Ich sehe, wie sich sein Hals bewegt, als würde er meine Frage schlucken. Die Anspannung in seinen Armen breitet sich über den Rest seines Körpers aus, bis es wirkt, als sei er bereit zuzustoßen.

Vielleicht war er bereits genauso erregt wie ich, aber ich kann nicht anders, als mich unter seinem besitzergreifenden Blick zu winden. Ich entzünde diese Wildheit in ihm. Ich bin der Sturm, der die friedlichen blauen Seen in seinen Augen erschüttert, und diese Erkenntnis besiegt meine Angst.

Weil ich diesen Mann entfessle.

Ich möchte etwas sagen, aber mein Mund ist leer. Bevor ich noch Worte finden kann, finden seine Lippen stattdessen meine. Er prallt gegen mich, und ich bin machtlos gegen seine Stärke. Er spült mich hinaus ins Unbekannte, und es ist mir egal, ob ich ertrinke.

Mein Körper fließt gegen seinen, und seine Hand gleitet unter meinen Hintern, um mich von den Füßen zu heben. Ich winde mich um ihn herum, presse instinktiv meine Beine und gleichzeitig mein Innerstes gegen seine Leisten. Ein tiefes Grollen vibriert durch ihn hindurch, und seine Arme halten mich fester.

Ich will so viel von ihm, wie er bereit ist, mir zu geben. Es ist das einzige Bedürfnis, das ich noch in der Lage bin zu verarbeiten, und ich öffne mich ihm, erlaube seiner Zunge, über meine Zähne zu streichen und dann meine Zunge zu massieren. Es ist eine Einladung, und ich antworte ASAP, indem ich meine Finger in seine Haare kralle. Ich packe fester zu, will ihn verzweifelt so vollkommen besitzen wie er mich.

Als er rückwärts gegen den Küchentisch stößt, reagieren wir beide sofort, öffnen Knöpfe und lösen Schnallen, so schnell es uns unsere ungeduldigen Finger erlauben. Ich schlängle mich aus meiner Jeans, dann wende ich meine Aufmerksamkeit wieder seinem Körper zu. Ich streiche mit meiner Handfläche über die wirbelnde schwarze Tinte, und dann stürze ich mich vor und schlage meine Zähne in seine Haut.

»Gott, Sonnenschein«, stöhnt er, und bevor ich das noch als Beschwerde anerkenne, hat er mich flach auf den Tisch gedrückt und meinen BH geöffnet. Ich bewege mich, um ihn abzustreifen, und mein Handgelenk stößt eine Schachtel mit Stiften um.

Unsere Blicke begegnen sich, als die Stifte zu Boden fallen, und bevor ich noch die weiße Fahne hissen kann, bin ich wieder in seinen Armen. Jude tritt gegen die Tür, die zur Garage führt, sodass sie sich öffnet.

»Ich repariere sie später«, verspricht er, dann trägt er mich durch die Tür. Er wirbelt mich herum, um sie mit unseren Körpern zu verbarrikadieren. »Halt dich fest.«

Ich schlinge meine Arme um seine Schultern und klammere mich an ihn, während er seinen Schwanz befreit. Ich spüre seine Hitze gegen meinen Bauch stoßen. Seine Barthaare kratzen an meiner Wange, als sich sein Mund über meinen Nacken neigt. »Ich kann nicht geduldig sein«, warnt er mich.

»Dann sei es nicht«, bettle ich.

Er braucht nicht weiter überredet zu werden. Seine Hand gleitet zwischen meine Schenkel und schiebt meinen Slip beiseite. Mein nackter Rücken klatscht gegen das Holz, als er in mich hineinstößt. Judes Brust drückt gegen meinen Busen, als sein Gewicht mich überwältigt. Ich verliere mich in dem Rhythmus. In der Flut und der Ebbe. Da ist nur noch jeder einzelne Stoß, und die herrliche, leidenschaftliche Unabwendbarkeit des Verlassen-und-Ausgefülltwerdens.

In seinen Armen bin ich vollständig. Er vervollständigt

mich, und diese erschreckende Erkenntnis überlastet meine Nerven. Die Welle, die sich in mir aufgebaut hat, bricht, und ich breche über ihm zusammen.

Jude fängt mich auf und erobert meine Lippen. Er verankert mich, hält mich fest an sich gedrückt, fest in diesem Augenblick.

Er küsst mich, während er seine eigene Befreiung erfährt. Beruhigende Küsse. Vielversprechende Küsse. Verzweifelte Küsse. Ich möchte sie alle schmecken. Als ich spüre, wie seine Wärme sich in mich ergießt, lösen sich unsere Lippen voneinander, selbst als wir noch vereint sind. Ich spüre seinen Atem heiß auf meinem Gesicht, und seine Stirn lehnt an meiner.

Ich sage nichts. Stattdessen koste ich seinen Puls in mir aus und seinen süßen Geschmack auf meiner Zunge.

Als er die Stille endlich bricht, unterspült es nicht die Magie. »Gott, ich möchte bleiben, Schöne. Ich möchte dich ins Bett bringen und dich die ganze Nacht lang lieben.«

Ich erlaube mir, es mir vorzustellen: das unmögliche Leben, das er vor meiner Nase baumeln lässt. Ich möchte mit Jude ins Bett gehen und neben ihm aufwachen.

»Das geht nicht.« Ich verbanne das Bedauern nicht aus meiner Stimme. Das Gefühl erlaube ich mir nicht oft, und seine Bitterkeit frisst sich in meinem Herzen fest.

»Ich weiß, aber das heißt nicht, dass ich es mir nicht wünschen kann«, murmelt er und liebkost mein Ohr. »Ich werde heute Nacht ohne dich nicht schlafen. Ich bin zu aufgedreht. Also lass mich kurz so tun, als ob ich dich nicht absetzen, mich anziehen und nach Hause fahren müsste, um mich in ein leeres Bett zu legen, das sich nicht mehr wie meins anfühlt.«

»Du warst noch nicht einmal in meinem Bett«, flüstere ich

und kann mich selbst kaum über dem Klopfen meines Herzens hören.

Er beugt sich ein wenig zurück und sieht mir direkt in die Augen. »Aber da gehöre ich hin, weil ich zu dir gehöre.«

Das Hämmern in meiner Brust tut weh, und ich wende den Blick ab.

»Und wenn ich am Morgen meinen Hintern nicht aus dem Bett bekomme, dann änderst du deine Meinung«, mache ich einen wenig gelungenen Witz. Ich kann es mir nicht erlauben, dieses Spiel mit der Fantasie zur Realität werden zu lassen.

»Mach das nicht«, hält er mich auf. »Geh nicht davon aus, dass ich nicht genau weiß, was ich von dir verlange, Faith. Ich weiß es, und ich verstehe, was es bedeutet.«

»Ich bin nicht…«

»Bereit«, beendet er meinen Satz. »Ich weiß das auch, aber du musst etwas verstehen. Ich warte so lange, wie es dauert. Ich gehe nirgendwohin. Und eines Tages trage ich dich in dieses Bett und liebe dich die ganze Nacht.«

Eine ungebetene Träne rinnt über meine Wange. »Und am Morgen?«

»Schleiche ich mich aus dem Bett und sehe mir mit Max Trickfilme an, während du dich erholst.« Ein Lächeln, das viel zu jungenhaft ist, breitet sich auf seinem Gesicht aus.

»Wenn du es sagst.« Ich lächle, während mir noch eine Träne entrinnt. *Ich kann nicht warten.*

»Irgendwann«, sagt er leise.

Das ist mehr, als ich zu hoffen wage, und mehr, als ich verdiene, aber als er mich endlich loslässt und auf die Füße stellt, kann ich nicht anders, als es mir vorzustellen. Jude reicht mir meine Kleidung und knöpft meine Jeans zu, und er stiehlt sich immer wieder Küsse. Er sagt nichts weiter, als er mir einen Gutenachtkuss gibt und in seinen Jeep steigt, also krieche ich ins Bett, starre in die Dunkelheit und träume von irgendwann.

17

Auf der Post ist es ungewöhnlich ruhig für einen Wochentag. Die Vorteile am Kleinstadtleben in Amerika erstrecken sich nicht unbedingt auf die öffentlichen Dienste. Für gewöhnlich stehe ich über eine Stunde in der Schlange und warte darauf, Briefmarken kaufen zu können, Pakete abzuholen und die zahlreichen Schecks zu versenden, die das World's End am Laufen halten.

Heute dauert es weniger als zehn Minuten, sodass ich eine Stunde Zeit habe für meine Mittagspause. Ich ziehe mein Handy aus der Tasche und verbringe fünf Minuten dieser Stunde damit, mit mir selbst zu diskutieren, ob ich Jude eine Nachricht schicken soll.

»Du bist nicht mehr in der Highschool«, belehre ich mich selbst.

Die alte Dame, die auf dem Parkplatz an mir vorbeiläuft, starrt mich so verwirrt an, als ob sie gerade zum ersten Mal jemanden sehen würde, der mit sich selbst redet.

Ich gratuliere mir selbst, als ich endlich den Mut finde, auf

Senden zu klicken. Jude belohnt mich mit einer prompten Antwort.

Sein Haus liegt nur ein paar Minuten entfernt, aber die Fahrt ist heute wundervoll. Die Sonne ist ihrem frühlingshaften, düsteren Gefängnis entkommen, und als mein Auto die Klippen erklimmt, fegt mir der Wind entgegen und rüttelt an meinen Fenstern.

Die Haustür steht offen, als ich ankomme, und ich mache einen zaghaften Schritt hinein, bevor ich seinen Namen rufe. »Jude.«

»Hier drinnen.« Ich folge seiner Stimme in die Küche, wo er auf einem Barhocker sitzt. Noch bevor ich die verblichene Jeans würdigen kann, die er trägt, sehe ich die Flasche vor ihm.

»Was machst du da?«, frage ich mit ruhiger Stimme.

»Mich meinem Feind stellen«, sagt er. »Er denkt immer, dass er gewinnen wird.«

Ich zwinge mich, ein paar Schritte auf ihn zuzugehen. Seinen verrückten Worten nach zu urteilen, klingt es, als habe sein Feind bereits gewonnen. »Hast du getrunken?«, stoße ich hervor. Takt ist wirklich nicht meine Stärke. Dafür habe ich zu lange mit Amie zusammengelebt, die Takt als Charakterschwäche betrachtet.

»Nein, Sonnenschein.« Er hebt einen Stift auf und enthüllt ein Notizbuch und Notenpapier, das vor ihm liegt. »Estate Studios möchten in ihrer endlosen Weisheit einen Vertrag über einen neuen Song für einen aufstrebenden Country-Popstar abschließen.«

»Country-Pop?« Ich würge dramatisch. »Ist das tatsächlich ein Ding?«

»Ja, das ist riesig.« Seinem Ton nach zu urteilen, frage ich besser nicht weiter nach.

»Warum dann aber der Feind?« Ich mustere die Flasche, fasse sie aber nicht an. Es ist lange her, seit ich dem Edelsten des Südens so nah war – West's Tennessee Whiskey. Aber ich bemerke ein paar Sachen: Die Flasche ist voll, die bernsteinfarbene Flüssigkeit darin ist nicht mit Wasser verdünnt worden, und das Wachssiegel am Hals ist intakt.

»Was ergibt deine Untersuchung?«, fragt er.

»Dass du nicht schuldig bist, außer unbesonnen zu sein«, sage ich. »Findest du, es ist gut, so was hier zu haben?«

Eine der ersten Regeln, um clean zu bleiben, ist es, sich von der Versuchung fernzuhalten. Jude scheint jedoch seine eigene Interpretation der zwölf Schritte zu haben.

»Ich besitze diese besondere Flasche Whiskey seit dem Tag, an dem ich einundzwanzig geworden bin.« Er wedelt mit dem Stift in der Luft herum wie mit einem Zauberstab. »Spürst du das? Irgendwo hat gerade ein Bourbonkenner eine unerklärliche Welle der Trauer verspürt.«

»Also ist diese Flasche fast zehn Jahre alt?«

»Nein«, verbessert er mich. »Mach mich nicht älter, als ich bin, Sonnenschein.«

Ich setze mich auf den Barhocker, der am weitesten von ihm entfernt ist, und werfe dann einen Blick auf seine Arbeit, nur um zu erkennen, dass die Blätter vollkommen leer sind. »Du sitzt hier also mit einer ungeöffneten Flasche Alkohol und leeren Blättern. Warum?«

»Der neue Country-Popstar von Estate, Jensen Nichols, braucht einen Song, der ihm zu Ansehen verhilft – so heißt es jedenfalls.« Er schiebt die Flasche weiter von uns weg, und der

Glasboden kratzt über den Granit. Das vibrierende Kreischen schmerzt in meinen Ohren.

»Über Whiskey?«

»Sie möchten einen fröhlichen Song über einen Jungen, der das Haus seines Vaters in Brand setzt, weil der ein gewalttätiger Alkoholiker ist.«

Ich schlage mir die Hand vor den Mund. »Erinner mich daran, dass ich mir keine Country-Popmusik anhöre.«

»Genau«, sagt Jude trocken. »Aber ich habe ihnen gesagt, dass ich ihn schreiben würde.«

Das verstehe ich nicht. Ich strecke meine Hand aus und verschränke unsere Finger miteinander. »Möchtest du mir sagen, warum?«

»Weil ich gedacht habe, dass vielleicht die Zeit gekommen ist, mich meinem alten Feind zu stellen«, murmelt er, den Blick auf den Whiskey gerichtet.

»Ich wusste nicht, dass du Alkoholiker bist.« Ich weiß nicht, was ich sagen soll, aber ich bin mir ziemlich sicher, dass es das nicht ist.

»Bin ich nicht. Mein Dad war einer.« Das hatte er schon mal erwähnt, aber ich habe ihn nie drängen wollen, mehr zu erzählen.

»Ich dachte, wenn irgendjemand darüber reden könnte, wie ein Junge dazu getrieben werden kann, seinen alkoholabhängigen Dad umzubringen, dann wäre das ich. Aber ich habe ein kleines Problem mit dem Racheteil.« Jude schiebt seinen Stuhl zurück und steht auf, wobei er die Flasche nimmt. Er geht zum Schrank und stellt sie in das Regal über dem Kühlschrank. »Nicht so inspirierend, wie ich gedacht hatte.«

»Ich weiß, ich bin nicht in der Musikbranche, also sieh das

nicht als Expertenmeinung an. Aber wenn ich du wäre, dann würde ich ihnen sagen, sie sollen sich am Arsch lecken.«

Jude schüttet sich vor Lachen praktisch aus. »Ich werde dich zitieren, Sonnenschein. Ich wette, du hast nicht erwartet, in deiner Mittagspause herzukommen und mich vom Springen abzuhalten, aber ich bin so froh, dass du es getan hast.«

Ich zucke mit den Schultern und prahle heimlich vor mir selbst, dass er sich freut, mich zu sehen. »Was soll ich sagen? Das ist nichts Besonderes.«

»Hast du Hunger?«, fragt er.

»Was schwebt dir vor?«

»Ein Sandwich.«

Ich nage an meiner Unterlippe und schüttle den Kopf.

»Salat?«

Wieder ein Nein.

»Wir könnten gleich zum Dessert übergehen«, bietet er an, und ich nicke begeistert.

Jude schlendert auf mich zu und packt meine Hand, zieht mich vom Stuhl und in den Flur. Unsere Zeit ist begrenzt, also halten wir es schnell und heiß und machen im Gehen rum.

Jude steigt aus seiner Jeans und zieht meine herunter. Ich lasse mich aufs Bett fallen, aber er winkt mich mit dem Finger zu sich. »Meine Haushälterin sagt, ich halte mein Haus zu sauber«, sagt er und geht dabei rückwärts zum Fenster. »Ich habe mir überlegt, wie ich es schmutzig machen könnte.«

»Oh, ja?« Ich hebe eine Augenbraue.

Als ich bei ihm ankomme, beugt er sich vor. »Ich habe auch Hunger, Sonnenschein.«

Er legt einen Arm um meine Taille und dreht mich, sodass ich zum Fenster blicke. Sanft drückt er mich gegen das Glas.

Ich strecke die Arme über den Kopf, als er hinter mir auf die Knie fällt und meine Schenkel auseinanderdrängt.

»Siehst du, wie fleckenlos das Glas ist?«, murmelt er und fasst dann zwischen meine Beine. Ich führe seine Hand über mein geschwollenes, fiebriges Geschlecht. »Du kannst dich selbst darin sehen. Öffne die Augen.«

Ich hole tief Luft und tue, was er sagt. Mein Gesicht starrt mich an. Es ist keine Reflexion wie in einem Spiegel, denn ich sehe so durchsichtig aus wie ein Geist.

»Leg deine Handflächen gegen das Glas«, weist er mich an. »Und beuge dich ein wenig vor. Ich möchte, dass du siehst, wie sehr es mir gefällt, dich zu schmecken.«

Ich schlucke, fühle mich sofort befangen, aber ich tue, was er sagt. Ich sehe nach unten, sehe sein Gesicht, das von der cremeweißen Haut meiner Schenkel gerahmt wird, und Hitze strömt durch mich hindurch.

»So ist es gut, Sonnenschein«, sagt er, und dann fängt er an zu lecken und zu saugen. Seine Zähne zupfen spielerisch an dem geschwollenen Knopf, von dem er genau weiß, wie er ihn drücken muss. Als sich sein Mund gierig über mir schließt, fällt mein Kopf nach vorn, und meine Stirn stößt gegen das Glas. Eine Sekunde später ist der köstliche Sog verschwunden.

»Du musst weiter zusehen«, tadelt er mich.

Ich muss all meine Selbstbeherrschung aufbringen, um die Augen offen zu halten, während seine Zunge in mich eintaucht. Das Fenster bietet keinen Halt, als ich mich ins Glas verkralle. Stattdessen hinterlasse ich verzweifelte Streifen und ölige Fingerabdrücke. Als meine Beine zu zittern beginnen, umklammert er mich mit seinen Armen. Er hält mich fest, während ich auf den Wellen der Glückseligkeit reite.

Ich falle gegen das Fenster, und meine Brüste werden gegen das Glas gepresst. Jude stellt sich hinter mich, aber als er an meine Tür klopft, bringe ich einen letzten Rest Energie auf, drehe mich um und knie mich vor ihn.

»Sieh mir zu«, kommandiere ich. Ich werde ihm nicht den ganzen Spaß allein lassen.

Als ich ihn in den Mund nehme und mit den Lippen an ihm entlangfahre, wandert mein Blick nach oben, und ich sehe sein Gesicht und seine schweren Lider, unter denen er auf mich herabschaut.

»So ist es gut«, schmeichelt er, als ich meine Zunge um seine Spitze kreisen lasse. Ermutigt von seinem lüsternen Blick nehme ich ihn tiefer in den Mund, ignoriere meinen natürlichen Widerstand, bis er gegen meine Kehle stößt. Seine Hände finden mein Haar, und er packt zu, drängt mich, ihn mit der nassen Hitze meines Mundes zu streicheln und zu schlucken.

Er sagt mir nicht, dass ich wunderschön aussehe; er zeigt es mir, indem er meinen Blick nicht loslässt, während er sanft in mich hineinstößt. Ein Muskel nach dem anderen spannt sich an, bis er sich auf die Unterlippe beißt. Er warnt mich nicht, dass er gleich kommt. Ich habe mich ihm und seiner Lust ausgeliefert, und es ist ein wunderbarer Anblick, die gequälte Glückseligkeit in seiner Miene zu sehen, als er loslässt. Ich sauge weiter, als er gegen meine Zunge pulsiert, bis er sich zurückzieht und mich auf die Füße zieht.

Ich sollte wieder zur Arbeit gehen, aber ich sage nichts. Stattdessen kriechen wir zusammen in sein Bett und verknoten unsere Arme und Beine, bis wir eins sind. Jude haucht einen Kuss auf meine Stirn und bewegt sich dann, um sein Gesicht in meinem Haar zu vergraben, während er leise summt.

Die Melodie ist vertraut, aber sie ist langsam und traurig. Ich schmiege mich an seine Brust und atme seinen Duft ein, während ich versuche, sie einzuordnen.

»Schreib mir einen Song«, flüstere ich, als ich sie endlich erkenne.

»Das tue ich«, sagt er und summt leise die traurige Version eines Songs weiter, den wir beide in- und auswendig kennen. Er lehnt sich zurück und sieht mir in die Augen. »Du bist mein Sonnenschein.«

Er singt die Worte nicht. Er verspricht sie. Ich bin vielleicht sein Sonnenschein, aber als ich in seinen Armen schmelze, begreife ich, dass ich seinetwegen brenne.

18

Heute geht es um Vorsicht.

Darin brauche ich keine Lektion, da jede Entscheidung, die ich treffe, mein inneres Analysebüro durchläuft.

»Clean zu werden, kann so berauschend sein wie das, was uns in die Reha gebracht hat, und wir können süchtig nach der Heilung werden«, liest Stephanie aus ihrem neusten Selbsthilfebuch vor, für das sie Werbung macht. Die Frau sollte in einem Verlag arbeiten. Niemand findet mehr in Büchern als sie. Sie klappt das Buch zu und sieht sich bedeutungsvoll im Raum um. »Sagt euch das was?«

Ein paar von uns werfen einander unbehagliche Blicke zu. Schließlich seufzt Sondra.

»Ja«, sagt sie. »Als ich angefangen habe herzukommen, habe ich ein paar Freunde aus den Augen verloren.«

»Was glaubst du, warum das passiert ist?« In Stephanies sanften Augen spiegelt sich Sorge.

»Ein paar von ihnen waren nicht gut für mich.«

Da war ich auch, denke ich.

»Und andere haben nicht verstanden, warum ich weiter hergegangen bin, wenn es mir besser geht. Dadurch habe ich einen Freund verloren.« Dabei lässt Sondra ihre Acrylnägel aneinanderklicken.

»Wie viele von euch haben das erlebt?« Stephanie wartet, dass wir widerstrebend die Hände heben, bevor sie mit ihrem Sermon beginnt. Offenbar ist das ihre neue Taktik im Kampf um die Rettung von Seelen.

Ich habe niemals jemanden gehabt, der nicht verstanden hätte, warum ich zu diesen Treffen gehe. Ich musste das nie erklären. Amie akzeptiert es, ohne Fragen zu stellen, aber sie spricht auch zum Universum. Sie steht mehr im Einklang mit ihren spirituellen Bedürfnissen als die meisten.

»Was bringt euch dazu, weiter herzukommen, trotz der Widrigkeiten und Missverständnisse?«

Ein paar Leute murmeln Antworten.

Gewohnheiten.

Bewährungshelfer.

Wenigstens sind wir ehrlich.

»Weil es keine Heilung gibt«, antworte ich, als die anderen still sind.

Jude sitzt ein paar Plätze von mir entfernt, und er beugt sich vor, stützt seine Ellbogen auf die Knie.

Alle warten darauf, dass ich weiterrede.

Super gemacht. Ich hasse es, die Aufmerksamkeit auf mich zu lenken, aber zu meiner Überraschung spreche ich weiter. »Die Menschen möchten an einfache Lösungen glauben, an Wunderdiäten und Wunderpillen. Die Gesellschaft liebt es, Antworten zu kaufen. Wir sind hier, weil wir wissen, dass das nicht geht. Wir brauchen Erinnerungen an unsere Fehler. Wir müssen uns aktiv dafür entscheiden, unser Leben nicht zu vermurksen.«

»Was sagst du dann zu den Leuten, die das nicht verstehen?«, wirft Stephanie ein, weil sie die Moral ihrer Lektion hören will.

Ich sehe kurz zu Jude, Sondra und Anne hinüber, bevor ich mich auf meinem Stuhl zurücksetze und mit den Schultern zucke. »Ich verschwende meine Zeit nicht an sie.«

»Findest du das nicht hart?« Stephanie tut sich mit meiner Antwort schwer.

Ich schnaube. Hart wäre es, sie näher an mich heranzulassen. »Nein. Ich kann meinen Selbsterhaltungstrieb nicht teilen. Ich brauche ihn selbst.«

Was sie nicht versteht – was die Menschen, über die sie da redet, nicht verstehen –, ist, dass wir sie vor uns selbst beschützen und vor der Zeit, in der wir unwiderruflich wieder Mist bauen werden. Wenn sie das nicht begreifen, kann ich ihnen nicht helfen.

»Interessant.« Sie schlägt ihr Buch auf und fängt an, einen neuen Abschnitt zu lesen.

Jude presst die Lippen zusammen. Ich vermute, dass er versucht, nicht darüber zu lachen, wie nervös sie geworden ist.

Das restliche Treffen ist genauso aufschlussreich.

Als ich schließlich an der Tür auf Jude treffe, stößt er mich mit der Schulter an. Das ist das Äußerste, was ich an öffentlicher Zurschaustellung von Zuneigung zulasse. Draußen spitzt die Sonne zaghaft zwischen den Wolken hervor. Der Frühling hat in diesem Jahr beschlossen, schüchtern zu sein, aber langsam wird es endlich wärmer.

»Deinen Selbsterhaltungstrieb teilst du nicht, hm?«, zieht er mich auf.

»Nö.« Wir gehen zu unseren Autos. Ich bestehe immer noch darauf, selbst herzufahren. Meine Eigenständigkeit teile ich auch nicht.

Er hat die Türen von seinem Jeep abmontiert. Jetzt schwingt er sich auf den Fahrersitz und ruft: »Kann ich heute Abend zu dir kommen?«

Als ich an letzte Nacht denke, werde ich rot. Ich beiße mir auf die Lippe und nicke.

Offensichtlich fehlt mir die Selbstbeherrschung.

Jude bleibt bis nach der Schlafenszeit. Ich sollte ihn bitten, nach Hause zu gehen, denn je länger er bleibt, desto eher bringe ich mich in die Situation, dass ich meine eigenen Regeln breche. Stattdessen stelle ich fest, dass ich mich auf der Couch eng an ihn gekuschelt habe. Im Moment ist das alles ganz unschuldig, aber während die Minuten verstreichen und es immer später wird, zerrt seine Nähe immer mehr an mir. Max schläft. Amie ist ausgegangen, und wem mache ich hier eigentlich etwas vor? Nach dem kleinen Rendezvous in der Garage bin ich etwas wagemutiger.

»Woran denkst du, Sonnenschein?«, fragt er.

Ich streiche mit der Hand über seinen Bauch, genieße, wie meine Fingerspitzen über seinen Waschbrettbauch vibrieren.

»Ich glaube, das zeige ich dir lieber«, gebe ich zurück. Er versucht nicht, mir das auszureden, und das heißt, er ist ebenfalls bereit, die Regeln zu brechen. Er lehnt sich zurück, kreuzt die Arme hinter seinem Kopf und grinst mich frech an. Ich krieche vor und setze mich mit gespreizten Beinen auf seinen Schoß.

Im Moment verfüge ich über genug Selbstbeherrschung, um meine Kleider anzulassen, aber das wird nicht lange anhalten. Ich beuge mich vor und berühre seine Lippen mit meinen. Seine großen Hände legen sich in meinen Nacken.

»Wir haben keine Zeit für Zurückhaltung«, haucht er. Wir prallen in einem Durcheinander aus Gliedmaßen und Zungen aufeinander. Seine Hand fährt unter mein Shirt und liebkost meine Brüste über dem BH. Das Ganze hat etwas köstlich Teeniemäßiges an sich. Wir sollten das nicht tun, und doch können wir die Hände nicht voneinander lassen. Aber es gibt Grenzen, und wir kennen sie beide. Das heißt aber nicht, dass wir sie nicht austesten können.

Seine Lenden beginnen, sich an mir zu reiben, und ich kann nicht anders, als meine Hüften auf ihm kreisen zu lassen, während unsere Küsse inniger werden. Ich berühre ihn durch seine Kleidung, ich will mehr, und doch schaffe ich es irgendwie, mich zurückzuhalten. Und das macht mich nur noch verrückter. Sein Schwanz ist hart. Durch seine Jeans hindurch spüre ich die Anspannung und reibe mich schamlos daran, durch die Baumwolle meiner Hose und den Satin meines Slips.

»Ich möchte sehen, wie du kommst«, flüstert er.

Das lässt mich aufstöhnen, und ich beiße mir auf die Lippe, um still zu sein.

»Niemand ist hier, Baby«, drängt er mich. »Nur du und ich.«

Schuld zuckt durch mich hindurch – die immerwährende Last, Mutter *und* Frau zu sein. Max liegt schon seit Stunden im Bett, aber es fühlt sich dennoch falsch an, auch wenn es sich so verdammt richtig anfühlt. Ich vergrabe das Gesicht in seinem Nacken, um die Geräusche zu dämpfen. Seine Barthaare kratzen an meiner Stirn, und seine Hand ist jetzt unter meinem BH, sie zwickt und dreht meinen Nippel, während ich mich auf ihm winde. Sein Atem geht schneller und passt sich meinem an, als sich eine kleine Hand auf meine Schulter legt.

Wir fahren auseinander und versuchen, unsere Kleidung zurechtzuzupfen. Die Schuld, die Jude ins Gesicht geschrieben steht, verrät, wie ich mich fühle.

»Warum liegst du nicht im Bett?«, rufe ich, aber Max' Augen sind zu Boden gerichtet. Er tritt unbehaglich von einem Fuß auf den anderen, und ich muss die Hand ausstrecken und sein Kinn anheben. Zaghaft sieht er uns beide an, und mein Herz sinkt. Genau das hatte ich vermeiden wollen.

Warum bist du nicht im Bett?, frage ich ihn mit den Händen. Seine Lippen beben, und er reibt sich den Bauch.

Jude springt ein. *Du fühlst dich nicht gut, kleiner Mann?*

Aber ich bin schon aufgestanden und führe Max zurück zu seinem Zimmer. Ich drehe mich kurz um und rufe: »Ich sehe dich dann wohl morgen.«

»Ich muss nicht gehen«, sagt Jude bedeutungsvoll.

Doch, das musst du, denke ich. Doch statt das zu sagen, zwinge ich mich dazu, mit den Schultern zu zucken. Ich wünsche mir, dass er noch hier ist, wenn ich zurückkomme, aber er muss gehen. Als ich Max wieder zudecke, zwinge ich mich zu einem Lächeln.

Du musst dich nur ein bisschen ausruhen, Kleiner. Mommy ist nebenan. Hol mich, wenn du mich brauchst. Ich gebe ihm einen Kuss auf die Stirn, aber er sieht immer noch aufgewühlt aus. *Was ist los?*

Bekomme ich Ärger?

Ich schließe die Augen und versuche, die Fassung zu wahren, während meine Hände schnell antworten. *Nein, natürlich bekommst du keinen Ärger. Ich bin immer für dich da. Was auch passiert.*

Ich massiere ein paar Minuten lang seinen Rücken, bis seine Atmung gleichmäßig wird und die Augenlider zu flattern beginnen. Als ich endlich zurückkehre, ist Jude immer noch auf der Couch.

»Du solltest wirklich gehen.« Diesmal meine ich es auch so.

»Faith, ich …«

Aber ich hebe die Hand, um ihn zu unterbrechen. »Ich habe die Regeln aus einem bestimmten Grund aufgestellt, und offensichtlich kann ich mir selbst nicht trauen, wenn du in der Nähe bist.«

»Dann mache ich es besser«, verspricht er. »Ich habe die Regeln auch gebrochen, schon vergessen?«

»Es waren nicht deine Regeln«, sage ich mit einem Schulterzucken. Ich habe versucht, gleichgültig zu klingen, aber die Worte klingen flach und so hohl, wie ich mich fühle, wenn ich mir vorstelle, dass er geht.

»Von wegen, das sind nicht meine Regeln. Du würdest sie gar nicht brauchen, wenn es mich nicht gäbe.«

»Diese Regeln hatte ich schon immer«, sage ich abwehrend.

»Mit wie vielen Männern bist du ausgegangen, seit Max geboren wurde?«

Er fordert mich auf, Farbe zu bekennen. Meine Hände ballen sich an meinen Seiten zu Fäusten. »Du brauchst mich nicht zu analysieren.«

Jude sieht aus dem Fenster, und wir schweigen beide.

»Es tut mir leid, Faith. Ich versuche nicht, etwas an dir auszulassen, aber wir sollten das auch nicht uns selbst aufbürden.

Es ist normal, dass ein Mann und eine Frau, die etwas füreinander empfinden, miteinander intim sein wollen.«

»Das nehme ich an, aber dazu bin ich einfach nicht in der Lage.« Ich zwinge mich dazu, das zu sagen, obwohl ich spüre, wie mein Herz an den Rändern zerbröselt.

»Lass dich nicht mitreißen. Lass die Schuld dich nicht dazu bringen, etwas zu sagen, was du nicht meinst.« Das ist kein Rat. Das ist ein Befehl, und ich sträube mich bei dem festen Ton in seiner Stimme.

»Meine oberste Priorität ist es, Max zu beschützen und dafür zu sorgen, dass er nicht verletzt wird.«

»Denkst du, ich würde ihm wehtun?«, fragt Jude, seine Stimme klingt gepresst.

»Nein, aber was ist, wenn du in ein paar Monaten beschließt, dass du zurück nach Seattle ziehst? Oder LA? Ich weiß nicht, wie wir da ins Bild passen.«

»Du bist das Bild. Alles andere ist Hintergrund«, sagt Jude leise.

In diesem Moment möchte ich zu ihm gehen, aber ich tue es nicht. Er sagt die richtigen Sachen, und er meint sie so. Warum kann ich ihn mich dann nicht lieben lassen?

Als ich nicht antworte, ändert er seine Taktik. »Vielleicht müssen wir das praktischer angehen. Ich habe ein wenig über Cochlea-Implantate geforscht.«

»Was?«, schreie ich. Das ist das Letzte, was ich bei diesem Gespräch erwartet habe.

»Ich weiß, dass du gesagt hast, dass die Versicherung nicht dafür zahlt, aber das ist kein Problem.«

»Das ist ein Problem«, unterbreche ich ihn. »Weil ich nicht das Geld dafür habe.«

»Ich habe es.«

»Jude, es tut mir leid. Das kann ich nicht zulassen, und selbst wenn ich es täte, gäbe es so viel zu bedenken.«

»Was denn?«, drängt er. »Ich weiß, dass du nicht bereit dafür bist, dass das zwischen uns echt ist, aber für mich und für ihn ist es echt. Ich liebe dein Kind, und ich will das Beste für ihn. Ich habe keine Familie, um die ich mich kümmern kann.«

»Nein, die hast du nicht«, sage ich spitz. Ich gehe ein paar Schritte zurück, damit ich mich gegen die Wand lehnen kann.

Jude steht auf und kommt auf mich zu. »Ich habe meine Familie gefunden. Wir beide wissen das. Es ist an der Zeit, dass du anfängst, mich dazugehören zu lassen.«

Gott, das möchte ich, aber ich weiß es besser, als mich auf jemanden zu verlassen. »Warum willst du überhaupt, dass er die Implantate bekommt? Damit wir auf der Couch vögeln können? Damit wir machen können, was wir wollen, weil er in der Lage ist, uns zu rufen?«

Judes Augen werden schmal, und seine Schultern spannen sich an. »Das ist es nicht, und das weißt du.«

»Er ist voll und ganz in der Lage, mit uns zu kommunizieren. Wir müssen ihm keine unnötige Prozedur antun, nur damit wir egoistisch sein können.«

»Es ist nicht egoistisch, das zu wollen, was für ihn am besten ist«, brüllt Jude.

»Und woher weißt du, was am besten für ihn ist?«, verlange ich zu wissen. »Du bist nicht sein Vater. Du warst in den letzten vier Jahren nicht jeden Tag hier.«

Er bleibt ein paar Schritte vor mir stehen. »Jetzt bin ich hier.«

Aber ich sehe, dass ihn meine Worte getroffen haben. Am

liebsten möchte ich sie zurücknehmen, aber es musste gesagt werden. Je länger wir beide so tun, als wäre das hier mehr, als es ist, desto schlimmer wird es uns auch beide verletzen. Wir starren uns an, während ich versuche, den Mut für den nächsten Schritt aufzubringen, aber schließlich spricht Jude zuerst.

»Euch beide zu lieben, ist das am wenigsten Egoistische, was ich jemals getan habe. Ich weiß, dass es dir schwerfällt, Menschen zu vertrauen, und ich versuche, Geduld mit dir zu haben. Aber verdammt, früher oder später wirst du akzeptieren müssen, dass ich nicht wieder verschwinden werde.«

Ich kralle mich an den Türrahmen, um mich davon abzuhalten, mich in seine Arme zu stürzen. Dafür sorgt jedoch Max, der wieder auftaucht. Selbst in dem dunklen Flur sieht er grün aus.

»Oh, oh.« Ich schalte sofort in den Mom-Gang, aber bevor ich noch etwas tun kann, öffnet er den Mund und kotzt auf den Teppich. Ich schließe die Augen und suche nach der Quelle mütterlicher Stärke in meinem Inneren, die ich in diesem Moment brauche.

»Geh einfach«, sage ich leise, dann drehe ich mich um und trage meinen Sohn ins Bad. Ich schäle die klebrigen Klamotten von ihm und helfe ihm, sich den Mund auszuwaschen. Ich arbeite meine Pflichten ab. Es gibt nichts, was ich für einen kranken Vierjährigen tun kann. Keine Medizin, die ich ihm geben könnte. Ich kann nur da sein, seine Hand halten und ihn sauber machen. Das ist der Job, den ich am Tag seiner Geburt angenommen habe.

Warum habt ihr euch gestritten, fragt Max. *Wegen mir?*

Ich sehe es als Beweis, dass es das Beste für meinen Sohn ist, Jude wegzuschicken.

»Nein«, sage ich. »Wir haben nur geredet.«

Bitte, sag ihm nicht, dass er gehen soll, bittet Max mich. Und da ist es. Er möchte ihn genauso gern hier haben wie ich. So gern, wie Jude hier sein möchte. Und doch weiß ich, dass es besser ist, wenn ich ihn zum Gehen zwinge, weil das nicht immer so sein wird. Das verstehen sie jetzt vielleicht nicht, aber irgendwann werden sie es verstehen.

Ich döse mit Max im Arm ein. Als ich übernächtigt ins Wohnzimmer komme, sehe ich, dass das Erbrochene aufgewischt worden ist. Ich finde Jude bei der Waschmaschine, wo er gerade Max' Schlafanzug in den Trockner steckt. Er sieht mich nicht an. »Ich gehe gleich. Ich wollte nur nicht, dass du dich darum kümmern musst.«

Tränen steigen mir in die Augen.

»Es tut mir leid«, sage ich leise.

Er neigt den Kopf, packt die Ecken der Waschmaschine und seufzt schwer. »Ich weiß, wogegen wir kämpfen, Faith, und ich weiß, warum du dir Sorgen machst. Ich kann dir nicht versprechen, dass ich niemals einen Fehler mache. Aber ich kann dir versprechen, dass alles, was ich habe, und alles was ich bin, dir gehört.«

Er wartet auf meine Antwort, und ich weiß, was er erwartet. Ich sollte das Gleiche sagen, und das möchte ich auch, aber ich weiß, dass es eine Lüge wäre. Als ich schweige, sieht er auf und legt einen Finger unter mein Kinn. »Schlaf ein bisschen, Sonnenschein.«

Er muss die Wahrheit hören, auch wenn das bedeutet, dass ich ihn verliere. Ich öffne den Mund, um all die schmutzigen Geheimnisse und peinigenden Erinnerungen aus meiner Vergangenheit zu erzählen.

Da dringt Max' Heulen durch das Haus, und mein Kopf fällt nach vorn. »Runde zwei.«

»Ich mache das diesmal«, sagt Jude bestimmt. »Du gehst ins Bett. Sieht aus, als würde das eine lange Nacht für uns.«

Uns. Eine lange Nacht für *uns.* Kein Zögern. Keine Erwartung. Jude hat seinen Platz neben mir und Max gewählt.

Er schiebt mich auf mein Schlafzimmer zu und eilt dann zu Max, ohne mir noch einen Kuss zu geben. Das macht mir nichts aus. Wenn er wirklich glaubt, dass er hierhergehört, und wenn es das ist, was er will, dann hat er seine Prioritäten auf der Reihe. Und gerade jetzt müssen die bei Max liegen.

Als ich unter die Decke krieche und mich ins Bett kuschle, werden meine Augenlider schwer, während meine Gedanken sich darum drehen, welche Dinge er wissen muss. Er muss wissen, warum Max taub ist, und er muss die Sünden kennen, die mich in diese winzige Stadt gebracht haben.

Aber vor allem muss Jude erfahren, vor was ich davonlaufe.

19

Vorher

Das Weinen hörte nie auf. Jedes winzige, quäkende Geräusch, das er von sich gab, verstärkte ihre Panik. Sie weitete sich aus, drückte gegen ihre Brust, bis sie dachte, sie müsse explodieren. Während Grace bei der Arbeit war, ließ sie ihn in der Wiege liegen und ließ sie beide weinen, bis einer von ihnen einschlief. Faith träumte von Gesichtern, die sie zurückgelassen hatte. Da waren eine Menge böser Menschen, die sie in Kalifornien zurückgelassen hatte, aber es hatte auch freundliche gegeben. Immer war jemand bereit, einen Schuss zu teilen oder eine Couch anzubieten. Mehr als einmal hatte ein Mann sie in sein Haus eingeladen. Manche verliebten sich in sie, und sie verliebte sich in ihre warmen Betten und die sauberen Laken. Sie hatte mit den meisten gevögelt. Das war Teil der Vereinbarung. Mit einem von ihnen hatte sie geschlafen.

Max hatte seine Augen. Seine freundlichen blauen Augen, deren Blick sie wünschen ließ, jemand Besseres zu sein. Er hatte ihr gesagt, dass sie sich selbst vertrauen müsse, weil das in ihrer Natur läge – und dass ihre Mutter das gewusst haben musste, als sie ihr ihren Namen gegeben hatte. Sie hatte ihm glauben wollen. Sie hatte ihn vielleicht geliebt. Sie hatte ihn verlassen, als sie herausgefunden hatte, dass sie schwanger war. Er war nicht der Typ, der ihre Sucht unterstützte. Sie hatte ihm versprochen, clean zu bleiben, und dann war sie auf die Knie gegangen – und schlimmer noch: Sie hatte es selbst unterstützt. Das zu wissen, hätte ihn geschmerzt. Es hätte ihn zerstört, wenn sich herausgestellt hätte, dass das Baby nicht seins war, und sie wusste, dass er es hätte sagen können. Die Möglichkeiten, wer der Vater sein konnte, waren begrenzt. Sie war ihm treu gewesen, bis auf die Male, wenn es darum gegangen war, für etwas zu bezahlen, das er ihr nicht geben wollte.

Während Max schlief, stellte sie sich ihn in dem Zimmer vor, das sein Vater ihm gegeben hätte. Es wäre das kleine gewesen, mit Blick auf das Meer. Er liebte den Klang der Wellen. Jedes Mal, wenn sie sich das vorstellte, brannte sich das Bild durch sie hindurch wie diese ersten Drinks damals, vor Jahren. Vielleicht war sie auch von ihm abhängig, aber sie hatte wirklich gewusst, dass er eine sichere Zuflucht war. Sie wollte glauben, dass sie ihn lieben konnte, aber Liebe befand sich nicht in den Karten, die man ihr ausgeteilt hatte.

Wenn sie jemanden liebte, dann Grace. Sie sollte Max lieben, aber jedes Mal, wenn sie nach diesem Gefühl suchte, war es nicht da. Vielleicht war die Liebe auch nicht umsonst, und sie war nicht bereit, den erforderlichen Preis zu zahlen. Sie starrte an die Decke und dachte darüber nach, während Max im Schlafzimmer schrie. Faith bemühte sich nicht, sich aufzusetzen, als die Haustür ins Schloss krachte.

»Himmel, Faith! Hörst du ihn nicht?« Grace wartete nicht

auf eine Antwort. Ein paar Minuten später war das Weinen verstummt, und sie tauchte mit Max im Arm auf, den sie Faith über den Kopf hielt. »Er möchte nur im Arm gehalten werden.«

Faith vermutete, dass er *geliebt* werden wollte, aber sie sagte nichts. Deshalb beruhigte er sich bei Grace und nicht bei ihr. Ein vertrauter Schmerz zuckte durch sie hindurch und klang in ihrer Haut nach. Sie begann, Grace zu hassen. *Das* konnte sie spüren. Das spürte sie für sich selbst schon seit Jahren. Sie hasste Grace für all das, was sie nicht sein konnte, und sich selbst für alles, was sie war. Max' Anwesenheit verstärkte diese Wahrheit nur. Doch sie zuckte nur mit den Schultern. »Er schreit die ganze Zeit.«

Grace setzte sich auf die Sofakante und seufzte hörbar.

»Sieh mal«, fing sie an. »Ich weiß, dass das eine Umstellung ist. Das ist es für mich auch. Aber vielleicht solltest du einen Termin bei deinem Arzt machen …«

»Fang nicht schon wieder damit an«, schnitt Faith ihr das Wort ab. Sie wusste nur zu gut, dass eine Tablette gar nichts nützen würde. Sie hatte sie alle ausprobiert.

»Du musst nichts nehmen, wenn du Angst hast.«

Grace unterlag immer noch dem Eindruck, dass Faith clean sein wollte. Sie glaubte, dass Faith vor diesem Leben davongelaufen war, obwohl sie tatsächlich vor der Wahrheit davongelaufen war. Das war jetzt ganz klar.

»Das wird nicht funktionieren.« Soweit es sie betraf, gab es dazu nicht mehr zu sagen.

»Dann lass uns wenigstens aus dem Haus gehen«, drängte Grace sie, und in ihren Worten schwangen die ersten Anzeichen ihres Frusts mit.

»Ich glaube, wir sollen die ersten paar Monate zu Hause bleiben.« Das stimmte vielleicht nicht, aber es klang, als könne es so sein. All die anderen Regeln, die zum Schwangersein und Ein-Baby-Bekommen gehörten, ergaben ungefähr genauso viel Sinn für sie.

»O mein Gott, ich schlage das nicht länger vor, ich verlange es. Du bist keine Invalidin, du bist Mutter!« Schwankend stand sie auf und hielt Max dabei vorsichtig an sich gedrückt. Er war endlich eingeschlafen, und sie wollte gehen. Aber als sie aufstand, öffnete er verschlafen die Augen, lächelte trunken, als wäre Grace berauschend, und ließ sich wieder in seine Träume sinken.

Und genau so sollte sie aussehen. Das war das Problem daran, in der Nähe ihrer Schwester zu sein – sie war eine allgegenwärtige Reflexion von dem, was sich Faith im Geheimen wünschte. Grace war ihr Märchenspiegel, der ihr zeigte, wie man es richtig machte.

»In Ordnung«, stimmte sie zögernd zu. Sie würde es versuchen. Sie konnte den beiden nichts geben als ihre Bemühungen.

Sie gingen ins Pacific Science Center, wo Grace ihren Angestelltenausweis vorzeigte, und wechselten sich dabei ab, Max zu tragen.

»Ich glaube, er ist groß genug für einen Kinderwagen«, sagte Grace. Sie wiegte ihn sanft, während sie durch den Schmetterlingsgarten liefen. »Ich muss in den nächsten paar Wochen ein wenig Geld zurücklegen.«

»Ich such mir einen Job.« Das würde sie. Es war schon ein gutes Gefühl, es nur zu sagen. Der ganze Scheiß mit dem Zu-Hause-Sitzen musste aufhören.

Grace schnaubte und neigte den Kopf zu Max hinunter. »Du hast einen Job.«

Aber den will ich nicht. Stattdessen nickte sie, als ein großer Monarchschmetterling auf der Schulter ihrer Schwester landete und dann auf Max' Stirn flatterte.

»Das bedeutet Glück!« Grace lächelte breit. »Du wirst gesegnet sein, kleiner Mann.«

Faith' Kehle zog sich um einen Kloß zusammen, der immer darin saß. Vielleicht war Max das schon.

Sie ließen Max seine winzigen Hände in den flachen Gezeitentümpel tauchen, und sie lachten, als er wild damit wedelte und sie beide mit Salzwasser bespritzte. Ein paar Kinder, die sich an der erhöhten Ecke der Ausstellung versammelt hatten, spritzten in seine Richtung zurück, und er gurgelte fröhlich, bis ein Museumshelfer sie bat aufzuhören. Danach nahmen sie ihn mit in das Planetarium und zeigten ihm die Sterne. In dieser Nacht schlief er ohne ein Wimmern ein. Er hatte endlich etwas von der weiten Welt außerhalb des kleinen Hauses gesehen.

Wenn er nur gewusst hätte, wie weit sie war, welche beängstigenden Möglichkeiten sie bot. Faith lag wach, starrte an die Decke und wünschte sich, dass sie die Sterne sehen könnte.

Am Morgen verschwand sie, ohne einen weiteren Gedanken zu verschwenden, in die weite, beängstigende Welt.

20

Jude und ich brauchen Erwachsenenzeit.

Nicht die Zeit, in der wir uns gegen Garagentüren drücken, sondern ernsthafte Zeit, in der wir nicht unterbrochen werden, um zu reden. Also lade ich ihn ein.

Es ist dumm, dass ich immer noch aufgeregt bin, wenn er Ja sagt. Da es mein Date ist, wähle ich das Restaurant aus. Ich beschließe, in seiner Komfortzone zu bleiben. Thai Gardens befindet sich am Rand der Innenstadt. Es ist ein bisschen romantischer als mein Wohnzimmer, mit träumerischen pflaumenfarbenen Akzenten und exotischen Statuen, und doch ist es locker.

»Thai?«, fragt er, während wir an unseren Tisch geführt werden.

Ich falte meine Serviette auseinander und lege sie mir über den Schoß. »Ich dachte, ich erweitere deinen Horizont.«

»Ich schätze, ich muss dir da vertrauen.«

Vertrau mir. Das könnte nicht lange anhalten.

Sein Blick fällt auf meine Hand, und ich erstarre. Ich hatte nicht mal bemerkt, dass ich die Gabel genommen und damit nervös gegen den Tisch getippt hatte. Jude nimmt mir das beleidigende Utensil sanft aus der Hand und verschränkt seine Finger mit meinen.

Normalerweise würde mich diese Geste beruhigen, aber ich weiß, warum wir heute Abend wirklich hier sind.

Ja, wir brauchen Zeit für uns. Wir brauchen Zeit ohne Max und Amie. Wir brauchen Zeit, in der wir nicht in der Nähe der Couch sind und außerhalb der NA-Treffen, um uns wirklich kennenzulernen. Obwohl er immer offen über sein Leben geredet hat, kann ich das Gleiche nicht von mir behaupten.

Wenn es um Jude geht, verliere ich die Kontrolle. Zu wissen, dass er da ist, wenn ich falle, lässt mich schwindeln, und es ist aufregend, aber ich kann ihn nicht bitten, mir mehr von sich zu geben, bis er die Wahrheit über mich kennt.

Die Kellnerin kommt, und Jude fragt sie nach ihren Empfehlungen. Mein Magen ist ein einziger Knoten, und ich lasse ihn für mich aussuchen. Sie schüttelt ein wenig den Kopf, während sie geht, wahrscheinlich staunt sie über die vielen Gerichte, die er bestellt.

Indessen beschließe ich, dass die Wahrheit besser mit dem Hauptgericht als mit den Vorspeisen vereinbar ist.

»Übrigens wollte ich dir sagen«, fängt Jude an, während er einen Strohhalm in seinen Eistee fallen lässt, »dass du heute wunderschön aussiehst, Sonnenschein.«

Ich kann das Grinsen nicht von meinem Gesicht wischen, trotz des ernsten Anlasses, für den ich ein Kleid aus meinem Schrank gezogen habe.

»Amie hat so getan, als würde sie in Ohnmacht fallen, als sie mich gesehen hat«, sage ich. »Es ist wohl eine Überraschung, dass ich etwas anderes als Jeans besitze.«

»Ich werde zugeben, dass ich diese Jeans mag, und das, was sie mit deinem Hintern machen, aber heute Abend bist du atemberaubend.«

Ich glätte mein schwarzes Crêpe-Kleid, plötzlich befangen. Ich habe meine Haare zu Locken auf meinem Kopf zusammengefasst und sogar Eyeliner aufgelegt – den schwierigen, flüssigen – und Lippenstift.

»Du siehst auch gut aus.« Ich versuche, ein wenig von der Aufmerksamkeit von mir abzulenken.

Er fährt mit dem Finger unter den Kragen seines schwarzen Hemds und zuckt mit den Schultern. »Ich spiele nicht annähernd in der gleichen Liga wie du.«

Ich frage mich, ob er das auch noch denken wird, wenn ich ihm alles erzählt habe. Der Knoten in meinem Magen zieht sich noch fester zusammen, und ich trinke rasch etwas von meinem Wasser, um mich zu beruhigen. Natürlich stelle ich das Glas dann auf die Zinken meiner Gabel und schütte es dabei über den Tisch.

»O mein Gott! Das tut mir so leid!« Ich beeile mich, das Wasser aufzutupfen, bevor es auf seine Hose läuft. Ich kann nicht mal die einfachsten Sachen richtig machen. Jude nimmt meine Hand, und ich merke, dass ich mich leise selbst verfluche.

»Das macht doch nichts«, sagt er leise.

Die Kellnerin kommt mit trockenen Servietten herbeigeeilt und räumt die heimatlosen Eiswürfel weg. Ich stelle fest, dass ich mir wünsche, meine anderen Fehler wären genauso einfach aufzuwischen.

Ich muss mich wieder in den Griff bekommen.

Die Hauptgänge werden gebracht, und ich sehe mich mit meiner selbst auferlegten Deadline konfrontiert. Glücklicherweise lenkt der würzige, knoblauchlastige Geruch, der von den verschiedenen Tellern aufsteigt, Jude ab.

»Lass mal sehen, ob das etwas taugt.« Er pikt einen Shrimp auf seine Gabel und steckt ihn sich in den Mund.

»Bekomm keinen Orgasmus«, ziehe ich ihn auf, als sich seine Augen verdrehen.

»Was ist das für ein Gericht?«, fragt er, nachdem er geschluckt hat.

»Ich glaube, Schwiegermutter-Shrimp.«

»Dann weiß ich nicht, worüber sich alle beschweren«, sagt er. »Denn das hier ist verdammt noch mal eine Schwiegermutter, die ich mit nach Hause nehmen würde.«

Ich zwinge mich zu einem Lachen, während mein Magen einen Salto schlägt. »Na, das ist die einzige, die du mit nach Hause nehmen wirst.«

Der Witz verpufft, also schiebe ich mein Essen über den Teller, weil ich nicht in der Lage bin, auch nur einen Bissen zu nehmen.

»Faith«, sagt er nach ein paar Minuten. »Du bist nicht die Einzige, die ohne eine Familie groß geworden ist.«

Ich weiß, dass es schwer für ihn ist, das zu sagen, weil ich im Gegensatz zu ihm einen Sohn habe, und eine Großmutter, die ich immer noch sehen kann, auch wenn es ihr nicht gut geht. Und doch schätze ich, dass er versteht, wie ich mich fühle, obwohl er nur eine kleine Ahnung hat von dem Ausmaß meines Verlusts.

Ich gebe meinen Versuch auf, etwas essen zu wollen, falte

die Hände auf dem Tisch und bereite mich vor. »Es gibt da ein paar Dinge, die ich dir sagen sollte.«

Er hebt eine Hand, um mich zu unterbrechen. »Lass uns nicht über unsere traurigen Geschichten reden. Wir können unsere Vergangenheit nicht umschreiben, Sonnenschein. Wir können nur entscheiden, was als Nächstes kommt.«

»Wir schreiben unsere eigenen Geschichten?« Ich hebe eine Augenbraue.

»Genau«, sagt er mit einem Grinsen.

Der Knoten in meinem Magen beginnt, sich zu lösen. Vielleicht hat er recht. Vielleicht muss ich Jude meine Sünden nicht aufbürden. Ich kann nicht wirklich auf eine zweite Chance hoffen, aber er bringt mich dazu, träumen zu wollen.

»Warte. War das nicht der Spruch aus dem Glückskeks von unserem ersten Date?«, frage ich, als es mir dämmert.

Er greift in die Gesäßtasche und zieht seine Brieftasche hervor, um ein zerknittertes Stück Papier hervorzuziehen. Als er es mir gibt, treten mir Tränen in die Augen.

»Du hast es aufgehoben.«

»Ich behalte die guten«, sagt er leise.

Ich hebe den Blick und begegne seinem. »Reden wir hier über Glückskeksprophezeiungen oder …«

»Das ist eine Generalpolice«, versichert er mir.

Ich gebe ihm den Zettel zurück, zusammen mit meinem Herzen. Ich möchte, dass er sie beide sicher verwahrt. »Hast du ein Bündel von denen da drin?«

»Das würdest du wohl gern wissen«, sagt er und zwinkert mir zu.

Wir gehen zu unbeschwerten Neckereien über. Jude füttert mich mit den verschiedenen Currys und Nudeln, die er bestellt hat, und wir beschließen, dass er Thai genauso gern mag wie Chinesisch. Genau so sollte es sein: leicht. Vielleicht haben wir genug gelitten, um uns jetzt das Glück verdient zu haben.

»Wir sollten wieder herkommen. Vielleicht können wir sonntags zwischen hier und dem Lucky Dragon abwechseln«, schlage ich vor.

»Es wäre nett, mal was anderes zu machen«, sagt er, während er mir die Tür des Restaurants aufhält. »Glaubst du, dem kleinen Mann könnte das gefallen?«

Ich spitze die Lippen, während ich darüber nachdenke. »Es könnte etwas scharf sein für ihn, aber wir können es probieren.«

Über Max zu reden und Pläne mit ihm für unsere Zukunft zu machen, fällt uns beiden so leicht. Jude hat vielleicht recht. Vielleicht kann ich mich einfach nur darauf konzentrieren, dass ich für uns alle drei ein Happy End finde, mehr nicht.

»Möchtest du spazieren gehen?«, schlage ich vor.

Er mustert mich und räuspert sich dann ein wenig, während sein Blick über meine Kurven streicht. »Frierst du nicht in dem Kleid?«

»Ich mag den Wind, erinnerst du dich? Vor allem den, der vom Meer kommt.« Rauheit schleicht sich in meine Stimme, und sein Blick geht in die Ferne, als er sich anscheinend an unseren ersten Morgen danach erinnert.

Unglücklicherweise können wir diesen Augenblick nicht auf dem öffentlichen Strand nachstellen, der die Innenstadt von Port Townsend säumt. Also schlüpfe ich aus meinen flachen Schuhen, und wir laufen Hand in Hand die steinige Küstenlinie entlang.

Die Tage werden langsam länger, und am Horizont ist immer noch ein rosiger Splitter Sonnenschein zu erkennen. Alle paar Schritte sticht mir ein Stein in die Fußsohle, aber das ist mir egal. Ich atme die salzige Luft ein, Jude und die magische Möglichkeit der Dämmerung. Doch als der Streifen Tageslicht schmaler wird, wird die Luft, die vom Wasser herpeitscht, kühler.

»Du zitterst«, bemerkt Jude. Er bleibt stehen, legt die Arme um mich und reibt meine bloße Haut mit seinen Handflächen, um mich aufzuwärmen. »Wir sollten Schluss machen für heute.«

Ich hebe den Kopf, sodass ich ihn ansehen kann. »Was ist, wenn ich das nicht möchte?«

Jude fährt sich mit der Zunge über die Unterlippe, und ich weiß, dass er die Andeutung verstanden hat.

»Dein Haus oder meins?«, frage ich.

»Manchmal wünsche ich mir, das wäre keine Frage.« Er zieht mich an sich und lässt diese Feststellung zwischen uns hängen. Ich spüre, dass das nicht die Frage ist, die ihn gerade beschäftigt. Mein Atem geht schneller. Ich bin nicht bereit dafür, dass er mich um etwas anderes bittet. Ich brauche mehr Zeit.

Er zieht sich zurück, streicht mit seinem Daumen über meine Unterlippe, und seine Augen brennen so intensiv wie der blaue Kern einer Flamme. »Mein Haus ist leer«, sagt er endlich.

Das ist eine Antwort, die ich lieber will als die Frage, vor der ich mich fürchte. Ich entspanne mich an seinem kräftigen Körper.

»Amie besteht darauf, dass du nicht vor dem Morgen nach Hause kommst«, fährt er fort.

»Tut sie das, hm?«, frage ich. »Steckst du mit meiner besten Freundin unter einer Decke?«

»Verdiene oder verliere ich Punkte, wenn ich jetzt Ja sage?« Ein Lächeln liegt in seiner Stimme.

Ich schlucke und treffe eine Entscheidung. Wenn ich meine eigene Geschichte schreibe, wie soll dann dieses Kapitel heute Nacht enden?

»Dein Haus«, flüstere ich.

»Würde es ungeduldig aussehen, wenn ich dich jetzt über meine Schulter werfe und zum Auto renne?« Er ist mir jetzt so nah, dass ich die Hitze seines Atems spüre.

»Kein bisschen«, versichere ich ihm. Ein Teil von mir hofft, dass er genau das tut.

Wir lachen wie Verrückte, als wir wieder an der Straße ankommen, aber er hat gerade den Jeep gestartet, da klingelt mein Telefon.

»Sorry!«

Er winkt meine Entschuldigung ab.

Ich krame das Handy hervor und antworte rasch, als ich die Nummer auf dem Display sehe. »Was ist los?«

»Oh, Liebes, es geht um deine Großmutter.« Maggies freundliche Stimme ist schwer vor Sorge. »Ich mag es gar nicht, dich anrufen zu müssen, aber sie hat einen Anfall, und nichts kann sie beruhigen. Ein paar von den Sachen, die sie sagt... sind total verrückt. Ich glaube, es würde ihr guttun, dich zu sehen.«

Ich schließe die Augen und lehne mich im Sitz zurück. Jetzt ist kein guter Zeitpunkt, aber Maggie hat mich noch nie einfach so angerufen. »Ich kann es versuchen.«

»Gut, sie hat schon den ganzen Abend lang Sachen durch

ihr Zimmer geworfen und redet von dir und deiner Schwester.«

Ich umklammere das Handy, als könne es außer Kontrolle geraten. Nana redet niemals über uns beide.

»Ich bin da, so schnell ich kann.« Ich lege auf und lächle Jude entschuldigend an.

»Ist sie in Ordnung?«, fragt er. Zweifellos hat er das meiste unserer Unterhaltung mit angehört.

»Ich weiß es wirklich nicht. Maggie hat mich noch nie gebeten raufzufahren, und ...«

»Du fährst zu deiner Großmutter«, unterbricht Jude mich. »Ich komme damit klar, wenn wir das hier verschieben.«

»Bist du sicher?« Ich beiße mir auf die Lippe und frage mich, ob Amie ihr Angebot auf morgen Nacht ausweiten wird.

Jude setzt den Blinker und wendet, sodass wir zu mir fahren. »Natürlich bin ich sicher. Wir haben vielleicht nicht viel Familie, Sonnenschein, aber wir stehen zu der, die wir haben.«

Er biegt in die Auffahrt ein und macht den Motor aus. »Möchtest du, dass ich mit dir komme?«

Ich schüttle den Kopf. Wenn Nana über uns beide redet, dann möchte ich das allein machen. Nach den Sachen, die sie gesagt hat, als ich ihn das erste Mal mitgenommen habe, habe ich mehr als nur ein paar Bedenken, was sie über meine Vergangenheit enthüllen wird.

Er nickt verständnisvoll. »Ich sehe nach dem kleinen Mann. Rufst du mich an, wenn du nach Hause kommst?«

»Ja«, verspreche ich ihm und ziehe die Möglichkeit in Betracht, dass ich zurück sein könnte, bevor es zu spät ist, um noch zu ihm zu fahren.

Jude packt mich an der Hüfte und zieht mich zu sich. »Morgen Nacht?«

»Unbedingt«, hauche ich.

Er küsst mich besinnungslos und lässt mich mit einer Erinnerung zurück, dass er am Morgen da sein wird – egal, was diese Nacht bringt.

Die wenigen irdischen Besitztümer, an denen Nana in den letzten Jahren festgehalten hat, sind über den Boden verstreut. Ein Fotoalbum. Ein Klumpen Ton, den eine von uns für ihren Geburtstag bemalt hat. Kleidung liegt über ihr Bett verstreut. In der Ecke liegt ein Bild von meinem Großvater in Scherben. Maggie hat nicht übertrieben, als sie mich angerufen hat.

»Es tut mir leid, Liebes«, sagt Maggie, während wir im Türrahmen stehen und die Zerstörung begutachten. »Die Ärzte haben überlegt, ihr etwas zur Beruhigung zu geben, aber ich dachte, wir sollten erst einmal versuchen, dich herzubringen.«

Wenigstens wirft sie nicht länger mit Sachen um sich. Stattdessen sitzt sie in ihrem Schaukelstuhl, sieht aus dem Fenster und weint leise vor sich hin.

Ich gehe zu ihr und passe dabei auf, nicht auf ihre Habe zu treten. Dann knie ich mich vor sie und nehme ihre Hand. »Nana«, sage ich leise.

»Oh, sie ist tot. Sie ist tot«, murmelt sie unter Tränen.

Ich schlucke fest und zwinge mich dazu, sie zu fragen: »Wer ist tot?«

»Sie ist tot, sie ist tot«, wiederholt sie. »Ich konnte ihr nicht helfen.«

Sie wendet mir ihr tränenüberströmtes Gesicht zu. Dann streckt sie ihre zerbrechliche Hand aus und streicht mir über die Wange. »Es tut mir leid wegen deiner Schwester.«

Ich hole tief Luft und lege meine Hand auf ihre. Ich drücke sie gegen meine Wange und schließe die Augen. »Ich bin hier, und sie ist in Los Angeles.«

Das ist eine Lüge. Ich habe keine Ahnung, wo meine Schwester ist. Als ich sie das letzte Mal gesehen habe, hat sie Kalifornien erwähnt, also ist die Vermutung so gut wie jede andere. Es gibt jede Menge Drogen für hübsche Mädchen im Golden State.

»Nein, sie ist tot.«

Die feste Entschiedenheit ihrer Worte paralysiert mich. Ich lasse mich auf die Fersen zurücksinken, sehe ihr ins Gesicht und finde dort die Bestätigung. Das hier ist nicht sie, gefangen in der Vergangenheit. Sie ist hier mit mir. »Nana, was redest du da?«

Sie dreht sich um und zeigt zur Anrichte. Ich muss all meine Kraft aufbringen, um aufzustehen und zu der offenen Schublade zu gehen. Der größte Teil ihres Inhalts hängt heraus oder ist auf den Boden geworfen worden, aber da ist ein gefaltetes Blatt Papier, das bedrohlich darin wartet. Ich falte es ungeschickt auf und lese. Meine Welt dreht sich um mich herum, und ich fange mich an der Kommode ab.

Ich muss nicht weiter lesen als die erste Zeile.

Ich stürze zurück zu meiner Großmutter und strecke ihr den Zettel entgegen, meine Hand zittert. »Wann hast du das bekommen? Wie lange hast du das schon?«

»Es tut mir leid. Was ist das?« Ruhige Abwesenheit hat sich auf ihre Miene gelegt.

Heute Abend werde ich keine Antworten von ihr bekommen, aber das Papier in meiner Hand ist Antwort genug. Ich falte es drei Mal und dann noch einmal. Dann stecke ich es in eine Tasche in meiner Handtasche, wo es niemand finden wird.

Wenn Maggie heute Abend nicht angerufen hätte…

Aber darüber darf ich nicht nachdenken. Ich mache mich daran, ihr Zimmer in Ordnung zu bringen. Als ich fertig bin, fragt sie mich, wer ich bin. Ich bin nur ein weiteres namenloses Gesicht für sie.

Maggie hält mich an der Vordertür auf und umarmt mich fest, aber ich kann es nicht fühlen. Ich bin zu taub.

»Danke, dass du gekommen bist. Es tut mir leid, dass ich dein Wochenende verdorben habe«, entschuldigt sie sich.

»Das ist keine große Sache.« Ich zwinge mich zu einem Lächeln, aber ich kann ihr nicht in die Augen sehen.

»Es ist schwer, wenn sie so wird«, sagt sie und missversteht, warum ich aufgebracht bin. »Ihr Arzt wird sie sich am Morgen ansehen.«

»Ich versuche, morgen vorbeizukommen. Sonntag spätestens«, verspreche ich. Diesmal halte ich mein Versprechen. Ich werde jeden Tag herkommen, bis ich sie an einem guten Tag erwische. Sie mag vielleicht keine Antworten haben, aber das Stück Papier, das schwer in meiner Tasche wiegt, sagt etwas anderes.

Ich bin fast schon aus der Tür, als Maggie mir hinterherruft: »Übrigens war es schön, deinen Mann kennenzulernen!«

Der Schwindel, der normalerweise die Erwähnung von Jude begleitet, bleibt aus. Der Abend hat mir dieses Gefühl gestohlen.

»Danke«, sage ich einfach und will gehen.

»Ich habe mich gefragt, ob er dich finden würde.«

Ich schließe die Tür und wende mich zu ihr um.

»Was meinst du?«, frage ich und fürchte mich bereits vor der Antwort.

»Na, er ist hergekommen und hat nach dir gesucht. Alte Freunde, hat er gesagt. Habt euch in Kalifornien getroffen, oder nicht?« Sie betrachtet meine Miene und kann ihre Neugier auf meine Reaktion nicht verbergen.

Ich schlucke und nicke, und ich begreife, warum Jude beim Abendessen nicht noch einmal über seine Geschichte reden wollte. Er hatte auch einiges ausgelassen.

»Er hat nicht erwähnt, dass er hier war«, sage ich endlich.

»Ja, und er hat deine Großmutter auch besucht. Sie hatte einen guten Tag«, fährt Maggie fort, vollkommen ahnungslos. »Ich kann gar nicht glauben, dass ich vergessen habe, das zu erwähnen. Ein Mann wie er kommt her und sucht Faith Kane, und ich vergesse, es dir zu erzählen.«

»Er hat sie gefunden«, sage ich ruhig.

»Ja, das hat er, nicht wahr? Die Wege des Schicksals sind unergründlich.«

»Du hast ihm nicht erzählt, dass ich in Port Townsend þin?« Die Frage bricht in meiner Kehle.

»Das würde ich nie tun, auch wenn er furchtbar gut aussieht. Datenschutzrichtlinien, schon vergessen? Ich konnte nur hoffen, dass er dich von selbst findet.«

»Natürlich«, sage ich, und mein Mund wird trocken. »Ich schätze, ich hatte Glück, dass er mich gefunden hat.«

21

Ich fahre mit einer Geschwindigkeit nach Hause, die mehr als unbesonnen ist. Die Bäume verschwimmen als tintige Klekse vor meinem Autofenster, genau wie mein Leben. Ich habe eine Million Fragen, auf die ich Antworten brauche, aber sie zu stellen heißt, dass ich einen Teil von mir öffnen muss, den ich weggesperrt habe.

Jude ist nicht zufällig in mein Leben getreten, er ist darin eingebrochen. Den Grund dafür herauszufinden, könnte mich und die Hoffnung für uns vollständig zerstören.

Als das Ortsschild von Port Townsend in Sicht kommt, weiß ich, dass mich eine Wahl erwartet. Ich kann den Weg zu meinem Haus oder zu seinem nehmen. Ich wähle den Weg, den ich schon oft gefahren bin, aber sobald ich in meine Straße einbiege, sehe ich seinen Jeep: ein gelber Klecks in der dunklen Nacht. Meine Entscheidung wurde für mich getroffen. Er hat sie mir abgenommen.

Als ich an der Haustür ankomme, halte ich auf der Schwelle inne. Ich kann nicht mal mein eigenes Heim betreten, denn auch das hat er infiziert. Genau, wie er mich verdorben hat.

Er ist in meinem Haus. Er ist in meinem Leben. Ich will, dass er aus beidem verschwindet.

»Warum bist du hier?« Wut lässt meine Stimme zittern, als ich vom Eingang aus rufe.

Jude wirft ein paar Spielzeuge, die sich verirrt haben, in einen Korb, bevor er zu mir herüberkommt. Ich gehe auf die Veranda, damit wir Amie nicht wecken.

»Ich wollte nach dir sehen. Amie hat gesagt, dass du noch nicht zu Hause bist, also bin ich noch etwas geblieben und habe den kleinen Mann ins Bett gebracht.«

»Du solltest gehen.« Ich blicke an ihm vorbei, versuche, eine Zukunft ohne ihn zu sehen.

»Was ist los, Sonnenschein?«, fragt er. Als ich nicht antworte, streckt er die Hand aus und hebt mein Kinn an, bis wir uns in die Augen sehen.

»*Das weißt du.*« Drei einfache Worte, die alles sagen. Die Einfachheit verringert das Gewicht der Anschuldigung nicht. Wenn überhaupt, spüre ich es jetzt noch heftiger. Verrat. Angst. Und unter der lähmenden Taubheit dieser Gefühle wartet der Kummer auf mich.

Jude drängt mich nicht weiterzusprechen. Er löchert mich nicht mit Fragen. Weil er schon immer wusste, dass dieser Augenblick kommen würde.

»Ich wusste nicht, was ich erwarte«, gebe ich zu und mache einen Schritt von ihm weg. »Die ganze Fahrt nach Hause über habe ich mir vorgestellt, was du sagen würdest – wie du das hier erklären würdest.«

»Dieselbe Frage habe ich mir auch schon seit Monaten gestellt.« Er redet sich nicht heraus oder beleidigt mich, indem er Unwissen vortäuscht. Aber er versucht nicht, mich wieder anzufassen. Er zieht die Schultern hoch, ein Muskel zuckt an seinem Kiefer. Er geht in die Defensive. Das kann ich ihm nicht vorwerfen. Ich bin genauso auf der Hut wie er.

»Wann wolltest du es mir erzählen?«, frage ich mit Nachdruck.

»*Wann wolltest du es mir erzählen?*«, wiederholt er, aber ich beachte ihn nicht.

»Du hast das alles die ganze Zeit über gewusst.« Ich suche in seiner Miene nach einem Anhaltspunkt, dass ich falschliege, aber ich erkenne die Wahrheit in seinen Augen. »Warum hast du mir nicht erzählt, dass sie tot ist?«

Er kneift die Augen zusammen und holt tief Luft. Jude öffnet den Mund und schließt ihn wieder.

»Du wusstest es nicht?« Die Erkenntnis fließt leise über meine Lippen.

»Nein«, murmelt er. »Das wusste ich nicht. Es tut mir leid, das zu hören.«

»Aber das entschuldigt nicht, was du getan hast. Du bist hergekommen, um sie zu suchen. Warum?« Ich gebe ihm genauso wenig Zeit, um ihren Tod zu verarbeiten, wie ich sie hatte. Ich möchte, dass er es spürt. Ich möchte nicht allein sein mit diesem grässlichen, schmerzhaften Wissen.

»Ich bin hergekommen, um sie zu suchen«, gesteht er langsam. Er hält inne, um seine Gedanken zu verarbeiten, und ich möchte ihn anschreien, dass er weiterreden soll.

Ich brauche Antworten, und ich brauche sie jetzt.

»Stattdessen habe ich dich gefunden«, sagt er schließlich.

»Und du wusstest es.« Meine Stimme zerbricht an der Frage,

und Tränen dringen durch die dünne Schicht Selbstkontrolle, an die ich mich klammere, seit ich hier angekommen bin. »Die ganze Zeit. Du bist in mein Haus gekommen. Du bist mit mir ins Bett gegangen. Du hast mich bei ihrem Namen genannt.«

Jetzt, da ich mich dem stelle, windet sich mein Magen, wühlt die Informationen heftig auf, bis ich mich ganz krank fühle.

»Du hast dich selbst bei ihrem Namen genannt.« Da ist keine Ermahnung, als er das sagt. Keine Verurteilung. Nur Traurigkeit. Er hat mir meine Lügen nicht abgekauft. Er hat sie durchschaut.

Ich krame das gefaltete Papier aus meiner Handtasche und werfe dann die Tasche in den Flur. Ich pfeffere es ihm vor die Brust und fange an zu schluchzen. »Hier sind die Antworten, die du gesucht hast.«

Sein Blick hält meinen fest, während er das Papier auseinanderfaltet. Im trüben Licht der Veranda muss er die Augen zusammenkneifen, um es lesen zu können. Er überfliegt es, und ich weiß, was er liest.

Meinen Namen.

Nein, *ihren* Namen.

Zeitpunkt und Art des Todes.

Datum.

»Ein Jahr«, sagt er, als die Information bei ihm ankommt.

»Faith Kane ist seit einem Jahr tot, und der Beweis dafür lag verstaut in der Sockenschublade meiner Großmutter.«

»Das wusste ich nicht.« Jude faltet den Zettel wieder zusammen und gibt ihn mir. Seine Zunge flattert über seine Lippen.

Ich hasse ihn, weil diese Lippen meine niemals wieder berühren werden. Ich hasse ihn, weil er mir niemals gehört hat.

Ich hasse ihn, weil ich gedacht hatte, dass ich endlich etwas Wahres gefunden hätte. Aber er ist nur eine Illusion. Ich hatte mir immer gedacht, dass er zu gut war, um wahr zu sein. Ich kann mir nicht vorstellen, was er eigentlich über mich denkt.

»Ich wusste nicht, was ich denken sollte, als ich dich kennengelernt habe.« Sein Mund stiehlt mir meine Gedanken.

Ich erinnere mich daran, wie sein Blick aufgeleuchtet hat bei diesem ersten Treffen. Der liebenswürdige Jude. Der Retter Jude. Und doch hatte er sich nur langsam für mich erwärmt. Dann war er neugierig. Ich hatte jeden Augenblick, den wir miteinander hatten, falsch interpretiert. Er wollte mich nie. Er hat mich untersucht und Gott weiß was noch. »Ich dachte, du seist besorgt. Ich dachte, du hättest dir klargemacht, dass es eine dumme Idee ist, etwas mit jemandem anzufangen, den du bei einem Treffen der NA getroffen hast. Wir haben eine ganze Beziehung auf einer Lüge aufgebaut.«

»Nein.« Seine Stimme ist fest, als er mich unterbricht. Jude packt mich an der Schulter, und ich sehe, dass er mich schütteln will. Stattdessen umfasst er meinen Oberarm, so als beschütze er mich vor mir selbst. »Unsere Beziehung hat mit einer Lüge begonnen, aber sie ist keine Lüge. Ich liebe dich. Alles andere ist unwichtig.«

»Wie kannst du das sagen?«, schreie ich. Ich habe mich selbst bei der Frage zerrissen, ob er jemals diese Worte sagen wird. Jetzt ist es zu spät. Ohne nachzudenken, schubse ich ihn. »Warum bist du hier? *Warum bist du hier?*«

Ich schubse ihn weiter. Er nimmt es hin, stolpert einen Schritt nach dem anderen zurück. Er versucht nicht, mich aufzuhalten. Als sein Rücken auf die Haustür trifft, packt er meine Handgelenke und drückt sie gegen seine Brust.

»Sie hat mir eine Postkarte geschickt. Darauf stand nichts außer Port Townsend.«

»Woher wusstest du, dass sie von ihr war?«, frage ich leise.

»Sie hat unterschrieben. Ich wusste nicht, was das bedeuten sollte.«

»Aber du bist hergekommen. Du hast hier ein Haus gekauft.« Es hat etwas bedeutet. Das kann er nicht verleugnen.

»Das habe ich nicht ihretwegen gemacht«, stellt er klar. »Ich habe angenommen, dass sie in Schwierigkeiten steckt, also ja, ich habe sie gesucht. Stattdessen habe ich dich gefunden.«

Aber ich kann nicht darüber hinwegsehen, was uns zusammengebracht hat. »Sie muss dir sehr viel bedeutet haben.«

»Das dachte ich«, gibt er zu. »Aber jetzt glaube ich, dass sie mich nur zu dir geführt hat.«

Ich setze mich gegen seinen Griff zur Wehr, weil ich nicht klar denken kann, wenn Jude mich berührt, und ich muss gerade die Ruhe bewahren. Schließlich gebe ich auf, weil er mich nicht loslässt, und sehe ihn böse an. »Du bist für sie hergekommen. Du hast dich *mit mir zufriedengegeben.* Ich war den größten Teil meines Lebens der Schatten meiner Schwester. Ich werde nicht mehr ihr Ersatz sein.«

»Ich habe versucht, mich von dir fernzuhalten. Ich habe nicht verstanden, warum Faith mich hierhergeschickt hat, aber ich konnte nicht nicht herkommen. Das war ich ihr schuldig.« Jude löst seinen Griff von meinem Arm, und ich reibe mir die Handgelenkte. Er streckt die Hand aus, um mir zu helfen, aber ich mache einen Schritt zurück.

»Warum?« Ich frage nicht ihn, sondern mich. Warum schulde ich Faith so viel? Welchen mysteriösen Einfluss hatte sie auf mich – auf ihn, auf uns alle –, all die Jahre? Warum können wir uns nicht befreien?

»Ich habe Faith auf einer Party getroffen.«

Als er beginnt, ihre Geschichte zu erzählen, erstarre ich.

»Ich habe sie nicht wirklich getroffen, sondern habe sie in meinem Gästezimmer in einer Pfütze ihres Erbrochenen gefunden«, sagt er.

»Die meisten Männer würden die Polizei rufen«, sage ich kalt.

»Ich bin nicht die meisten Männer.«

Das weiß ich, und genau das macht das alles hier so verdammt schwer für mich. Ich habe beobachtet, wie Jude jeden rettet, und habe dummerweise geglaubt, er könne auch mich retten.

»Wie meistens in LA«, fährt er fort, »war ein Arzt auf der Party, und er hat sie untersucht. Nachdem er mir versichert hat, dass sie nicht in Gefahr war, hat meine Haushälterin sie sauber gemacht und ins Bett gebracht. Sie hat tagelang geschlafen, und als sie aufgewacht ist, sah sie aus wie ein verletztes Tier. Sie war so zerbrechlich wie ein widerspenstiges Vogelküken. Ich konnte nicht zulassen, dass die Welt da draußen sie noch weiter zerstört.«

»Und du hast sie einfach bei dir bleiben lassen?«, frage ich ungläubig.

»Du nicht?«, kontert er. »Sie hat mir von ihrer Familie erzählt. Wie sie ihr immer wieder die Tür geöffnet haben. Sie hat mir erzählt, dass sie sie nie aufgegeben haben. In ihr war so viel Traurigkeit, und ich wollte sie einfach in Ordnung bringen.«

»Das kannst du nicht«, flüstere ich. Niemand hat Faith je in Ordnung gebracht, und jetzt wird es niemals jemand mehr tun können.

»Das weiß ich jetzt. Es hat lange gedauert, bis ich das gelernt habe. Sie ist ein paar Wochen bei mir geblieben. Allmählich wurde sie stärker, und wir haben uns kennengelernt.«

Ich möchte ihn fragen, ob er schon immer Streuner aufgenommen hat, aber ich kenne die Antwort. Jude: Schutzpatron der aussichtslosen Sache. Ein Mann, der eine Fremde aus einer Bar bringt. Ein Mann, der rüberkommt und einer alleinerziehenden Mutter das Fenster repariert. Ein Mann, der ein Kind behandelt, als wäre es die wichtigste Person auf der ganzen Welt. Jude sammelt Menschen und versucht, sie wieder zusammenzusetzen. Er glaubt nicht einfach an aussichtslose Sachen, er ist selbst eine.

»Hast du sie geliebt?«, frage ich, obwohl ich die Antwort nicht wissen will.

»Ich habe sie wirklich sehr gemocht. Sie hatte etwas, das mich angezogen hat. Sie hat mir etwas von sich gezeigt und es dann wieder versteckt. Ich habe so getan, als könnten wir eine Weile miteinander glücklich sein. Vielleicht war das alles ein Spiel. Sie hat mir erzählt, dass sie mit einem Freund zu der Party gekommen ist, und ich habe sie nie dazu gedrängt, mehr zu erzählen. Ich habe ihr einfach den Raum gegeben zu heilen. Als ich sie das erste Mal bekifft bis zum Anschlag gefunden habe, habe ich Ausreden gesucht. Ich hätte es kommen sehen sollen.«

Seine Stimme ist hohl bei den Erinnerungen, gefangen in einer nicht allzu fern liegenden Vergangenheit. »Ich dachte, wenn ich da gewesen wäre, hätte ich es stoppen können. Ich hatte nicht wirklich gewusst, mit was ich es zu tun hatte.«

»Du hast sie bei den NA gesucht. Du warst niemals süchtig.« Die Erkenntnis dämmert mir mit grauenerregender Klarheit.

Er wendet sich mir zu. »Sind wir nicht alle süchtig? Ich bin es. Ich bin süchtig danach, Menschen in Ordnung zu bringen. Ich möchte sie retten. Ich bin sicher, Psychiater würden wegen mir einen Wandertag machen. Stell dir das mal vor: Ein erwachsener Mann mit Vaterkomplexen. Aber ich muss niemanden bezahlen, der mir sagt, dass ich verkorkst bin, Sonnenschein. Daddy hat mich geschlagen. Er hat Mommy geschlagen. Ich war zu jung, um sie zu beschützen, und als ich es endlich konnte, war es zu spät. Ich habe ein Mal nach ihm ausgeholt, und sie hat sich auf seine Seite gestellt, als er mich aus dem Haus gejagt hat. Er hat sie zerstört, und ich habe ihn das all die Jahre lang tun lassen.«

»Es ist nicht deine Aufgabe, Menschen in Ordnung zu bringen«, sage ich. »Es lag nicht in deiner Verantwortung, deine Mutter zu retten. Es war nicht deine Aufgabe, Faith zu retten.«

»Ist es das nicht?«, fragt er. »Warum gehst du zu diesen Treffen? Du hast mehr Selbstbeherrschung als jeder Mensch, den ich je getroffen habe. Was ist deine Droge?«

Ich antworte nicht. Wir wissen beide, warum ich dorthin gehe.

»Du bist nicht sie.« Jude richtet seinen Blick auf mich.

»Das tut mir leid«, fauche ich. Er muss mir nicht erzählen, dass ich eine Lüge gelebt habe oder dass nichts hiervon mir gehört. Ich habe ein Leben für sie geschaffen statt für mich. Faith hat die zweite Chance bekommen, die ich mir nicht geben konnte.

»Als ich dich zum ersten Mal getroffen habe, habe ich angenommen, dass sie diejenige war, die gelogen hat. Darin war sie so gut. Ich wusste es wirklich nicht mit Sicherheit; bis heute.«

»Kennst du überhaupt meinen Namen?«, flüstere ich. Ich

habe mit diesem Mann das Bett geteilt. Ich habe mich in ihn verliebt, und jetzt bin ich nur noch ein Geist.

»Grace. Natürlich kenne ich deinen Namen.«

Ihn zu hören, jagt einen Stich durch mein Herz.

»Warum hast du den Leuten erzählt, dass sie tot sei?«, fragt er mich, aber diesmal gebe ich ihm keine Antwort.

Er hat mich durchschaut, und damit hat er mich enträtselt. Ich stehe nackt vor ihm, vollkommen entblößt durch eine Wahrheit, die ich vor langer Zeit begraben habe. Grace war für mich schon so viel länger tot als Faith.

»Ich möchte, dass du gehst.«

Wir stehen still da, unsere Blicke ineinander verhakt, aber keiner von uns sieht den anderen. Jude stellt keine weiteren Fragen mehr, drängt mich nicht, die Wahrheit zu sagen. Stattdessen geht er einfach in die Nacht und lässt es hinter sich, so wie mich.

Am Boden einer Flasche gibt es keine Antworten, aber das hält mich nicht davon ab, sie dort zu suchen. Amie glaubt, ich weiß nichts von ihrem geheimen Vorrat. Ich habe es nie angesprochen, weil es für mich vorher nie ein Thema war. Es war kein Problem, dass ich wusste, dass sie im Haus waren, weil ich ein genauso großer Lügner bin wie Jude. Dieser Vorrat hat mich nie in Versuchung gebracht. Diese Tatsache ist nicht beruhigend. Morgen werde ich meine Vergangenheit und meine Zukunft betrauern. Heute Nacht will ich vergessen.

Ich leere die Flasche Whiskey und nehme dann, was auch immer ich finde. Ich sitze am Küchentisch und trinke, bis meine Augen triefen. Die Andeutung meines Gesichts spiegelt sich im Hals der Flasche wider. Die Reflexion ist verdreht und doch vertraut, wie das Lächeln auf dem Gesicht eines Fremden.

Ich möchte nicht, dass *ihr* Gesicht mich anstarrt. Ihr Name, ihr Leben, ihre Fehler. Ich habe sie alle getragen, und jetzt muss ich ihr Gesicht weiterhin ertragen.

Die Flasche schießt durch das Zimmer und zerspringt an der Wand, bevor ich begreife, dass ich sie geworfen habe. Kurz darauf geht das Licht im Flur an, und Amie taucht auf, einen Baseballschläger in der Hand. Sie schläft noch halb, ihre feurigen Haare sind auf dem Kopf aufgetürmt wie ein Freudenfeuer. Als sie mich sieht, lässt sie den Schläger fallen.

»Faith?«, ruft sie, während sie in die Küche kommt.

»Nö …« Ich fange an zu lachen. Davon wird mir schwindelig. »Keine Faith hier.«

»Was zur Hölle?« Ihre Stimme bricht ab, als sie die zerbrochenen Reste der Whiskeyflasche sieht. Sie starrt sie an, als würden sie sich in etwas anderes verwandeln, dann sieht sie mich an. Sie kommt zu mir herüber, nimmt die Tasse und riecht daran. »Jesus, was ist hier los?«

»Ich hab einen Drink gebraucht«, sage ich und lehne mich auf dem Stuhl zurück. »Es war ein furchtbarer Tag.«

Sie stellt die Tasse in die Spülmaschine und fällt über mich her. »Geht es hier um Jude?«

»Ja.« Ich nicke, dann schüttle ich den Kopf. »Und nein. Ich meine, Jude ist schrecklich, aber ich bin auch schrecklich. Wir sind wirklich füreinander gemacht.«

»Das ergibt keinen Sinn, Liebes.« Sie redet in dem Singsang, mit dem man normalerweise mit Kindern spricht.

Ich wedele wild mit meiner Hand in der Luft herum. »Nichts davon ergibt Sinn. Ich meine, sieh dir nur an, wie viele furchtbare Menschen Geld haben. Oder wie viele wundervolle Menschen Krebs bekommen. Das Leben ist eine Kackshow, meine Freundin. Die Glücklichen melden sich früh ab.«

Faith hat sich früh abgemeldet. Sie ist nicht diejenige, die hier ihre beste Freundin enttäuscht. Sie gibt nicht vor, dass ihr Herz nicht gebrochen ist. Sie muss sich nicht der Tatsache stellen, dass die Sonne morgen aufgeht, auch wenn sie das nicht sollte.

»Komm hoch«, drängt Amie und versucht, meinen Arm zu packen und mich auf die Füße zu ziehen. »Lass uns dich ins Bett schaffen. Du musst das hier ausschlafen. Wir können morgen reden.«

»Halt mir nur einen Vortrag. Warte, ich erledige das für dich. Ich war schon immer gut darin.« Ich hebe einen Finger und schüttle ihn, als ich anfange. »Du hast so viel, für das es sich zu leben lohnt, und du hast so schwer gearbeitet. Jeder macht mal einen Fehler. Unsere Fehler machen uns menschlich. Was jetzt zählt, ist, was du wählst. Du kannst wählen, nüchtern zu sein.«

Amie hebt eine Augenbraue und presst die Lippen zu einer schmalen Linie zusammen.

»Hast du das gehört?« Ich zeige mit dem Finger auf mich selbst. »Ich kann wählen, nüchtern zu sein, aber heute Nacht habe ich mich dazu entschieden, betrunken zu sein.«

»Ich möchte, dass du sofort anfängst, mir das zu erklären.« Amie schnippt mit dem Finger, als könne sie mich damit aus meinem Redeschwall reißen.

236

»Oder was? Rufst du meine Mom an? Sie ist tot. Meinen Dad? Er ist tot. Meine Schwester? Hat sich herausgestellt, sie ist *auch tot*. Meine Großmutter? So gut wie tot.« Es ist ein bisschen deprimierend, diese Liste so runterzurattern.

»Was meinst du damit, deine Schwester ist tot?«, fragt Amie langsam.

»Ich habe ihre Sterbeurkunde in der Sockenschublade meiner Nana gefunden. Überraschung!« Ich werfe meine Hände in gespielter Begeisterung in die Luft. »All die Jahre habe ich darauf gewartet, dass sie zurückkommt und wieder meine Familie ist, und seit letztem Jahr weiß meine Großmutter, dass sie tot ist. Na gut, sie hat es nicht gewusst. Sie konnte sich letzten Endes nicht daran erinnern.«

Amie zieht einen Stuhl unter dem Tisch hervor und setzt sich neben mich. Sie nimmt meine Hand und legt ihre darüber. »Das tut mir so leid.«

Sie glaubt, ich sei betrunken, weil ich das über meine Schwester herausgefunden habe, und schreibt es ab. Wenn es nur so einfach wäre – aber ich glaube nicht, dass ich in der Lage bin, ihr es gerade jetzt zu erklären. Stattdessen halte ich mich an die Fakten.

»Überdosis«, sage ich. »Keine Überraschung. Ich weiß nicht mal, wie sie meine Großmutter gefunden haben. Sie hat sie nie besucht.«

»Ich kann nicht fassen, dass sie dir das nicht gesagt haben«, grübelt Amie.

Ich sage ihr nicht, dass das daran liegt, dass sie mich nicht finden konnten, weil ich Jahre damit verbracht habe, meine Spuren zu verwischen. Oder dass ich nicht weiß, wie Faith herausgefunden hat, wo ich hingegangen bin. Sie hat Jude eine

Postkarte geschickt. Ihre Sterbeurkunde hat den Weg zu meiner Großmutter gefunden. Sie hatte gewusst, dass ich hier in Port Townsend war und dass ich ihren Sohn habe.

Und sie ist nie hergekommen.

»Ich möchte weitertrinken«, flüstere ich.

»Ich glaube nicht, dass das eine gute Idee ist.« Amie tätschelt meinen Arm, und plötzlich bin ich so angepisst wie seit Jahren nicht mehr.

Ich haue mit den Fäusten auf den Tisch und wiederhole: »Ich möchte weitertrinken. Du kannst mir was geben, oder ich geh und hol es mir selbst. Deine Entscheidung.«

Amie lehnt sich zurück und verschränkt die Arme vor der Brust. »Es braucht etwas mehr, um mich zu beeindrucken, Schätzchen.«

»Gut.« Ich rapple mich auf und stolpere auf die Garage zu. Ich achte nicht mal darauf, was ich mir schnappe. »Dann bedien ich mich selbst.«

Sie lässt den Kopf sinken und seufzt. »Wie lange weißt du schon, dass die da sind?«

»Seit ich bei dir eingezogen bin.« Ich schraube den Verschluss auf und trinke direkt aus der Flasche.

»Und du hast nie …« Sie ist verwirrt. Das kann ich ihr kaum verübeln.

»Was davon getrunken? Ich trinke nicht wirklich. Meine Schwester hatte das Drogenproblem«, erkläre ich.

»Du hast nie Drogen genommen?«, fragt Amie mit erstickter Stimme. Sie starrt mich an, als würde sie eine Fremde vor sich sehen.

So fühle ich mich, wenn ich in den Spiegel sehe.

»Oh, das habe ich«, beruhige ich sie. »Ein bisschen Koks

hier. Gras, klar, aber das zählt kaum. Sie war immer diejenige, die nicht Nein sagen konnte.«

»Und du?«, fragt Amie vorsichtig.

»Ich konnte nicht Nein zu ihr sagen«, gestehe ich.

Faith war meine Sucht, und ich habe seither immer danach gesucht.

22

Vorher

Faith kam nach Hause. Das tat sie immer.

Faith gegenüberzusitzen war, wie eine Erinnerung an eine Rummelplatzattraktion anzuschauen. Es war das gleiche Gesicht, aber jetzt war es abgenutzt mit Erfahrungen. Wo immer sie gewesen war – was immer sie getrieben hatte –, es hatte sie frühzeitig altern lassen, und sie versuchte, das zu verbergen. Ihr himbeerfarbener Lippenstift betonte ihre fahle Haut und ihre Augenringe nur noch. Sie leckte sich nervös die Lippen, während sie die Hände nach ihrem Haar ausstreckte. Das war endlich eine vertraute Geste. Soweit Grace sich zurückerinnern konnte, hatte ihre Schwester das immer getan, aber jetzt war ihr Haar kurz, und ihre Finger fanden nichts zum Spielen. Stattdessen trommelte sie mit den Fingern auf der Tischplatte herum.

»Wie hast du mich gefunden?« Grace hatte sich gezwungen gesehen, Nanas Haus zu verkaufen. Es war der letzte Ort, an dem sie Faith gesehen hatte, bevor sie verschwunden war.

»Mein Freund hat dich gefunden. Ich habe nicht gefragt, wie.« Natürlich hatte sie das nicht. Faith stellte nie die unbequemen Fragen.

»Warum bist du hier?« Grace hingegen hatte kein Problem damit, direkt zu sein. Ihre Schwester war aus einem bestimmten Grund zurückgekommen. Sie vermutete, dass es wegen Max war.

Faith stieß die Luft aus und sah Grace an. »Ich habe einen Fehler gemacht.«

Man sagt, Akzeptanz sei der erste Schritt, dachte Grace. So viel hatte sie in der wöchentlichen Selbsthilfegruppe gelernt, an der sie jetzt teilnahm. Es hatte die abendlichen Treffen ersetzt, die sie am Anfang besucht hatte. Die, in denen sie nach Antworten gesucht hatte, ab wann alles so schrecklich schiefgelaufen war. Grace hatte Max als Baby mit zu den Treffen genommen, aber als er älter wurde und sie mehr über die Kreise herausgefunden hatte, in denen Faith gefangen war, hatte sie feststellen müssen, dass sie süchtig nach ihrer Suche geworden war – so süchtig, wie sie ursprünglich nach ihrer Schwester gewesen war. Jeden Tag die Vergangenheit ans Licht zu zerren, würde das nicht ändern.

Und doch ging Grace weiter hin, wenn auch nur zu einer. Es war traurig, dass sie sich getröstet fühlte, wenn sie sich in der Nähe gebrochener Menschen aufhielt, aber sie hatte sich so langsam eine Welt aufgebaut, in der sie sich nicht so allein fühlte.

»Glaubst du das?« Ihre Antwort kam schärfer heraus, als sie beabsichtigt hatte. Vielleicht weil sie heute keine Akzeptanz und Vergebung fühlte, nichts von alldem, was sie sich bei diesen Treffen mühevoll selbst beigebracht hatte. »Ich habe das letzte Jahr damit verbracht, mich zu fragen, ob die Polizei vor meiner Tür steht.«

»Ich weiß. Es tut mir leid.« Faith sah ihrer Schwester nicht mehr in die Augen. »Ich möchte ihn sehen.«

»Du möchtest ihn sehen?« Druck breitete sich in ihrer Brust aus. Jetzt kam alles aus ihr heraus. Die Wut. Die Traurigkeit. Der Schrecken und die Frustration, dass sie es versauen würde und ein unschuldiges Leben ruinierte. »Ich habe das letzte Jahr damit verbracht, ihn zu füttern, ihn zum Arzt zu bringen und bin die ganze Nacht mit ihm wach geblieben. Wo warst du, als er zum ersten Mal gekrabbelt ist, als er sich zum ersten Mal an etwas hochgezogen hat, als er Fieberschübe vom Zahnen hatte?«

»Ich möchte ihn jetzt sehen.« Faith hängte sich an das Jetzt, als hätte es irgendeine Bedeutung.

»Und davor?« Die Worte kamen zittrig heraus. »Warum nicht davor?«

»Es ist kompliziert.« Faith leckte sich über die Lippen.

»Klär mich auf, wir haben alle Zeit der Welt.« Sie sagte nicht, dass sie Faith nie im Leben Max sehen lassen würde. Nicht jetzt. Vielleicht nie.

Beruhige dich. Sie versucht endlich, das Richtige zu tun.

Endlich, aber zu spät.

»Zwischen Jason und mir wird es wirklich ernst«, sagte sie.

»Wer ist Jason?«, unterbrach Grace sie.

»Mein Freund. Na ja, mein Verlobter.« Ein Lächeln breitete sich über ihre Lippen aus, während ein Frösteln über Grace' Rücken wanderte. »Egal, er mag Kinder wirklich sehr. Er hat zwei mit seiner Exfrau. Sie lässt ihn sie nicht wirklich sehen. Er kann es gar nicht abwarten, Max kennenzulernen.«

Grace schluckte, aber sie konnte Faith' Worte nicht richtig verdauen. »Wie lange kennst du ihn schon?«

Ihre Zunge fuhr über ihre Lippen. »Jahre. Er ist nicht einfach irgendein Kerl, Dummerchen.«

Wenn sie das beruhigen sollte, dann verfehlte es seine Wirkung voll und ganz.

»Und seit wann ist er geschieden?«, fragte Grace leise.

»Ein paar Monate.« Jeder andere wäre bei dieser Enthüllung wahrscheinlich errötet, wenn man die vorherige Antwort bedachte, aber Faith winkte die Frage gedankenlos ab.

Grace bemühte sich nicht um eine weitere Klärung. Sie hätte entsetzt sein sollen, dass sich Faith auf einen verheirateten Mann eingelassen hatte, aber sie war es nicht. Das war das Problem. Und wenn sie ihn wirklich schon seit Jahren kannte, hatte er sie Drogen nehmen sehen. Er konnte derjenige sein, der sie beschafft hatte. Das führte zu einer letzten Frage.

»Ist er Max' Vater?«

»Ich hatte gedacht, er könnte es sein«, gab Faith zu. »Aber als er geboren wurde, wusste ich, dass er es nicht ist.«

»Woher?«

Diesmal wurde sie rot. »Jason ist schwarz. Ich wusste es nicht wirklich, bis Max geboren wurde.«

»Hast du irgendeine Ahnung, wer Max' Vater ist?« Es platzte aus ihr heraus, mehr Anschuldigung als Frage.

»Es gab zu der Zeit eigentlich nur noch einen einzigen anderen Typ.« Aber sie erzählte nicht mehr, stattdessen wurde ihre Stimme eine Oktave höher. »Ich möchte ihn sehen, Grace. Er ist mein Sohn. Hast du ihm von mir erzählt? Was hast du gesagt?«

In Grace' Kopf begann sich alles zu drehen. Sie schüttelte ihn, aber das half nicht. Sie schloss die Augen und versuchte, ruhig zu bleiben. Faith war wegen ihres Sohns hier, den sie mit irgendeinem Typen hatte, nicht wegen einer wirklichen Erklärung. »Er ist zu klein, um es zu verstehen, aber nein. Ich habe ihm nicht gesagt, dass seine Mami abgehauen ist, als er eine Woche alt war. Ich hatte gedacht, es sei besser, ihm auch das zu ersparen.«

»Auch? Was zum Teufel soll das heißen? Was ist passiert?« Faith' Handflächen lagen flach auf dem Tisch, und zum ersten Mal, seit sie sich hingesetzt hatten, hörte sie auf herumzuzappeln.

»Er ist taub, Faith.« Sie forderte sie geradezu heraus, nach dem Warum zu fragen.

Aber Faith lehnte sich zurück und runzelte die Stirn. »Das ist in Ordnung. Jason hat Geld. Es gibt Operationen und Sachen, um so was in Ordnung zu bringen, stimmt's?«

»Diese Operationen sind sehr umfassende Eingriffe.« Also war Jason ein Betrüger mit einer Menge Geld, den Faith schon seit Jahren kannte. Diesmal konnte sie das Loch, das sich in ihrem Bauch auftat, nicht ignorieren. »Ist dir völlig egal, warum er überhaupt taub ist?«

Sie wirkte kurz verwirrt. »Ich vermute ... gab es einen Unfall?«

»Nein, das war Absicht.« Jetzt kam es alles aus ihr heraus. Alles, was sie Faith ins Gesicht hatte schreien wollen, während der Arzt über Max' Behandlung gesprochen hatte. Die Tatsache, dass die Polizei bei ihr aufgetaucht war, um die Drogen zu suchen. »Es ist ein Geburtsschaden. Eine direkte Folge davon, dass seine Mutter Drogen genommen hat, während sie schwanger war.«

»Ich habe kaum was genommen.« Aber Faith' Verteidigung

war schwach und kurzlebig. Sie war schwanger gewesen, als sie nach Seattle zurückgekommen war, aber noch nicht lange.

»Hast du Drogen genommen, während du bei mir gewohnt hast?« Mehr brauchte sie nicht zu wissen. »Nachdem du herausgefunden hast, dass du schwanger warst?«

»Grace.« Ihr Blick wanderte durch das Café, als würde sie sich nach jemandem umsehen, der sie belauschte. Sie leckte sich wieder über die Lippen. »Nur ein paar Mal. Du verstehst nicht, wie schwer es ist, einen kalten Entzug zu machen. Ich musste klarkommen.«

Sie nahm auch im Moment Drogen. Grace hatte das bereits vermutet, aber in der letzten halben Stunde hatte Faith es bewiesen. Herumzappeln. Die Lippen lecken. Sie war zugedröhnt.

»Du kannst ihn nicht sehen.« Ihre Stimme war kalt, während sich das Frösteln in ihrem Körper ausbreitete.

»Ich bin seine Mutter«, zischte Faith. »Du kannst ihn nicht von mir fernhalten.«

»Das Gericht hat mir das Sorgerecht gewährt, als du abgehauen bist.« Das war eine Lüge. Grace hatte einfach vorgegeben, sie zu sein. Mit demselben Gesicht und identischer DNA war es einfach genug gewesen, ihn zu übernehmen. Natürlich hatte das auch bedeutet, die Last von Faith' Sünden zu tragen. Grace war die gewesen, die die Ärzte im Stillen verurteilt hatten. Sie hatte die meisten Fäden zu Faith' altem Leben gekappt – und ihrem eigenen, und hatte die Pflege für Max übernommen, als wäre er ihr eigener Sohn. Und irgendwann war er dazu geworden. Sie betrachtete sich nicht mehr als Platzhalter in seinem Leben.

»Dann stelle ich einen Antrag. Jason hat Geld, weißt du? Ich möchte keine Anwälte einschalten. Ich möchte nur meinen Sohn.«

Und da war es. Sie war nicht hier, um ihn zu besuchen. Sie war hier, um ihn in ein Leben voller Instabilität und Herzschmerz mitzunehmen. »Schön. Du kannst ihn sehen, aber du kannst nicht einfach mit ihm davonlaufen, Faith. Versprich mir das.«

»Das werde ich nicht.« Es war eine Lüge. Sie beide wussten das. Faith hatte nur ein echtes Talent: zu verschwinden. Letztes Mal war sie so schnell aus Grace' Leben verschwunden, wie sie aufgetaucht war. Sie war eine Magierin, und ihr Geheimnis war Koks.

»Wann?« Grace' Mund wurde trocken bei der Frage.

»Heute Abend?«, schlug Faith begierig vor. »Jason kann es nicht abwarten, bis...«

»Ich möchte Jason kennenlernen, bevor er in Max' Nähe kommt.«

Faith spannte sich an und zog die Schultern hoch. »Warum vertraust du mir nicht?«

Die Antwort auf diese Frage war zu lang und schmerzhaft, als dass Grace sie ertragen konnte. Stattdessen streckte sie die Hand aus und nahm Faith' zitternde in ihre. »Ich muss das machen. Er ist ein Fremder, und ich muss auf Max aufpassen, bis wir alles geklärt haben.«

»Okay.« Faith seufzte lang. »Aber ich möchte nicht warten, bis ich Max sehe. Kann ich heute Abend vorbeikommen?«

Grace nickte, und die Grube in ihrem Magen wurde zu einem tiefen Loch. Es würde Faith nicht schaden, Max zu sehen, und solange sie nach Grace' Regeln spielte, hatte sie alles unter Kontrolle.

Das hoffte sie.

Sie wiegte Max in den Schlaf und legte ihn gegen halb zehn endlich in sein Gitterbett. Ihr Abendessen stand auf dem Tisch und war kalt geworden. Sie hatte vorher keinen Appetit gehabt, und jetzt hatte sie auch keinen. Dass Faith nicht aufgetaucht war, war so herzzerreißend wie erleichternd. Sie warf die Nudeln in den Müll und begann zu spülen. Morgen würde sie mit einem Anwalt reden, für den Fall der Fälle, obwohl sie befürchtete, dass sie keinen Anspruch auf den Jungen hatte. Sie könnte vielleicht ihren Anspruch wegen Verlassensein geltend machen. Liefen nicht jede Menge Mädchen weg und ließen ihre Babys bei ihren Müttern? Das hier war doch nichts anderes?

Sie ließ das Geschirr in der Spüle stehen, holte ihren schrottigen Laptop raus – den Nana ihr geschenkt hatte, als sie den Abschluss gemacht hatte – und betete, dass sie sich in das WLAN eines Nachbarn einloggen konnte. Nach ein paar Versuchen fand sie ein Netz, das nicht passwortgeschützt war, aber bevor sie Anwälte googeln konnte, klopfte es an der Tür. Nein, es knallte eher. Derjenige vor der Tür schlug weiter darauf ein wie eine einfallende Armee.

Grace' Instinkt riet ihr, sofort hinzulaufen, geschärft durch die Monate, in denen sie gelernt hatte, dass Max von Lärm aufwachte. Sie sah durch den Türspion und öffnete die Tür dann weit. Faith tänzelte herein, blickte sich im Zimmer um, und sofort folgte ihr ein großer schlaksiger Mann.

Grace starrte die beiden an und sah ihr Spiegelbild in Faith' glasigen, haselnussbraunen Augen. Sie biss sich rasch auf die Lippe, damit sie nicht losschrie. Wenn sie noch einen letzten Zweifel gehabt hatte, dann war sie sich jetzt ganz sicher, dass ihre Schwester nicht nüchtern war.

»Wo ist er?« Faith' Stimme klang alarmiert. »Ich habe dir gesagt, dass ich ihn heute Abend sehen will.«

Grace stellte sich schnell zwischen sie und den kleinen Flur. »Er ist im Bett. Wir haben gewartet, aber du bist nicht gekommen.«

»Was? Es ist erst acht oder so. Jason und ich sind Abendessen gegangen.«

»Es ist fast zehn.« Sie konnte das Zittern in ihrer Stimme nicht ganz im Zaum halten. »Er geht um sieben ins Bett, was du wüsstest, wenn du das letzte Jahr hier gewesen wärest.«

»Ich dachte, das hatten wir schon, Dummerchen. Ich bin jetzt hier.«

»Und du bist high«, beschuldigte sie ihre Schwester.

»Nein, nein, nein.« Faith wedelte dramatisch mit den Händen.

»Und ich habe dir gesagt, dass ich Jason zuerst kennenlernen möchte.« Grace beäugte Jason misstrauisch. Seine Haare waren kurz geschoren, und seine ebenholzfarbene Haut betonte die hohen Wangenknochen. Er war gut gekleidet, ohne den üblichen Flair, den Faith' Dealer normalerweise an sich hatten. Aber da war eine Ruhe – eine Autorität, die er ausstrahlte –, die ihr nicht behagte. »Gibst du ihr Geld oder Stoff?«

Seine Augenbraue hob sich langsam. Bis jetzt machte der Mann alles, was er machte, mit Genauigkeit. »Baby, ich gebe ihr nichts. Ich kümmere mich um sie.«

»Aber du nimmst ihr nichts weg, oder?« Er nahm keine Drogen. Dafür war er zu gefasst, aber Faith hatte schon einige Kerle abbekommen, die es auf drogenabhängige Frauen abgesehen hatten. Frauen, die alles taten, um an den nächsten Schuss zu kommen. Frauen, die zu eifrig jede verderbte Fantasie erfüllten. Bereitwillige Sklaven, denen die Freiheit erst wiedergegeben wurde, wenn sie verbraucht waren. Dann schleppten sie sich zum Nächsten, der noch kaputter war und der noch kaputtere Fantasien hatte. Grace konnte nicht anders, als sich zu fragen, wie tief ihre Schwester schon in den Kaninchenbau gefallen war.

»Warum hat deine Frau dich verlassen?« Sie wollte Antworten, und sie wollte sie schnell. Hoffte er auch, hier mit Max rauszugehen?

»Diese Schlampe.« Er schüttelte den Kopf, und kurz verrutschte die glatte Fassade. Jason rieb die Hände aneinander. »Sie wollte alles von mir. Jedes Stück. Ich konnte nichts für mich haben, und dann hat sie angefangen, mir Lügen aufzutischen.«

Grace konnte sich vorstellen, dass die etwas mit ihrer Schwester zu tun hatten, aber sie fragte nicht danach. Sie wollte nur mehr über diesen Mann und seine Absichten wissen. Das hatte ihr mehr als genug verraten. Jason schlich auf sie zu.

»Warum? Was hast du gehört?«

»Dass du Kinder liebst, und dass du Max kennenlernen möchtest.«

Er drängte sie an die Wand und bedeutete Faith weiterzugehen. »Das tue ich. Ich bin scharf drauf, ihn kennenzulernen. Meine lügende Schlampe von Exfrau lässt mich meine nicht sehen. Sie behauptet, ich sei kein guter Vater. Kannst du das glauben?«

Offensichtlich hatte die Frau Verstand. Mehr als Faith, die sich in eine Ecke drängen ließ. Jason mochte die letzten paar Minuten alles unter Kontrolle gehabt haben, aber jetzt wirkte

er so verrückt, als hätten sich ein paar Schrauben bei ihm ge-
lockert, während er über seine Familie gesprochen hatte. Sobald ihre Schwester nicht mehr zu sehen war, beugte er sich
vor und musterte ihr Gesicht. »Komplett identisch. Ich würde
lügen, wenn ich behauptete, das wäre nicht der Traum der
meisten Männer. Was denkst du? Ich könnte mich auch um
dich kümmern. Wir hätten Max und wären alle eine große
glückliche Familie.«

Glücklich. Ihr Magen krampfte sich zusammen, und sie
war dankbar, dass sie vorhin nichts gegessen hatte. Sie war
sich nicht sicher, was ein Mann wie er mit ihr machen würde,
wenn sie sich auf ihn übergab. Würde er sie festhalten, wenn
sie versuchte, hier wegzukommen? Faith war bereits im Schlafzimmer. Würde er sie gehen lassen, damit sie nach Max sehen
konnte? Sie konnte sich nicht entscheiden, also blieb sie weiter an die kalte Wand gedrängt stehen. Ein hoher Schrei traf
die Entscheidung für sie. Sie stieß gegen Jason, als sie auf das
Schlafzimmer zurannte, aber bevor sie dort ankam, tauchte
Faith mit Max im Türrahmen auf. Er hatte sich wieder beruhigt, aber seine Augen waren rot und verschlafen.

»Siehst du? Er erkennt seine Mami«, gurrte Faith und strich
über Max' seidige, dunkle Haare. Als sie mit Grace sprach,
wandte Max den Kopf und sah Grace an. Sofort begann er zu
wimmern und streckte die Arme nach ihr aus.

Er kannte seine Mutter nicht. Grace' Herz schwoll an, selbst
während es hektisch in ihrer Brust schlug. Sie streckte die
Hände nach ihm aus, aber Faith wandte sich ab.

»Dir geht es gut. Mami kümmert sich um dich.«

Max begann zu weinen und zappelte, um seinen Kopf zu
drehen und Grace zu finden.

»Lass mich ihn nur beruhigen. Er ist verwirrt.« Ihre Worte zitterten vor Angst, trotz ihrer Bemühungen, ruhig zu klingen.

»Warum sollte er Angst haben?«, schnappte Faith. »Er ist bei mir.«

Weil er dich nicht kennt. Weil du aussiehst wie ich, aber eine Fremde bist.

Und vielleicht spürte Max, dass die Frau, die ihn da in den Armen hielt, eine verzerrte Version von der war, die sich um ihn kümmerte. Das konnte er in diesem Alter nicht wirklich verstehen, und das machte es nur umso beängstigender für ihn. Grace' Atem ging schneller, aber sie riss sich zusammen, um nicht zu hyperventilieren.

Faith ignorierte das vollkommen. Welcher Wunsch auch immer sie wieder hierhergeführt hatte, er rührte nicht von ihrem Mutterinstinkt her. Sie rauschte durch das Zimmer und hielt Max wie eine Trophäe vor Jason.

Galle stieg in Grace' Kehle auf, und sie schluckte sie hinunter. Max war eine von Jasons Fantasien. Wenn er seine Familie nicht haben konnte, dann nahm er eine andere.

»Ist er nicht vollkommen?«, fragte Faith, und kurz klang sie wie seine Mutter.

»Nicht vollkommen«, sagte Jason mit einem Lachen. »Er kann nicht hören, stimmts? Ich dachte, du hättest mich angelogen, dass er nicht von mir ist, aber Haut kann nicht lügen.«

»Macht das etwas, Baby?« Ihre Mütterlichkeit wurde sofort zu einem gekünstelten Lächeln.

»Nee, ich denke nicht.« Er nahm Max hoch und hielt ihn in die Luft. Das Baby stieß einen durchdringenden Schrei aus, und Jason rüttelte ihn leicht. »Kannst du schon von den Lippen lesen, kleiner Mann? Du musst dich locker machen.«

Jason fing wieder an zu lachen und warf Grace einen Blick zu, als wäre das ein großartiger Witz zwischen ihnen.

»Hast du eine Tasche für ihn?«, fragte Faith und ging zurück ins Schlafzimmer.

»Hast du einen Kindersitz oder Babynahrung oder Windeln?« Grace spuckte die Liste an Lebensnotwendigem für das Baby förmlich aus und betete, dass irgendwas davon durchdrang. Dann begriffen sie vielleicht, dass sie nicht darauf vorbereitet waren, ihn zu nehmen. Sie brauchte nur noch ein wenig mehr Zeit.

»Gibt mir einfach deine Sachen.« Faith kicherte, als sei das die offensichtliche Lösung. Grace' Blick fiel auf den Baseballschläger, den sie an der Tür stehen hatte, falls einer von Faith' alten *Freunden* vorbeischaute. »Du wirst sie nicht mehr brauchen. Denk doch nur, Schwesterchen, du wirst eine freie Frau sein.«

Sie könnte Faith überwältigen, aber Jason war größer, und er hielt Max.

»Warte!«, unterbrach Jason sie. »Wir nehmen ihn gleich jetzt mit? Baby, ich hab in der Stadt noch was zu erledigen, bevor wir nach Hause fahren. Wir können ihn dann abholen. Außerdem lass ich meinen kleinen Mann hier doch nicht solchen Scheiß tragen. Wo hast du das her, vom Flohmarkt?«

Erleichterung wogte durch sie hindurch. Grace wäre vielleicht errötet, wenn jemand anders bemerkt hätte, wie abgetragen Max' Strampelanzug war, aber gerade jetzt hing alles am seidenen Faden. Das war genau das, was sie brauchte: Zeit, um Hilfe zu finden.

»Ich schätze, du hast recht.« Faith zuckte mit den Schultern und spitzte die Lippen. »Du kannst den Kram zusammenpacken, aber die Kleidung brauchen wir nicht. Ich komme morgen vorbei und helfe dir. Jason hat ein paar Meetings.«

Grace nickte. Sie hatte Angst, etwas zu sagen, was sie es sich anders überlegen ließ.

»Bring ihn wieder ins Bett«, befahl Jason und gab ihr das Baby, als sei sie seine Nanny. »Und denk über mein Angebot nach.«

Sie zwang sich dazu, erneut zu nicken. Sie musste sie bei Laune halten. Wenn sie glaubten, dass sie gewonnen hatten, würden sie gehen und morgen wiederkommen. Grace drückte Max fest an sich, bis sich sein Weinen zu leisem Wimmern beruhigte.

»Ich seh dich morgen.« Faith küsste Max auf die Stirn und hinterließ dort zwei pinke Lippenstiftstreifen. Sie hielt sich nicht damit auf, sie wegzuwischen.

Grace folgte ihnen zur Tür. Sie wartete, bis ihre Schritte im Flur verklungen waren, dann warf sie sie zu und verriegelte sie. Sie waren weg. Fürs Erste.

Max streckte die Hand aus und berührte ihre Wange, zog ihre Aufmerksamkeit auf sein Gesicht. Obwohl er sich beruhigt hatte, waren seine Augen rot umrandet, und in den Ecken hatten sich ein paar große Krokodilstränen gesammelt, die nur darauf warteten zu fallen.

»Es ist in Ordnung«, beschwichtigte sie ihn. Er konnte sie nicht hören, und er konnte nicht von ihren Lippen lesen, aber er spürte die Vibration ihrer Stimme. Max legte den Kopf gegen ihre Schulter, genau über ihrem Herzen, und schlief ein. Er fühlte sich sicher, aber sie wusste, dass er das nicht war.

Morgen würde Faith zurückkehren. Zum ersten Mal seit Langem hatte sie Vertrauen zu ihrer Schwester. Aber Grace konnte eine Zukunft sehen, die Faith nicht sah. Faith würde wieder auf der Straße landen, wenn Jason ihrer müde wurde, und was würde dann mit Max passieren? Würde er genauso rausgeworfen wie seine Mutter? Oder würde Jason – ein Mann, der keine Bindungen hatte, ein Mann, dessen eigene Kinder ihm weggenommen worden waren – ihn behalten?

Wie in so vielen Augenblicken in ihrem Leben hatte Grace keine Wahl. Sie legte Max in sein Bettchen, und er lächelte im Schlaf. Sie war zwar nicht seine Mutter durch Geburt, aber im Herzen – und Blut. Sie packte eine Tasche und begann, Windeln und Babynahrung hineinzustopfen. Langsam sammelte sie die Sachen, von denen sie wusste, dass Faith sie brauchen würde – seine Geburtsurkunde, das kleine Fotoalbum, das Nana zusammengestellt hatte, bevor der Alzheimer sie überwältigt hatte, die weiche Giraffe, an der er so gern kaute. Als sie das letzte Mal verschwunden war, hatte sie alles zurückgelassen. Grace fand die Schachtel, die sie für ihre Schwester aufgehoben hatte. Faith' ganzes bisheriges Leben passte in eine Schachtel. Sie packte sie schnell, obwohl es sich anfühlte, als würde ihre Welt in Zeitlupe ablaufen, während jeder Augenblick vertickte, um sie immer näher an den zu bringen, dem sie sich nicht stellen konnte.

Dann ging sie zum Schrank und fand ihren Koffer. Sie brauchten nicht viel. Nur das, was in die Taschen passte. Sie hatte gerade kein Auto, aber der Bus fuhr noch, und die Fähre auch. Sie warf ein paar Toilettenartikel auf die Kleidung, die sauber in den Schubladen gelegen hatte, es war nicht viel. Dann hielt sie inne und hob das Bild auf, das Faith und sie an ihrem fünfzehnten Geburtstag zeigte. Das letzte, bevor alles so furchtbar schiefgelaufen war. Sie nahm das Foto aus dem Rahmen, zerriss es in zwei Hälften und warf Faith' Teil auf den Stapel mit ihren Sachen. Dann zerriss sie die andere Hälfte und schloss ihren Koffer.

Selbst als der Zweifel an ihr nagte, spürte sie keine Schuld. Max hatte zwei Mütter. Und ab morgen früh würde er das nie erfahren müssen.

23

Einen Drogenabhängigen zu lieben, bedeutet, zwischen Hoffnung und Kummer zu leben, gefangen in einer endlosen Wiederholung der fünf Phasen der Trauer. Der heutige Abend hat mir meine Hoffnung entrissen und nur noch Leid übrig gelassen.

Vor vier Jahren war ich mit Max davongelaufen, um ihn zu beschützen. Die letzten Jahre habe ich versucht zu verstehen, was mit meiner Schwester passiert ist. Jetzt, da sie tot ist, habe ich mehr Fragen als je zuvor.

Die verstörendste von allen hat jedoch nichts mit ihr zu tun. Was ist mir zugestoßen?

Draußen trommelt der Regen als verstimmte Melodie gegen das Fenster, die sich langsam zu einem dumpfen Brüllen steigert, als der Sturm immer heftiger wird. Der Regen ist untypisch gewaltsam für den Pazifischen Nordwesten. Ich kann nicht anders, als daran zu denken, dass mein Großvater mir als Kind immer erzählt hat, dass Gott weint, wenn es regnet. Etwas daran besänftigt den dumpfen, hohlen Schmerz in meiner Brust.

Amie hat die Flasche mitgenommen und meine Autoschlüssel, bevor sie wieder in ihr Zimmer gegangen ist. Ich kann ihr nicht vorwerfen, dass sie mich hier in der Dunkelheit hat sitzen lassen. Und ehrlich, ich sollte es behaglich haben allein, gefangen mit meinen eigenen Erinnerungen. An dem Ort habe ich so lange festgesessen. Die Wahrheit hat mich nicht befreit. Stattdessen hat sie mir mein persönliches Jüngstes Gericht gebracht.

Ich klopfe mit den Fingern auf die Tischplatte und versuche dabei, mich an das Getrippel des Regens anzupassen. Das ist etwas, mit dem ich mich beschäftigt halten kann, jetzt, da ich aufgehört habe zu weinen. Ich lasse Gott jetzt für mich weinen. Vielleicht trauert er um Faith.

Es ist komisch, mit so schwerwiegenden Namen aufzuwachsen. Faith. Glaube. Grace. Gnade. Meine Mutter hat auf beide Konzepte vertraut, und sie hat dieses Vertrauen mit ins Grab genommen und nichts für uns zurückgelassen.

Ich sehe an mir hinunter und begreife, dass ich immer noch mein hübsches Kleid anhabe, das ich heute Abend für Jude angezogen habe.

Jude, den Verräter.

Jude, den Sammler verlorener Seelen.

Jude, mein Jude.

Und der Jude, der überhaupt nicht mir gehört.

Ich möchte ihn aus meinem Kopf radieren. In dem Moment, als wir uns getroffen haben, wusste ich, dass er ein Hurrikan von einem Mann ist, und jetzt ist der Sturm ausgebrochen. Ich stehe auf und zerre an der Rückseite meines Kleids, versuche, an den Reißverschluss zu kommen, und es ist mir egal, ob ich es zerreiße. Er hat diesen Stoff berührt, und ich möchte, dass die

Erinnerung an seine Finger so weit von mir weg ist wie nur irgend möglich. Mit einem raschen Ruck fällt es um meine Füße. Aber jetzt begreife ich, dass ich meine eigene Haut nicht loswerden kann. Ich kann seine Fingerspitzen immer noch über mein nacktes Fleisch brennen spüren. Vielleicht wird dieses Gefühl mit der Zeit verblassen, zusammen mit dem alles umfassenden Kummer in mir. Aber im Moment verweilt die Erinnerung an ihn auf meiner Haut.

Ich streife meine Schuhe ab und öffne die Hintertür. Der Wind heult auf seinem Weg zurück zum Meer vorbei. Als die ersten Wassertropfen mich treffen, entfessle ich meinen erstickten Ruf. Es ist kein Schrei. Er rührt vielmehr von einem Ort her, den ich fest verschlossen gehalten habe. Er lässt sich Zeit, krallt sich seinen Weg aus mir heraus und in die Welt hinein. Ich habe die letzten fünf Jahre in Angst verbracht, habe mich gefragt, ob ich dieses wertvolle Kind, das ich als mein eigenes gewählt habe, beschützen kann. Der heutige Abend hat mir diese beruhigende Decke aus Angst weggenommen. Meine Tränen kommen wieder, ermutigt durch das Wasser, und sie taufen mich in der Dunkelheit. Ich weine um die Entscheidungen, die ich getroffen habe, und um die Schwester, die ich zurückgelassen habe. Ich weine um das, was ist, und das, was nie sein wird. Ich weine um mich selbst. Ich weine, bis ich meine Tränen nicht mehr vom Regen unterscheiden kann.

Alles, was ich war, wird hinweggespült, sodass ich entblößt und neu zurückbleibe. Ich war so lange sie, dass ich nicht mehr weiß, wie ich jemand anderes sein soll. Diese Erkenntnis macht mir Angst, und ich sinke auf die Knie. Indem ich versucht habe, Faith zu verstehen, habe ich den Weg verfolgt, den sie hätte nehmen sollen. Es gab nur eines, wovon ich besessen war: auf eine höhere Macht vertrauen. Es ist mir immer schon schwergefallen, Religion zu begreifen. Ich schätze, ich habe an einen Gott geglaubt, aber ich habe nicht so getan, als würde ich ihn verstehen. Wir haben mit Sicherheit keine innige Beziehung, aber jetzt, hier, da ich neu geboren wurde in der kalten, nassen Nacht, ist sein Name auf meinen Lippen.

»Warum?« Der Wind fängt meine Frage ein und trägt sie in den Himmel. »Warum führst du in Versuchung und nimmst etwas weg? Warum belegst du uns mit Verlust?«

Ich suche gar nicht wirklich nach Antworten. Ich möchte eine Lösung. Ich möchte verstehen, wie ich mich selbst wieder zu einem Ganzen zusammenfügen kann, genauso, wie ich verstehen will, wie ich dem Morgen begegnen kann, wenn er endlich kommt.

Ich hebe meine Arme zum Himmel, als könnte ich so die Antworten auf mich herabrufen. Stattdessen schlingen sich starke, vertraute Arme um meine Taille und heben mich hoch. Mein Körper verrät mich und fühlt sich getröstet, obwohl ich Hass empfinden möchte.

»Lass mich los!« Ich schreie und trete gegen ihn an.

Aber Jude gehorcht mir nicht und trägt mich zurück ins Haus. Ich sehe Amie an der Vordertür warten. Sie sagt kein Wort, als er mich in mein Zimmer trägt.

»Lass mich runter.« Ich wehre mich gegen seinen Griff und schlage wild auf ihn ein. Endlich setzt er mich ab und tritt einen Schritt zurück.

»Was machst du hier?«, herrsche ich ihn an und gebe mein Bestes, dabei zu ignorieren, dass ich vollkommen durchnässt und halb nackt bin.

»Amie hat mich angerufen«, sagt er leise.

Verräterin. Ich verschränke die Arme vor der Brust, um das Frösteln zu verbergen.

Jude schüttelt den Kopf, während er mich mustert. »Du bist klatschnass.«

»Erzähl mir was Neues.«

Aber er bleibt nicht, um mit mir zu streiten. Er taucht einen Moment später wieder mit einem Handtuch auf. Ich reiße es ihm aus der Hand, bevor er noch die Dreistigkeit aufbringt, mich abtrocknen zu wollen.

»Du kannst jetzt gehen«, entlasse ich ihn. Amie macht sich Sorgen um mich.

»Amie macht sich Sorgen um dich, und das tue ich auch«, sagt er. »Ich habe die Flasche gesehen.«

»Eilmeldung«, stoße ich mit einem höhnischen Lächeln hervor. »Ich bin nicht diejenige, die süchtig ist. Wenn ich was trinken will, ist das kein Problem.«

Aber das kauft er mir nicht ab. »Wenn das wahr ist, warum hast du es dann nicht? Es geht nicht darum, wie viel du trinkst, es geht darum, was es mit deinem Leben anstellt.«

»Amie hat dich vielleicht hierher eingeladen, um mich zu belehren, aber ich habe das nicht getan.«

»Es tut mir leid.« Er kneift mit dem Finger in seinen Nasenrücken, und ich weiß, dass er nach den gleichen Antworten sucht, die ich auch suche. In einem anderen Leben wäre ich vielleicht dumm genug gewesen zu glauben, dass wir sie gemeinsam finden könnten. »Ich möchte nur nicht, dass du endest …«

»Ich bin nicht sie«, falle ich ihm ins Wort. »Unterstell mir niemals, dass ich sie bin.«

Es ist vollkommen kaputt, so was zu sagen, wenn man die

Lage bedenkt, aber Tatsache ist: Ich war nie sie. Ich habe ihre Sünden auf mich genommen, als sie es nicht konnte, aber ich habe den schweren Weg gewählt. Der, der geradewegs hinaufführte, und ich habe ihn erklommen. Ich habe Max gewählt. Ich habe schwer statt leicht gewählt. Ich würde all das wieder wählen.

»Das weiß ich«, sagt Jude sanft. »Ich mag zwar eine Million Fragen an dich haben, aber ich bezweifle nicht, wer du bist. Ich kenne dein Herz, auch wenn ich dachte, es trage einen anderen Namen.«

»Willst du, dass ich sie bin?« Ich spucke ihm die Frage förmlich vor die Füße. Er muss ziemlich früh erkannt haben, dass ich das nicht bin, warum ist er also geblieben? »Warum bist du geblieben, als du es erkannt hast?«

»Das bin ich nicht«, gibt er zu. »Ich konnte mich einfach nicht von dir fernhalten. Ich bin immer wieder zu dir zurückgekommen.«

»Du bist weiter zu den Treffen gegangen«, erinnere ich ihn.

»Ich habe mich von ihnen angezogen gefühlt ... von dir. Zuerst habe ich mir gesagt, dass ich herausfinden muss, was mit ihr passiert ist. Ich war hin- und hergerissen, ob ich dir sagen soll, dass ich sie gekannt habe.«

»Warum hast du es nicht getan?« Ich ziehe das Handtuch fester um mich, wie eine tröstende Decke.

»Weil du die falschen Worte zu meinem Song gesungen hast, und weil du chinesisches Essen magst, und weil du eine wundervolle Mutter bist. Glaub mir, ich weiß, dass du nicht sie bist. Ich würde niemals wollen, dass du sie bist. Ich will nur dich, Sonnenschein.«

»Das kannst du nicht meinen.« Ich schüttle den Kopf. »Du

glaubst, du kennst mich, aber Max ist nicht mal mein Sohn.«
Alles, was ihn an mir angezogen hat, ist eine Lüge. Dieser perfekte Mann, der so viele Teile meines Herzens gestohlen hat, ist ebenfalls eine Lüge.

Es gibt Dinge, von denen kann man sich nie erholen. Unsere Basis war auf Treibsand gebaut, und jetzt zerfällt alles um uns herum.

»Tu das nicht«, sagt er sanft, und ich weiß, dass er es in meinen Augen sehen kann. »Wir müssen nicht aufgeben.«

Müssen wir nicht? Vielleicht ist es das, was ich hören will. Der Morgen ist noch nicht da. Ich habe mich noch nicht dem stellen müssen, was er bringen wird, oder wie die Wahrheit im grellen Licht des Tages aussieht, also lasse ich heute Nacht mein Handtuch fallen. Ich greife hinter meinen Rücken und hake den BH auf. Ich lasse auch ihn fallen, zusammen mit dem Wissen, was die heutige Nacht gebracht hat.

Morgen werde ich beides vom Boden auflesen.

Heute Nacht entblöße ich mich für Jude. Als ich meinen Körper gegen seinen drücke, widersteht er, aber ich wühle meine Finger in sein Haar und ziehe seine Lippen an meine.

»Zeig es mir.« Der Vorschlag tropft von meinen Lippen.

Ich weiß nicht, was er denkt, was am Morgen kommt, aber er nimmt meine Einladung jetzt an. Seine starken Hände umfassen meinen Hintern, und er hebt mich hoch.

»Bring mich ins Bett«, flüstere ich, »und liebe mich heute Nacht.« Als wir auf die Matratze fallen, bewegt er sich auf mir, seine Lippen streichen über meinen Hals zu meinem Ohr. »Ich werde dich auch am Morgen lieben.«

Ich wünschte, das wäre wahr.

24

Als ich die Augen öffne, pocht das Tageslicht wie eine Kriegs-
trommel gegen meine Schläfen. Ich habe mehr getrunken, als
ich gedacht hatte. Ich strecke den Arm aus und fahre über die
leere Hälfte der Matratze. Der einzige Beweis, dass Jude hier
war, ist das Durcheinander aus zerknitterten Laken, das immer
noch die Kontur seines Körpers erahnen lässt. Mein Bett ist
leer, genau wie mein Herz.

Mir bleibt nicht der Luxus zu gammeln oder zu weinen.
Nein, ich habe mich letzte Nacht in meinem Egoismus ge-
suhlt. Heute muss ich damit anfangen, die Dinge wieder zurechtzubiegen. Während ich mich anziehe, stelle ich mir vor,
was ich Amie sagen werde. Ich muss mich mit ihr zusammen-
setzen, muss ihr die ganze Geschichte erzählen und hoffen,
dass sie versteht, warum ich getan habe, was ich getan habe.
Max ist eine andere Sache. Er wird es nicht verstehen. Noch
nicht. Eines Tages werde ich ihm alles erzählen und ihn um
Verzeihung bitten. Jetzt, da ich weiß, dass Faith tot ist, sollte
ich als seine nächste Verwandte einen rechtmäßigen Anspruch

auf ihn haben. Auf seiner Geburtsurkunde ist kein Vater aufgeführt, und ich bezweifle, dass die Gerichte ihre Fehltritte durchkämmen wollen, um ihn zu finden. Und selbst wenn sie es täten, welcher Mann würde eine solche Verantwortung einfach so übernehmen?

Zuerst rede ich mit Amie, dann suche ich einen Anwalt. Es fühlt sich gut an, einen Plan zu haben. Als ich mein Zimmer verlasse, um mich ihr zu stellen, höre ich Zeichentrickfilme im Fernsehen und Speck, der in der Pfanne auf dem Herd brutzelt. Amies Tür öffnet sich, bevor ich in den Flur komme, und unsere Blicke treffen sich. Offensichtlich ist Jude nicht bei Tagesanbruch abgehauen.

Ich hole tief Luft. »Gibst du mir eine Minute mit ihm?«

Sie nickt, ausnahmsweise sagt sie einmal nichts, und zieht sich wieder in ihr Zimmer zurück.

Ich räuspere mich leise, als ich mich der Küche nähere, und er sieht sich über die Schulter nach mir um. Als er mich sieht, schaltet er die Flamme aus und fängt an, das Frühstück auf Teller zu verteilen. Ich lehne mich gegen den Türrahmen, sehe ihm zu und überlege, was ich sagen soll. Er trägt den Teller zu Max rein. »Ich weiß, dass er normalerweise nicht da essen soll«, sagt Jude, als er zurückkommt. Der China-Essen-Sonntag ist die einzige Ausnahme von dieser Regel. »Aber ich dachte, es wäre besser, wenn ...«

Er beendet den Satz nicht. Mein Sohn mag nicht in der Lage sein, die herzzerreißenden Worte zu hören, von denen wir beide wissen, dass sie anstehen, aber er würde sie spüren, wenn er hier wäre.

Jude bietet mir einen Teller an, aber ich schüttle den Kopf. »Ich habe keinen Hunger.«

»Du solltest trotzdem essen.« Aber er drängt mich nicht weiter.

»Danke, dass du gekommen bist«, sage ich endlich. Ich möchte das hier nicht in die Länge ziehen oder fragen, was er dachte, was er davon haben würde. Amie hatte keine Ahnung, um was es wirklich ging, als sie ihn um Hilfe gerufen hatte.

»Ich werde immer kommen«, sagt er. Ich weiß das, weil ich es gesehen habe.

Und doch heißt es nicht, dass ich ignorieren kann, was uns zusammengebracht hat, nur weil ich weiß, wie gütig sein Herz ist. »Ich denke, du solltest gehen.«

»Was ist, wenn ich nicht gehen möchte?« Jude massiert sich den Kiefer und den dunklen Schatten, den er erst noch rasieren muss.

Was ist, wenn ich nicht möchte, dass du gehst? Ich schüttle den Kopf und vertreibe den Gedanken. »Was willst du? So tun, als wäre nichts von dem jemals passiert? Mich wieder mit ihrem Namen ansprechen? Du hast recht, wir können nicht ändern, was uns in der Vergangenheit zugestoßen ist, aber das alles ist trotzdem passiert, und ich wüsste nicht, wie wir darüber hinwegsehen sollen. Du wusstest, wer ich bin – wusstest Bescheid über meine Vergangenheit, über sie –, und du bist in mein Leben getreten und hast mir das verschwiegen.«

»Ich werde den Rest meines Lebens damit verbringen, dir zu zeigen, dass mir das leidtut«, sagt er.

»Das brauchst du nicht«, unterbreche ich ihn. »Ich weiß, dass es dir leidtut. Genauso wie es mir leidtut, dass ich dich angelogen habe. Ich vergebe dir, und ich hoffe, dass du mir vergibst, aber das heißt nicht, dass wir das hier wiedergutmachen können.«

»Sonnenschein.« Er bewegt sich auf mich zu, aber ich hebe die Hand.

»Du musst jetzt gehen.«

Er hält inne, und seine Augen blicken zur Decke, als würde er die höhere Macht suchen, die wir zu rufen gelernt haben.

»Beantworte nur eine Frage«, sagt er endlich, »und ich gehe.«

Das schulde ich ihm.

»Liebst du mich?«

Das ist die eine Frage, der ich mich nicht stellen will, und die, der ich niemals entkommen werde. Ich nicke. Das reicht. Jude steht zu seinem Wort. Er sagt nichts, während er an mir vorbeigeht. Stattdessen geht er ins Wohnzimmer und kniet sich neben die Couch. Ich wende den Blick ab, als er sich mit Max in Zeichensprache unterhält. Ich halte es nicht aus, ihm dabei zuzusehen, wie er sich verabschiedet. Aber als ich mich ihnen wieder zuwende, wirft Max die Arme um Judes Hals und hält ihn fest, bis Jude ihn von sich löst. Ich gehe, um bei Max zu sein. Ich werde ihm nicht erklären können, was los ist, aber ich kann ihn festhalten.

Jude schweigt, als er aufsteht. Er hält kurz inne, um sich vorzubeugen und mir einen Kuss auf die Stirn zu geben. Ich sehe zu, wie mein Herz ohne ein weiteres Wort aus der Tür geht. Max' dünne Arme schließen sich um meine Schenkel, und ich sehe hinab in seine großen, ängstlichen Augen. Kummer sammelt sich in den blauen Meeren seiner Iriden. Wie können sie so klar und hell bleiben und doch so viel Trauer spiegeln?

Schmerz schießt durch meine Brust, und ich falle auf die Knie und starre in die Augen meines kleinen Jungen. Ich habe *ihn* noch nie so großen Schmerz erleiden sehen, und trotzdem kenne ich *diesen* Schmerz in diesen Augen irgendwoher. Ich kenne diese Augen aus einem anderen Gesicht.

Jetzt weiß ich, dass ich blind gewesen bin. Denn egal, was ich mir einrede – das ist *ihr* Sohn, und das sind Judes Augen.

Mein ganzes Leben lang habe ich die Fähigkeit zu atmen als selbstverständlich angesehen. Ich weiß das, weil ich nicht atmen kann, als ich jetzt voller Verzweiflung an Amies Tür klopfe. Sie fliegt auf. Sie ist nur halb angezogen, und es ist mir egal.

»Was ist los?«, fragt sie, als ich in ihr Zimmer stürze.

Ich weiß nicht, wo ich anfangen soll, aber das hält mich nicht davon ab, mich auf ihr Bett fallen zu lassen und die ganze Geschichte zu erzählen. Amie sagt nichts, während ich beichte. Sie nimmt nur ein Kissen und hört zu. Als ich fertig bin, zeigt ihr Gesicht keine Regung. Ich weiß nicht, was sie denkt.

»Lass mich das klarstellen«, sagt sie langsam, während sie all das verarbeitet, was ich gerade enthüllt habe. »Du hast das Kind deiner Schwester gekidnappt.«

Ich öffne den Mund, aber sie schüttelt den Kopf.

»Ich urteile nicht. Ich kann es nur nicht besser sagen«, fügt sie schnell hinzu. »Du hast ihn mitgenommen, um ihn zu beschützen, weil sie auf Drogen war.«

»Ja.« Das Gewicht, das normalerweise auf meiner Brust lastet, wird etwas leichter. So, wie sie es jetzt sagt, hört es sich nicht mehr so schlimm an.

»Und sie hat ihn nie gesucht?«, fragt Amie.

»Nein. Sie hat Jude eine Postkarte geschickt, also muss sie gewusst haben, dass wir hier sind.« Das ist der Teil der Geschichte, den ich nicht wirklich verstehe. Die Postkarte ist der Beweis dafür, dass Faith wusste, wohin ich Max gebracht habe, aber sie kam nie, um ihn zu holen. Irgendwie wusste die Polizei, wie sie meine Großmutter über ihren Tod informieren konnten. Ich habe die letzten vier Jahre darauf gewartet, dass sie vor meiner Tür auftaucht und eine weitere Chance haben will, habe die ganze Zeit das Unumgängliche gefürchtet.

»Das klingt, als sei sie so egoistisch gewesen, wie du gedacht hast«, fügt Amie hinzu.

»Aber vielleicht war sie es nicht«, sage ich und erinnere mich an ein makabres Gleichnis. »Vielleicht ist es wie in der Bibel, als die beiden Frauen das Baby zu Salomon bringen.«

Amie pustet mit gespitzten Lippen. »Ich glaube nicht, dass ich das kenne.«

»Er sagt ihnen, dass es fair ist, das Baby in zwei Hälften zu teilen, da er nicht weiß, welche von ihnen lügt. Dann können es beide haben.«

»Halt«, sagt Amie. »Mach sie jetzt nicht zu einer Märtyrerin.«

Ich gehe nicht darauf ein. »Die echte Mutter lässt das Baby gehen. Daran hat er sie erkannt.«

»Das heißt nicht, dass sie seine leibliche Mutter war, Liebes. Die wahre Mutter hat das Kind mehr geliebt als sich selbst. Sie hätte alles geopfert, um sicherzugehen, dass es in Sicherheit ist«, korrigiert sie mich.

»Also denkst du nicht, dass ich verrückt bin?«, flüstere ich.

»Oh, ich weiß, dass du verrückt bist«, zieht sie mich auf, aber wir beiden wissen, dass es deutlich mehr als einen Witz braucht, um die Stimmung aufzulockern. »Vielleicht bin ich verrückt, weil ich nicht glaube, dass du verrückt bist. Weißt du was, wir müssen aufhören, das Wort *verrückt* zu verwenden. Du hast getan, was du tun musstest. Das konnte jeder sehen, Jude eingeschlossen.«

Ich nehme ein Kissen und vergrabe das Gesicht kurz darin, um die Panikattacke abzuwehren, die sein Name auslöst.

»Er hat mich angelogen«, erinnere ich sie, als ich endlich wieder aufsehe.

»Und du hast ihn angelogen. Ich behaupte nicht, dass ihr beiden keine ernsthafte Paartherapie braucht, aber jeder kann sehen, dass dieser Mann dich und Max liebt.«

»Wie sage ich ihm das?«, frage ich. Amie glaubt vielleicht daran, dass wir das wieder hinbekommen, aber ich bin nicht so dumm. Unsere Sünden binden uns aneinander. Sie lassen uns nicht frei.

»Du sagst es ihm einfach.«

»Er hat einen Rechtsanspruch auf ihn, und ich nicht. Was ist, wenn er ihn mir wegnimmt?« Andere Zweifel schleichen sich jetzt auch an mich heran. Ich behalte sie für mich. Was ist zum Beispiel, wenn er sie liebt, und ich bin die Vertretung? Was ist, wenn ich ein billiger Ersatz bin für das Mädchen, das er verloren hat?

Amie verdreht die Augen und wirft mir ihr Kissen gegen den Kopf. »Das macht er nicht. Du kennst ihn besser, als das zu denken.«

»Tue ich das? Denn es hat sich herausgestellt, dass ich überhaupt nichts über ihn weiß«, sage ich.

»Du weißt schon, die wichtigen Sachen. Versuch nicht, dich selbst vom Gegenteil zu überzeugen.«

25

Jude hält sich fern, was mir den Raum gibt, den ich brauche, um mit meiner Trauer *und* meiner Schuld fertigzuwerden. Als Amie darauf besteht, dass ich zu einem Therapeuten gehe, um die Worte sagen zu lernen, die mir Angst machen, willige ich ein.

Gegenseitige Abhängigkeit.

Vergewaltigung.

Grace.

Ich habe Jahre darauf verschwendet, Faith' Vergangenheit zu akzeptieren. Jetzt muss ich meine eigene akzeptieren und mein Leben für mich beanspruchen.

Es ist etwas schwieriger, das dem Rest der Welt zu erklären. Amie fängt an, mich Grace zu nennen, und das Personal im World's End folgt ihrem Beispiel, ohne zu fragen. Es ist merkwürdig, meinen Namen von den Lippen anderer Menschen zu hören. Ich ziehe Trost aus der Tatsache, dass ich für Max immer noch einfach nur Mom bin. Dieser Name erdet mich selbst im Chaos der Trauer.

Dr. Allen sagt, dass mein Name nicht wichtig ist. Es ist nur wichtig, wer ich selbst zu sein entscheide. Trotzdem lässt sie mich die Schuhschachtel hervorholen, die ich in die letzte Ecke meines Schranks gesteckt habe, und sie zu einer Sitzung mitzubringen, in der sie mich dann sanft dazu ermutigt, meine Vergangenheit auszupacken.

»Wie fühlst du dich dabei?«, fragt sie, als sie mir meinen Führerschein reicht.

Ich fahre mit meinem Finger über den Namen Grace Kane. Er ist noch nicht mal abgelaufen.

»Ich bin nicht sicher«, gestehe ich. »Ich fühle mich, als *sollte* ich mehr empfinden, als ich es tue.«

»Du bist immer noch benommen. Das wird sich mit der Zeit ändern, und wir arbeiten uns durch die Dinge, wie sie kommen.« Sie ermutigt mich, mehr zu erzählen, und ich gehe in eine neue Selbsthilfegruppe. Diesmal für die Überlebenden einer Vergewaltigung.

Es ist merkwürdig, ich hab all die Zeit damit verbracht, zu Treffen zu gehen und zu lernen, meine Fehler zu akzeptieren. Ich habe sie an die Hohen Mächte übergeben, und ich bin einen Tag nach dem nächsten angegangen, obwohl ich einfach nur hätte hören müssen, dass es nicht meine Schuld war. Ich hatte mich dafür entschieden, mich an Scham und Schuld zu klammern. Ich habe ihnen erlaubt, mich zu definieren und zu überschatten, wer ich war. Es braucht mehrere Treffen, bis das bei mir ankommt. Als ich begreife, dass es die Wahrheit ist, weine ich. Indem ich lerne, den Vorfall zu akzeptieren, der einen so großen Teil meiner Vergangenheit geformt hat, akzeptiere ich die verdrehte Realität, die ich mir selbst geschaffen habe.

Jeden Tag mache ich einen neuen Schritt. Ich stecke den Führerschein in mein Portemonnaie und nehme ihren heraus.

Ich kontaktiere einen Anwalt. Ich ändere meinen Namen auf meinen Rechnungen. Es ist erstaunlich, wie sich all diese kleinen Maßnahmen zu einem zusammenfügen, bis Grace Kane nicht mehr jemand ist, der verschwunden ist. Sie lebt und atmet. Sie liebt und hofft. Sie wie ich.

Kleine Schritte werden zu großen Schritten. Nach Wochen der Recherche und Termine sitze ich im Warteraum des Kinderkrankenhauses von Seattle.

»Setz dich«, befiehlt Amie.

Ich lass mich auf den Stuhl neben ihr fallen. Ich hatte nicht einmal mitbekommen, dass ich auf und ab gelaufen bin.

»Es wird ihm gut gehen«, sagt sie.

»Das weiß ich«, antworte ich, aber ich meine es nicht wirklich. Rein vernünftig betrachtet, weiß ich, dass sie recht hat. Unglücklicherweise lässt sich meine paranoide, mütterliche Seite nicht so leicht überzeugen.

»Ich kann nicht glauben, dass das wirklich passiert«, sagt Amie, während sie durch ein Magazin blättert, das sie dann auf den Tisch wirft. Es hat keinen Zweck, so zu tun, als könnten wir uns auf irgendetwas anderes konzentrieren als das, was hinter den Türen des OPs vor sich geht. »Ich kann nicht glauben, dass du Ja gesagt hast.«

»Das habe ich nicht«, gebe ich zu.

»Ich weiß, die Versicherung hat es getan«, sagt sie trocken.

Das ist nur zum Teil wahr. Die Versicherung hat ihre Meinung dazu, dass Max Cochlea-Implantate bekommt, geändert, aber das hat mich nicht davon überzeugt, es machen zu lassen.

»Max hat sich entschieden«, sage ich. »Bei unserem letzten Termin hat der Arzt ihn gefragt, ob er Implantate möchte, damit er hören kann. Er hat nicht gezögert und sofort Ja gesagt.«

»Also deshalb hast du endlich deine Meinung geändert.« Amie lehnt sich zurück und streckt die Beine aus.

Ich erzähle ihr nicht, dass Jude eine Menge mit meinem Sinneswandel zu tun gehabt hat, hauptsächlich, weil sein Name tabu ist. Eine weitere meiner Regeln, und ich kann nicht diejenige sein, die sie bricht. Tief in mir drin kann ich nicht ignorieren, dass er derjenige war, der mich ermutigt hat, diese Möglichkeit zu verfolgen.

»Warum rufst du ihn nicht an?«, fragt Amie in meine Gedanken hinein.

»Tut mir leid. Was?«, frage ich zerstreut.

»Jude. Genau, ich habe seinen Namen ausgesprochen.« Sie starrt mich böse an und fordert mich heraus, sie zu tadeln. »Er existiert noch. Er ist noch in der Stadt. Beides kannst du nicht ändern.«

»Glaub mir, das weiß ich. Dr. Allen sagt, dass es an der Zeit ist, dass ich es ihm sage.«

Amie nickt und nagt an ihrer Unterlippe. Sie will seit Wochen, dass ich Jude die Wahrheit über Max sage, hat ihre Meinung aber bewundernswerterweise für sich behalten.

»Wirst du es tun?«, fragt sie.

»Ich schätze schon, weil es die Anweisung vom Doktor ist.« Keine von uns lacht über den Witz. »Was ist, wenn er nicht mit mir redet oder er das Sorgerecht beantragt oder ...«

»Du machst dich nur selbst verrückt mit deinem Was Wenn. Manchmal musst du damit aufhören, dir eine Situation auszumalen, und dich ihr einfach stellen.«

»Du hast wahrscheinlich recht«, sage ich widerwillig.

»Sag das meinem Agenten«, sagt sie und gewährt mir eine Atempause von dem Thema. Wir verbringen den Rest der Zeit von Max' OP mit Gesprächen über ihr Vorsprechen für *Spiel mit dem Feuer*, einer neuen Reality-Kochshow.

Es überrascht mich kein bisschen, dass sie es bis in die letzte Runde des Castings geschafft hat. »Ich weiß nicht, wie ich es ohne dich schaffen soll, wenn du sechs Wochen lang weg bist.«

»Ihr könntet mit mir mitkommen.«

»Klar«, lüge ich. Los Angeles ist der letzte Ort, an den ich gehen möchte, aber ich lerne, dass es in Ordnung ist, mit einer Notlüge die Gefühle von jemandem zu schonen. Ein weiterer Leckerbissen, den ich in meiner Therapie aufgeschnappt habe.

Die Türen zum OP öffnen sich, und der oberste Chirurg kommt heraus und zieht sich die Maske vom Gesicht.

»Miss Kane?«, fragt er.

Ich stehe auf und wische mir die verschwitzten Handflächen an der Jeans ab. Amie nimmt meine Hand, während wir die kurze Ewigkeit warten, bis er bei uns ist.

»Die Operation verlief wirklich gut. Max ist im Aufwachraum. Er ist noch nicht richtig wach, aber möchten sie mitkommen und sich zu ihm setzen?«

Ich schlucke die Tränen hinunter, die in meinem Hals brennen, und nicke.

Amie drückt meine Hand und lässt dann los. »Ich bin hier draußen.«

»Sie können ihn sehen, sobald wir ihn auf sein Zimmer gebracht haben«, sagt der Chirurg zu ihr.

Im Aufwachraum piepsen die Maschinen leise unter den gedimmten Lichtern. Max sieht in dem riesigen Krankenhausbett so klein aus mit den immer noch geschlossenen Augen. Sie haben seine Haare um die Stelle für das Implantat herum rasiert, und es ist seltsam, die Schläuche und Sender über seinen Ohren zu sehen.

»Er wird morgen nach Hause können«, sagt der Chirurg, »und in ein paar Wochen, wenn alles verheilt ist, können wir sie anschalten.«

»Danke«, stoße ich hervor.

»Ich lasse sie beide allein.«

Ich setze mich neben ihn, streichle seinen Arm und rufe ihn zurück zu mir. Seine Augenlider flattern, als er aus der Narkose aufwacht. In ein paar Wochen wird sich seine ganze Welt ändern. Wenigstens hat er eine Mutter, die dieses Gefühl versteht. Seine verschlafenen Augen leuchten auf, als sie mich endlich erkennen.

Ist okay, kleiner Mann, gebärde ich, *ich bin so stolz auf dich.* Er fragt, ob Jude noch da ist. Ich schüttle den Kopf, und er fängt an, mir eine Geschichte darüber zu erzählen, dass Jude im OP war. Es dauert ein paar Minuten, bis ich begreife, dass er einen Traum wiedergibt, den er während seiner Narkose hatte.

»Er konnte nicht dableiben«, sage ich sanft und weiß, dass ich jetzt nicht über einen Traum rede.

Max' Gesicht wird lang, und seine Unterlippe zittert ein wenig, aber er setzt eine tapfere Miene auf.

Es ist Zeit.

Jude und Max getrennt zu halten, schützt keinen von beiden. Ich hatte mich mal gefragt, was Max' Vater wohl denken würde, wenn wir vor seiner Tür stünden. Jetzt weiß ich, dass Max dort willkommen ist. Das Gleiche kann ich nicht von mir behaupten.

26

Seit ich Faith' Sterbeurkunde gefunden habe, versuche ich, Nana so oft wie möglich zu besuchen. Jede Woche hoffe ich, dass sie da ist und darauf wartet, dass ich komme. Ich möchte Antworten, von denen ich bezweifle, dass sie sie mir je geben wird.

Heute bringe ich Max mit. Es ist das erste Mal seit der Operation, und trotz einiger Schmerzen ist er darauf aus, seine Implantate im Heim vorzuführen.

»Guter Gott!«, ruft Maggie, als sie ihn untersucht. »Sind die nicht cool?«

Max grinst sie an, während er anfängt zu gebärden.

»Ich soll dir sagen, dass er dich hören kann, wenn der Arzt sie angeschaltet hat.«

Der Countdown läuft, und Max erzählt jedem davon. Maggie und ich schütteln amüsiert die Köpfe, während er von Bewohner zu Bewohner rennt.

»Ich wünschte, ich hätte halb so viel Energie wie er«, sagt Maggie mit einem tiefen Seufzer.

»Und dabei ist er gerade operiert worden.« Seine Widerstandskraft verblüfft mich. Aber Max hat mich schon immer verblüfft.

Als wir am Zimmer meiner Großmutter ankommen, halte ich inne, um meine Kräfte zu sammeln, aber Maggie schiebt mich auf die Tür zu.

»Sie hat einen guten Tag«, sagt sie. »Verschwende deine Zeit nicht damit, dir Sorgen zu machen.«

Maggie eilt geschäftig den Gang wieder hinunter und treibt Max mit an. Er hüpft hinter mir durch die Tür. Sie sitzt in ihrem Lieblingsstuhl, schaut jedoch nicht aus dem Fenster. Heute leuchten ihre Augen, und sie streckt die Arme aus.

»Hallo Grace«, begrüßt Nana mich.

Ich starre sie in fassungslosem Schweigen an, während sie auf ihren Schoß klopft und Max zu ihr hinüberläuft. Seit Jahren hat sie mich nicht erkannt. Sie schien mich zu erkennen, als ich das letzte Mal hier war, aber das hier ist anders. Nana gibt Max ein Buch, und er ist sofort vertieft.

»Ich konnte euch beide nicht immer auseinanderhalten«, gibt sie zu und streicht mit den Fingern durch sein Haar. »Ist das dein Sohn?«

Dieser Test ist größer, als ich erwartet habe.

»Nein, das ist Faith' Sohn.«

»Und wo ist Faith?«, fragt sie.

Sie erinnert sich an nichts. Die Sterbeurkunde ist bei mir zu Hause, und jetzt bin ich froh, dass sie sich nicht daran erinnern kann, sie erhalten zu haben. Die einfachen, knappen Fakten ihres Todes, gedruckt in kalter, schwarzer Tinte, werden mich den Rest meines Lebens verfolgen. »Faith ist weg.«

Es ist immer noch schwer, das auszusprechen. Es ist immer

noch schwer zu akzeptieren, dass meine Schwester nicht nur aus meinem Leben verschwunden ist, sondern auch nie mehr zurückkommt.

»Ist sie gestorben?«, fragt Nana. Das ist typisch für sie, einfach durch die ganze unnötige emotionale Qual hindurchzuschneiden.

»Ja«, sage ich leise.

»Also ist er jetzt dein Sohn.«

Das ist keine Frage. Ich weiß nicht, wie ich ihr sagen soll, dass Max immer mein Sohn gewesen ist – immer mein Sohn sein wird. Ich weiß nicht, wie ich ihr sagen soll, wie sehr ich es in den letzten Jahren verbockt habe und wie viel Mist ich immer noch mache, obwohl ich versuche, das zu ändern. Aber mehr als alles andere weiß ich nicht, wie lange ich sie hier bei mir habe. Endlich hier bei *ihr* zu sein, ist bittersüß. Ich habe so lange darauf gehofft, dass sie mich als die sieht, die ich war, dass ich mir jetzt inständig wünsche, dass sie sich an mich erinnert. Tatsache ist, dass ich diese kostbare Zeit, die ich mit ihr habe, nicht mit meinen Sünden verschwenden brauche – ich muss sie nicht um Vergebung bitten. Wenn die Zeit für die Vergeltung kommt, dann wird nicht sie über mich zu Gericht sitzen.

»Ich vermisse dich«, sage ich.

»Das tut mir leid, ich war hier, Mädchen. Ich wünschte, ich könnte sagen, dass ich bleibe.« Sie streckt mir ihre Hand entgegen.

»Das wünschte ich auch.« Mehr als alles andere.

»Aber ich weiß, dass du alles im Griff hast, Grace«, sagt sie leidenschaftlich. »Das hast du immer schon.«

»Glaubst du das wirklich?«, frage ich.

»Ich *weiß* es. Ich weiß, dass du immer schon die Last der Probleme deiner Schwester getragen hast. Manchmal habe ich gefürchtet, dass da noch mehr war. Es tut mir leid, wenn ich früher streng zu dir war. Ich wollte dich nicht auch verlieren.«

Ich will ihr sagen, dass sie keine von uns beiden je verloren hat, weil ein Teil von mir diese hübsche Lüge immer noch glauben will. Aber morgen oder innerhalb der nächsten Stunde oder vielleicht auch der nächsten Minuten wird sie es wieder vergessen haben. Ich muss aufhören, anderen Lügen zu erzählen, vor allem mir selbst. Nana stellt mir keine weiteren Fragen zu Faith. Sie fragt nicht, wie es dazu kam, dass Max in meiner Obhut ist. Sie fragt mich nach keiner Liste, auf der jeder Fehler steht, den ich je gemacht habe. Stattdessen fragt sie, was ich arbeite und wie Max in der Schule ist. Ich erzähle ihr, dass er erst in der Vorschule ist, dann sage ich ihr, dass er taub ist.

»Das weiß ich«, sagt sie, und ihre Lippen verziehen sich zu einem reumütigen Lächeln. »An manche Sachen erinnere ich mich.«

Das Wissen, dass manche Dinge bei ihr ankommen, beruhigt mich. Daran werde ich mich klammern, wenn ich wiederkomme und sie mich mit leeren Augen ansieht. Ich weiß, dass die wichtigen Dinge zu ihr durchdringen, ich weiß, dass sie irgendwie weiß, wer Max ist, und dass sie ihn so sehr liebt wie ich. Wir holen Jahre in Minuten auf. Ich kann die Geschichten gar nicht schnell genug erzählen. Ich kann ihr nicht genug über mein Leben erzählen, und zum ersten Mal seit Langem begreife ich, dass so viele gute Dinge passiert sind in den letzten vier Jahren. Max hat mir so viele wunderbare Erinnerungen geschenkt. Ich habe eine wundervolle beste Freundin und ein großartiges Leben.

»Es ist nicht perfekt«, sage ich, »aber es ist meins. Ich habe mir ein Heim geschaffen, auf das ich stolz bin.«

Unsere Blicke treffen sich, und ich sehe meine Reflexion in ihrem. Ich sehe mich, ich sehe Grace.

»Was ist mit dem Mann, der beim letzten Mal bei dir war?«, fragt sie.

»Manche Sachen kommen wirklich durch!«

»So einen Mann vergisst man nicht«, sagt Nana. »Manche Sachen ändern sich nicht mit dem Alter.«

»Nein, einen Mann wie Jude vergisst man nicht. Ich wünschte manchmal, ich könnte es«, gebe ich zu.

Sie seufzt. »Hat er es versaut oder du?«

»Jeder ein bisschen.«

»Hat er dich betrogen?«, fragt sie.

»Nein.«

»Hat er dich benutzt?«

»Eigentlich nicht.«

Und das hat er nicht. Jude war so verwirrt wie ich. Wir hatten nie vor, einander anzulügen. Es ist einfach passiert. Die Wahrheit war viel zu lange zu verworren. Grace war zu sehr verloren gegangen. Dennoch haben wir beide gelogen und damit eine Vergangenheit verschleiert, die jede Chance auf eine Zukunft untergraben hätte.

»Warum kann es dann zwischen euch nicht wieder klappen?«, unterbricht sie meine Gedanken.

»Das ist kompliziert.«

»Es ist immer kompliziert zwischen einem Mann und einer Frau. Dein Papa, Gott schütze seine Seele, war ein guter Mann, aber er wusste wirklich, wie man manchmal richtig Mist baut.«

Ich lasse den Kopf hängen, während wir darüber lachen.

»Er kannte Faith«, erzähle ich ihr.

»Und?«

»Und bedeutet das nichts? Er kam aus ihrem Leben.«

»Hat er ihr Drogen besorgt?«, fragt Nana.

Ich sehe kurz nach, um sicherzugehen, dass Max immer noch liest, bevor ich den Kopf schüttle.

»Nein, er hat versucht, ihr zu helfen, aber er konnte es nicht.«

»Wovor hast du dann Angst?«

Ich halte inne und hole tief Luft, um mich zu stärken, weil ich genau weiß, wovor ich Angst habe. Ich weiß genau, warum ich Jude Mercer aus meinem Leben geworfen habe. »Ich habe Angst, dass ich nicht sie sein kann.«

Nana packt meine Hand fest. »Nein, du kannst nicht sie sein, Grace. Egal, wie sehr du es versuchst. Es war nie deine Aufgabe, sie zu ersetzen. Nicht für mich, nicht für ihren Sohn, und nicht für diesen ... wie war sein Name noch gleich?«

»Jude.« Es tut weh, ihn auszusprechen.

»Jude«, fährt sie fort. »Für niemanden. Keiner von uns will, dass du sie ersetzt. Wir wollen *dich*. Was soll's, wenn Jude sie früher gekannt hat. Ist er gerade hier mit dir?«

»Ja. Nein. Ich weiß es nicht. Ich bin diejenige, die ihn von sich gestoßen hat.«

»Dann musst du dich entschuldigen. Es ist nicht die Aufgabe eines Mannes, alles in Ordnung zu bringen, Mädchen.«

»Was ist, wenn er mir nicht verzeihen kann?«

»Das hat er schon. Ich erinnere mich nicht an viel, Grace, aber ich erinnere mich daran, wie er dich angesehen hat. Das war die Sorte Liebe, die einen Abdruck hinterlässt. Glaub mir, du bedeutest diesem Mann alles. Wenn er dir nicht schon vergeben hat, dann wird er es tun. Aber ich vermute, du wirst nicht einmal bitten müssen.«

Ich möchte ihr mehr erzählen, ich möchte ihr all die gemeinen Einzelheiten erzählen, aber ich erinnere mich daran, dass Zeit kostbar ist. Max zeigt ihr jetzt seine Gebärdensprache, und ich übersetze für ihn, während er ihre Lippen liest. Sie klatscht und umarmt ihn. Sie verhätschelt ihn. Sie ist außer mir, Amie und Jude die nächste Familie, die er je hatte. Hier mit Nana zu sitzen, selbst für die kurzen Momente in dieser flüchtigen Stunde, erinnert mich daran, dass ich genau das für ihn will. Ich brauche keine große Familie. Ich hatte nie eine, aber ich möchte die Familie, die ich gewählt habe.

Die, die in meinem Herzen ist, und ich kann nicht leugnen, dass Jude Mercer dort einen Platz hat.

Auf dem Weg nach Hause drehe ich das Radio auf und staune darüber, dass Max in ein paar Wochen in der Lage sein wird, es auch zu hören. Dank der Medikamente, die er noch nimmt, und der unermüdlichen Energie, mit der er die Bewohner im Heim überschüttet hat, ist er schon eingeschlafen. Immer wieder blicke ich in den Rückspiegel, als könne er verschwinden. Seine Hand ist unter seinem Kinn zusammengerollt, und ich frage mich, was er wohl träumt.

Eine vertraute Melodie dringt aus den Lautsprechern, und ich drehe noch etwas lauter, versuche einzuordnen, wo ich sie schon gehört habe.

Gray skies have left me nothing but blue;
Been stuck here thinking thoughts of you.
You were my sunshine.
Now there's only rain.
You never were mine.
Now there's only pain.
And I know now what I should say;
I'll always be here;
I'll always love you.
Please, God, don't take my girl away.
Last night I dreamed you were here beside me.
I woke to find my bed was cold and lonely.
You were my sunshine.
I should have told you
You'll always be mine.
Wish I could hold you.
And I know now what I should say;
I'll always be here;
I'll always love you.
Please, God, don't take my girl away.

Judes Stimme klingt sanft in meinem Kopf, übertönt den polierten Sopran des Popstars. Die Musik verklingt und wird zur Stimme des DJs.

»Das war die neueste Hitsingle von Piper Rose: Don't Take Her Away. Ich weiß nicht, wie es euch geht, aber der Song haut mich um. Gerüchte behaupten, es geht in dem Song um ihre Exfreundin …«

Ich fahre auf den Seitenstreifen und stelle den Schalthebel auf Parken. Ich umkralle das Lenkrad und versuche, mich zu beruhigen, aber ich kann nicht atmen. Ich weiß genau, um wen es in diesem Song geht.

»Das heißt gar nichts«, sage ich laut, aber ich bin bekannt dafür, mich selbst zu belügen.

27

Jude willigt ein, mich im Thai Gardens zu treffen. Es scheint mir angemessen, wenn man bedenkt, dass ich ihn vor ein paar Wochen hierhergebracht hatte, um ihm die Wahrheit zu sagen. Das Restaurant ist eine physikalische Trennlinie zwischen meinem Leben davor und jetzt. In der Nacht damals hatte er mich davon überzeugt, meine Vergangenheit hinter mir zu lassen, aber so ist es eben mit der Wahrheit. Sie hat die Angewohnheit herauszukommen.

Diese Neuigkeiten werde ich so teilen, wie ich das möchte.

Ich bin früh da, sitze an einem Tisch in der Ecke und bestelle nur ein Glas Wasser. Das Warten ist immer am schlimmsten. Ich denke allerdings auch, dass es etwas masochistisch ist, eine halbe Stunde vor der vereinbarten Zeit aufzutauchen. Ich habe nichts an dieser ganzen Situation im Griff, und wenn das bedeutet, dass ich früh hier bin, um mein Terrain abzustecken, dann ist das eben so.

Amie hat den Nachmittag im totalen Cheerleader-Modus verbracht, einer der wenigen Gründe, aus dem ich tatsächlich hier bin. Sosehr ich die Situation auch im Griff haben möchte, kann ich nicht vorhersehen, wie Jude reagieren wird. Dieser Gedanke versetzt mich in Angst und Schrecken. Wir haben uns niemals wirklich zusammengesetzt, um nach dieser schrecklichen Nacht zu reden. Im Geiste habe ich diese letzten Stunden, die wir miteinander verbracht haben, noch mal ablaufen lassen, und irgendwo unter dem Schmerz und dem Betrug ist Liebe.

Die Kellnerin erscheint und wirft einen bedeutungsvollen Blick auf mein Glas. »Möchten Sie noch etwas anderes bestellen?«

»Ich warte auf jemanden«, sage ich. Es ist nicht so, als wäre der Laden an einem Sonntagabend voll.

Sonntag.

Meine Gedanken wandern zurück zu der Bedeutung, die Sonntage mal hatten. Ich hatte nicht bewusst diesen Wochentag für mein Treffen mit Jude gewählt, aber vielleicht habe ich tief in mir drin aus Gewohnheit gehandelt.

»Ich sehe, du bist immer noch fest entschlossen, meinen Horizont zu erweitern.« Jude taucht hinter der Kellnerin auf, und ich schlucke, während ich versuche, seinen Anblick zu verdauen. Er sieht nicht aus wie er selbst, aber irgendwie besser. Kein T-Shirt, keine Jeans, nicht mal ein Button-down-Hemd. Heute Abend trägt er einen Anzug, einen Dreiteiler, der schmal geschnitten ist und seinen schlanken, muskulösen Körper betont. Er ist ganz offensichtlich für ihn gemacht worden.

Ich hatte auch gedacht, ich sei für ihn gemacht worden. »Du... hm... du bist...« Ich suche nach den richtigen Worten.

»Ich bin zu schick angezogen«, antwortet er.

»Ja, aber du siehst gut aus. Ich meine, der Anzug sieht gut aus.« *Oh, halt einfach die Klappe,* befehle ich mir.

Jude grinst, aber es ist nicht das breite, umfassende Lächeln, das normalerweise sein ganzes Gesicht erhellt. Das hier wird von einem Zögern verdorben, genau wie alles in unserer Beziehung.

»Ich hatte ein Meeting in Seattle«, sagt er und setzt sich in die Nische.

»Oh, ich wusste nicht, dass du nicht in der Stadt warst.« Es ist dumm, so etwas zu sagen, wenn man bedenkt, dass ich nichts über sein derzeitiges Leben weiß.

»Ein paar Plattenbosse sind in der Stadt. Sie erwarten Platin für das neue Album von Piper Rose, was offensichtlich einen Lunch umsonst rechtfertigt.«

»Ich wusste nicht, dass es so etwas wie Lunch umsonst gibt«, sage ich, während meine Gedanken zu dem Song wandern, den ich im Radio gehört habe.

»Das war es auch nicht«, sagt er. »Es hat sich herausgestellt, dass sie mich zurück in Los Angeles haben wollen. Sie wollen mich vollständig für Estate Records unter Vertrag nehmen, was bedeutet, sich in ihren Studios abzurackern.«

»Das ist wunderbar.« Ich zwinge die Worte über die Lippen. Meine Freude für ihn schmeckt mehr bitter als süß.

Wir schweigen, und ich nehme mein Glas. Wieder mal klammere ich mich an ein Trinkgefäß, als wäre es eine Schwimmweste. Ich bin genau da, wo ich an dem Tag war, als wir uns getroffen haben, aber diesmal habe ich keine Selbsthilfegruppe als Puffer.

»Und wirst du gehen?«, frage ich endlich, als er keine weiteren Einzelheiten erzählt. Ich weiß nicht, welche Antwort ich mir wünsche.

»Ich habe mich noch nicht wirklich entschieden«, gibt er zu. Dann löst er den Knoten seiner Krawatte und lockert sie. »Im Moment hält mich hier nichts.«

Ich fahre mit dem Finger über das beschlagene Glas und zeichne eine Linie. »Ich schätze nein.«

Das könnte sich ändern, nachdem ich ihm es erzählt habe, oder schlimmer noch – er könnte sich entscheiden, Max mit nach Los Angeles zu nehmen. Wenn er das Gericht einschaltet, könnte er das zerbrechliche Wurzelwerk zerstören, das ich hier geschlagen habe.

»Himmel, sag mir, dass ich einen Grund habe hierzubleiben, Faith.« Sobald er ihren Namen ausgesprochen hat, presst er die Lippen zusammen.

»Ist okay«, sage ich automatisch. »Ich ertappe mich selbst dabei, Faith zu sagen, wenn mich jemand nach meinem Namen fragt, aber ich lerne.«

Er muss wissen, dass ich es versuche. Ich will, dass er weiß, dass ich keine verrückte Irre bin, die sein Kind in ihrer Obhut hat. »Ich gehe zu einem Therapeuten, und wir arbeiten daran. Ich habe meinen eigenen Führerschein bei mir. Ich bin sogar zu Faith' Grab gefahren.«

Jude schiebt langsam seine Hand über den Tisch, aber dann hält er inne. Ich weiß nicht, was peinlicher ist: Der Gedanke daran, wie er mich tröstet, oder dass er zu zurückhaltend ist, um es zu versuchen.

»Ich habe dir einmal gesagt, dass du mir deine traurige Geschichte nicht zu erzählen brauchst«, sagt er. »Und meine Frage wird das jetzt untergraben, aber ich muss wissen, *warum*.«

Das ist meine Gelegenheit, ihm die ganze Geschichte zu erzählen – die Puzzleteile richtig herum auf den Tisch zu legen, damit er das ganze Bild sehen kann. Vielleicht habe ich Glück, und er fügt sie zusammen, ohne dass ich die Worte wirklich aussprechen muss.

»Faith tauchte vor ein paar Jahren auf. Sie hat sich bemüht, clean zu werden, und sie war schwanger«, erzähle ich ihm. »Zuerst dachte ich, es würde gut laufen. Nana war bereits in der betreuten Pflege, und ich hatte drei Jobs. Faith wiederzuhaben, schien ein Segen zu sein.«

»Aber …«

»Nachdem das Baby geboren war, kam sie mit dem Stress nicht klar. Wir wussten noch nicht, dass Max taub ist und dass sein Zustand zu seinem Quengeln beitragen könnte. Ich schätze, das hätte bei ihrer Drogengeschichte keine große Überraschung sein sollen. Eines Morgens bin ich aufgewacht, und sie war weg.«

»Und sie hat ihn einfach bei dir gelassen?« In Judes Tonfall klingt Abscheu mit. Er lässt sich gegen die Lehne fallen und schüttelt den Kopf.

»Sie war nicht gesund, Jude«, sage ich. Er öffnet den Mund, um gegen meine Klarstellung zu protestieren, aber ich unterbreche ihn. »Das ist keine Entschuldigung. Das ist nur die Realität.«

»Wieso bist du hierhergekommen?«

»Sie ist mit einem Kerl wiedergekommen, mit dem sie geschlafen hat, um Max zu holen. Ihm stand dieses Karma förmlich ins Gesicht geschrieben. Sie hat mir gesagt, dass sie ihm beweisen müsse, dass Max nicht sein Sohn ist.«

»Das ist ein merkwürdiges Problem.« Er klingt angespannt, und ich frage mich, ob er schon vermutet, wie die Geschichte endet. Mein süßer, kaputter Jude, der so verzweifelt versucht, all die kaputten Teile der Menschen zu sammeln und sie wieder zusammenzusetzen. Natürlich hofft er auf ein Happy End.

»Seine Frau hatte ihn verlassen – vermutlich, weil er mit Faith schlief«, sage ich. »Im Nachhinein weiß man immer alles besser. Er war nicht ihr Dealer, aber er hat sie ihr sicher erlaubt.«

»Glaubst du ehrlich, seine Frau hat ihn deshalb verlassen?«

»Welche anderen Gründe sollte sie gehabt haben?«, frage ich. »Heutzutage verlassen die meisten Frauen einen Mann nicht, der seine Kinder aufziehen will. Jedenfalls nicht ohne guten Grund.«

»Ich weiß nicht. Manche Menschen können nicht vergeben, wenn ihnen unrecht getan wurde.«

Ich frage mich, was Jude Mercer als unverzeihliches Unrecht ansieht.

»Faith tauchte in meiner Wohnung auf und hat Max aus dem Bett gezerrt. Ich konnte sehen, dass sie auf Koks war. Die Zeichen waren alle da. Dann war da dieser Typ, Jason, und er wirft einen Blick auf Max und sagt: ›Na, er kann nicht von mir sein.‹«

»Woher wusste er das?«

Ich lasse den Strohhalm durch das Wasser wirbeln. »Sagen wir, es war offensichtlich.«

»Hat Faith dir je erzählt, wer Max' Vater ist?«

Ich schüttle den Kopf und schlucke schwer. Es ist die Wahrheit. Faith hat mir nie einen Namen genannt. Ich habe es selbst herausgefunden. »Ich habe sie davon überzeugt, dass ich seine Sachen zusammenpacken müsse, und sie sind in ihr Hotel zurückgegangen.«

»Und?«, flüstert Jude.

»Und ich habe Max' Sachen zusammengepackt, seine Geburtsurkunde, seine Kleidung. Ich hatte auch noch den Großteil von Faith' Sachen. Sie hat sich nie damit aufgehalten, sie mitzunehmen, wenn sie davongelaufen ist. Welcher Junkie denkt schon daran, dass er eine Geburtsurkunde braucht?« Mein Mund ist trocken, und meine Stimme kratzt über die Worte, während ich mich frage, ob die Vergebung am Ende dieser Geschichte wartet. »Ich habe alles gepackt und bin gegangen. Ich habe eine Fähre genommen, dann einen Bus, und bin immer weitergegangen, bis ich ans Wasser kam. Ich habe das Schild für World's End gesehen, und ich dachte, das sei Gottes Art, mir etwas zu sagen. Nana war nicht weit weg, und wer würde mich hier schon suchen?«

»Ist Faith jemals zurückgekommen?«, fragt er.

»Nein.«

Judes Hände gleiten zurück an die Tischkante, und er packt sie, bis seine Knöchel weiß hervortreten.

»Als ich gehört habe, dass sie dir eine Postkarte geschickt hat, war das das erste Anzeichen dafür, dass sie wusste, wo ich war.«

»Sie wusste, dass es Max bei dir besser ging«, sagt er.

Eine heiße Träne sammelt sich in meinem Augenwinkel. Ich blinzle, und sie tropft auf meine Wange. »Glaubst du das wirklich?«

»Ich weiß das, Sonnenschein.« Sein Griff um den Tisch lockert sich. »Aber warum hat sie mir diese Postkarte geschickt?«

»Als sie zurückkam und Max gesehen hat, schien sie zu wissen, wer Max' Vater ist«, sage ich, und meine Stimme klingt ganz fern. Wieder sehe ich die Szene in meiner Wohnung vor mir, sehe sie, wie sie ihren Sohn mustert und die Erkenntnis in ihr Gesicht tritt.

»Warum hat sie mir diese Postkarte geschickt?«, wiederholt er, auf der Suche nach einer Antwort, die er schon kennt. Ich kann es an seiner Stimme erkennen.

»Ich glaube, sie hat sie dir geschickt, weil du sein Vater bist.« Ich bin nicht mal sicher, ob meine Worte laut genug sind, aber Jude schließt die Augen.

»Hast du irgendeinen Beweis?«

»Nein.« Es würde sich dumm anhören, dass sie die gleichen Augen haben.

Seine Kehle bewegt sich, als er schluckt. Er bemüht sich mit allem, was er hat, um seine Gefühle im Zaum zu halten, aber unsere Gefühle hauen uns beide übers Ohr.

»Wann hat Max Geburtstag?«

»Am zweiten Juni«, sage ich. »Er wird dieses Jahr fünf.« In weniger als einem Monat. Mein Magen verkrampft sich vor Nervosität, weil ich weiß, dass das der letzte Geburtstag sein könnte, den ich mit ihm verbringe.

Jude bleibt stumm, aber ich kann sehen, wie es in ihm arbeitet, während er die Tage, Monate und Jahre zurückrechnet. »Als ich sie das letzte Mal gesehen habe, war es Oktober«, sagt er.

Das passt.

»Du kannst einen Vaterschaftstest haben«, biete ich ihm an. »Aber ich bin mir sicher, dass er dein Sohn ist.«

Es gibt keinen anderen Grund, aus dem sie ihm diese Postkarte geschickt hat. Auf ihre eigene verdrehte Art hat Faith versucht, Max das zu geben, was sie nicht konnte.

»Ich weiß nicht, was ich jetzt sagen soll. Möchtest du jetzt was von mir? Warum erzählst du mir das?«

Das zerbrechliche Band, das mein Herz zusammenhält, zerreißt. »Ich will nichts. Ich wollte nur, dass du es weißt.«

»Wie lange weißt du es?« Seine Stimme wird höher, obwohl er versucht, ruhig zu bleiben.

»Ich habe es erkannt, als ich dich das letzte Mal gesehen habe. Ich könnte dir sagen, dass es Hinweise gab, oder dass wir beide zu dumm gewesen sein müssen, es nicht zu sehen … aber wirklich, ich habe in seine Augen gesehen und habe dich dort erkannt.«

Schweigen senkt sich über uns. Ich kann nicht mal meinen eigenen Atem hören. Es ist die übernatürliche Stille, die die Welt überkommt, bevor ein Blitz den Himmel zerteilt, aber ich kann mich nirgends verstecken. Kein fester Boden ist mehr sicher. Ich muss mich diesem Sturm stellen.

Jude reibt sich abwesend den Nacken.

»Du weißt, dass ich ihn liebe«, sagt er.

Ich erstarre. Ich weiß, wohin uns diese Worte führen werden.

»Ich möchte ein Teil seines Lebens sein«, fährt er fort.

Ich habe nicht den Mut zu fragen, wie ich in dieses Bild passe.

»Du musst etwas sagen«, verkündet er endlich.

»Er ist dein Sohn«, sage ich. »Es ist egal, was ich sage. Du kannst ihn mir wegnehmen. Du kannst ihn mit nach Los Angeles nehmen.«

Die Wahrheit schmeckt bitter auf meiner Zunge.

»Das werde ich ihm nicht antun.«

»Warum?«, explodiere ich. »Ich bin nicht seine Mutter. Ich habe mich dieser Wahrheit seit dieser Nacht gegenübergesehen. Ich habe in den letzten paar Wochen gelernt, mich bei meinem eigenen Namen zu nennen, und das hat mich gelehrt, dass meine Welt aus Lügen besteht.«

»Für ihn bist du keine Lüge«, unterbricht mich Jude sanft. »Ich werde ihn dir nicht wegnehmen, aber du wirst einen Weg finden müssen, mir zu verzeihen, weil ich ein Teil seines Lebens sein werde, und …«

Er lässt den Rest des Satzes in der Luft hängen, oder vielleicht ist das auch nur Wunschdenken. Möchte er auch ein Teil meines Lebens sein?

Ich nehme die Speisekarte und verstecke mein Gesicht dahinter, denn jetzt fallen die Tränen. Die Kellnerin betrachtet das als Zeichen, dass sie endlich an unseren Tisch kommen kann. Es kann kaum etwas Unangenehmeres geben, als im Hintergrund zu lauern, während sich zwei Menschen streiten, außer nicht zu erkennen, wenn einer von ihnen weint.

»Sind Sie bereit für Ihre Bestellung?« Sie klopft mit dem Stift auf ihren Block.

Jude sieht erwartungsvoll zu mir hinüber, aber ich bin nicht bereit. Ich bin nicht sicher, ob ich es jemals sein werde. Ich lasse die Speisekarte fallen, murmle eine Entschuldigung und laufe weg. Ich habe doch nichts gelernt, oder vielleicht ist Weglaufen auch nur das Einzige, was ich kann.

28

»Winnie ist nicht aufgetaucht«, ruft Amie über den Krach aus der Küche ins Büro. »Kannst du übernehmen?«

»Glaubst du, das ist sicher?« Als ich das letzte Mal gekellnert habe, habe ich einen Mann mit Eistee übergossen.

Sie schiebt ihr Gesicht in die Tür, ein türkises Taschentuch um den Kopf gebunden. »Ich bin verzweifelt. Außerdem werde ich sie feuern, also ist das wahrscheinlich das letzte Mal.«

Ich murmle ein paar Flüche, während ich einen Bestellblock nehme.

Glücklicherweise ist die übliche Meute von Touristen draußen zu beschäftigt mit ihren Selfies vor der wandgroßen Landkarte, um zu bemerken, dass ich mich mit der Geschwindigkeit einer Schnecke bewege. Ich nehme eine Bestellung und gehe rückwärts aus der Küche, wobei ich es gerade so vermeide, in einen Gast hineinzurennen.

»Es tut mir so leid!« Ich stelle die Teller auf ein Tablett, als wären sie Schlangen. Ich wusste, dass ich heute Abend in den Arsch gebissen werden würde.

»Kein Problem!« Es ist Sondra, und jetzt, da meine Hände frei sind, nimmt sie mich in die Arme. Ich nehme Sondras Umarmung zögernd an. Sie geht einen Schritt zurück und packt mich an den Schultern. »Wo bist du gewesen? Wir haben uns solche Sorgen gemacht.«

»Das ist eine wirklich lange Geschichte«, sage ich. »Selbst wenn ich sie dir erzählen könnte, wüsste ich nicht, wo ich anfangen soll.«

»Hat das irgendwas mit Jude zu tun? Ihr beide habt zur gleichen Zeit aufgehört, zu den Treffen zu kommen.« Selbst ihr aquamarinblauer Lidschatten kann ihre klugen Augen nicht verbergen.

»Wir haben beide unter Vorspiegelung falscher Tatsachen teilgenommen, obwohl wir trotzdem gute Gründe hatten, da zu sein.«

»Es ist leicht zu glauben, dass du besser bist«, erinnert sie mich. »Vor allem wenn du in einer neuen Beziehung steckst. Verlass dich drauf. Du musst dir trotzdem Zeit fürs Nüchternsein nehmen.«

Ich lecke mir über die trockenen Lippen. Hier ist weder der Ort noch die Zeit, um das zu besprechen. »Ich glaube nicht, dass ich dorthin gehöre.«

»Du gehörst dahin, wo du hingehören willst. Ich komme wieder, wenn ich dein schönes Gesicht nächste Woche nicht in der Gruppe sehe«, warnt sie, bevor sie sich verabschiedet.

Ich starre das Essen an, das inzwischen kalt ist, und wünsche mir, dass mich auch jemand irgendwo hinbringen könnte.

Ich rede mit Amie darüber. Ich rede mit Dr. Allen. Ich rede mit mir selbst. Wir alle sind uns einig, dass ich dieses Kapitel meines Lebens abschließen muss. »Ist das nicht der Schritt, in dem ich alles wiedergutmache, was ich anderen angetan habe?«

»Das ist eine Möglichkeit, das zu sehen, Grace.« Sie schiebt ihre Brille auf die Nasenspitze und sieht mich über den Rand hinweg an. »Wie lange bist du zu dieser Gruppe gegangen?«

»Ungefähr vier Jahre«, gebe ich zu.

»War während dieser Zeit dort jeder perfekt?«

Nicht annähernd. Ein paar Leute hatten die Gruppe durchlaufen, aber meistens hatte sie aus einem Kern bestanden, der sich ihr verpflichtet hatte, selbst wenn sie kürzlich vom Weg abgekommen waren. »Nicht im Geringsten.«

»Du sagst also, sie haben versagt? Was haben sie getan?«

»Gelogen, betrogen, gestohlen. Manche von ihnen sind im Gefängnis gelandet. Andere haben ihre Familien verloren.«

»Was glaubst du, warum sind sie zurückgekommen und haben euch davon erzählt?«, fragt sie. »Sie hätten nicht da sein müssen. Sie haben sich dafür entschieden, weiter zu den Treffen zu kommen. Warum?«

»Weil sie wussten, dass wir verstehen und zuhören.«

»Ohne zu urteilen«, fügt Dr. Allen hinzu.

Ich bin nicht ganz sicher, ob das, was ich getan habe, in die urteilsfreie Kategorie fällt, aber ich willige ein hinzugehen. Sie haben mir immer mit ihren Geheimnissen vertraut, und ich muss ihnen mit meinen Wahrheiten vertrauen.

»Was wirst du tun, wenn er da ist?«, fragt Amie mich an dem Morgen.

»Das wird er nicht. Sondra sagt, er kommt nicht mehr.« Ich erzähle ihr nicht, dass Jude mich diese Woche jeden Tag angerufen hat und dass ich zu viel Angst habe, seine Nachrichten abzuhören. Klugerweise sagt sie es nicht, aber wir beide wissen, dass ich ihn nicht viel länger meiden kann. Mich hiermit auseinanderzusetzen, mein Herz den Menschen ausschütten, die mir vertraut haben, ist meine Aufwärmübung. Ich dachte, ich sei bereit, mich Jude zu stellen, aber stattdessen bin ich aus dem Restaurant gerannt. Diese Gruppe hat mir Kraft und die Bereitschaft gegeben, mich meinen Dämonen zu stellen. Vielleicht können sie mir ein letztes Mal helfen.

Jeder umarmt mich, selbst Anne. Das Treffen beginnt mit dem Vortrag einer neuen Affirmation, die Stephanie in einem ihrer Bücher gefunden hat. Ich kenne sie nicht, deshalb sitze ich stumm da, und mein Herz zählt jede Sekunde, bis ich im Rampenlicht stehen werde.

Als sie fertig sind, ruft Stephanie keine Freiwilligen auf, und niemand spricht. Ein paar von ihnen sehen mich an. Ich bekomme die Bühne überlassen. Ich begrüße das Vorgehen ohne Druck.

»Ich denke, ich möchte etwas mit euch teilen«, sage ich und zwinge mein Gesicht zu einem Lächeln, aber bevor ich weiterreden kann, öffnet sich die Tür. Jude huscht herein, und niemand bemerkt ihn, außer mir. Er setzt sich nicht hin. Er wartet in den Schatten, die Arme über seinem dünnen grauen T-Shirt gekreuzt. Eine Sonnenbrille verdeckt seine verräterischen Augen.

Sondra streckt die Hand aus und tätschelt mir den Rücken,

als wollte sie mich ermutigen fortzufahren. Zu diesem Zweck bin ich hergekommen, und ich kann mich auch einfach auf einmal beurteilen lassen.

»Ich heiße Grace«, fange ich an, weil ich weiß, dass das die Aufmerksamkeit aller auf mich zieht. Ein paar flüstern, aber Stephanie bringt sie zum Schweigen. »Das überrascht euch wahrscheinlich, denn ihr habt mich immer als Faith gekannt. Faith war meine Schwester. Sie war drogenabhängig, und vor ein paar Jahren hat sie einen wunderschönen kleinen Jungen zur Welt gebracht. Er hatte Glück. Die Sucht seiner Mutter hat ihn nur sein Gehör gekostet. Es hätte ihn so viel mehr kosten können. Sie hat ihn verlassen, hat ihn bei mir gelassen, und als er neun Monate alt war, ist sie wiedergekommen, um ihn zu holen.« Ich erzähle meine Geschichte. Ich beschönige die Entscheidungen nicht, die ich getroffen habe, oder die Sünden, die ich begangen habe. Niemand spricht. Niemand unterbricht mich mit dem wohlgemeinten Rat, der so häufig in diesen Gruppen erteilt wird – aber es sagt mir auch niemand, dass ich verschwinden soll.

»Ich bin hergekommen auf der Suche nach Antworten«, erzähle ich ihnen. »Ich wollte verstehen, wie sie die Sucht ihrem Sohn vorziehen konnte. Dabei habe ich verstanden, dass ich von ihr abhängig gewesen bin. Ich bin Opfer der fixen Idee geworden, dass ich sie in Ordnung bringen könnte. Also bin ich immer wieder gekommen, habe eine magische Formel gesucht, und als ich die nicht finden konnte, habe ich mich von der Schuld auffressen lassen. Wenn sie nicht clean werden konnte, dann würde ich ihre Stelle einnehmen. Ich würde ihre Zeit absitzen. Ich würde ihren Sohn aufziehen. Ich habe lange gebraucht, bis ich verstanden habe, warum ich das getan habe.

Das hört sich für euch wahrscheinlich ziemlich dumm an, aber ich habe aus dem Blick verloren, wer ich war. Sie hat mich mit Haut und Haaren verschluckt, ohne es je auch nur versucht zu haben. Vor ein paar Wochen habe ich erfahren, dass sie tot ist.«

Sondra rutscht mit ihrem Stuhl näher an meinen heran und legt ihren Arm um meine Schulter. Ein paar Leute murmeln Entschuldigungen.

»Ich habe all die Zeit vorgegeben, sie zu sein, weil sie mir wichtiger war als ich selbst. Ich war besessen davon, wer sie hätte sein können, wenn sie clean geworden wäre. Liebe macht uns zu den Menschen, die wir zu sein hoffen. Ich dachte, wenn ich sie genug liebe, dann kommt sie zurück. Ich habe nicht begriffen, dass ich all die Liebe weggegeben habe und keine für mich selbst übrig hatte. Meine Therapeutin hat mir dazu geraten hierherzukommen.« Ich zucke mit den Schultern, weil ich weiß, dass sich einige damit identifizieren können. »Sie hat mir gesagt, dass ich mich den Menschen stellen muss, von denen ich das Gefühl habe, dass ich ihnen Unrecht getan habe. Klingt das vertraut?«

Bob nickt auf der anderen Seite des Raums.

»Aber ich wollte auch zurückkommen und Danke sagen. Wir sind alle süchtig. Die meisten ignorieren das willentlich. Von euch tut das niemand. Ihr stellt euch dem. Es hat viel zu lange gedauert, bis ich verstanden habe, dass ihr mir zeigt, wie man stark ist. Ihr habt mir den Mut gegeben, den ich gebraucht habe, um mit meiner Vergangenheit ins Reine zu kommen. Es tut mir leid, dass ich euch angelogen habe. Es tut mir leid, dass ich das Vertrauensverhältnis gebrochen habe, dem wir alle zugestimmt haben, als wir durch diese Tür gekommen sind, aber ich bin so unglaublich dankbar, dass ich mich hier selbst gefunden habe.«

Niemand spricht, aber ein paar wischen sich Tränen aus den Augen. Jude schlüpft wieder hinaus. Er hat diese Geschichte schon gehört, und ich habe mich bei ihm entschuldigt.

Es ist niemand mehr übrig, der mir vergeben muss, außer mir selbst.

»Ich sollte wohl gehen«, sage ich und stehe auf.

»Du kannst bleiben«, bietet Stephanie ruhig an, und die anderen fallen alle ein, aber ich schüttle den Kopf. Ich sage ihnen nicht, dass ich eine neue Selbsthilfegruppe gefunden habe, und erzähle nichts von der Vergewaltigung. Sie haben meine Last viel zu lange getragen, um ihnen eine weitere aufzubürden, aber sie wollen mich nicht einfach gehen lassen.

Sondra umarmt mich fest. »Wir sind dir nicht böse«, flüstert sie, »also ist es an der Zeit, dass du dir auch nicht mehr böse bist.«

Anne umarmt mich kein zweites Mal, aber sie lächelt mich an. »Da ich nicht glaube, dass du noch mal zurückkommst, habe ich einen letzten Rat für dich. Stell dich deiner Vergangenheit, und dann lass sie los.«

»Das versuche ich«, verspreche ich ihr. Niemand stellt das infrage, denn das ist alles, was wir je tun können – hoffen, dass wir zu Veränderung in der Lage sind und daran glauben, dass es noch genug leere Seiten für unsere Geschichten gibt.

29

Der warme Duft von Vanille ruft mich aus meinen Träumen, oder wenigstens weckt er meinen Magen, der unerbittlich zu knurren anfängt. Ich ziehe mir ein Kissen über den Kopf, aber das nützt nichts. Ich habe zu großen Hunger, als dass ich weiterschlafen könnte.

»Warum musst du mich so quälen?«, frage ich Amie verschlafen und schenke mir eine Tasse Kaffee ein.

»Du hast sonst nie lange geschlafen«, sagt sie und wedelt mit dem Pfannenwender in meine Richtung. »Du wirst weich.«

Ich umklammere meine Tasse mit beiden Händen und warte darauf, dass er abkühlt. Max sitzt bereits am Tisch, er schneidet ziellos an einem Stapel Pfannkuchen herum. Ich lasse meine Tasse stehen und gehe zu ihm.

Willst du Hilfe?

Es ist erstaunlich, dass ich nächste Woche keine Gebärdensprache mehr verwenden muss. Er schüttelt den Kopf, ein albernes Grinsen im Gesicht. Hinter mir beginnt Amie zu summen. Ich weiß immer noch nicht sicher, ob Jude den Song geschrieben hat, aber tief in meinem Inneren weiß ich es doch. Er läuft seit zwei Wochen auf jedem Radiosender. Jedes Mal, wenn er läuft, höre ich zu und seziere ihn.

»Ihr beide habt heute Morgen schrecklich gute Laune«, sage ich und ziehe mich wieder zu meiner Kaffeetasse zurück.

»Es ist ein wunderschöner Tag«, zirpt Amie. »Es soll bis zu fünfzehn Grad warm werden, und sonnig. Der Sommer kommt schneller, als wir gucken können.« Sie wendet sich um und fängt Max' Blick auf. »Steht nicht der Geburtstag von jemandem an?«

Er nickt mit halb geöffnetem Mund voller Pfannkuchen. Ich ziehe seinen Teller zu mir und zerteile den Stapel in kleinere Bissen.

»Was wünschst du dir zum Geburtstag?«, frage ich ihn. Sein Blick flitzt zu Amie, aber bevor ich nachfragen kann, welchen Plan sie da aushecken, kracht es metallisch hinter der Garagentür.

Ich springe auf. »Was war das?«

Amie winkt herablassend ab. »Nichts, obwohl du vielleicht rausgehen und Jude sagen solltest, dass das Frühstück fertig ist.«

Ich glotze sie an. Neben mir fängt Max an zu kichern.

»Du hast so was von Probleme«, zische ich ihr zu, aber ich halte an der Garagentür inne und streiche mein Haar hinter die Ohren. An dem T-Shirt und den Shorts von letzter Nacht ist nichts zu ändern, es würde ihr eine zu große Genugtuung bereiten, wenn ich in mein Zimmer laufe, um mich umzuziehen.

Ich schiebe die Tür einen Spalt auf und rufe »Frühstück«, dann schließe ich sie schnell wieder, aber Amie hindert mich daran, die Küche zu verlassen.

»Schwing deinen Hintern auf den Stuhl und iss ein paar Pfannkuchen«, befiehlt sie und schiebt mir einen Teller in die Hände.

Auf dem Tisch steht bereits ein anderer Teller. Jude kommt herein und hebt beiläufig sein Shirt, um sich den Schweiß von der Stirn zu wischen, wobei er einen Streifen seiner perfekten Bauchmuskeln enthüllt.

Drüben am Ofen formt Amie »Gern geschehen« mit den Lippen.

Ich frage mich, ob sie das später auch sagen wird, wenn ich sie umbringe.

Sein Blick trifft meinen, und ich tue das Einzige, was mir einfällt – ich lächle. Es ist kein warmes und einladendes Lächeln, aber es ist auch nicht gezwungen. Es ist eher zögerlich und schüchtern – so wie man einen Fremden anlächelt, dem man sich vorstellen will.

»Dein Auto hat ein kratzendes Geräusch von sich gegeben. Hatte ich neulich gehört.«

Er steht nicht nur in meiner Küche und kehrt mein Innerstes nach außen, er hat auch noch schlechte Nachrichten.

»Kannst du es reparieren?«, springt Amie ein.

»An der Ölpfanne hat eine Schraube gefehlt. Das sollte kein Problem sein.«

Ich weiß nicht, wie ich Danke sagen soll. Die Worte stecken in meinem Hals fest.

Er geht zur Spüle und wäscht sich die Hände, reibt mit der Seife über seine Unterarme. Ich kann nicht anders, als zu genießen, wie das Wasser in kleinen Rinnsalen über seine Haut strömt.

Ich bin so unglaublich am Arsch.

»O mein Gott, sieh nur auf die Uhr«, ruft Amie und zieht sich die Schürze über den Kopf. »Ich habe versprochen, dass ich im Restaurant bin, bevor die Meute zum Brunch einfällt.«

Ich werfe ihr einen bösen Blick zu. Wenn ich für den Mord vor Gericht komme, dann werde ich das als Beweis aufführen, dass ich zu der Tat gezwungen worden bin.

Max schiebt sich gabelweise mehr Pfannkuchen in den Mund, aber ich kann mein Essen nur anstarren. Jude hat das Problem nicht. Er nimmt einen Bissen und stöhnt vor Begeisterung. Das Geräusch rast durch mich hindurch und landet zwischen meinen Beinen. Dieses Geräusch kenne ich *sehr* gut.

Jude hält eine Gabel hoch, als er sieht, dass ich noch nicht angefangen habe.

»Du musst das hier probieren«, drängt er mich.

Gott hilf mir, aber nach all der Zeit kann ich nicht Nein sagen, also nehme ich einen Bissen und entdecke den Hunger wieder, der mich geweckt hatte. Jude isst noch etwas mehr und hält dann inne, um Max Zeichen zu machen.

Du siehst anders aus, kleiner Mann.

Max hüpft auf seinem Platz herum und deutet auf die Implantate an den Seiten seines Kopfs.

Was ist das?, fragt Jude begeistert.

Max antwortet, dass das ihm dabei helfen wird zu hören.

Dann kann ich deine Musik anhören.

Ich ersticke fast an meinem Essen. Rasch greife ich nach dem Wasser und trinke ein paar Schlucke, um den Kloß in meinem Hals hinunterzubekommen.

»Ich schreibe einen Song für dich«, verspricht Jude ihm. Seine blauen Augen richten sich auf mich. »Ich habe einen für deine Mommy geschrieben.«

Ich möchte ihn hören.

»Sie hat mir noch nicht gesagt, ob sie ihn mag«, sagt Jude. Seine Lippen sind Max zugewendet, aber er spricht mit mir.

Wir starren uns an, bis Max zwischen uns auftaucht. Ich schüttle den Kopf und versuche, das Schwindelgefühl loszuwerden, das mich überkommt.

Was kann ich dir schenken?, frage ich meinen Sohn.

Ich weiß, was ich will.

Er nimmt meine Hand und zieht sie in die Mitte des Tisches. Das Gleiche macht er mit Jude, dann legt er sie ineinander. Als sich unsere Haut berührt, sind da keine Funken, so wie man es immer in Büchern liest. Seine ist eher warm, und ich spüre nur einen beruhigenden Frieden, gefolgt von einem sehnsüchtigen Stich.

»Sieht aus, als wüsste er genau, was er sich zum Geburtstag wünscht«, sagt Jude. Er hat sich daran erinnert. Natürlich hat er das.

Max zupft an Judes Ärmel, und er sieht von mir weg. Ohne seinen Blick ist mir kälter. Max fragt, ob Jude dabei sein wird, wenn seine Implantate angeschaltet werden.

Jude sieht auf, sucht meine Erlaubnis, und ich nicke.

»Ich würde das nicht verpassen wollen«, verspricht er.

Ich entschuldige mich, um das Geschirr abzuwaschen, und wische mir heftig über die Augen, sobald ich den beiden den Rücken zuwende. Jude kommt zu mir und stellt seinen Teller neben mir in die Spüle. Sein Arm berührt mich kaum an der Taille, aber ich muss dem Drang widerstehen, mich gegen ihn fallen zu lassen.

»Ich bin fast fertig da draußen«, sagt er. »Hast du Pläne für heute?«

Ich schüttle den Kopf, weil ich meiner Stimme nicht traue. Er geht weg von mir, und ich vermisse die Hitze seines Körpers.

Hast du Lust auf eine Spritztour?, fragt er Max, der als Antwort auf und ab hüpft.

»Ich ziehe uns an«, sage ich schüchtern.

Eine kalte Dusche später sehe ich im Kopf immer noch Judes Hand vor mir, die meine gehalten hat, und seinen Arm, der mich gestreift hat.

Ich komme gerade aus dem Bad, als Jude auftaucht.

»Max sieht sich Trickfilme an«, sagt er. »Er hat Schuhe an.«

Ich wickle mein Handtuch fester um meine Brust. »Ich ziehe mich an, dann bin ich bereit.«

Ich weiß nicht, warum ich befangen bin. Er hat mich schon wesentlich unbekleideter gesehen.

»Ich mache mich ein bisschen sauber, wenn es dir nichts ausmacht. Bei den Klamotten kann ich nicht viel tun«, sagt er und deutet auf den Schweiß und die Ölflecke. »Der Rest von mir ist abwaschbar.«

»Ich werfe dein Shirt in den Trockner«, sage ich. »Das wird nicht viel helfen, aber dann ist es wenigstens trocken.«

Er hakt den Daumen in den Saum und zieht es über den Kopf, dann hält er es mir hin. Ich kenne den Körper, den er mir da zeigt, aber dass ich ihn schon gesehen habe, heißt nicht, dass ich ihn weniger will.

Ich entschuldige mich rasch und schließe die Tür hinter mir. Dann werfe ich Judes Shirt in den Trockner und sinke gegen die Wand.

Mach langsam.

Dr. Allen sagt, ich brauche Zeit, um zu heilen und um zu

akzeptieren, dass sich all meine Beziehungen geändert haben. Ich weiß, dass das stimmt. Deshalb habe ich Jude auf Abstand gehalten, aber ihn so zu sehen, erinnert mich daran, dass sich manche Gefühle nicht ändern. Ich warte zehn Minuten und höre dem Surren des Trockners zu, bevor ich sein Shirt wieder herausnehme und es ihm bringe. Er wäscht sein Haar im Waschbecken. Seine Hände massieren die Seife in seine seidigen, schwarzen Locken, sodass die breiten Muskeln seiner Schultern betont werden.

»Hilf mir mal«, ruft er über das laufende Wasser hinweg.

Ich hänge das Shirt über die Handtuchstange, gehe zaghaft zu ihm und halte meine Hand unter den Hahn. Ich helfe ihm, die Seife aus dem Haar und von seinem Nacken zu waschen. Aus diesem Blickwinkel erkenne ich drei Worte, die zwischen den Tribals auf seiner Schulter eintätowiert sind. Ich weiß so viel über diesen Mann, aber wenn ich möchte, gibt es noch mehr zu entdecken.

Quaere veritatem tuam.

Ich zeichne die Buchstaben nach. »Was bedeutet das?«

Jude streckt die Hand nach einem Handtuch aus, und ich trete einen Schritt zurück, als er es um seinen Kopf wickelt. »Es bedeutet: Suche die Wahrheit.«

»Welche Wahrheit ist das?«, frage ich.

»Ich hatte gedacht, dass damit Schönheit und Liebe und Erfolg gemeint sind.«

»Und jetzt?«, flüstere ich.

Er wirft das Handtuch zu Boden und kommt näher.

»Du«, murmelt er. »Du bist die Wahrheit, die ich mein ganzes Leben gesucht habe.«

Er nimmt mein Gesicht in seine Hände, aber als sich seine

Lippen auf meine senken, windet sich ein kleiner Körper zwischen uns.

Wir lösen uns lachend voneinander. »Ich glaube, da ist jemand bereit.«

Jude nimmt sein T-Shirt und zieht es an. *Geh voran.*

Max läuft geradewegs auf die Tür zu, und ich beeile mich, mit ihm mitzuhalten. Als ich ihn endlich einhole, frage ich: »Was ist mit unserem Auto?«

Er schüttelt den Kopf und zeigt auf den gelben Jeep draußen.

»Ich denke, dass hängt von deinem Daddy ab«, sage ich über Max' Kopf hinweg zu Jude.

Frag deine Mommy, weist Jude Max an, der seinen flehenden Blick auf mich richtet.

»In Ordnung.«

Jude nimmt den Kindersitz aus meinem Auto, und wir setzen uns alle in den Jeep. Die Wärme des Nachmittags ist schon spürbar, also öffnet er die Seiten des Verdecks. Jude fährt mit Max im Auto vorsichtig und erlaubt mir so, die Fahrt zu genießen, wie er es vor Monaten versprochen hat. Ich strecke meine Hand aus dem Fenster, damit die Brise durch die Lücken zwischen meinen Fingern streifen kann. Mein Haar peitscht mir ums Gesicht. Ich frage nicht, wohin wir fahren. Es ist egal.

Ich drehe mich um, um nach Max zu sehen, dessen Lächeln von Ohr zu Ohr reicht.

»Ich glaube, er mag es«, ruft Jude zu mir herüber. Er biegt von der Straße auf den Parkplatz vom Chetzemoka Park ein, steigt aus und besteht darauf, Max aus dem Jeep zu heben und ihn sicher auf den Boden zu setzen.

»Das ganze Dad-Ding ist neu für mich«, flüstert er mir zu. »Wie mache ich mich?«

»Perfekt«, murmle ich.

Max nimmt uns beide an den Händen und zieht uns zu den Schaukeln. Jude kniet sich vor ihn, als wir dort ankommen. »Ich möchte mit deiner Mom reden. Ist das in Ordnung?«, fragt er.

Max nickt, bevor er davonflitzt, um auf den Spielgeräten herumzuklettern.

»Komm«, sagt Jude und nimmt meine Hand.

In Sichtweite führt eine kleine Fußgängerbrücke über eine schmale Bucht.

»Das ist wunderschön«, sage ich und sehe mich um. »Hier bin ich noch nie gewesen.«

Ist es das, was Jude mir zeigen will? All die schönen Orte, die ich nicht wahrgenommen habe? Wird er mir helfen, endlich die Schönheit in der Welt zu sehen, die ich bisher nicht bemerkt habe?

Die Holzbretter knarren unter unseren Füßen, und wir halten auf dem Scheitel inne, lehnen uns an das Geländer und sehen Max beim Schaukeln zu.

»Ich weiß nicht, wie ich das machen soll«, sage ich leise. Es gibt Hunderte gute Gründe, warum es keine gute Idee ist, mit Jude hier zu sein, aber ich kann den einen Grund, aus dem es das nicht ist, nicht verleugnen. Er ist in meinem Herzen verankert, und ich möchte ihn niemals freilassen.

»Ich habe darüber nachgedacht, und ich glaube, ich habe eine Lösung gefunden«, sagt er. Ich warte darauf, dass er weiterspricht, und er zieht seine Geldbörse aus der Gesäßtasche. Dann gibt er mir den Zettel aus dem Glückskeks.

»Du wirst eine zweite Chance bekommen«, lese ich und lache. »Ich dachte, dass das hier weggeworfen wurde.«

»Ich habe dir gesagt, dass ich die guten behalte. Ich hatte das Gefühl, der hier könne noch nützlich sein.« Seine Finger streichen über mein Handgelenk.

Vielleicht ist es an der Zeit, die gleiche Strategie anzunehmen.

»Lass uns von vorn anfangen«, schlägt er vor. »Ich heiße Jude.«

»Grace«, flüstere ich.

»Es freut mich, dich kennenzulernen, Grace. Tatsächlich ist es, als hätte ich mein ganzes Leben darauf gewartet, dich kennenzulernen.«

Ich sehe ihm in die Augen, und dort finde ich meine Wahrheit.

Ich lockere meine Hand und lasse das Zettelchen fallen. Der Wind fängt den Papierstreifen, und er flattert auf das Wasser unter uns.

»Was ist, wenn ich eine zweite Chance brauche?«, fragt Jude.

Ich fahre mit meiner Hand über seinen Kiefer. »Die brauchst du nie mehr.«

»Ich bin ziemlich gut darin, Mist zu bauen«, warnt er mich.

»Ich habe Unterricht genommen im Verzeihen.«

Als ich Jude getroffen habe, war ich kaputt. Das bin ich immer noch, aber mit ihm bin ich näher daran, eins zu sein. Zusammen sind wir fast vollständig. Sein Mund neigt sich auf meinen, seine starken Arme umschließen meine Schulterblätter, während er mich näher an sich zieht. Und als seine Lippen auf meine treffen, weiß ich, dass ich meine Ewigkeit gefunden habe.

Epilog

»Ich glaube, das ist nicht gerade«, sagt Grace und seufzt frustriert, während sie einen Schritt zurücktritt, um das Bild über dem Kamin zu begutachten.

Zwei fast volle Umzugswagen stehen draußen, und sie ist damit beschäftigt, Bilder aufzuhängen. Ich stelle die Kiste ab und geselle mich zu ihr ins Wohnzimmer. »Ich helfe dir später damit«, verspreche ich, packe sie an der Taille und drehe sie zu mir um.

»Ich habe davon geträumt, das Bild genau dahin zu hängen, seit du es mir letztes Weihnachten geschenkt hast«, sagt sie.

»Dann ist es immer noch dein zweitliebstes Geschenk?«, frage ich, aber sie schüttelt den Kopf.

»Das ist mein liebstes Geschenk vom letzten Weihnachten.«

Ich mache einen Schritt zurück und sehe sie erstaunt an.

»Letztes Weihnachten habe ich dir ein Haus geschenkt. Um genau zu sein, das Haus, in dem wir gerade stehen.«

»Das weiß ich«, sagt sie, »aber dieses Bild macht es zu unserem Heim.«

Ich lasse sie los und gehe zu dem Bild, um es gerade zu rücken. »So besser?«

»Perfekt.«

Ich halte inne und bewundere es kurz mit ihr zusammen. Es ist mein erster echter Versuch mit einem Porträt. Ich habe Grace schon ein paar Mal spontan gemalt, aber dieses Stück ist von einem Foto inspiriert worden, das Grace' beste Freundin letzten Sommer von uns gemacht hat. Grace, Max und ich sitzen auf einem großen Felsen und sehen hinaus aufs Meer. Es war ziemlich anstrengend, auf das verdammte Ding zu kommen, aber wir haben es geschafft, wobei mir Max geholfen hat. Ich hatte das Foto an meine Staffelei gehängt und es monatelang langsam gemalt. Ich weiß immer noch nicht, ob ich den Wind, der in ihrem Haar spielt, richtig getroffen habe. Ich habe auf irgendetwas draußen auf dem Wasser gezeigt, aber im Rückblick wirkt diese perfekt wiedergegebene Erinnerung, als hätte ich in unsere Zukunft gedeutet.

Das Foto hat es geschafft, genau zu zeigen, was ich seit zwei Jahren in meinem Herzen fühle: Das ist meine Familie. Ich hatte gehofft, Grace das gleiche Geschenk zu machen, und wenn ich sie jetzt so ansehe, dann ist mir das gelungen. Ich verweile noch ein bisschen im Wohnzimmer und nehme das Gefühl in mich auf, ein Zuhause und eine Familie zu haben, bevor ich mich wieder an meine Arbeit mache.

Ich habe eineinhalb Jahre gebraucht, bis ich Grace davon überzeugt hatte, endlich bei mir einzuziehen. Dann haben wir weitere sechs Monate gebraucht, um ihr Traumhaus umzubauen. Ein paar Tage nachdem sie dann nach einem Jahr endlich Ja gesagt hat, war das Haus auf den Markt gekommen, Das war ein Zeichen.

Es gab immer noch eine Menge an der alten Bemalten Lady zu tun, um ihr zu ihrem alten viktorianischen Glanz zu verhelfen, aber die Lage hätte nicht besser sein können. Sie thront auf dem Steilufer, das über der Innenstadt aufsteigt, hat einen großzügigen Garten und ragt wie ein Leuchtturm aus Port Townsends Vergangenheit. Ich hatte Schreckensgeschichten über das Umbauen und Renovieren gehört, aber nichts konnte mich davon abhalten, Grace ihren Traum zu erfüllen.

Es hat sich gezeigt, dass uns der ganze Prozess noch näher zusammengebracht hat. Wir haben die Küche abgerissen und die Böden herausgerissen. Wir haben Wandfarben und Fliesen ausgesucht. Wir hatten es oft genug verbockt, um Handwerker holen zu müssen, aber ich würde nichts davon ändern wollen.

»Das erinnert mich daran«, sage ich und nehme ihre Hand, während ich zurück zur Vordertür gehe, »dass wir uns immer noch nicht entschieden haben, welchen Namen wir auf den Briefkasten schreiben: Kane oder Mercer?«

Sie kräuselt die Nase. »Solange es nicht Kane-Mercer ist.«

»Deine Gedanken zu dem Namen hast du ziemlich deutlich gemacht«, ziehe ich sie auf. Während des Gerichtsverfahrens, in dem wir Max' Unterlagen sortiert haben, haben wir auch darüber gesprochen, ob wir seinen Nachnamen ändern.

»Kane-Mercer klingt wie ein Serienkiller«, sagt sie.

Das war auch damals ihr Argument gewesen.

»Ich denke immer noch, dass Max Mercer wie ein Held in einem Comic klingt.«

»Dann ist es perfekt für ihn.«

Dagegen kann ich nichts sagen. Max ist mein Wunder. Seine Güte und seine Liebe haben mir mehr Freude geschenkt, als ich in diesem Leben je für möglich gehalten hätte.

Aber sie wird mich nicht von der Kane-Mercer-Diskussion ablenken. »Wir reden später darüber«, warne ich sie.

Sie weiß, dass es eine Drohung ist, aber sie hebt kaum die Augenbraue, so als würde sie die Herausforderung annehmen. Ich küsse ihr das Grinsen von den Lippen und nehme die Kiste wieder auf, die ich neben der Treppe habe stehen lassen und auf der »Max« steht.

Er sitzt auf seinem Bett und malt ein Bild. Ich sehe drei Strichmännchen und eine kleinere Gestalt, die ich nicht ganz erkennen kann. Ich lasse mich neben ihn aufs Bett fallen und warte darauf, dass er mich ansieht. »Wen malst du da, kleiner Mann?«, frage ich und mache Gebärden dazu.

Die Cochlea-Implantate, die er vor zwei Jahren bekommen hat, sind für uns alle eine Umstellung. Wir haben Glück, dass sich seine Mom so viel Mühe gegeben hat, die Gebärdensprache zu lernen, was mich dazu ermutigt hat, das Gleiche zu tun. Es hilft ihm, wenn wir uns mit ihm in einer Sprache unterhalten, die er versteht, um die Geräusche unserer Worte langsam mit der Form unserer Lippen und den Gesten unserer Hände zusammenzubringen.

Es ist ein Kampf, aber zu sehen, wie viele Fortschritte er bereits gemacht hat, ist all das wert.

»Unsere Familie«, zeigt Max, während ein paar begleitende Konsonanten über seine Lippen kommen.

»Es gefällt mir, aber was ist das?« Ich deute auf die Gestalt in der unteren Ecke.

»Unser Hund«, gebärdet er mit einem Grinsen.

»Wir haben keinen Hund.«

»Noch nicht«, antwortet er.

Ich schätze, ich weiß genau, was er sich zu Weihnachten

wünschen wird. Diese Geschenkanfrage werde ich mit seiner Mom besprechen müssen. Obwohl ich mir keinen besseren Zusatz zu diesem Kapitel in unserem Leben vorstellen könnte, außer vielleicht eine Sache.

»Ich arbeite weiter«, sage ich Max. »Hast du deine Klamotten für das Abendessen bereit?«

Er springt auf und rennt zu seinem Kleiderschrank. Wir haben bisher nur sein Zimmer wirklich ausgepackt. Wir wollten den Übergang für ihn so reibungslos wie möglich machen, aber bisher gab es keinerlei Probleme. Er sehnt sich ebenso sehr danach, unsere Familie unter einem Dach zu haben, wie ich.

Max zieht sein Hemd und einen ansteckbaren Schlips hervor und hält beides hoch.

»Guter Mann«, rufe ich.

Er lässt die Sachen auf den Boden fallen und rennt auf mich zu. Ich fange ihn auf, hebe ihn in eine feste Umarmung und löse mich dann von ihm. »Du hängst das besser auf.«

Er tut es, und ich gehe hinunter, wo sich Grace mit einer Kiste auf den Stufen der Veranda abmüht. Ich nehme sie ihr ab, sehe, was darauf steht, und schleppe sie in die Küche.

»Was jetzt?«, frage ich, sobald ich die Kiste auf den Tresen gestellt habe.

Amie hat diesen Platz designt. Es war der einzige Raum, der Grace und mir Rätsel aufgegeben hat. Cremefarbene Subway-Fliesen betonen die Wände und die schwarzen Schränke. Die Küche mit dem gemütlichen Design und der Farmhausspüle ist wie das Zentrum unseres Heims. Der wuchtige Viking-Herd, den Amie ausgesucht hat, wird vermutlich mehr genutzt werden, wenn sie uns besucht.

»Ich kann das selbst tragen«, erklärt Grace und stemmt die Hände in die Hüften.

Ich bin froh, dass die Jahre unseres Zusammenseins ihre dickköpfige Ader kein bisschen gemildert haben.

»Ich möchte nicht, dass du verletzt wirst, Sonnenschein.«

Sie verdreht die Augen. »Dann wird das hier den ganzen Tag dauern.«

In Wahrheit möchte ich das hier mit ihr gemeinsam tun. Ich möchte die Kisten von Zimmer zu Zimmer tragen und mein Leben mit ihr an meiner Seite entfalten.

»Ich habe Kram für das Schlafzimmer«, sagt sie schließlich. Ich folge ihr hinaus zu den Umzugswagen und genieße die leichte Frische der Frühlingsluft auf meiner Haut. Ich nehme unser Kopfteil und hebe es über den Kopf. Grace läuft vor mir zur Tür und hält sie auf. Es ist etwas mühsam, es die Wendeltreppe hinauf zu bekommen, aber schließlich ist es in unserem Zimmer.

»Wo möchtest du es haben?«, frage ich.

Sie mustert den Raum, und ihr Blick verschleiert sich zweideutig. »Überall.«

Als sie auf mich zukommt, lehne ich das Kopfteil gegen die Wand und ziehe sie am Saum ihres Shirts zu mir.

»Red nur weiter so«, sage ich, »und wir werden nie fertig. Möchtest du kein Bett hier drin?«

»Wir haben die Wände«, sagt sie, »und Böden und eine Dusche.«

Sie muss mir nicht aufzählen, welche Orte wir alle in den nächsten Wochen einweihen müssen. »Wir haben vielleicht eine Dusche, aber keine Handtücher, Sonnenschein.«

»Na gut«, winselt sie, und ich kann nicht anders, als ihr einen kleinen Ausblick auf das zu geben, was noch kommt.

Ich drücke sie gegen die Wand und fahre mit meinen Handflächen über ihre Schultern. Ich möchte ihr die Arme über ihrem Kopf festhalten und ihr mehr als nur einen Vorgeschmack geben, aber selbst als mir jetzt das Blut in den Schwanz schießt, bin ich mir ihrer Auslöser bewusst. Sie fühlt sich sicher bei mir, und ich würde nie etwas tun, um das zu zerstören. Stattdessen fahre ich mit den Lippen über ihr Schlüsselbein bis zu ihrer Halsgrube und folge dann der geschwungenen Kurve, die zu ihrem Mund führt. Ich küsse sie langsam, genieße die üppige Prallheit ihrer Unterlippe, stöhne, als sie ihre Zunge über meine tanzen lässt und sich unsere Münder füreinander öffnen. Gemeinsam erlernen wir die Kunst, es langsam angehen zu lassen. Bis jetzt ist das sehr lohnenswert.

Als ich mich schließlich zurückziehe, ist sie erhitzt. Ich tippe mit meinem Finger auf ihre Nase. »Ich schleppe das Bett hoch«, sage ich, »für heute Abend.«

Sie beißt sich auf die Lippe und nickt, und ich verliere fast meine Entschlossenheit, erst auszupacken, als sie mich sanft wegschiebt. »Dann lass uns loslegen.«

»Übrigens«, rufe ich, bevor ich aus der Tür gehe, »habe ich Max versprochen, dass wir heute Abend chinesisch essen.«

»Es ist Sonntag«, sagt sie mit einem Lächeln, das mein Herz packt.

Grace Kane liebt mich. Jedes Mal, wenn ich das begreife, verliebe ich mich von Neuem in sie. Diese Frau, die im Auto zu laut singt und die zu heftig liebt. Sie ist nicht so zerbrechlich, wie sie glaubt, aber das hält sie nicht davon ab, sich zu sehr zu sorgen. Sie lernt, Grenzen zu setzen. Das tun wir beide. Jeden Tag machen wir neue Schritte – gemeinsam und getrennt –, aber wir finden immer wieder zueinander.

Im Wohnzimmer stehen unglaublich viele Kisten. Wir haben es geschafft, beide Wagen auszuräumen, aber es wird Wochen dauern, bis wir uns durch die Leben sortiert haben, die wir mitgebracht haben. Schließlich finde ich Grace, wie sie im Schneidersitz auf einem Stapel Kisten sitzt.

»Ich weiß nicht mal sicher, wo das Toilettenpapier ist«, gibt sie zu.

»Wir können welches auf dem Weg zum Abendessen besorgen.«

Sie runzelt die Stirn über den Vorschlag. »Ich dachte, wir essen hier.«

»Weißt du, wo die Gabeln sind? Oder die Teller?«, frage ich. »Es ist einfacher, wenn wir ausgehen.«

»Sie würden uns Stäbchen geben.«

Sie ist entschlossen, meinen Plan, sie aus dem Haus zu bekommen, zu untergraben.

»Ich finde, wir sollten wenigstens für einen Moment von dem ganzen Chaos wegkommen.«

Ich strecke ihr meine Hand entgegen, und sie nimmt sie. Rasch ziehe ich sie auf die Füße und haue ihr auf den Hintern. »Und jetzt geh hoch und zieh dich um.«

»Ich glaube nicht, dass ich mich für den Lucky Dragon schick machen muss«, sagt sie, als Max auf der Treppe erscheint. Er trägt sein Hemd und die Krawatte.

»Na, er *ist* schick angezogen«, sage ich und tue so, als sei ich überrascht.

Sie grummelt etwas von wegen die Stange zu hoch halten, aber dann läuft sie die Stufen hinauf. Ich begleite sie, öffne meine kleine Reisetasche und ziehe ein Handtuch heraus.

»Ich dachte, du weißt nicht, wo die Handtücher sind?«

»Ich bin gern vorbereitet«, erkläre ich. »Außerdem wusste ich, dass ich vollkommen durchgeschwitzt sein würde, wenn wir hier fertig sind.«

»Du bist mein vollkommen durchgeschwitzter Kerl.« Sie küsst meine Schulter und geht zu den Kisten.

Ich dusche schnell und halte inne, während das heiße Wasser über mich strömt, um mich zu sammeln. Ich bin hier mit ihr. Ich habe Grace ihren Traum erfüllt, und indem ich das tat, ist auch meiner wahr geworden.

Als ich fertig angezogen bin, kämme ich mein Haar und ermutige mich selbst im Spiegel, bevor ich endlich hinuntergehe.

»Das ist alles, was ich finden konnte«, sagt sie und deutet auf ihr luftiges Sommerkleid.

Ich runzle die Stirn, als mir klar wird, dass ich für sie auch etwas hätte einpacken sollen. »Ich möchte nicht, dass du frierst.«

»Das werde ich nicht mit dir an meiner Seite.«

»Wo hast du das gefunden?« Sie deutet auf mein schiefergraues Hemd, das ich mit einer Jeans kombiniert habe.

»Ich habe meine Kisten sehr ordentlich beschriftet«, sage ich mit einem Augenzwinkern, und sie verdreht die Augen.

Wir nehmen ihr Auto. Ich musste jeden Trumpf ziehen, als ihr alter Civic endlich das Zeitliche gesegnet hatte, und letztendlich durfte ich ihr einen Grand Cherokee kaufen. Sie konnte nicht dagegen an, dass es ein sichereres und verlässlicheres Auto für Max und sie sein würde.

Nachdem ich genau geprüft habe, ob Max auch wirklich richtig angeschnallt ist, steigen wir ein.

»Ich wünschte, wir hätten unser erstes Abendessen zu Hause haben können«, sagt sie wehmütig, und ihr Blick verweilt auf dem Haus, als wir zum Lucky Dragon losfahren.

»Nächsten Sonntag machen wir es richtig, Sonnenschein«, verspreche ich. »Wir laden Renee ein und wissen, wo das Geschirr ist.«

Sie lacht und nimmt meine Hand, während ich über die steile Straße fahre.

»Wahrscheinlich hast du recht. Eine Sache weniger, mit der wir uns stressen müssen.«

In meinem Leben hat es so wenig Stress gegeben, jetzt, da sie dazugehört. Ich bin nicht mehr mit der Vergangenheit beschäftigt. Ich sehe in die Zukunft. Es ist leichter, jeden Tag zu genießen, jetzt, da ich sie habe, um mit ihr mein Leben zu teilen.

Der Parkplatz vom Lucky Dragon ist leer, als wir ankommen. Das ist nicht ungewöhnlich, da es eher ein Takeaway-Laden ist, aber als wir zur Tür kommen, hängt dort ein Schild: »Geschlossene Gesellschaft«.

»O nein!«, ruft Grace.

»Das wird mich nicht aufhalten.«

Ich klopfe an die Glastür, und Mr. Cho öffnet sofort. Grace sieht mich entsetzt an, als wäre das Ignorieren des Schilds ein Verbrechen gegen die Menschheit. »Jude ...«

»Mr. Mercer«, begrüßt mich der Besitzer des Restaurants. »Kommen Sie herein, kommen Sie herein.«

Der entsetzte Blick von Grace wandelt sich zu Verwirrung. Max und ich werfen uns heimlich einen verschwörerischen Blick zu, begeistert, weil unser Plan funktioniert, aber sie fängt ihn auf.

»Was habt ihr zwei vor?«, fragt sie, während wir hineingehen.

Ich antworte nicht, weil ich nicht noch mehr Verdacht erregen möchte. Mr. Chow führt uns an einen Tisch in der Mitte des Restaurants. Er hat eine weiße Leinentischdecke aufgelegt und Gänseblümchen in einer Vase daraufgestellt. Es gibt sogar ein kleines Teelicht.

»Hast du das organisiert?«, fragt sie mich, als sie das alles sieht.

»Ich dachte, wir sollten an so einem wichtigen Tag ein schickes Abendessen haben, aber ich wollte auch wirklich gern Chinesisch.«

»Das ist eine Tradition«, zieht sie mich auf, als wir uns hinsetzen.

Ich habe das Menü mit Mr. Cho vorab geplant, um sicherzugehen, dass all unsere Lieblingsgerichte dabei sind. Max hat gerade einen Wachstumsschub, er isst praktisch sein Gewicht. Wir planen, was wir im Garten pflanzen wollen, und Max zählt seine Argumente für einen Hund auf.

Grace' Lächeln ist den ganzen Abend über strahlend, und ich bewahre es im Gedächtnis. Eines Tages werde ich sie so malen, aber ich werde ihr nie gerecht werden können.

»Ich kann nicht glauben, dass du das getan hast«, sagt sie, als Mr. Cho die Rechnung und drei Glückskekse bringt.

»Ich wollte, dass der Tag heute unvergesslich wird.«

»Du hast schon all meine Träume wahr werden lassen«, erklärt sie.

Ich hebe eine Augenbraue, dann strecke ich die Hand aus und nehme ihre. »Alle?«

Unsere Blicke begegnen sich. Schon den anderen zu finden, hat unsere Leben vervollständigt, aber das bedeutet nicht, dass es nichts mehr gibt, was ich mir wünschen würde, und ich will das alles mit ihr. Grace sieht weg und verteilt die Glückskekse.

Wir schweigen, als wir unser Ritual beginnen. Sie ist zu beschäftigt damit, ihren zu lesen, um mitzubekommen, dass meiner noch auf dem Teller liegt. Max zwinkert mir zu. Dann gibt er mir seinen Zettel.

»Du wirst einen Hund bekommen«, lese ich laut vor.

Das habe ich davon, dass ich nicht gefragt habe, was er in seinem personalisierten Keks haben wollte.

»Das ist sehr spezifisch und zeitlich passend«, bemerkt seine Mutter und verengt die Augen.

Max hebt die Hände, aber das schelmische Grinsen untergräbt den Versuch, unschuldig zu tun.

»Was ist mit deinem?«, frage ich.

Sie schluckt, und ich merke, dass Tränen in ihren grünen Augen glitzern.

»Hier steht, dass all meine Träume wahr werden.« Ihre Stimme bricht. Sie schnieft und wischt mit dem Finger unter den Augen entlang. »Was sagt deiner?«

Mittlerweile hat sie herausgefunden, dass ich die Zettel hineingetan habe, aber ich kann sie immer noch überraschen.

»Ich weiß es nicht«, sage ich und halte meinen hoch.

»Du Schwindler«, sagt sie. »Was auch immer in deinem ist, es wird nicht wahr werden.«

»Ich habe die Regeln eingeführt. Ich kann sie ändern.«

»Oh, ja? Was möchtest du ändern?«

Ich stehe auf und gehe auf ihre Seite des Tischs. Grace' Atem beschleunigt sich, als ich mich ihr nähere.

»Von jetzt an, finde ich, sollten wir all unser Glück teilen.«

»Manchmal ist das Glück ätzend«, flüstert sie.

»Es gibt niemanden mit dem ich lieber ein ätzendes Glück teilen würde«, erkläre ich, während ich mich langsam hinknie.

Grace schlägt die Hand vor den Mund, als ich den Keks aufbreche und einen kleinen Streifen Papier enthülle, der um einen Diamantring geschlungen ist.

»Warum fangen wir nicht mit diesem an?«, frage ich.

Ihr Blick lässt meinen nicht los. Sie streckt die Hand aus und zieht den Zettel mit zittrigen Fingern heraus.

»Ich glaube nicht, dass ich ihn lesen kann«, sagt sie. »Ich zittere zu sehr.«

Ich nehme den Ring, lasse den Keks auf den Tisch fallen und halte ihn ihr hin. Sie hält inne, bevor sie mir erlaubt, ihn auf ihren Finger zu schieben.

»Was steht drauf?«, fragt sie und gibt mir den Papierstreifen. Ich nehme ihn, aber ich brauche nicht hinzuschauen.

»Da steht, ich liebe dich. Da steht, dass du mir mehr Liebe gegeben hast, als ich je zu verdienen glaubte. Da steht: Wenn wir es durch diese Stürme geschafft haben, schaffen wir alles. Da steht, dass wir gemeinsam alt werden, in Schaukelstühlen auf unserer Veranda vor dem Haus. Da steht, dass du mir dein Herz gegeben hast, und dass kein Tag vergeht, an dem ich Gott nicht dafür danke.«

»Das ist eine Menge für so einen winzigen Streifen Papier.« Sie weint jetzt ein wenig, obwohl sie immer noch lächelt.

»Es tut mir leid«, sage ich, und ein Grinsen schleicht sich auf meine Lippen. »Ich wollte sagen, dass da steht: Willst du mich heiraten?«

»Ja.« Sie kann das Wort kaum aussprechen, als ich sie auch schon küsse.

Max zwängt sich zwischen uns, und ich bin so froh, dass er hier ist, um diesen Moment mit uns zu teilen, in dem mein letzter Wunsch wahr geworden ist.

325

In dieser Nacht sind wir alle zu aufgedreht, um zu schlafen. Als Max endlich aufgibt, schleiche ich auf Zehenspitzen nach unten und versuche, nicht über die Kisten zu fallen. Das Haus ist ruhig, und nach ein paar Minuten finde ich Grace auf der Veranda, wo sie auf die See hinausblickt.

»Es ist zu dunkel, um den Ausblick zu genießen«, rufe ich.

»Ich kann es nicht sehen«, sagt sie, als ich mich hinter sie stelle und sie an mich ziehe. »Aber ich weiß, dass es da ist.«

Es gibt so viele Dinge im Leben, für die das gilt: Liebe, Hoffnung. Es gab eine Zeit, in der ich daran gezweifelt habe, ob ich jemals um diese Geschenke bitten könnte. Und selbst da habe ich mich an sie geklammert, habe mich geweigert, in einer Welt zu leben, in der die Dunkelheit sie überschattet. Dieser unerschütterliche Glaube hat mich fast zerstört. Jetzt, da ich sie in den Armen halte, bin ich mir einer Sache sicher:

Ich hatte immer den Glauben, aber gerettet hat mich die Gnade.

Ein Dankeschön

Danke, dass ihr diese Geschichte mit mir geteilt habt. Ich bin gespannt, wie sie euch gefallen hat, und würde mich freuen, von euch zu hören. Ihr könnt euch gern an mich wenden: genevaleeauthor@gmail.com oder auf Facebook (facebook. com/genevaleebooks), um eure Gedanken mit mir zu teilen.

Ich möchte mich außerdem bei Sharon Goodman, Elise Kratz und Melissa Gaston bedanken, weil sie für mich da gewesen sind, während ich dieses Buch geschrieben habe. Ich freue mich darauf, an vielen weiteren gemeinsam zu arbeiten.

Danke, Tamara Mataya, dass du mir dein scharfes Auge und deine Erfahrung geliehen hast.

Mein Dank geht auch an Shawna Gavas für die Notizen, die mich vorangetrieben haben, und für das manische Lektorieren.

Danke an Shayla, weil sie meine Schulter zum Anlehnen und auch meine Ablenkung war.

An die GLRC, die immer ihren Glauben behalten, auch wenn ich sie mitnehme auf eine neue, wilde Reise. Ich wüsste nicht, was ich ohne euch tun soll. #TeamG

Danke an Ellie von Love N. Books für die Arbeit mit unglaublichen Fotos und an Franggy Yanez und Stu Reardon für das atemberaubende Bild auf dem Cover.

Danke, Cassy Roop und Pink Ink Designs für das Setzen des Inhalts.

Und an all die Menschen, die da gewesen sind über die Jahre: Danke, dass ihr zu mir gehalten habt. Ich habe diese Geschichte schon lange geschrieben, und es tut gut, sie endlich zu erzählen.

Leseprobe

Geneva Lee
Royal Destiny
Band 7 der Royals-Saga

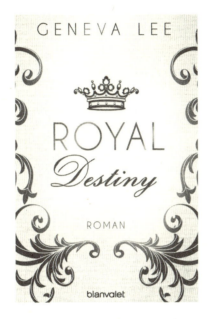

Erscheint im Juli 2017 im Blanvalet Verlag

Im britischen Königshaus läuten wieder die Hochzeitsglocken. Doch wer ist das glückliche Paar, dessen Verbindung die Monarchie in ihren Grundfesten erschüttern könnte? Die internationale Klatschpresse stürzt sich begierig auf den royalen Skandal, und dann kommen auch noch gefährliche Informationen über das Attentat auf Alexanders Vater ans Licht. Der Druck auf Alexander wächst – und sein Bedürfnis, Clara und seine Familie zu beschützen, wird zur erbarmungslosen Besessenheit. Kann ihre Liebe diese erneute Zerreißprobe bestehen?

Washington D.C.
Alexander

Der sogenannte *Queen's Bedroom*, den die Verwaltung des Weißen Hauses zur Unterbringung gekrönter Staatsgäste für angemessen hielt, war so langweilig und antiquiert, wie der Name vermuten ließ. Bestimmt hatte das Zimmer den Namen erhalten, als meine Großmutter noch auf dem Thron saß, denn meine Frau war alles andere als langweilig. Trotz der übertrieben femininen viktorianischen Wandbespannung und der spitzenbesetzten Tagesdecken sorgte Claras Gegenwart hier für Frische. Sie regte sich im Schlaf, und ich hielt den Atem an, als eine vertraute Unruhe in mir erwachte.

Ihr volles, braunes Haar floss über den Kissenbezug, auf ihren reizenden Gesichtszügen lag ein Anflug von Heiterkeit, und sie bewegte im Schlaf stumm die Lippen.

Ich stützte mich auf dem Ellenbogen ab, betrachtete sie und fragte mich, mit wem sie wohl im Traum sprach. Obwohl es völlig sinnlos war, auf ihre Träume eifersüchtig zu sein, konnte ich doch nicht anders. Dass sie sich mir im Schlaf entzog, schien meiner irrationalen Seite unerträglich, die, seit ich Clara kannte, viel zu oft meinen Verstand aushebelte.

Vielleicht verspürte ich deshalb so häufig den Drang, sie zu gewissen nächtlichen Aktivitäten zu wecken.

Der anatomische Gegenspieler meines Verstandes zuckte bei diesem Gedanken bereits zustimmend, woraufhin ich die Hand nach unten sinken ließ und mich gedankenverloren streichelte. Ab wann durfte man sie wohl zu morgendlichem Sex wecken? Schwer zu sagen, wenn man bedachte, wie sehr unser Rhythmus durcheinandergeraten war, seit wir vor etwas über einer Woche in Seattle eingetroffen waren. Auf unserer Reise durch die USA, die der Beziehungspflege zwischen den Staaten diente, hatten wir schon drei andere Städte besucht. Wenigstens war die Bundeshauptstadt unsere letzte Station. Die Anstrengungen der Reise und unsere quicklebendige Tochter strapazierten Claras Nerven unentwegt – trotzdem sagte sie nic Nein.

»Machst du dich schon mal warm?«, murmelte sie, schlug blinzelnd die Augen auf und sah mich verschlafen an.

»Ich wollte dich nicht wecken.« Ich verschwieg ihr, dass ich es trotzdem getan hätte. Obwohl ich mir auf meine Selbstbeherrschung etwas einbildete, ließ diese in Bezug auf meine Frau sehr zu wünschen übrig. Wenn ich mit ihr allein war, konnte ich nicht von ihr lassen.

Claras Lachen nahm mir etwas von der Last, die mir unablässig auf der Seele lag. Vielleicht ließ sich meine Besessenheit für sie darauf zurückführen, dass ihre Gegenwart stets wie Balsam auf mich wirkte. Immer linderte sie die Bürde, die ich auf meinen Schultern trug, obschon sich der Druck, der auf mir lastete, exponentiell verstärkt hatte, seit sie in mein Leben getreten war. Durch sie fühlte ich mich zugleich gebunden und befreit. Es war das große Paradoxon unserer Liebe, dass wir einander erlösten, indem wir uns beide einem Leben voller Pflichten verschrieben hatten.

»Du hättest mich sowieso geweckt«, behauptete sie und streckte ihre schlanken Arme über dem Kopf aus.

Die Bewegung erregte mein Interesse. Ich nutzte die Chance, mich über sie zu schieben und hielt ihre Hände fest. »Willst du dich beschweren, Süße?«

Ihr Körper unterwarf sich meiner dominanten Geste mit erfreulicher Bereitwilligkeit. Clara spreizte einladend die Beine, sie atmete flach und schnell und gurrte die einzigen Worte, die ich von ihr hören wollte. »Ja, bitte.«

Dieser Aufforderung folgte ich gern, ich löste meinen Griff gerade lange genug von ihr, um den Schal aufzuknoten, mit dem die Vorhänge des Himmelbetts an die Bettpfosten gebunden waren. Sie widersetzte sich nicht, als ich ihr Handgelenk vorsichtig ans Bett fesselte. Als ich mein Knie probehalber an ihren nackten Schoß drückte, stellte ich fest, dass sie dem Gedanken an eine morgendliche Session ganz und gar nicht abgeneigt war.

»Ich weiß ja nicht, was die Amerikaner davon halten, wenn man schon so früh am Morgen mit Bondage anfängt.« Trotzdem reckte sie noch beim Reden ihren freien Arm in Richtung des anderen Bettpfostens.

Überheblich grinste ich zu ihr hinunter. »Die Regeln von denen interessieren mich nicht.« Um meinen Worten Nachdruck zu verleihen, schnürte ich ihre Handgelenke etwas fester und wurde dafür mit gesteigerter Erregung belohnt.

»Darf die Queen in ihrem eigenen Schlafzimmer festgebunden werden?« Sie sagte gern solche Sachen, weil sie genau wusste, dass ich sie dafür umso härter anfasste. Je frecher sie wurde, desto heftiger wurde mein Verlangen, sie zu dominieren. Wie bei den meisten Paaren umfasste unser Sexleben die ganze Palette von langsam und sinnlich bis hin zu wild und animalisch. Doch anders als die meisten Paare schöpften wir täglich die ganze Bandbreite aus.

»Wenn sie im Bett des Königs liegt, durchaus.« Ich richtete mich auf, setzte mich auf die Fersen und genoss den Anblick meiner gefesselten und hilflosen Frau. Zum Glück war das Haus groß und Elisabeth mit dem Kindermädchen am anderen Ende des Flurs, denn ich hatte Lust, sie schreien zu hören.

Claras Brüste lugten unter dem seidenen Nachthemd hervor, und ich zerriss die zarten Träger, um sie ganz freizulegen. Ich ließ mich nach unten gleiten, umschloss ihren Nippel mit meinen Lippen und saugte daran. Auch wenn ich keine Ruhe gab, bis ich sie unter mir spürte, ließ ich mir Zeit, wenn ich sie einmal so weit hatte. Sie stöhnte leise, ich saugte immer fester und biss sie schließlich geradezu ins weiche Fleisch. Clara bäumte sich mir entgegen, ihre Hüften begannen zu beben, und es verlangte sie immer heftiger nach Erfüllung. Ich genoss es sehr, meine Frau beim Höhepunkt zu beobachten, doch sie ganz nah heranzubringen, war noch besser. Es war nur gerecht, wenn ich diese schöne, intelligente Frau in ein unbeherrschtes, lüsternes Etwas verwandelte – schließlich brauchte sie normalerweise nur den Raum zu betreten, um mich in eben jenen Zustand zu versetzen.

»Hast du heute gar keine Termine?« Leidenschaftlich presste sie ihren Körper an mich.

»Erst in ein paar Stunden«, erwiderte ich, während ich weiter ihre weiche Brust liebkoste. Ich hatte ihr tunlichst verschwiegen, zu welch früher Stunde ich den heutigen Tag begonnen hatte. Zweifellos würde die Zeit für unseren Geschmack ohnehin viel zu schnell vergehen.

»Tsss«, zischte sie durch ihre zusammengebissenen Zähne.

Ich richtete mich auf und hob eine Braue. Meine Autorität im Schlafzimmer infrage zu stellen, bedeutete unweigerlich, dass sie noch länger auf dem Rücken liegen bleiben musste. Vermutlich wusste sie das ganz genau. »Du wirst ungeduldig.«

»Und du machst mich wahnsinnig!« Sie bog die Hände über ihren Fesseln, als wollte sie sie lockern.

»Denk bloß nicht, du könntest dich von denen so leicht befreien«, sagte ich, während ich mich zwischen ihren Schenkeln niederließ. Ich strich mit der Spitze meines Penis über ihre geschwollenen Schamlippen und grinste amüsiert, weil sie ihre Vorfreude nicht verbergen konnte. Ich zog ihre Beine um meine Hüften, dehnte ihren zwischen den Bettpfosten und meinem Unterleib langgestreckten Körper und wartete.

»Bitte.« Sie leckte sich die Lippen, bekam glasige Augen und flehte erneut: »Bitte. Bitte.«

Stöhnend drang ich in sie ein, denn wenn sie bettelte, konnte ich nicht widerstehen. Sofort zogen sich ihre Muskeln um meinen Schaft zusammen, und ich trieb sie zum Höhepunkt. Ein Schrei brach aus ihr hervor. Ich hatte es ihr besorgt, doch sie hatte mich wieder einmal auf die Knie gezwungen.

Mit dem Kamerateam, das vor dem Schreibtisch des Präsidenten seine Aufnahmen machte, wirkte das Oval Office weniger hochoffiziell. Der Raum war in Elfenbein- und Gelbtönen gehalten, doch die Farbpalette half nur wenig, die unterkühlte Atmosphäre zu erwärmen. Es war eine nachvollziehbare Entscheidung des Weißen Hauses, meinen Besuch filmen zu lassen, doch nicht gerade förderlich, um eine ungezwungene Unterhaltung zu führen. Da ich das neue Staatsoberhaupt der Vereinigten Staaten bisher noch nicht kennengelernt hatte, legte ich Wert darauf, mich von meiner besten Seite zu zeigen. Ich konnte nur hoffen, dass auch er sich entsprechend verhalten würde.

»Alexander, willkommen.« Präsident Williamson nickte knapp, als er sich aus seinem Stuhl erhob. Es war ein Zugeständnis an meine Position, aber keine tiefe Verbeugung, wofür ich ihm dankbar war. Dass sich die Leute nicht ständig genötigt fühlten, vor mir einen Bückling zu machen, gefiel mir besonders an Amerika.

Williamson hatte ungefähr das Alter meines Vaters, aber die beiden waren sich nie begegnet. Er hatte sein Amt erst kurz nach dem Anschlag angetreten, bei dem mein Vater ums Leben gekommen war. Doch mit dem Lebensalter erschöpften sich die Gemeinsamkeiten bereits. Albert war sowohl in seinem Verhalten als auch dem Äußeren nach durch und durch Brite gewesen – zumindest in der Öffentlichkeit. Williamson hingegen verkörperte einen amerikanischen Staatschef – bis hin zum roten Schlips der Macht. Das graumelierte Haar und die Falten in seinem Gesicht ließen ihn nicht alt wirken, sondern verliehen ihm geradezu eine Aura von Weisheit. Wie die meisten Amerikaner, die im Rampenlicht standen, sah er eher aus wie ein Filmstar als wie ein gebeutelter Politiker. Von der Öffentlichkeit wurde er als der Mann wahrgenommen, der die Zügel in der Hand hielt, auch wenn seine Macht durch das große gesetzgebende Repräsentantenhaus eingeschränkt war, dessen Vertreter wie er vom Volk gewählt wurden. In diesem Punkt waren unsere Positionen ähnlich.

»Meinen Glückwunsch zu Ihrer Vermählung. Ich hatte gehofft, die Freude mit Ihnen teilen zu können, aber die Umstände…« Er hielt inne, und ich erinnerte mich an die Ereignisse an meinem Hochzeitstag.

»Selbstverständlich.« Ich lächelte knapp. Dass er es von sich aus ansprach, war höflich. Obwohl seitdem bereits einige Zeit vergangen war, hatte ich den Tag nie vergessen können. Williamson war auch zu den Krönungsfeierlichkeiten eingeladen gewesen. Unter den gegebenen Umständen hatten er und mehrere andere einflussreiche Würdenträger jedoch mit Bedauern ihre Teilnahme an der Zeremonie abgesagt. Ich konnte es ihnen nicht zum Vorwurf machen, wäre es nach mir gegangen, hätte ich das Ritual ebenfalls ausfallen lassen.

»Auch Clara und ich bedauern, nicht schon früher gekommen zu sein. Wir hatten es vor, doch das Leben und die Politik hatten andere Pläne.«

»Haben sie das nicht immer?« Er deutete auf einen Sessel neben seinem, und ich nahm Platz. »Wie geht es Ihrer reizenden Gattin?«

»Mutterpflichten«, erwiderte ich förmlich. Clara würde sich den Kameras nicht auf Dauer entziehen können, doch momentan unterstützte ich sie darin nur zu gern. Die Vorstellung, sie mit der Welt zu teilen, gefiel mir ganz und gar nicht.

»Ich bin mir sicher, dass sich unsere besondere Beziehung

jetzt, da Sie mit einer Amerikanerin verheiratet sind, noch vertiefen wird«, sagte der Präsident unbekümmert, bevor er sein Jackett richtete, um sich zu setzen.

In mir regte sich Unmut, und ich tat mein Bestes, mir das nicht anmerken zu lassen. Dieser Mann und sein Land hatten keine Rechte an meiner Frau. Das konnte ich ihm jedoch kaum sagen, schon gar nicht während eines Fernsehinterviews. »Ich glaube, Sie werden feststellen, dass Clara ebenso amerikanisch ist wie ich.«

Wir lachten, obwohl wir es beide nicht komisch fanden. Williamsons Vorgänger war dafür bekannt gewesen, unbehagliche Situationen elegant zu meistern. Diese Qualität hatte jedoch nicht genügt, ihm die Wiederwahl zu sichern. Die momentane Stimmung im Oval Office erinnerte an die wachsame Anspannung vor einem Kampf. So etwas kam dabei heraus, wenn man zwei Alphatiere zusammen in einen Raum steckte. Es gab keine erlösende Pointe, sondern nur einen schweigenden Kampf um die Vorherrschaft.

»Ich habe gehört, dass sie lieber Kaffee trinkt«, schaltete sich die Außenministerin überschwänglich ein. Wenigstens hatte Williamson jemanden in sein Kabinett berufen, der es verstand, Spannungen abzubauen. Es war auch deshalb eine weise Entscheidung, weil sie für den größten Teil der Außenpolitik seiner Regierung verantwortlich zeichnete.

»Daran arbeite ich noch«, scherzte ich. Das kleine Geplänkel erzielte den gewünschten Effekt, und die Unterhaltung verwandelte sich in ein lockeres Gespräch zwischen den Repräsentanten zweier unabhängiger Nationen. Etwa eine Stunde später, als sich gerade eine Diskussion über die Vorzüge amerikanischen Footballs im Vergleich zu europäischem Fußball entwickelte, begann das Aufnahmeteam damit, seine Ausrüstung einzupacken.

»Bitte hier entlang.« Ein Assistent führte die Crew aus dem Büro, und die Atmosphäre wandelte sich abermals.

Williamson sackte in seinem Sessel zusammen und legte das Kameragesicht ab. »Scotch?«

»Ja, gern.«

Einen Augenblick später servierte uns ein Hausangestellter die Drinks, und ein junger, nervöser Mann trat zu uns.

»Alexander, darf ich Ihnen meinen Pressesprecher Richard May vorstellen. Er ist hier, um uns auf die Pressekonferenz vorzubereiten.«

Ich stand auf und schüttelte dem Mann, der den angebotenen Scotch ausschlug, die Hand.

»Ich muss mich entschuldigen, weil ich Sie gleich schon wieder vor eine Kamera stelle«, sagte er.

»Ich wurde vor laufenden Kameras geboren«, erwiderte ich sarkastisch. Tatsächlich wusste ich gar nicht, wie es sich anfühlte, mich in der Öffentlichkeit aufzuhalten, ohne dabei gefilmt zu werden. Nur während meines Militärdienstes hatte ich davor Ruhe gefunden.

»Selbstverständlich«, sagte May abwesend, während er durch seine Unterlagen blätterte. »Ich gehe davon aus, dass die meisten Fragen ziemlich harmlos sein werden. Man wird sich nach Clara und Ihrer Tochter erkundigen.«

Ich zwang mich zu einem Nicken. Auch wenn ich mir noch so sehr wünschte, meine Frau und mein Kind aus der Öffentlichkeit herauszuhalten, es war vergeblich. Dennoch versuchte ich, der Presse klare Grenzen zu setzen, insbesondere, weil sie uns während unserer Verlobungszeit so schlimm zugesetzt hatte. Elisabeths Leben sollte so normal wie nur irgend möglich verlaufen.

»Und dann ist da die Sache mit Edward.«

»Ich nehme an, Sie reden über einen gewissen Artikel, der demnächst in einer Zeitschrift erscheinen soll.« Diesmal gab ich mir keine Mühe, meine Missbilligung zu verbergen. Meine Leute hatten mich gewarnt, dass ich im Ausland darauf angesprochen werden könnte.

»Wir haben das Pressekorps über die Themen informiert, die vertieft werden dürfen«, versicherte mir der Präsident, »aber die Pressefreiheit bringt es mit sich, dass wir die Fragen nicht vorschreiben dürfen.«

Der Wink mit dem Zaunpfahl entging mir nicht. »Das ist in Großbritannien nicht anders.«

»Dann wissen Sie auch, was für Schwierigkeiten man bekommt, wenn man es versucht.« Williamson breitete entschuldigend die Hände aus, und ich nickte.

Die Verlobung meines Bruders hatte in einigen Gazetten für Negativschlagzeilen gesorgt, aber im Großen und Ganzen war Edwards Entscheidung für ein öffentliches Coming-out enthusiastisch begrüßt worden. Für die meisten war es ein Zeichen dafür, dass die Monarchie kein Relikt vergangener Zeiten mehr war, doch es würde immer Leute geben, die das anders sahen.

»Wenn es sein muss, werde ich die Aussage verweigern«, scherzte ich und gab mir Mühe, so zu klingen, als ob mich die Sache kalt ließ.

»Ich glaube, er bekommt das schon hin«, sagte Williamson und zwinkerte May zu. »Sind wir so weit?«

May zitterte leicht und nickte. Kein Medikament der Welt konnte den Stress lindern, den sein Job mit sich brachte. Ich fand es bemerkenswert, dass man den Mann vor die Kameras treten ließ. Auf dem Weg zum Pressesaal fiel Williamson absichtlich etwas zurück. Ich verstand das Signal und tat es ihm gleich.

»Es tut mir leid, dass wir nicht bei Ihrer Krönung dabei waren.« Nachdem er zu Beginn unseres Treffens derart um die Vorherrschaft im Raum gekämpft hatte, klang seine Entschuldigung nun überraschend aufrichtig. »Unsere Sicherheitsleute hatten den Eindruck, dass die Risiken unverhältnismäßig hoch waren, und von Mann zu Mann muss ich Ihnen sagen, dass die Sicherheit meiner Frau für mich immer an erster Stelle steht.«

»Das ist verständlich.« Ich wusste es zu schätzen, wenn ein Mann seine Frau über alles stellte. Ging es um meine eigene Sicherheit, war ich nur selten besorgt, doch wenn Clara mich ließe, würde ich sie von einer ganzen Armee beschützen lassen. »Wäre es nach mir gegangen, wäre Clara auch nicht dabei gewesen.«

Williamson zupfte an seiner Krawatte, und ich spürte, dass er noch etwas loswerden wollte. Nach kurzem Zögern fuhr er fort. »Unseren Ermittlungen zufolge handelte es sich möglicherweise um eine größere Verschwörung.«

»Wir sind zu demselben Ergebnis gekommen.« Also befasste sich nicht nur der britische Geheimdienst mit dem Attentat. Auch die CIA war hellhörig geworden.

»Ich werde gern an Sie weiterleiten, was wir herausgefunden haben, wenngleich ich sagen muss, dass die meisten Informationen zu nichts geführt haben.«

»Ich bitte darum«, erwiderte ich angespannt. Auch unsere Ermittlungen waren in einer Sackgasse geendet. Zu gern hätte ich geglaubt, dass meine Familie nach dem Ausschalten

Jack Hammonds nicht mehr in Gefahr war. Dass es jemand für richtig gehalten hatte, den Mann umzubringen, der allem Anschein nach für den Tod meines Vaters verantwortlich war, sprach allerdings dagegen. Smith Price war mein persönlicher Informant in Hammonds Netzwerk gewesen. Wenn Price, wie er beteuerte, nicht Hammonds Mörder war, musste es jemand anders gewesen sein.

»Es sei denn, Sie haben den Täter bereits ...«, Williamson ließ den Satz unvollendet. Es war anscheinend nicht zu erwarten, dass er noch Neues zu dem Fall beizutragen hatte.

»So ist das mit Ungeheuern«, erwiderte ich, als wir vor dem Pressesaal angekommen waren. »Man schlägt einen Kopf ab und merkt erst danach, dass es noch andere gibt.«

»In der Tat.«

Unsere beiden Länder machten schwierige Zeiten durch. Ich nahm an, dass die Bedrohungen, denen seine Familie ausgesetzt war, ebenso erheblich und allgegenwärtig waren, wie es bei mir der Fall war. Ohne lange nachzudenken, klopfte ich ihm zum Zeichen meiner Solidarität auf die Schulter – vielleicht auch, um ihn zu trösten. Williamsons Miene war anzusehen, dass er meine Geste richtig deutete.

»Sie werden bereits erwartet, Sir«, teilte mir ein Assistent mit.

Ich konnte mir eine Grimasse nicht ganz verkneifen, ersetzte sie jedoch durch ein Lächeln, als ich vor die Reihen der Reporter trat. May hielt sich an meiner Seite, um für Ordnung zu sorgen, als mich alle gleichzeitig bestürmten.

»Miss Bernstein«, sagte May, und eine Frau schoss aus ihrem Stuhl hoch. Sie hielt sich nicht lange damit auf, ihren Rock glattzuziehen oder ihre Frisur zu richten, sondern fixierte mich mit ihrem Blick.

Das wird wehtun.

»Eure Hoheit, wird die Krone ihre Einwilligung zur Hochzeit Ihres Bruders erteilen?«

Es kam nicht überraschend, dass sie sich auf Edward stürzten. Ich konnte von Pressevertretern, die zu den rücksichtslosesten Journalisten der ganzen Welt gehörten, nicht erwarten, dass sie nur fragten, was mir genehm war. Mein Vater hätte die Dame enthaupten lassen, doch ich hatte bereits beschlossen, es auf andere Weise zu versuchen. Also lächelte ich und erwiderte nur: »Das habe ich bereits.«

Diese Antwort löste einen Sturm weiterer Fragen aus, doch ich hob eine Hand, noch bevor May dazwischen gehen konnte. »Ich möchte Sie bitten, sich ab jetzt auf Fragen zur Politik und zu meinem Land zu beschränken.«

Und meine Familie außen vor zu lassen.

Meine Familie war tabu – und zwar alle, die dazugehörten. Ich hatte schon zu viele Menschen verloren, die mir nahestanden. Die wenigen, die mir geblieben waren, würde ich nicht mit Gott und der Welt teilen. Ich würde alles tun, um meine Familie zu schützen. Die Journalisten drucksten einen Moment lang herum, dann fassten sie sich wieder.

»Im Parlament gibt es eine lautstarke Minderheit, die sich für die Abschaffung der Monarchie einsetzt. Was sagen Sie dazu, dass diese Bewegung weiter wächst?«, rief einer.

»God save the King«, erwiderte ich und erntete Gelächter. Die trockene Antwort lenkte die Fragen zu Themen, aus denen sich humorvolle Zitate herausschneiden ließen. Ich gab mein Bestes, um die Oberhand zu behalten und von den Menschen in meinem Leben abzulenken. Als ich mich schließlich verabschiedete, begegnete ich Williamson an der Tür.

»Immer charmant und keine konkreten Antworten – Sie sind wie geschaffen für die Politik.«

»Ich wurde in die Politik hineingeboren.«

»Wie es aussieht, hatten Sie nie die Wahl«, sinnierte er auf unserem Weg in den Wohnflügel.

Ich dachte an meine Frau und daran, wie mein Leben ausgesehen hatte, bevor ich sie kennenlernte. Das Schicksal hatte mich ihr unausweichlich entgegengetrieben, und doch hatte ich zunächst versucht, sie wegzustoßen. Um sie zu kämpfen, war am Ende ebenso meine freie Entscheidung gewesen, wie die Thronfolge anzutreten. Als König verfügte ich über die Möglichkeiten, nach den Verantwortlichen für die Angriffe auf meine Frau zu suchen. Letztlich war es immer darum gegangen, Entscheidungen zu treffen – auch wenn es nicht leicht war. »Ich habe mein Schicksal selbst gewählt.«

»Genau wie ich.« Williamson blieb stehen, um sich von mir zu verabschieden, bevor er wieder in sein Büro zurückging. Vor ihm lag noch ein ganzer Arbeitstag, ich würde mich jetzt meiner Welt widmen.

Leise betrat ich die kleine Suite, die unsere Gastgeber uns zur Verfügung gestellt hatten, weil ich fürchtete, ein schlafendes Kleinkind zu wecken. Doch stattdessen stürzte mir ein plappernder Wonneproppen entgegen. Mit einer schnellen Bewegung hob ich meine Tochter in die Arme.

»Es tut mir leid, Eure Majestät!« Penny, das Kindermädchen, das uns begleitete, eilte herbei, um mich zu erlösen, doch ich wollte meine Kleine nicht hergeben. Die arme Frau konnte sich nicht vorstellen, dass sich ein Mann gerne um sein Kind kümmerte. Ich wollte ihr um jeden Preis zeigen, dass ich nicht wie die anderen Männer war.

Clara blickte von ihrem Buch auf und rollte angesichts der Szene, die sich vor ihr abspielte, mit den Augen, doch sie griff nicht ein. Zu einem späteren Zeitpunkt würde ich ihr mit Vergnügen den Hintern dafür versohlen, dass sie so renitent war. Als könnte sie meine Gedanken lesen, verzog sie den Mund zu einem wissenden Lächeln.

»Penny, gönnen Sie sich doch ein paar Minuten Pause«, forderte ich das Kindermädchen auf.

»Sir?« Sie starrte mich an, als wollte ich sie auf die Probe stellen.

»Ich möchte gern mit meiner Familie allein sein.«

Sie blickte weiterhin entgeistert, zog sich aber trotzdem mit einem Knicks zurück.

»Ist es denn so schwer zu glauben, dass ich meine Tochter halten möchte?«, murrte ich, als wir allein waren.

»Wahrscheinlich interessieren sich die meisten Könige mehr dafür, ihre Blutlinie fortzusetzen, als für Bauklötzchen.«

Clara sah uns zu, als ich es mir mit Elisabeth auf dem Teppich bequem machte, wo sie sich sofort aufrichtete und ihren neuesten Trick vorführte: Gehen.

»Kluges Mädchen«, lobte ich sie. »Dass du schon gehen kannst!«

»Sie ist fast fünfzehn Monate alt«, betonte Clara, während sie sich neben mich auf den Boden sinken ließ. Schon bald war sie von Elisabeths Bemühungen so verzaubert wie ich selbst. Ich suchte ihre Hand und hielt sie, bis eine vertraute Gestalt in der Tür erschien. Norris wirkte wie ein stolzer Großvater, als er meine Familie betrachtete, doch als ich den Blick hob und wir uns in die Augen sahen, erkannte ich sofort, dass etwas nicht stimmte.

»Ich bin gleich wieder da«, sagte ich leise zu Clara und hauchte ihr einen Kuss auf die Stirn, die sie besorgt in Falten legte. Norris hatte uns während der begrenzten Zeit, die wir als Familie zusammen verbringen konnten, nach Möglichkeit in Ruhe gelassen. Wir wussten beide, dass sein plötzliches Erscheinen nur mit Neuigkeiten aus England zu tun haben konnte. Ich stand auf und ging zu ihm hinüber. Elisabeth versuchte, mich mit Dutzenden winziger Schrittchen einzuholen.

»Es ist etwas passiert«, sagte Norris leise. Wir blickten beide zu Clara, die uns mit wachsamen Augen beobachtete. Es gefiel ihr gar nicht, wenn man sie nicht über alles informierte. Das hatte seit unserer Hochzeit schon häufiger für Verstimmungen gesorgt. Ihr Anspruch, dass wir keine Geheimnisse voreinander haben sollten, war zwar berechtigt, doch ich brachte es nicht über mich, sie mit allem zu belasten, was ich wusste.

Ich trat in den Flur, Norris folgte mir.

»Hat es mit Hammond zu tun?« Auch ein knappes Jahr nach seiner Ermordung waren wir bei der Suche nach unserem gemeinsamen Feind keinen Schritt weitergekommen. Wer auch immer ihn ermordet haben mochte, es war ihm nicht darum gegangen, mir einen Gefallen zu tun. Das wurde mit jedem neuen Stein, unter den wir blickten, offensichtlicher.

»Nein, ich weiß noch nicht genau, was es bedeutet.«

»Du wirst mir schon etwas mehr erzählen müssen«, forderte ich ihn auf. Diese Geheimniskrämerei sah Norris gar nicht ähnlich, was vermuten ließ, dass er schlechte Neuigkeiten zu überbringen hatte.

»Das Team, das die persönlichen Angelegenheiten deines Vaters überprüft, ist auf etwas gestoßen.«

»Das klingt doch nach einer guten Nachricht.« Als ich ein

Team darauf angesetzt hatte, das Privatleben meines Vaters unter die Lupe zu nehmen, hoffte ich, eine Spur zu den Menschen zu finden, die für seinen Tod verantwortlich waren.

»Ich fürchte nur, dass es noch mehr Fragen aufwirft.« Norris wirkte zerrissen, mein Pulsschlag beschleunigte sich, und in meiner Blutbahn wurde Adrenalin freigesetzt.

»Was haben sie gefunden?«, fragte ich mit zusammengebissenen Zähnen.

»Nicht *was*«, korrigierte Norris zerknirscht. »Wen.«

»Wen?«, wiederholte ich. »Sie sind auf eine Person gestoßen?«

»Auf deinen Bruder.«

»Edward?«, fragte ich, obwohl mich bereits Schwindelgefühle erfassten.

»Nein.« Norris schwieg.

»Ich habe noch einen Bruder?« Meine Worte klangen so erstickt, dass ich meine eigene Stimme kaum erkannte.

Norris holte tief Luft, als wollte er genug für uns beide davon schöpfen, bevor er sagte: »Es sieht ganz danach aus.«

Wenn Sie wissen möchten,
wie es im Königshaus weitergeht, lesen Sie

Geneva Lee
Royal Destiny

Erscheint im Juli 2017 im Blanvalet Verlag.

Auch als e-Book erhältlich.

WeLove
blanvalet

www.blanvalet.de

facebook.com/blanvalet

twitter.com/BlanvaletVerlag

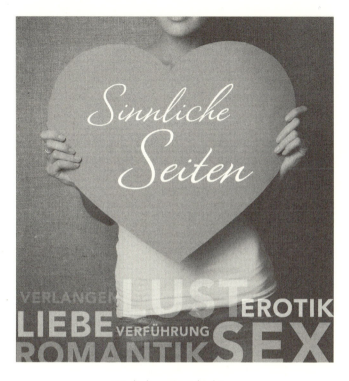

Wir lieben Geschichten,
die unseren Puls beschleunigen.
Wir schreiben über alles, was uns fasziniert,
inspiriert oder anmacht.
Und was bewegt dich?

Willst du mehr?
Hier bist du goldrichtig:

www.sinnliche-seiten.de
WIR LESEN LEIDENSCHAFTLICH